U0117001

高等学校计算机专业教材精选·计算机硬件

单片机原理与实践教程

杨 俊 周阳阳 编著

清华大学出版社
北京

内容简介

本书以盛群公司的 HT46F49E 为主控制芯片，详细介绍单片机的基本原理和完整的工程开发过程，并通过精心编排的 3 组实验，帮助初学者循序渐进地掌握单片机的相关知识。本书的编排与以往的单片机教程略有不同：将单片机学习的若干重点、难点分散在不同的实验中，实验的编排由易到难，对若干重点与难点进行反复实践、练习，首先利用面包板搭建实验，然后利用万能板焊接电路进行实验，最后自己设计制作印制板。在对有关实验讲解时，也介绍了单片机系统设计中常用的外围器件。完成所有实验花费不大，实验的设计具有工程实用性，希望读者能体会到其中的乐趣。

本书通俗易懂、代码完整、注释详细，配有完整的多媒体视频教程。

本书适合高等学校电子类相关专业的学生学习参考，也可供工程技术人员参考使用。

图书在版编目（CIP）数据

单片机原理与实践教程/杨俊等编著．—北京：清华大学出版社，2011.6
（高等学校计算机专业教材精选・计算机硬件）
ISBN 978-7-302-24712-8

Ⅰ．①单…　Ⅱ．①杨…　Ⅲ．①单片微型计算机－高等学校－教材　Ⅳ．①TP368.1

中国版本图书馆 CIP 数据核字(2011)第 018951 号

责任编辑：白立军　王冰飞
责任校对：梁　毅
责任印制：何　芊

出版发行：清华大学出版社　　地　址：北京清华大学学研大厦 A 座
http://www.tup.com.cn　　邮　编：100084
社 总 机：010-62770175　　邮　购：010-62786544
投稿与读者服务：010-62795954，jsjjc@tup.tsinghua.edu.cn
质 量 反 馈：010-62772015，zhiliang@tup.tsinghua.edu.cn

印 刷 者：北京四季青印刷厂
装 订 者：三河市金元印装有限公司
经　销：全国新华书店
开　本：185×260　　印　张：15　　字　数：372 千字
版　次：2011 年 6 月第 1 版　　印　次：2011 年 6 月第 1 次印刷
印　数：1～4000
定　价：24.00 元

产品编号：040025-01

出版说明

我国高等学校计算机教育近年来迅猛发展，应用所学计算机知识解决实际问题，已经成为当代大学生的必备能力。

社会的进步与经济的发展对高等学校计算机教育的质量提出了更高、更新的要求。现在，很多高等学校都在积极探索符合自身特点的教学模式，涌现出一大批非常优秀的精品课程。

为了适应社会的需求，满足计算机教育的发展需要，清华大学出版社在进行了大量调查研究的基础上，组织编写了《高等学校计算机专业教材精选》。本套教材从全国各高校的优秀计算机教材中精挑细选了一批很有代表性且特色鲜明的计算机精品教材，把作者们对各自所授计算机课程的独特理解和先进经验推荐给全国师生。

本系列教材特点如下。

(1) 编写目的明确。本套教材主要面向广大高校的计算机专业学生，使学生通过本套教材，学习计算机科学与技术方面的基本理论和基本知识，接受应用计算机解决实际问题的基本训练。

(2) 注重编写理念。本套教材作者群为各高校相应课程的主讲教师，有一定经验积累，且编写思路清晰，有独特的教学思路和指导思想，其教学经验具有推广价值。本套教材中不乏各类精品课配套教材，并力图努力把不同学校的教学特点反映到每本教材中。

(3) 理论知识与实践相结合。本套教材贯彻从实践中来到实践中去的原则，书中的许多必须掌握的理论都将结合实例来讲，同时注重培养学生分析问题、解决问题的能力，满足社会用人要求。

(4) 易教易用，合理适当。本套教材编写时注意结合教学实际的课时数，把握教材的篇幅。同时，对一些知识点按教育部教学指导委员会的最新精神进行合理取舍与难易控制。

(5) 注重教材的立体化配套。大多数教材都将配套教师用课件、习题及其解答，学生上机实验指导、教学网站等辅助教学资源，方便教学。

随着本套教材陆续出版，我们相信它能够得到广大读者的认可和支持，为我国计算机教材建设及计算机教学水平的提高，为计算机教育事业的发展做出应有的贡献。

清华大学出版社

前　　言

单片机也称为微控制器(microcontroller),最早用在工业控制领域,由芯片内仅有 CPU 的专用处理器发展而来。其设计理念是通过将大量外围设备和 CPU 集成在一个芯片中,使计算机系统更小,更容易集成到复杂的对体积要求严格的控制设备中。它不是完成某一个逻辑功能的芯片,而是把一个计算机系统集成到一个芯片上,概括地讲,一块芯片就成了一台计算机。它的体积小、质量轻、价格便宜,为学习、应用和开发提供了便利条件。同时,学习使用单片机是了解计算机原理与结构的最佳选择。

目前单片机在自动控制、测量、通信、机电一体化等领域均有着广泛的用途,主要作为控制部分的核心部件,在这些方面单片机得到了最广泛的应用。事实上单片机是世界上数量最多的计算机。现代人类生活中所用的几乎每件电子和机械产品中都集成有单片机。手机、电话、计算器、家用电器、电子玩具、掌上电脑以及鼠标等计算机配件中都配有 1～2 部单片机;而个人计算机中也会有为数不少的单片机在工作。汽车上一般配备 40 多部单片机;复杂的工业控制系统上甚至可能有数百台单片机在同时工作。单片机的数量不仅远超过 PC 和其他计算机的总和,甚至比人类的数量还要多。

因此,掌握单片机的原理和工程应用对于电子与电气、计算机、自动控制等相关专业的大学生就业和科技实践相当重要。我们在大学教授单片机课程有些年头了,目前单片机教学在一定程度上还存在着课堂讲授多而实践少、考试中记忆性内容过多等不符合认知规律的地方。俗话说"在游泳中才能学会游泳",只有通过增加实践教学、强调动手训练,才能真正掌握单片机。这里我愿意和大家分享在大学时学习游泳的一段经历。我的第一位游泳课老师是一位体校刚毕业的研究生,刚开始两节课听老师讲解游泳的要点、动作的分解、步骤,后来两节课在陆地上将各组分解动作反复演练直到娴熟,后来的 4 节课再到水中练习,但是并没有多少人学会游泳。第二次学游泳时的教练是一位年长的教师,前几节课老师要求我们不可以留在岸上,必须待在水里,但不允许停留在一个位置静止不动,要不停地漂动,若是谁站在水里不动,他就会用小竹竿敲打身边的水,以此敦促学生在水里走动。此后,老师在水中示范几个游泳的动作,让同学们模仿、学习。就这样,在所有的课程学完后,大多数的同学自然而然地学会了游泳。所以,对游泳学习而言,最重要的是接触水和练习。

单片机这类课程的学习不同于数学、物理等理论课程。我们在长期的教学中发现:如同只有通过接触水才能学会游泳,单片机教学必须和精心设计、丰富多彩的实验相结合才能获得满意的教学效果,一方面,各种实验能激发同学的兴趣,克服传统单片机教学中强调记忆各种指令、寻址方式、内部逻辑结构等较为单调的环节;另一方面,通过实验的逐步深入,学习者会逐步加深对单片机系统的理解,在理解的基础上记忆可以起到事半功倍的效果。鉴于此,根据我们多年的单片机教学经验,特地编写了本书。该书以盛群半导体公司生产的 HT46F49E 型单片机为例,讲述了单片机的基本原理和一些典型实例。本书的特点在于,将单片机的学习贯穿于一组精心设计的实验。这些实验共分 3 个大类:①利用面包板进行的实验;②利用万能板(也叫洞洞板)进行的实验;③自制印制电路板的实验。这些实验一般均采用较为常用的电子元器件，完成所有实验的投入在100元以内，不会增加学习者的负担。如果学习者能用心地完成每一个实验，那么除了学习到单片机的基本原理外，也可以真正使用单片机解决实际工程问题。

基于上述特点，本书适合相关专业学生学习单片机使用，尤其适合希望动手实践的电子设计爱好者参考。虽然我们编写这本书时希望让同学们一开始就“在水中练习，然后逐步掌握游泳”，但限于水平，本书不可避免地存在一些疏漏或不足之处，希望广大读者不吝赐教！（本书附有多媒体教学视频和网站 http://yangjun1222.jimdo.com，并设有网上读者留言簿。）

本书在编写过程中，得到了周阳阳、陈千和石俊俊等的大力协助：周阳阳承担了书中的大部分实验制作；陈千制作了本书的多媒体视频资料；石俊俊承担了文字编辑排版等大量工作；此外，得益于盛群半导体公司在高校开展的单片机实验室共建计划，写作本书时使用该公司提供的一系列相关设备。在此向他们表示衷心的感谢！

作者

2011年1月

单片机教程学习之时间规划

首先，如果你具有一定的单片机实践经验，可以不拘泥于这个学习规划，而根据自己的实际情况灵活把握，自由取舍，毕竟我们的终极目标是掌握知识而不是阅读教程。其次，如果你只是在课堂上学习过单片机或是连这样的基础还达不到，那么建议你按部就班，按照我们的时间规划学习。最后，关于每天投入多少时间给本教程我们也给同学们一些建议，在起初学习时每天两个小时较为合理，随着学习的深入可根据个人的情况适当延长学习时间。

第一天，从整体上把握教程，具体来讲主要是了解本书的目录框架、篇幅安排，以及如何为了更好学习本书而按照相关说明去观看视频教程，还包括去哪里下载相关辅助资料，以及碰到较难理解的知识点如何请教作者、如何进入相关论坛解决等一系列问题。而这一系列大的方向性问题的解决都建立在对本书的宏观认识上，同学们在学习的过程中切不可急于上手。

第二天，对单片机简介这个章节进行学习。在单片机简介这个章节中，单片机的应用及发展这一部分，我们简要介绍单片机广泛的应用领域及未来的发展趋势。在单片机的学习方法这一节中，讲述了单片机的学习技巧和相关学习资源。通过学习本节，同学们可以对单片机学习的方法有一定的了解。

第三天，对单片机的系统结构进行学习，在这里以中国台湾盛群公司的 HT46F49E 这一款8 位单片机为例，介绍单片机的外部管脚和内部的体系结构，在学习这部分内容时，同学们可以到指定网站下载盛群公司的 HT46F49E 的中文技术文档，这样不仅可以对芯片有进一步的了解，还可以方便在以后的实验中对相关参数进行查阅。

第四天，学习程序编写、调试和烧录这一章的第一节，也就是程序设计简述，在本书中这一节的内容很少，但是对同学们的任务要求却并不轻，因为在后续的实验中要用到汇编语言和 C 语言，因此从现在开始大家就要开始复习相关语言，相关教材可以参看本书附上的汇编和 C 速查，也可以参阅其他相关书籍，关于 C 的学习，作者推荐清华大学出版社出版的谭浩强的《C 程序设计》(第二版)。

第五天，学习程序编写、调试和烧录这一章的 IDE 3000 简介、硬件仿真器、程序调试和程序烧录方法，同学们要从我们推荐的网站上下载 IDE 3000 开发环境，进行安装，并学习用 IDE 3000 进行程序的编写、调试，以及将程序烧录到单片机中。在学习的过程中要将教材中的截图介绍部分与网站上的视频介绍结合起来，以便更快、更熟练地掌握 IDE 3000 开发环境的使用。

第六天，在此要提醒一点：随着学习的逐步深入，我们每天花费在学习教程上的时间也应有所增加。今天是进入单片机的面包板实验学习，因为在我们的教材中安排的面包板实验是一系列的，而这些实验的元器件又有可重复利用的特点，我们将这一组实验中所用的所有元器件(在重复利用的基础上)制成了附录，方便同学们一次性购买，而把更多的时间用在对教程的学习上。我们今天的任务就是购买面包板系列实验元器件。

第七天，这里说明一点：在我们的推荐网站上对每一个实验的学习都配备了相应的视频讲解，请同学们将多媒体资料与教材结合使用，以求一个更好的学习效果。今天学习第一个实验——点亮一个 LED。第一个实验对同学们来说应该不是很难，但是它作为第一个上手的实验，包含单片机开发的所有流程，更是对我们前面讲到的很多内容的应用，大家不要仅仅满足于这个实验，争取掌握单片机的学习方法。

第八天，学习 LED 显示实验中的第二个实验——点亮 8 个 LED。在理解并操作完成这个实验后，大家应该注意到我们同时用了汇编语言和 C 语言完成这个实验，大家不要单单停留在分别看懂两个程序，应该再看看二者之间的联系与区别，此时最好结合我们教材中的关于 C 语言和汇编语言对比学习的那个章节，以求更好理解两种语言在完成单片机开发时的用法。

第九天，学习数码管显示实验中的第一部分，即数码管的结构及工作原理。在单片机的学习实践中，要想高效顺利地完成试验，对实验核心器件的相关知识及其工作原理都要有全面而深刻的把握，无一例外。

第十天，学习数码管显示实验中的静态、动态显示实验。在有了对数码管原理的深刻认识后，今天就要将其运用到实践中，在学习时大家要注意以下几个问题：要注意将实验流程图与实验程序相结合，并多多参考程序注释，以求对教材内容有更好的理解；在此基础上可以对实验程序做些改动，而这些改动应遵循由易到难、循序渐进的原则，最终达到举一反三的实际效果。

第十一天，学习键盘输入实验。首先要了解本实验新加入的核心器件的相关知识，再去按部就班地完成实验，这些应该不会有太大问题。在这里要讲的是，不知同学们有没有注意到教材中的实验原理图，它是实验的指南，同学们在以后的学习中要是想设计自己的实验，那么画出原理图就是必不可少的工作。在这里向同学们推荐 Protel 这款软件，它是专业的电路设计软件，大家可以先安装上，逐步加以学习。

第十二天，学习蜂鸣器实验。今天主要是在理解蜂鸣器发音原理的基础上进一步学习电子琴实验。在这个过程中作者为同学们讲解 HT46F49E 定时器/计数器，并将 3 种不同的工作模式：普通定时模式、外部事件计数模式和脉冲宽度测量模式向同学们一一做了介绍，还提及了 PFD 功能。这种将单片机相关知识的介绍穿插在具体的实验、实践中的方法正是本教程的一大亮点。

第十三天，在复习电子琴实验和上节中的单片机知识的基础上，进而学习歌曲播放实验。在这个过程中再一次深刻地体会一下如何在具体实验中运用单片机知识，以及作者的良苦用心。同时，单片机第一次震撼你的听觉，是否再次点燃了你学习的热情？别忘了将程序稍加改动，播放自己喜欢的歌曲给身边的同学听。

第十四天，学习点阵 LED 实验的静态点阵显示。复习数码管的显示原理和共阴共阳知识点，学习行扫描和列扫描的异同，掌握点阵 LED 的显示原理；学习静态显示一个字的实验。在完成这个实验时，作者运用了延时和中断两种方法，并对两者进行了比较。

第十五天，学习动画显示。在此，同学们将体验到平日里常看的动画的制作过程，针对教材中的程序实例，我们已将实验运行结果拍下来了，请同学们在推荐的网站上观看，当然，这也为同学们提供了一次亲手制作动画的机会。

第十六天，从今天开始就要进行第二部分的系列实验，即单片机的万能板实验。而今天的任务就是购买这一系列实验所需的元器件。与第一部分的面包板实验最大的不同就是在这一系列实验中的元器件都要焊接在电路板上，也就是元器件的重复利用几乎是不可能的。同学们按照元件列表购买。

第十七天，学习单片机的万能板实验中的LCD实验。今天的具体工作有两项：学习万能板的使用，包括焊接方法的了解和电烙铁的使用，为后续实验的进行做准备；学习LCD的显示原理。随着我们学习的深入，核心元件相关原理知识的难度也呈现出上升趋势，同学们在学习的过程中一定不要着急，要针对难点有的放矢、各个击破，最终将其全部掌握。

第十八天，在理解LCD显示原理的基础上，消化具体的显示实验程序，并在万能板上焊接实验电路，最终实现实验的预期效果。在具体的消化过程中，同学们要细心体会在完成任务的过程中单片机是怎样一步一步工作的，作者又是怎样用实验程序完成这个过程的，最后同学们可以建立并显示自己的字形。

第十九天，学习红外遥控实验。了解红外遥控系统一般由红外发射装置和接收装置两部分组成，以及其工作流程原理。学习实验中如何用红外遥控器SAA3010T发射红外信号，以及如何用红外一体化接收头HS0038A2接收红外信号。

第二十天，完成红外遥控实验。学习完成实验的程序，并在万能板上焊接、调试。

第二十一天，学习步进电机控制实验。了解步进电机的转动与电脉冲信号的关系，步进电机按结构如何分类，步进电机按定子线圈的转向如何分类，根据各相之间励磁顺序步进电机又是如何分类的，要知道什么是步进角，驱动步进电机的芯片电路特点是怎样的。

第二十二天，完成步进电机控制实验。在这个实验中，我们用到了前面学习的LCD显示实验、红外遥控实验的相关知识。可以说实验过程相当复杂，同学们要参照注释，以及实验程序流程图好好理解。

第二十三天，学习自己制作印制板实验。在开始第三部分系列实验之前，同学们要按照附录A中的元器件清单购买实验所需的元器件，与前面的实验相比这个实验中用到的元器件有所增加，实验中的有些必需物品在电子市场是买不到的，同学们可以上网查询或找有类似实验经验的老师咨询。

第二十四天，学习印制板的制作流程。本节(6.1节)只是从理论上介绍制作流程，并非动手实践。可以将自己已经购买的元器件对照教材的讲解，学习它的作用及在后续实验中的使用方法，以对整个制作流程有一个了解，关于Protel软件，在第十一天的学习规划中已经提及。

第二十五天，学习利用实验板制作简易信号发生器。学习盛群单片机的PWM功能，理解6+2 PWM模式和7+1 PWM模式，以及PWM的输出控制、RC低通滤波器使用中要注意的问题。今天主要是对整个实验原理的理解，以及在此基础上学习完成实验的程序。

第二十六天，自己动手完成PCB图的绘制、转印、腐蚀、钻孔、元件焊接和测试，最终完成实验预期的所有功能。

第二十七天，学习电话自动录音装置实验。了解电话音频输入、摘挂机检测、CPU控制、单片机与PC通信和PC的录音存储这5部分的实验电路，以及实验的工作原理。在完成这个实验的过程中，需要制作电脑录音软件界面，在这里用到了DELPHI这个快速应用程序开发工具，考虑到同学们的水平不一，我们在书中附上了关于制作电脑录音软件界面的源代码，以方便同学们完成实验。

第二十八天，学习旋转字符实验。在了解实验原理的基础上，学习完成实验的电路原理图及程序流程图，在此基础上自己动手编写出实验程序。

第二十九天，学习温湿度测量实验。理解实验原理，学习实验的电路原理并完成实验的程序流程图，在此基础上自己动手编写出实验程序，在完成实验的过程中用 C++ 来编写温湿度测量软件界面，考虑到有些同学的 C++ 基础，我们在书中附上了源代码，以方便大家完成实验。

跟随学习规划一路到此，教材的内容并没有结束，但我们的规划就暂为大家制订到这里。通过前期按部就班的规划学习，同学们的单片机学习已经入门，已经有了一定的基础。同学们可以根据自己的掌握情况灵活把握，可以停下来复习总结，也可以继续深入学习。大家在后期更加深入的单片机学习中，本教材的内容显然已经不能满足大家的需求，但在书中为大家提供了如何获取学习单片机的各种宝贵资源的方式方法，可谓“授人以渔”，请同学们继续努力。

目　录

第1章　单片机简介

前面已经谈到，所谓单片机就是一种集成电路芯片。该芯片是采用超大规模集成电路技术，把一个小型计算机系统安装在一片芯片内，由此得名单片机。本章将回答以下问题：单片机到底能做什么（换句话说，就是掌握好单片机能在哪些行业就业）；哪些专业的同学需要学习单片机；以及如何学好单片机。最后给出单片机大致的功能描述，让同学了解单片机如何具有类似人类智能的控制功能。

1.1　单片机的应用及发展

本节简要介绍单片机广泛的应用领域及未来的发展趋势。理解它的用途可以帮助同学们树立学好单片机、用好单片机的决心；了解其未来趋势，可以让大家未雨绸缪，高瞻远瞩。

1.1.1　单片机的广泛用途

单片机广泛应用于仪器仪表、家用电器、医用设备、航空航天、专用设备的智能化管理及过程控制等领域，大致可分以下5个范畴。

1. 在智能仪器仪表上的应用

单片机广泛应用于仪器仪表中，结合不同类型的传感器，可实现几乎各种物理量的测量，例如电压、功率、频率、湿度、温度等。单片机的控制使得仪器仪表数字化、智能化、微型化，且功能比采用电子或数字电路更加强大。

2. 在工业控制中的应用

用单片机可以构成形式多样的控制系统、数据采集系统。例如工厂流水线的智能化管理、电梯智能化控制、各种报警系统、与计算机联网构成二级控制系统等。

3. 在家用电器中的应用

可以这样说，现在的家用电器基本上都采用了单片机控制，从电饭煲、洗衣机、冰箱、空调、彩电，到其他音响视频器材，再到电子秤量设备，五花八门，无所不在。

4. 在计算机网络和通信领域中的应用

现代的单片机普遍具备通信接口，可以很方便地与计算机进行数据通信。现在的通信设备基本上都实现了单片机智能控制，从手机、电话机、小型程控交换机、楼宇自动通信呼叫系统、列车无线通信，到日常工作中随处可见的移动电话、集群移动通信、无线电对讲机等。

5. 在医用设备领域中的应用

单片机在医用设备中的用途也相当广泛，例如医用呼吸机、各种分析仪、监护仪、超声诊断设备及病床呼叫系统等。

此外，单片机在工商、金融、科研、教育、国防、航空航天等领域都有着十分广泛的用途。

1.1.2 单片机的现状和发展趋势

目前,由于单片机的广泛应用,众多公司加入到单片机的研发、生产、销售中来，现在可以说是“百花齐放、百家争鸣”的时期,世界上各大芯片制造公司都推出了自己的单片机,从8位、16位到32位,数不胜数,应有尽有,它们各具特色,形成互补,为单片机的应用提供广阔的天地。

纵观单片机的发展过程,可以预示未来单片机的发展趋势,大致有以下3个方面。

1. 低功耗CMOS化

MCS-51系列的8031推出时的功耗为630mW,而现在的单片机普遍都在100mW左右,随着对单片机功耗的要求越来越低,现在的各个单片机制造商基本都采用CMOS(互补金属氧化物半导体工艺)。像80C51就采用了HMOS(即高密度金属氧化物半导体工艺)和CHMOS(互补高密度金属氧化物半导体工艺)。CMOS虽然功耗较低,但由于其物理特征决定了其工作速度不够高,而CHMOS则具备了高速和低功耗的特点,这些特征更适合于要求低功耗的像电池供电的应用场合。所以这种工艺将是今后一段时期单片机发展的主要趋势。

2. 微型化

现在常规的单片机普遍都是将中央处理器(CPU)、随机存取数据存储器(RAM)、只读程序存储器(ROM)、并行和串行通信接口、中断系统、定时电路、时钟电路集成在单一的芯片上,增强型的单片机集成了如A/D转换器、PMW(脉宽调制电路)、WDT(看门狗)、有些单片机将LCD(液晶)驱动电路都集成在单一的芯片上,这样单片机包含的单元电路就更多,功能就越强大。甚至单片机厂商还可以根据用户的要求为其量身定做,制造出具有自己特色的单片机芯片。此外,现在的产品普遍要求体积小、重量轻,这就要求单片机除了功能强和功耗低外,还要求其体积要小。现在的许多单片机都具有多种封装形式,其中SMD(表面封装)越来越受欢迎,使得由单片机构成的系统正朝微型化方向发展。

3. 多品种共存互补

虽然现在单片机的品种繁多、各具特色,但是在竞争中形成了多品种共存、互相补充的格局。例如Philips公司的产品、ATMEL公司的产品和Winbond系列单片机侧重于研发以80C51为核心(或兼容)的单片机,占据了较大的市场份额;而Microchip公司的PIC精简指令集(RISC)也有着强劲的发展势头;值得我们注意的是:HOLTEK公司近年的单片机产量与日俱增,以其低价质优、产品线丰富的优势占据了一定的市场份额。此外还有Motorola公司的产品、日本几大公司的专用单片机。在一定的时期内,这种情形将延续,但不会出现某个单片机一统天下的垄断局面,走的是依存互补、相辅相成、共同发展的道路。

1.2 单片机的学习方法

涉及单片机知识的学科和专业主要集中在涉及“电”的工科专业,而“电”目前在人类生活中占据着无可替代的统治地位。大致列举如下(可能有遗漏):计算机类专业,信息类专业,电子、仪表、家用电器类专业,电气自动化类专业,机械、汽车制造类专业,测量专业等。单片机在上述各个专业的人才培养方案和课程体系中起着重要作用:通过学习,掌握单片机技术及其在工程实践中的应用，可以大大地培养学生实践能力、创新能力和新产品设计开发能力，为将来从事电子类新产品设计开发、电子产品的检测和维护等工作奠定坚实的基础。

既然单片机如此重要，那么怎样才能学好单片机呢？

(1) 虽然目前有种类繁多的几十种单片机，但是其基本原理和实践方法都是相通的。学习单片机，首先应该大致了解单片机的内部系统结构和该单片机的汇编语言。如果同学们学习过微型计算机原理等相关课程，这部分内容就比较容易掌握。此外，从工程实用性而言，学习单片机更重要的目的是开发各类单片机控制的系统，因此还应该掌握用单片机控制常见器件的方法。例如，用单片机控制最常见的数码管、液晶显示屏等输出器材和键盘等输入器材。目前单片机的开发大多数情况使用 C 语言，因此本教材在各章节的实验中采用了以C 语言为主的方式。由于工科专业的同学基本上都学习过 C 语言，因此没有对 C 语言进行详细讲解，而是在后续章节中给出了单片机 C 语言的指令速查表，并针对单片机的 C 语言特点进行了讨论。此外本书用了很大的篇幅讲述如何开展单片机实验，并且尽可能配以图片和详细的说明文字。我们希望读者不要仅仅通过阅读学习此书，而应该按照书上的描述按部就班地进行这些实验。实际上本书是以数十个实验为主线的，每个实验中都包含了单片机学习中的要点。如果认真掌握每个实验，包括实验原理图、实验程序、实验中涉及的器件和实验的练习等，那么学习完本教材，就可以说读者已经迈入了单片机开发的殿堂，为以后更深入地学习打下了坚实的基础。

(2) 单片机学习时还应该注意一些其他问题。例如，学习单片机时最好和几个具有相同兴趣的同学组成小型的团队。目前，社会风气复杂，价值观念多元化，在某种程度上影响了大学生的学习，有些大学生沉溺于网络游戏，对专业不感兴趣。因此，组成学习团队可以互相鼓励，互通有无，共同提高，树立学好单片机的决心。此外，完成书中单片机的实验，需要各方面的综合知识，例如，一些综合实验涉及原理图的绘制、程序的编写、电路的制作、焊接、调试等。团队学习可以有效发挥队员个人的优势，达到团队内部的互助。例如，有些同学动手能力强，有些同学编程能力强，团队学习可以更有效地掌握各个实验过程。

(3) 此外，本书限于篇幅和作者的水平，不可能面面俱到，可能存在着一些疏漏，因此，学习单片机还应该注重网络上的各种信息和论坛，经常关注一些相关资源。从西方国家兴起的 DIY 概念正在全球蔓延，所谓 DIY 就是英文 Do It Yourself 的缩写，又译为自己动手做。与此类似，计算机行业近几年兴起了开源软件和开源硬件的观念。开源软件就是开放源码软件(open-source)，其源码可以被公众使用，并且此软件的使用、修改和分发也不受许可证的限制；而与之相对应的开源硬件则是指电路原理图、印制板图等都公开的硬件设计。开源的软件、硬件一般都公开放在专门的网络上，供公众查询、学习和改进。单片机系统都包含相应的电路硬件设计和软件设计，因此网络上出现了大量的开源设计方案。其中一些方案非常优秀，是我们学习、参考的重要来源。

(4) 最后，学习单片机的一个重要途径是制作一些较有难度的设计。如果仅仅满足于一些基本实验的完成，那么就会限制自身的提高。相反一些构思精巧，具有一定挑战性的单片机制作则会大大提高自己的单片机运用能力，也包括其他领域的知识和能力。在这里特别要提到盛群半导体公司为了促进单片机的教学和推广，特地在国内许多地区开展了“盛群杯”单片机应用设计大赛。盛群半导体公司会为所有入围参赛队伍提供单片机开发的各种工具和芯片。为同学们掌握学习单片机提供了极大的物质保障，参加比赛可以使同学们有一定的动力，使同学们努力完成自己的作品。我们也希望同学们尽可能参加这种竞赛，作为课堂学习的有益补充。

1.3 单片机功能简述

单片机作为一种小型控制用的计算机芯片，很大程度上是为了让电子设备具有类似于人类的智能，以控制各种电子、机械设备的工作过程。那么人类所谓的智能本质上又是什么呢？这里我们以日常生活中煮粥的过程简单说明。

大家都知道将锅装上水、米放上炉子后，一般的煮粥过程可归纳为以下 4 个步骤：

(1) 打开燃气灶，开始加热(控制外部加热)。

(2) 等水开了，将米放入水中(需要智能判断，如判断水开与否)。

(3) 打开锅盖，将火调节到小火，熬 20 分钟(控制外部加热，配合机械动作)。

(4) 关火，报告粥好了(机械动作)。

下面考虑如何让单片机控制上述过程(比如我们研制电煮粥锅)。传统的电子设备(如继电器)也可以完成各种控制功能，但是缺乏一定的“智能”功能。而单片机是如何模拟似乎只有人类能完成的智能控制呢？其实所谓智能控制过程可以概括为系统能按照设计好的流程依次执行特定的动作，每个动作还可以针对外界的一些输入信息，经过计算、判断灵活做出调整。以上述煮粥过程为例，首先单片机控制打开加热电源，加热等待并判断水开了没有，若发现水开了降低加热功率，再等待 20 分钟停止加热，煮粥成功。单片机在作出水是否开了的判断时，需要外部输入某种信号，并作出逻辑处理。就像人类通过眼睛观察水是否翻滚，以判断水开了没有，单片机则可以通过温度传感器监测外界温度，并根据物理知识(水沸腾时温度为 100℃)判断水是否开了。

因此单片机为了模拟人类智能的煮饭行为，应该具有以下基本功能。

(1) 具有某种记忆功能将上述煮饭的流程牢记在心，并能够一步一步执行该流程(对于单片机而言就是有地方存储特定的程序，并依次执行该程序)。

(2) 对外能执行某些特定控制功能，或者能输出控制信号经放大后再驱动其他设备(单片机通过输出口对外发号施令)。

(3) 能感觉外部的输入信号，例如获取通过温度传感器的输入信号感知外部温度(单片机通过输入口获得外部信息)。

(4) 具有一定的逻辑判断、计算功能。例如，判断水温度是否大于、等于、小于 100℃，以此判断出水的加热状态，据此控制加热设备功率(单片机中含 ALU 控制单元，可以完成各种逻辑、数值计算)。

(5) 为了完成这种逻辑判断，需要有某种临时记忆的区域。就像我们笔算做一个复杂的乘除法需要草稿纸一样，计算机在执行一个复杂逻辑判断过程时也会将其分解成一系列的运算过程，也就需要一些临时存储中间结果的记忆单元，也就是单片机中的 RAM 和各种寄存器。

(6) 类似于人类需要在水开后，放入米煮 20 分钟，一般单片机还设置有定时器功能，定时在各种控制、测量方面的使用是非常广泛的。

(7) 俗话说“不怕一万，就怕万一”。如果在煮饭过程中发现燃气没有了，这时会采取一定的措施，单片机在模拟人类进行过程控制时，也设计了某种应急机制，术语称“中断”。中断即在执行预定的功能过程中，一旦发生某些特殊情况，就通知单片机暂停手头的工作，进行紧急事件处理，完毕后再按部就班地执行预定的功能。

上述列举的几种功能是所有单片机都具备的基本功能，随着单片机产业的发展，现在单片机也具备了越来越多的能力。但是理解单片机还是应从上述几种基本功能模块开始。

第2章　单片机的系统结构

单片机的核心功能可以描述为：能够按照预先设定的程序，依次执行某种操作序列。这些操作或者向外输送某种控制信息，或者获取某种外部信息，或者进行某种逻辑判断或计算。此外，单片机还具有定时器、外部中断等功能，辅助完成复杂的控制过程。单片机之所以能够完成各种控制功能是和其内部的体系结构设计分不开的。本章将以HT46F49E为例，介绍单片机外部和内部的体系结构。

2.1　外部结构

以盛群单片机HT46F49E为例，如图2-1所示，从外部认识单片机。HT46F49E是盛群公司推出的一款高性价比的8位单片机，其程序存储器采用Flash ROM(闪速存储器)，并内含EEPROM数据存储单元。程序存储器是一种只读存储器(Read Only Memory)，用它来固化单片机的应用程序和一些表格常数。

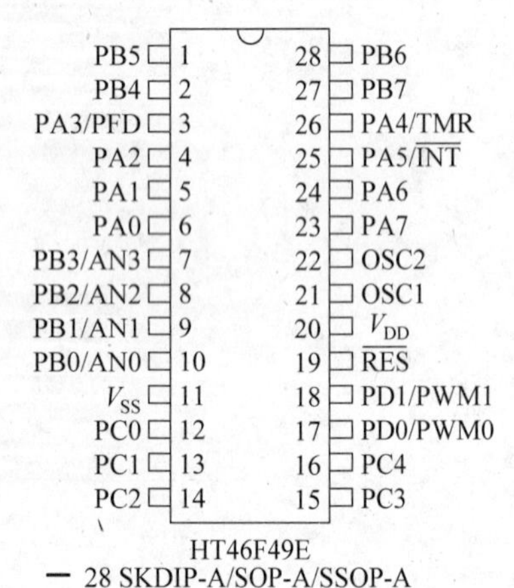

图2-1　HT46F49E引脚图

HT46F49E有两种封装形式，分别为24个管脚和28管脚，28管脚的芯片功能更加丰富，因此我们教程讲解和后续实验将一律采用28管脚的HT46F49E。图2-1中除了HT46F49E的芯片型号外，还出现了SKDIP-A、SOP-A和SSOP-A这3个英文缩写，它们分别代表3种封装格式。DIP(Double In-line Package)，即采用双列直插形式封装的集成电路芯片；而SKDIP中的SK是英文skinny的缩写，这是一种较窄的双列直插封装，术语叫做窄型双列直插式封装，除了芯片的宽度是DIP的1/2以外，其他特征与DIP相同；SOP的英文含义为小外型封装，是表面贴装型封装的一种，引脚间距为1.27mm；而SSOP含义则是窄间距小外型塑封。后两种封装形式都属于表面贴装型封装，焊接工艺较为困难，因此本教程后续均采用SKDIP型的封装进行实验。图2-1为其28管脚的引脚功能图。此图中从左上角起沿逆时针标有各个管脚的序号(1～28)，每个管脚的功能则标在对应的芯片外围。观察能力强的同学会发现，有的管脚标有两个名字，例如管脚3的名称为PA3/PFD。这些管脚都是功能复用的管脚，所谓功能复用就是将多种功能放置在一个管脚中，而管脚每次只能使用一种功能，使用某种功能将由程序设定，其引脚功能如表2-1所示。大家一定都听说过牛顿和猫的故事吧？大概意思是大科学家牛顿饲养了两只宠物猫，一大一小。为了方便猫的进出，牛顿特地在他的门上开了一大一小两个洞。伟大的牛顿在这里犯了一个错误，显然，两只猫可以从同一个洞中穿过，但绝对不能同时穿过。管脚复用的思想的巧妙之处也是如此，如果将每个功能都引出为一个管脚的话，单片机的管脚数目就太庞大了，而且很多种情况往往不会同时使用那么多的功能。因此芯片设计工程师就想出了某些管脚具有多种功能，就是复用(但这些功能不能同时使用，就像大猫小猫不能同时通过一个洞一样)。

表 2-1　HT46F49E 引脚功能表

引脚名称	输入输出	配置选项	说　　明
PA0～PA2 PA3/PFD PA4/TMR PA5/$\overline{\text{INT}}$ PA6～PA7	输入输出	上拉电阻唤醒功能 PA3 或 PFD	8 位双向输入输出端口；每一位可由配置选项设置为唤醒输入；可由软件设置为 CMOS 输出、带或不带上拉电阻(由上拉电阻选项决定)的斯密特触发输入；PFD、TMR、INT 分别与 PA3、PA4、PA5 共用引脚
PB0/AN0 PB1/AN1 PB2/AN2 PB3/AN3 PB4～PB7	输入输出	上拉电阻	8 位双向输入输出端口；可由软件设置为 CMOS 输出、带或不带上拉电阻(由上拉电阻选项决定)的斯密特触发输入；A/D 输入与 PB 口共用引脚；一旦 PB 作为 A/D 输入(由软件设置)，则相应输入/输出功能和上拉电阻会自动失效
PC0～PC4	输入输出	上拉电阻	5 位双向输入输出端口；可由软件设置为 CMOS 输出、带或不带上拉电阻(由上拉电阻选项决定)的斯密特触发输入
PD0/PWM0 PD1/PWM1	输入输出	上拉电阻输入输出或 PWM	2 位双向输入输出端口；可由软件设置为 CMOS 输出、带或不带上拉电阻(由上拉电阻选项决定)的斯密特触发输入；PWM 输出与 PD0 或 PD1 共用引脚(由 PWM 选项决定)
OSC1 OSC2	输入输出	晶体或 RC	OSC1、OSC2 连接 RC 或晶体(由配置选项确定)，以产生内部系统时钟；在 RC 振荡方式下，OSC2 是系统时钟 4 分频的输出端口
$\overline{\text{RES}}$	输入		斯密特触发复位输入，低电平有效
V_{DD}			正电源
V_{SS}			负电源，接地

从使用者的角度可以将这些管脚分为以下两类。

(1) 与单片机自身运行相关的管脚：电源引脚、振荡引脚和复位引脚。

(2) 单片机对外控制或输入信息的引脚，以及其他功能引脚。

2.1.1　电源电路

电源引脚包括 V_{DD} 和 V_{SS}，其直流工作电压范围为 2.2～5.5V。在电路图中约定和供电相关的符号包括以下几种。

V_{CC}：C=circuit 表示电路的意思，即接入电路的电压。

V_{DD}：D=device 表示器件的意思，即器件内部的工作电压。

V_{SS}：S=series 表示公共连接的意思，通常指电路公共接地端电压。

对于数字电路来说，V_{CC} 是电路的供电电压，V_{DD} 是芯片的工作电压(通常单片机系统的 V_{CC} 也是 V_{DD})，V_{SS} 是接地点；有些 IC 既有 V_{DD} 引脚又有 V_{CC} 引脚，说明这种器件自身带有电压转换功能；在场效应管(或 COMS 器件)中，V_{DD} 为漏极，V_{SS} 为源极，V_{DD} 和 V_{SS} 指的是元件引脚，而不表示供电电压。

单片机所需的供电电压 V_{DD} 范围为 2.5～5.5V，与其工作频率有关。一般而言，频率越高，消耗能量越多，因此所需的工作电压也越高。更详细的说明可以参考其技术文档——盛群单片机资料手册。本书后续的实验均采用 3 节 1.5V 的 5 号电池供电。

2.1.2 振荡电路

单片机必须通过一定的振荡电路才能产生控制其工作的工作节拍。如果说电源电路提供了单片机的血液，那么振荡电路就是单片机的心脏。芯片的 OSC1 和 OSC2 为振荡引脚，HT46F49E 内部有振荡电路，但是需要外部元器件通过振荡引脚配合才能工作。一般有两种振荡电路模式，即 RC 振荡模式和晶体振荡模式，如图 2-2 所示。

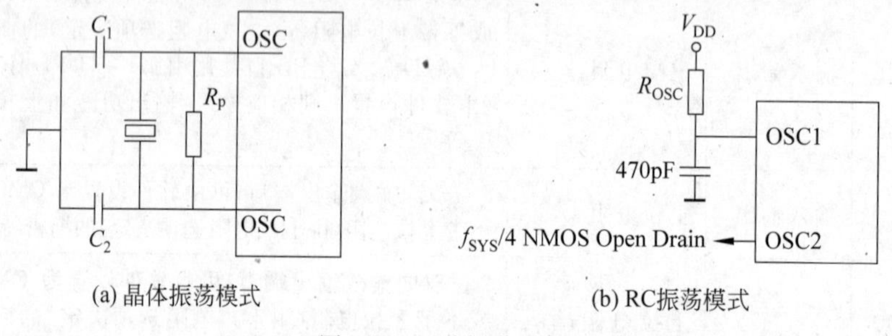

图 2-2　两种振荡电路

图 2-2 为 HT46F49E 两种振荡模式的原理图。一般而言，RC 振荡方式只要一个电阻和电容就可以和内部电路配合产生系统时钟，成本低廉；但是其振荡频率准确度不高，容易受电源、元件、温度和湿度，甚至芯片差异性和外围电路板设计的影响，因此不适用于要求工作频率精确和稳定的场合。如果采用晶体振荡模式工作，若系统时钟大于 1MHz，则图中两个滤波电容 C_1、C_2 和电阻 R_p 可以不接，这样仅将晶振两个管脚连接于 OSC1 和 OSC2 之间即可。电路最为简洁，而且频率稳定度高，因此本书后续的实验均选用 4MHz 晶振，并采用此方式连接。

振荡电路的振荡频率决定了系统的时钟周期，从而决定了指令的执行时间。盛群单片机的一个指令周期为 4 个系统时钟周期，例如：采用 4MHz 的晶体振荡，那么一个指令执行时间为 1μs。盛群单片机的大部分指令只需要一个指令周期来执行，但是跳转指令、调用指令、返回指令和查表指令等需要两个指令周期来完成。而且，如果涉及程序计数器低字节寄存器 PC_L 也需要多于一个指令周期来执行。

2.1.3 复位电路

除了振荡电路外，复位引脚也和单片机本身运行有关。复位就是单片机回到某种初始状态，重新开始运行。当给单片机的 $\overline{RES}$ 引脚输入低电平并保持一定时间，单片机即进入复位状态，等到 $\overline{RES}$ 引脚重新为高电平状态，单片机便从初始状态工作。本书实验复位电路均采用该基本复位方式连接，如图 2-3 所示。如果单片机系统工作环境有较大的干扰信号，可以采用另一种增强复位电路，具体连接可以参考盛群单片机资料手册。

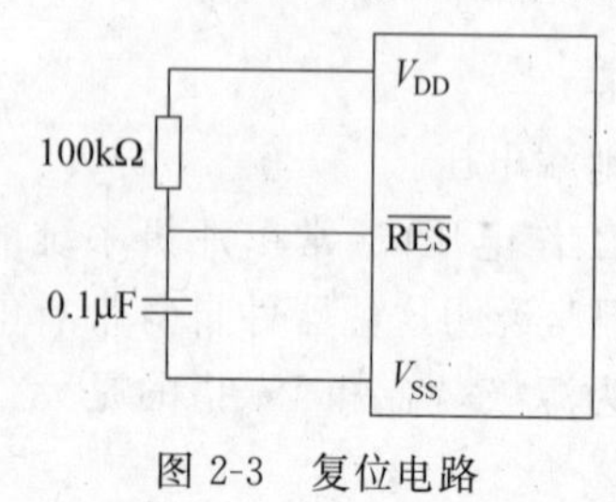

图 2-3　复位电路

2.1.4 输入输出端口

一般而言，单片机术语里有所谓“最小系统”的概念，也就是让单片机能够工作的最小电路，包括电源、晶振、复位。具备了这3项，单片机就具有了执行程序的能力，便可以正常运行。但是没有输入输出电路，此时的单片机仅具有一个聪明的大脑还没有办法工作。下面将介绍与输入输出相关的引脚，这样单片机就能感知外部世界并指挥其他设备工作了。

HT46F49E具有丰富的对外控制或输入信息的引脚，这类引脚简称I/O(英文 Input 和 Output 的首字母)口。为了方便记忆，它们可以分为4组。

1. PA口

PA口为双向的I/O口(PA0～PA7)，所谓双向就是每个端口既能作为输入端也能作为输出端控制信号，但是只能编程选择一种功能。控制每个端口的控制寄存器(PAC)可以设定其功能是输入还是输出。PA的每一位都是独立的个体，都可以由PAC的对应位设置成不同的功能。

单片机电路设计时经常使用上拉电阻。所谓上拉电阻就是在某个输入端口上连接一个阻值较大的电阻至电源，而下拉电阻则是通过电阻与地连接。上拉电阻(或下拉电阻)可以实现输入信号置高(或低)以避免浮接状态(有些输入信号在外部器件没有工作时，对外呈现的高阻状态，此时端口状态不确定)。盛群单片机内部每个I/O口都可以在芯片内部连接一个上拉电阻，避免外部上拉电阻的使用。(要使用内部上拉电阻，必须在芯片配置中说明，参考HT-IDE 3000的使用)

此外，必须注意的是，PFD、TMR、$\overline{\text{INT}}$分别与PA3、PA4、PA5共用引脚。PFD是 Programmable Frequency Divider 的首字母缩写，当该引脚设定为输出模式时，可以根据定时器的溢出产生一定频率的方波信号(实际为定时器溢出频率的一半)。该功能非常适合于产生音乐、音调信号。后面教程的电子钢琴和奏乐程序将重点介绍该功能。TMR是 Timer (Event Counter)的简写，通过该功能单片机可以对外部的脉冲信号计数，这个功能在测控领域用处很大。$\overline{\text{INT}}$则是 Interrupter 的缩写，就是外部中断功能。

2. PB口

PB口为8位双向I/O口。其功能可由软件设置为CMOS输出、带或不带上拉电阻(由上拉电阻选项决定)的斯密特触发输入。注意4路A/D输入与PB口共用引脚(PB0～PB3)。一旦PB口作为A/D输入(由软件设置)，则相应输入/输出功能和上拉电阻会自动失效。

3. PC口

5位双向I/O口。可由软件设置为CMOS输出、带或不带上拉电阻(由上拉电阻选项决定)的斯密特触发输入。

4. PD口

2位双向I/O口。可由软件设置为CMOS输出、带或不带上拉电阻(由上拉电阻选项决定)的斯密特触发输入。PWM输出与PD0口或PD1口共用引脚(由PWM选项决定)，PWM是英文 Pulse-Width Modulation 的缩写，即单片机可以从PD0口或PD1口输出占空比可以调节的方波信号，频率则由软件设定。

2.2 内部结构

单片机是把微型计算机的主要组成部分(CPU、存储器、I/O口等)集成在一块超大规模集成电路芯片上。下面简单介绍其内部结构以及和使用相关的注意事项。图2-4为单片机HT46F49E的内部结构图。

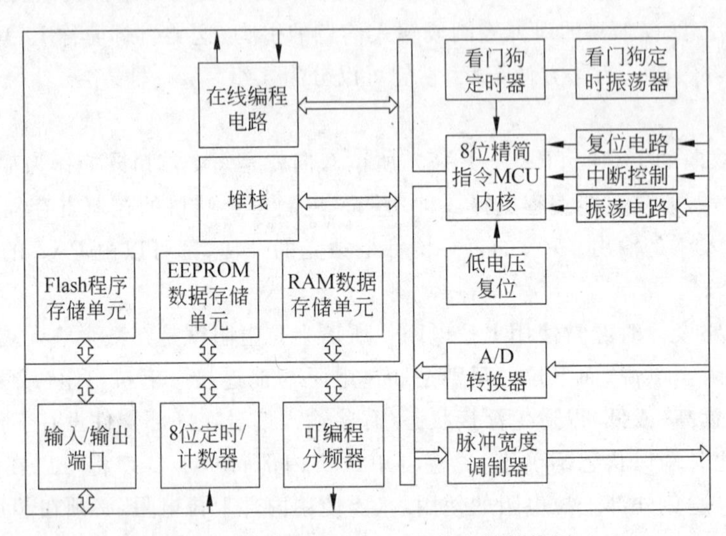

图2-4 单片机HT46F49E的内部结构图

它由CPU系统、程序存储器、数据存储器、各种I/O口、基本功能单元(定时器/计数器等)等组成。

1. CPU系统

CPU系统包括MCU内核、时钟系统、复位电路、总线(BUS,即信号的公共通道)控制逻辑。

1) MCU内核

单片机中的MCU内核是单片机的大脑,每一条指令被依次从程序存储器中传输至内部CPU中的执行机构执行。

2) 时钟系统

内部时钟系统配合外部的元器件产生单片机工作所需的时钟信号。它必须满足CPU及单片机内各单元电路对时钟的要求。时钟振荡器的工作频率一般在1.2~12MHz。

3) 复位电路

内部复位电路配合外部的电路,保证系统上电复位、信号控制复位的要求。

4) 总线控制逻辑

单片机内部含有3种总线:数据总线、地址总线及控制总线。总线控制逻辑应满足CPU对内部总线和外部总线的控制要求。

2. 程序存储器

HT46F49E是盛群公司推出的一款高性价比的8位单片机,其程序存储器采用Flash,并内含EEPROM数据存储单元。程序存储器是一种只读存储器,被用来固化单片机的应用程序和一些表格常数。单片机生产厂家按单片机内部程序存储器的不同，形成单片机的不同结构类型。

1）Mask ROM 型

由半导体生产厂家提供掩膜（生产集成电路的一种工艺）状态的程序存储器。使用这类单片机时，用户将调试好的程序交给半导体生产厂家，在单片机掩膜工艺阶段将程序代码和数据掩膜到程序存储器中。这种存储器可靠性高、成本低，但程序只能一次生成不能修改，适合定型产品批量生产。

2）EPROM 型

这是一种紫外线可擦除程序存储器，使用这种存储器的单片机芯片上面开有一个透明窗口，可通过紫外线照射（一般照射 5 分钟左右）擦除片内所有信息，使其内容全为 1。对于这类存储器，用户自己就可以使用写入器 S（市场上有产品销售）把程序方便地写入存储器。若需修改时，可用紫外线擦除后再重写。这种存储器用户使用方便，适合产品研制过程或试制过程中使用。但这种存储器价格较高，而且必须使用专用的写入器，修改时也较麻烦（需紫外线擦除且只能全部擦除）。

3）ROMLESS 型

这是一种片内没有程序存储器的结构形式，必须在单片机片外扩展一定容量的 EPROM 器件。因此，这类单片机必须有并行扩展总线。

前三种程序存储器的单片机是早期的产品，目前 EPROM、ROMLESS 型已较少使用。

4）OTPROM 型

这是一种用户可一次性编程写入的程序存储器，写入程序时，用户需用专门的写入装置。这种单片机价格便宜，适合定型的小批量产品，但写入的程序不能修改。

5）EEPROM 型

EEPROM（electrically erasable programmable read-only memory，电可擦可编程只读存储器）是一种掉电后数据不丢失的存储器件。EEPROM 可以在计算机上或专用设备上按字节擦除已有信息，重新烧写。

6）FlashROM（MTPROM）型

这是一种用户可多次编程写入的存储器，如闪速存储器（FlashMemory），FlashROM 出现晚于 EEPROM。与 EEPROM 不同的是，它只能以较大的单位，例如整个芯片或者某一个区域（Block），对芯片进行擦除和重写，但是读写速度比 EEPROM 的速度快很多，而 EEPROM 是以字节为单位进行读写的。FlashROM 能够快速读写或擦除，这也是它名称的由来。所以，FlashROM 特别适合存储程序，而 EEPROM 适合存储数据。

据盛群单片机资料手册，HT46F49E 的 FlashROM 容量为 4KB，芯片可以反复烧写程序达 1 00 000 次。

程序存储器内部某些地址保留，以满足诸如复位和中断入口等特殊用途。

（1）地址 000H。该地址为程序初始化保留。系统复位后，程序总是从 000H 开始执行。

（2）地址 004H。该地址为外部中断服务程序保留。当$\overline{INT}$引脚转成低电平，如果中断允许且堆栈未满，则程序会跳转到 004H 地址开始执行。

（3）地址 008H。该地址为定时器/计数器中断服务程序保留。当定时器/计数器溢出，如果中断允许且堆栈未满，则程序会跳转到 008H 地址开始执行。

(4) 地址 00CH。该地址为 A/D 转换中断服务程序保留。当 A/D 转换完成，如果中断允许且堆栈未满，则程序会跳转到 00CH 地址开始执行。

3. 数据存储器——RAM

RAM 是一种可读写的存储器，也叫随机存储器。单片机内部的 RAM 除了作为工作寄存器、位标志和堆栈区以外的单元都可以作为数据缓冲器使用，存放输入的数据或运算的结果。由于单片机主要是面向测控系统，所以单片机内部的数据存储器容量较小，通常不多于 256 字节，而且都使用静态随机存储器 SRAM(Static Random Access Memory)。

4. I/O 口

I/O 口是计算机的输入输出接口(I 是输入，O 是输出之意)。单片机中的 I/O 口都是芯片的输入输出引脚。这些 I/O 口可分为以下 3 种类型。

(1) 总线 I/O 口。

(2) 用户 I/O 口。它被用户用于外部电路的输入输出控制。

(3) 单片机内部功能的 I/O 口。例如，定时器/计数器的计数输入、外部中断源输入等。

为减少单片机引脚数量，一般 I/O 口都有复式功能。例如，不使用外部总线时，总线端口可出让给用户做 I/O 口用。从 I/O 口的结构上还可以分为并行 I/O 口，即多位数据一起输出或输入，这种形式传送数据速度快，但使用的引脚多。另一种 I/O 口称为串行 I/O 口，即传送数据是顺序输出或输入，这种形式可大大减少 I/O 口的引脚数，但传送数据较慢。

5. 基本功能单元

基本功能单元是为满足单片机测控功能而设置的一些电路，是用来完善和扩大计算机功能的一些基本电路，如定时器/计数器、中断系统等。定时器/计数器在实际应用中的作用非常大，如精确地定时，或者对外部事件进行计数等。

1) 程序计数器——PC

PC 记录当前执行的程序的存储器存放地址。例如，上电复位后，程序计数器为 0，意味着将要执行的程序存放在程序存储器地址为"0"的单元，此后每执行完一条指令 PC 自动加 1。程序计数器的宽度和单片机的程序存储器容量相关，例如 HT46F49E 的内部程序存储器为 4KB($4\times1024=2^{12}$)，那么它的宽度应该为 12 位。虽然可以直接控制 PC，但是一般是通过跳转指令来对其进行改变的。如果用 C 语言开发单片机程序，可以不考虑该计数器。

2) 存储区指针

寄存器分为两个区块，即 BANK0 和 BANK1。除了 EECR 寄存器外，其他特殊寄存器和通用寄存器都位于 BANK0。区块 BANK1 仅有一个 EEPROM 控制寄存器，即 EECR。可以使用存储区指针 BP 来选择对应的数据存储器区块。如果对 BANK0 进行数据存取，必须先设置存储区指针 BP 的值为 00H；如果对 BANK1 进行数据存取，必须先设置存储区指针 BP 的值为 01H。

请注意，特殊功能寄存器不受存储区的影响。也就是说，无论是在 BANK0 还是在 BANK1 都能对特殊功能寄存器进行读写操作。直接寻址只会对 BANK0 内数据寄存器进行存取，而无须设置存储区指针 BP 的值。

3) 累加器——ACC

对于任何单片机来说，累加器是相当重要的，且与 ALU 所完成的运算有密切关系，所有 ALU 得到的运算结果都会暂时储存在累加器。若没有累加器，ALU 必须在每次进行加法、减法和移位运算时将结果写入数据存储器，这样会造成程序编写和时间上的负担。另外，数据传送也常常牵涉累加器的临时储存功能，例如，当在使用者定义的寄存器和另一个寄存器之间传送数据时，由于两寄存器之间不能直接传送数据，因此必须通过累加器来传送数据。

4）状态寄存器——Status Register

8 位的状态寄存器包含零标志位(Z)、进位标志位(C)、辅助进位标志位(AC)、溢出标志位(OV)、暂停标志位(PFD)和看门狗溢出标志位(TO)，它同时记录算术、逻辑运算和系统工作状态的数据。除了 TO 和 PFD 标志位外，状态寄存器中的位像其他大部分寄存器一样可以被改变，但任何数据写入状态寄存器将不会改变 TO 或 PFD 标志位。另外，执行不同的指令后，与状态寄存器有关的运算可能会得到不同的结果。TO 标志位只会受系统上电、看门狗溢出、执行“CLR WDT”或“HALT”指令影响。PFD 标志位只会受执行“HALT”、“CLR WDT”指令或系统上电的影响。

5）中断控制寄存器——INTC

8 位的中断控制寄存器用来控制外部和内部中断的动作。通过标准的位操作指令来设定这些寄存器的位，每个中断的使能、除能功能可分别被控制。INTC 寄存器内的总中断位 EMI 控制所有中断的使能或除能，用来设定所有中断使能位的开或关。当一个中断程序被响应时，就会自动屏蔽其他中断，EMI 位将被清零，而执行“RETI”指令则会置为 EMI 位。

6）定时/计数器——TMR、TMRC

该系列的单片机提供了一个 8 位定时/计数器。TMR 寄存器用于存放 8 位设定值，可以预先写入固定的数据，以允许设定不同的时间中断。而 TMRC 寄存器设置定时/计数器的工作模式，打开或关闭定时/计数器。

7）输入输出控制寄存器

在特殊功能寄存器中，输入输出寄存器和与它们相对应的控制寄存器很重要。所有的 I/O 口都有相对应的寄存器，表示为 PA、PB、PC 和 PD。这些输入/输出寄存器映射到数据存储器的特定地址，用以传送端口上的输入/输出数据。每个 I/O 口有一个相对应的控制寄存器，分别为 PAC、PBC、PCC 和 PDC，它们也同样映射到数据存储器的特定地址。这些控制寄存器设定引脚的状态，以决定哪些是输入口，哪些是输出口。要设定一个引脚为输入，控制寄存器对应的位必须设定成逻辑高，若要设定引脚为输出，则控制寄存器对应的位必须设为逻辑低。程序初始化期间，在从 I/O 口读取或写入数据之前，必须先设定控制寄存器的位，以确定引脚为输入或输出。使用“SET [m]. i”和“CLR[m]. i”指令可以直接设定这些寄存器的某一位。这种在程序中可以通过改变 I/O 口控制寄存器中某一位而直接改变该端口输入输出状态的能力是此系列单片机非常有用的特性。

8）脉宽调制寄存器——PWM、PWM0、PWM1

此系列单片机都提供了一个或两个脉冲宽度调制器(即 PWM)。每个 PWM 都具有自己独立的控制寄存器。对于只有一个脉冲宽度调制器的单片机，它的控制寄存器为 PWM。具有两个脉冲宽度调制器的单片机，控制寄存器为 PWM0 和 PWM1。这些 8 位的寄存器定义相应的脉冲宽度调制器调制周期的占空比。

9）A/D 转换寄存器——ADR、ADRL、ADRH、ADCR、ACSR

此系列单片机都提供了 4 通道 8 位或 9 位 A/D 转换器。A/D 转换需要涉及一个或两个数据存储器、一个控制寄存器和一个时钟控制寄存器。对于 HT46F49E 来说，A/D 转换结果寄存器为 8 位的 ADR；而对于此系列其他 9 位 A/D 分辨率单片机，其 A/D 转换结果寄存器为高位 ADRH 寄存器和低位 ADRL 寄存器。当一个 A/D 转换周期结束后，转换出的数值量将保存在这些寄存器中。通道的选择和 A/D 转换器的设置由寄存器 ADCR 控制，A/D 转换器时钟频率由时钟源寄存器 ACSR 定义。

第3章　程序编写、调试和烧录

单片机在上电复位后就会执行程序存储器中储存的指令序列，完成特定的任务。因此，程序编写、调试和烧录都是单片机开发中必要的步骤，往往需要特殊的工具（既包括软件工具也包括硬件设备）。本章将以 HT46F49E 的程序开发为例，讲述程序编写、调试和烧录的主要过程和相应工具。

3.1　程序设计简述

编程简单地说就是告诉单片机每一步都做什么。一般而言，单片机编程涉及3种语言：机器语言、汇编语言和高级语言（一般指C语言）。

(1) 机器语言（或称为二进制代码语言），其指令是用0和1组成的一串代码，它们有一定的位数，计算机可以直接识别，不需要进行任何翻译。每台机器的指令格式和代码所代表的含义都是硬性规定的，故称为面向机器的语言，也称为机器语言。机器语言对不同型号的计算机来说一般是不同的。机器语言对人类而言就像天书，很难理解和记忆。

(2) 汇编语言，简单地说，就是将计算机语言中一大串0、1代码按照其含义，用人类易于理解的词汇代替，具体包括用助记符代替操作码，用地址符号（Symbol）或标号（Label）代替地址码。使用汇编语言编写的程序不能直接被机器识别，要由汇编程序将其翻译成机器语言。一般而言，汇编语言和机器语言有着非常直接的对应关系，学习汇编语言同样需要了解计算机内部的结构，因此汇编语言也被称做低级语言（或者底层语言）。

(3) 高级语言，其语法和结构更类似于普通英文，与计算机的硬件结构及指令系统无关，它有更强的表达能力，能更好地描述各种算法，而且容易学习掌握，可移植性好。同样，高级语言需要翻译成计算机能够识别的机器语言，这个过程称为编译。在编译过程中，会先产生作为中间产品的汇编代码，然后再将其翻译成机器语言。在单片机高级语言设计中，一般采用C语言。

以一个驾驶汽车的例子来解释高级语言和汇编语言的不同。假设你是公司的老板拥有自己的司机。那么，即使你不会开车，也能命令司机达到目的地，例如“减速，停在右边的树下”，此时你是通过自然语言和司机交流的。司机则将上司的命令翻译成具体的操作步骤，例如上述命令可以通过换挡、松油门、将汽车右转及踩刹车实现。前者类似于编程中的高级语言，而具体的操作步骤类似于编程中的低级语言。两者都可以实现相同的功能，但是高级语言更容易掌握，且不需要熟知计算机的内部细节，因此可移植性更好。（比如将80C51的程序移植为盛群的程序，C语言可以较为迅速地完成，而汇编语言基本需要重写。）

单片机开发中一般采用两种方法（汇编语言方法或C语言方法）进行程序设计。对初学者而言采用哪种方法更合适呢？虽然汇编语言有助于理解单片机内部的工作细节，但是读者的学习目标一般都是能用单片机控制各种设备和工作流程。从这个意义上讲，C语言开发效率更高,可移植性强,因此目前成为工程师的首选。在本教程中将简单介绍汇编语言,并在最初的实验中运用两种语言编写,而后续实验只用C语言开发。

对于工科学生来说,使用C语言开发程序应该在计算机编程语言课程中都学习过,对于基本程序的框架大家都应该比较熟悉,因此结合具体的实验,后面进行进一步讲解。

对于盛群汇编语言编程,可能同学们没有接触过,但是其结构和一般微型计算机机原理中的汇编程序设计类似,下面以本书的第一个例子(面包板实验:LED显示)来介绍盛群汇编语言的要点及编程框架,如表3-1所示。

表3-1 汇编程序框架

```
#INCLUDE HT46F49E.INC
.CHIP HT46F49E
--------------------------------------------------------------
SDATA .SECTION 'DATA'
DEL0 DB ?
DEL1 DB ?
DEL2 DB ?
--------------------------------------------------------------
SCODE .SECTION AT 0 'CODE'
ORG 00H
MAIN: CLR PAC         ;将PA口设置为输出模式,PAC为输入输出控制寄存器
CLR PA                ;将PA口清零
SET PA.0              ;将PA0设置为1
CALL DELAY            ;调用延时子程序
CLR PA.0              ;将PA0清零
CALL DELAY            ;再次调用延时子程序
JMP MAIN              ;返回主程序,重新执行程序
--------------------------------------------------------------
;*************延时0.1s********************************
DELAY PROC
    MOV A,100         ;1个指令周期
    MOV DEL0,A        ;1个指令周期
DEL_0:
    MOV A,03          ;1*DEL0
    MOV DEL1,A        ;1*DEL0
DEL_1:
    MOV A,110         ;1*3*DEL0
    MOV DEL2,A        ;1*3*DEL0
DEL_2:
    SDZ DEL2          ;(109*1+2)*3*DEL0
    JMP DEL_2         ;109*2*3*DEL0
    SDZ DEL1          ;(2*1+2)*DEL0
    JMP DEL_1         ;2*2*DEL0
    SDZ DEL0          ;(DEL0-1)+2
    JMP DEL_0         ;(DEL0-1)*2
    RET               ;2
DELAY ENDP
--------------------------------------------------------------
END
```

表 3-1 是一个比较典型的盛群汇编程序结构，我们可以将该程序分为 5 个部分。

(1) 程序头文件和芯片说明。

(2) 程序数据段部分，定义所用到的所有变量。

(3) 程序代码段，包含主要程序代码。

(4) 子函数代码段，包含主程序调用的所有子函数。

(5) END 结束标志，表示程序结束。

上面 5 个部分都是汇编程序的组成部分，但是其中只用(3)和(4)的代码会成为最终的机器码，而其他部分不会直接生成机器码，所以称为伪指令。

(3)和(4)部分的每一条指令的最完整结构又可以包含 4 个部分，如[Name:] OP-Code [operand1 [,operand2]] [;Comment]对应的中文为标记栏、指令栏、操作数栏和注解栏。其中指令栏和操作数栏决定最后生成的机器指令，而标记栏和注解栏都不会生成机器指令。

每一条指令必须包括指令栏，而操作数栏或者注解栏或标号栏都不一定有(不一定有的部分包含在[]之间)。例如子程序 DELAY PROC 的最后一条指令 RET 只有指令栏，而第一条指令 MOV A,100 则包含指令栏和操作数栏；程序中出现的 MAIN 就是标号栏，而所有的汉字注释则是注解栏。下面总结一下指令各部分的典型作用和使用注意事项。

1) 标记栏

标记栏(Name Field)是指某一列指令中的第一个字节，是用来代表该列指令所在的实际程序存储器地址，因此程序设计者只需在程序中以标记代表该指令地址，而不需自己算出跳转目的地实际存储地址。标记栏一定要在每列指令的开头处，且不可有空格。并非每列指令都一定要有标记。HOLTEK 汇编语言中的标记栏可由“A”~“Z”、“a” ~“z”、“0” ~“9”、“?”、“—”、“@”符号组成，但是第一个字符不得为数字，而且编译器只识别前面 31 个字符。

2) 指令栏

指令栏(OP-Code Field)是一个指令列的主体，它的位置是在标记栏之后，空一格以上的位置，它指出 CPU 做什么事，如传送指令、加减运算指令、位设定指令等。其中伪指令也写在这个字节中，如 EQU、ORG、IF、END 等伪指令。

3) 操作数栏

操作数栏(Operand Field)在指令栏之后空格以上的位置开始，操作数栏指出指令运算的对象，因此根据指令类型的不同，操作数的个数可能是一个、两个或零个。

4) 注解栏

注解栏(Comment Field)其实不是程序的一部分，它保留给程序设计者对某一行指令做文字注解来说明程序的功能，以增强程序的可读性。而习惯上注解栏写在操作数栏之后，因此在编译时，编译器将不会管注解栏识别字符分号“;”之后的文字。注解的文字叙述可以写在任何地方，如果能在程序中加上适当的注解，将能更有效地维护程序。

本书在“单片机开发语言”中对盛群单片机汇编语言和 C 语言有进一步讲解，但是如果有一定C语言基础并学过微型计算机原理等课程的话，并不影响读者理解、完成前几章的各个实验(阅读汇编程序时，可以参考第7章的盛群汇编语言速查表)。

3.2 IDE 3000简介

在后续的实验中我们将使用盛群公司的HT-IDE 3000编辑、编译、调试及烧录程序。所谓IDE就是英文intergrated development enviroment的字头缩写，中文一般翻译成集成开发环境，HT则是盛群公司的拼写字头。前面已经讲过，单片机的程序设计可以使用汇编或者C语言进行，最后必须翻译成面向机器的机器指令，也就是一串二进制0、1序列。这些过程需要各种工具软件，例如，类似Word的文字编辑器供我们编写程序，对程序进行检查，看是否符合语法，将程序编译成机器语言，利用调试工具对程序进行仿真等。而集成开发环境就容纳了上述各种工具软件，并以菜单的方式供大家使用，非常便利。此外，HT-IDE 3000中还包含了将程序烧录到芯片中的程序，可以说HT-IDE 3000包括了所有开发盛群单片机的工具软件。此外，需要注意的是，HT-IDE 3000的版本更新较快，如果开发较新型的盛群单片机需要从网络下载其最新版(http://www.holtek.com.cn/china/tech/updates/ht-ide.htm)。

HT-IDE 3000中使用的文件各种各样，例如汇编或者C语言程序翻译成的机器码序列，以及各种各样的中间格式文件，如列表文件和map文件等。理解这些概念对于非计算机专业的同学稍有困难，但是这些概念可以帮助大家写出更加有效率的程序，所以不妨参考其他书籍看一下。本书在用到这些概念的时候再详细讲述。既然开发一个单片机项目涉及种类繁多的多个文件，那么非常有必要将这些文件有序地组织起来。因此，在IDE 3000中使用工程(project)将一个项目的所有文件组织和整合。一般在开始一个新项目的时候新建一个工程，最好为这个工程单独建立目录，并选定芯片型号和配置信息，此时的工程没有包含源程序；然后编写源程序(汇编程序或C语言程序)，将源程序添加到工程中。这样就可以编译该项目了。如果编译成功，在该工程目录下生成可以烧录的机器码(对于46F49E而言，后缀为".mtp")。下面结合IDE 3000的屏幕截图进一步描述该过程。(下面内容建议配合多媒体教程IDE 3000的使用视频教程一起学习。)

在Windows"开始"菜单下，打开HT-IDE 3000。注意，系统首先弹出一个对话框，提示已连接硬件仿真器，如图3-1所示。如果没有连接仿真器就会提示你进行连接。HT-IDE 3000是被设计来与盛群公司的硬件仿真器HT-ICE一起使用的，默认情况两者应同时工作。但是在没有硬件仿真器的情况下，也可以单独使用IDE 3000进行程序的编写、编译，也可以生成可烧录的机器码文件，但是没有办法使用硬件仿真和程序烧录。

由于HT-IDE3000的开发环境是以工程的方式管理用户的文件，所以开发一个新的单片机应用应该新建一个工程文件，单击"工程"菜单下的"新建工程"选项，弹出如图3-2所示的对话框，在第一个空白栏里填写工程名字；第二个是选项栏，用于选择存储路径，好的习惯是为新工程单独设置一个目录；第三个用于选择所用芯片型号，如本实验中所用芯片是HT46F49E，所以就选择这个型号；最下面的选项栏有两个选项，一个是默认的普通编译器，

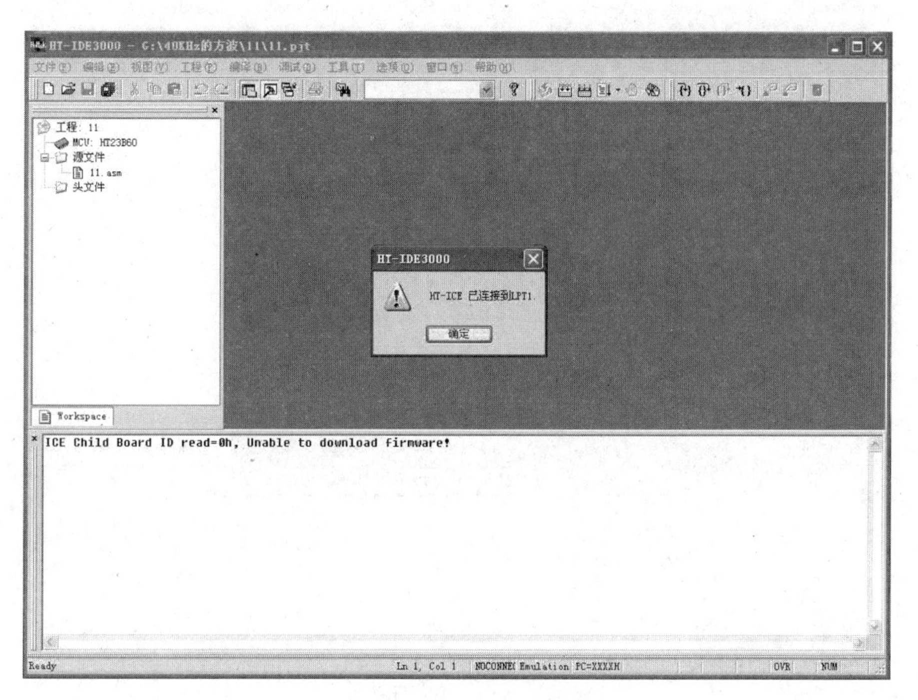

图 3-1 提示已连接好仿真器

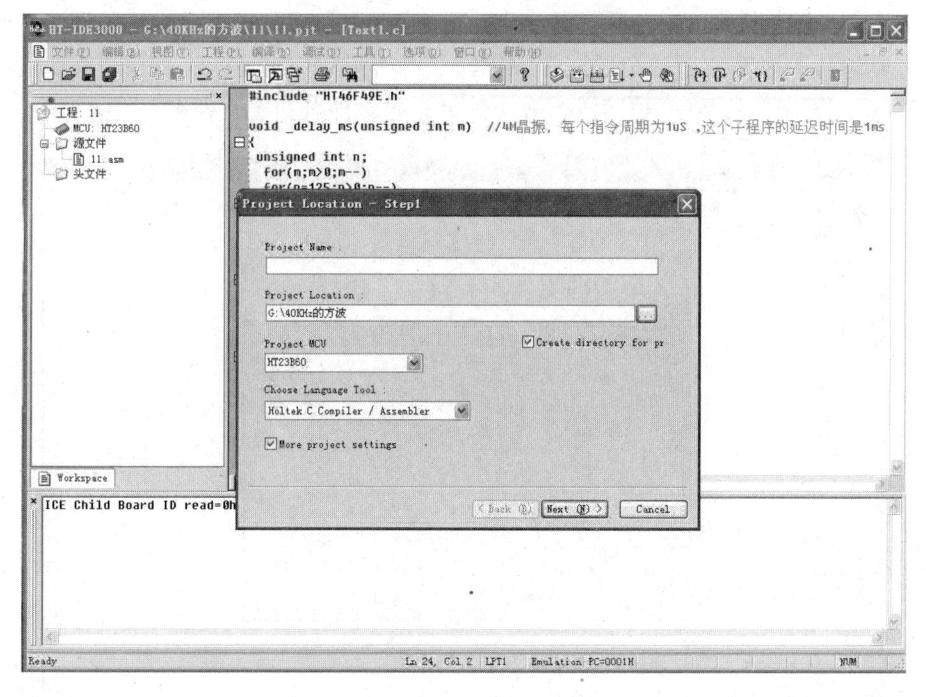

图 3-2 新建工程

另一个是加强版的,本实验选择默认的第一个选项。设置完成后单击“Next(N)”按钮就会出现图 3-3 所示的界面。

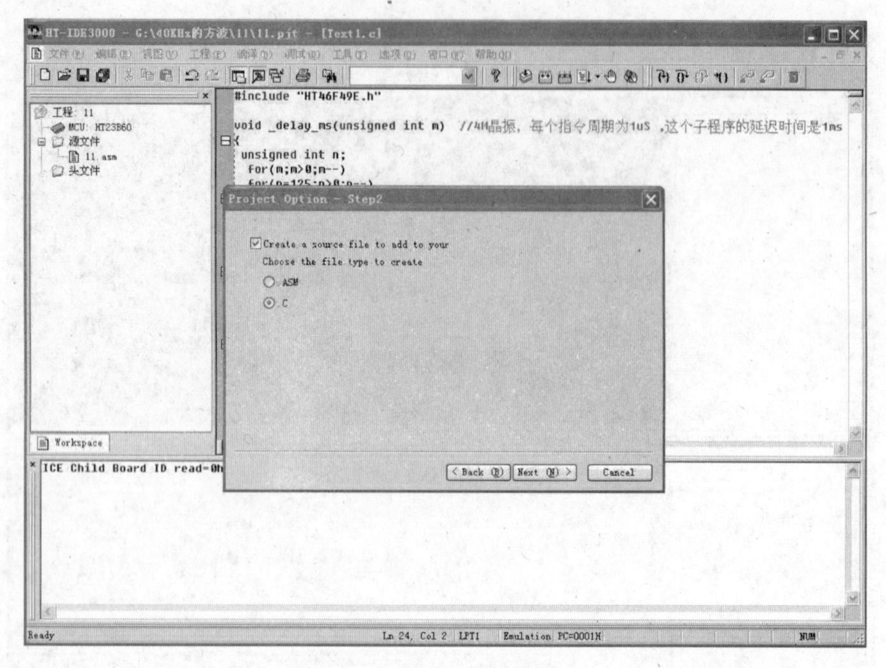

图 3-3　工程语言选择

如图 3-3 所示的界面里有两个选项，根据自己所用语言选择。如果使用汇编语言，就选择“. ASM”；如果使用 C 语言，就选择“. C”。单击“Next(N)”按钮就会出现如图 3-4 所示的界面，IDE 3000 自动建立了一个源文件(根据上一步的选项，或是汇编或是 C)，默认情况下工程名字就是源文件的名字，也可以为源文件另外起文件名和头文件名。

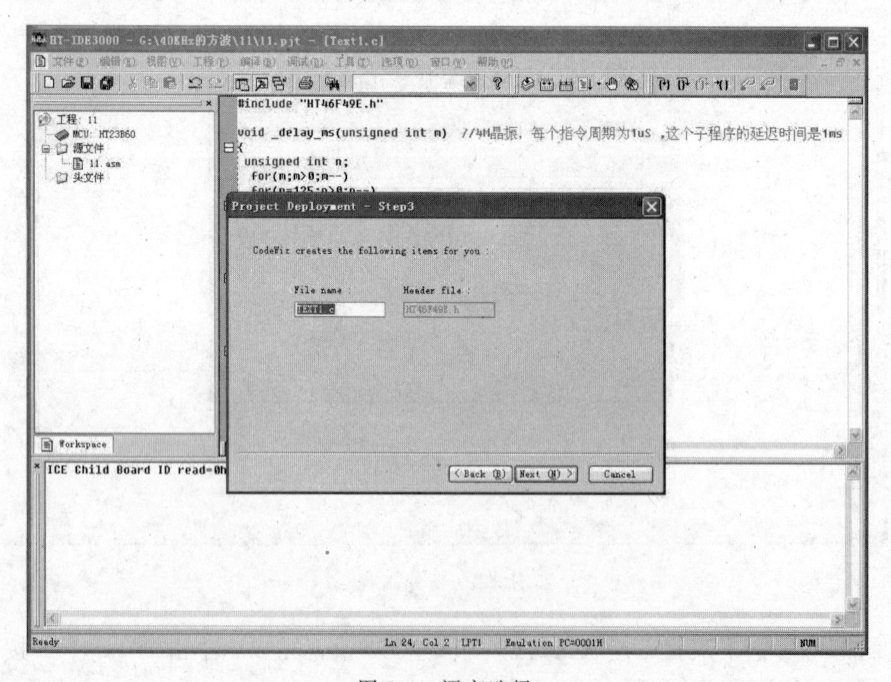

图 3-4　语言选择

图 3-5 中的选项是用来根据自己的需要设置芯片的，4 个 I/O 口有的需要接上拉电阻，根据实际情况选择，其中很多都可以选择默认的。注意，如果要使用外部中断就必须进行设置，因为外部中断默认的是禁止，根据使用情况选择所需触发方式。

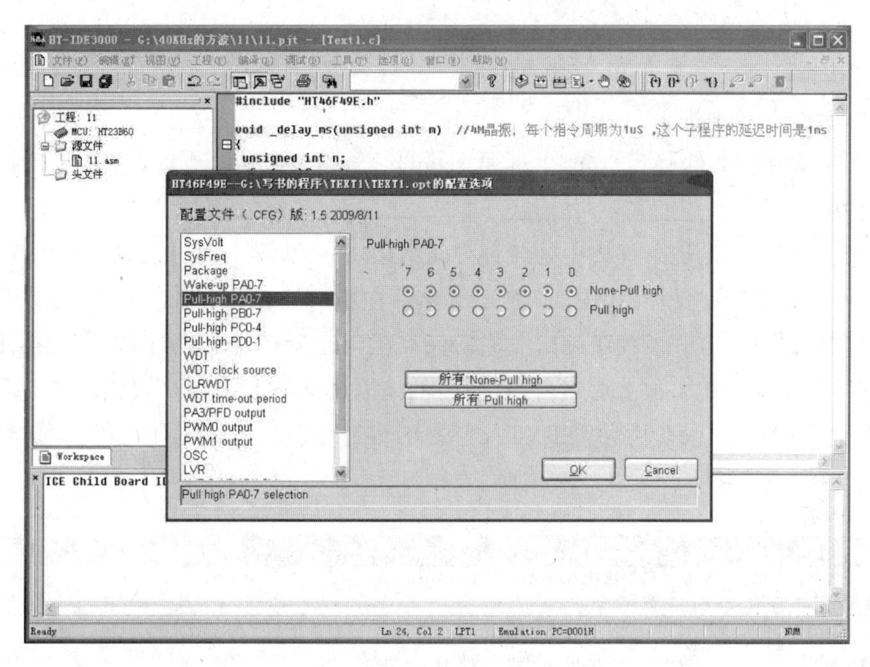

图 3-5　配置信息

待芯片配置设置好之后，单击“确定”按钮便会出现如图 3-6 所示的界面。下面是该界面中的选项介绍。

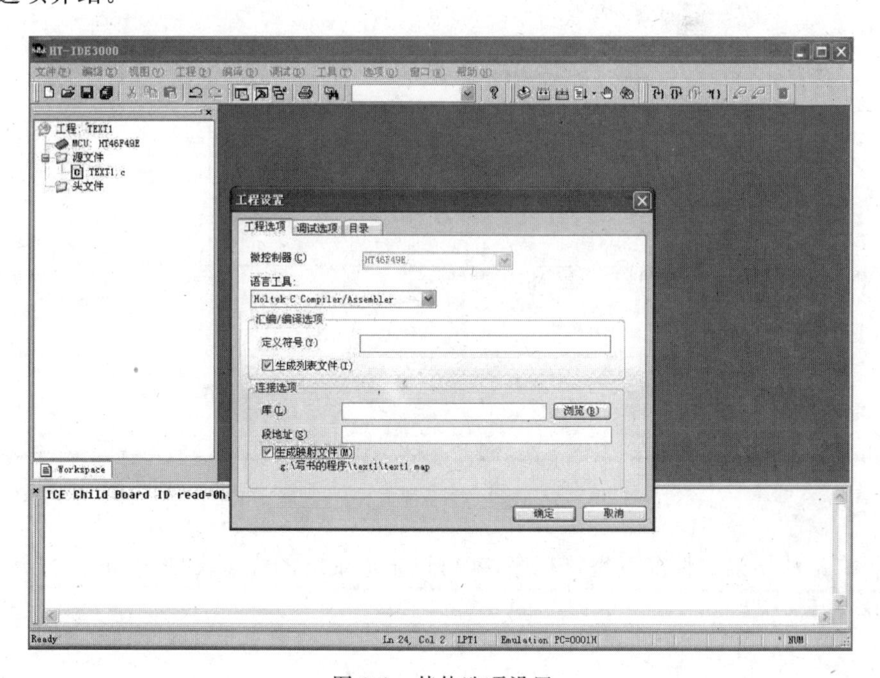

图 3-6　其他选项设置

(1)“生成列表文件(I)”：编译以后会产生列表文件，列表文件通常会提供一些值得参考的信息，建议读者选中此项。

(2)“库(L)”：制定函数库的所在地址及文件名，若程序中未使用任何函数库，即可不指定。

(3)“段地址(S)”：制定程序段的地址。一般不需指定，HT-IDE 3000 会依程序中的 SECTION 命令设定地址。

(4)“生成映射文件(M)”：产生标号(Name、Lable)的对应地址，这些信息将存放在 .map 文件中。

这些文件都是产生烧录程序中的各种中间结果，在初步学习时可以忽略这些文件。

设置好后首先新建文件，如图 3-7 所示。然后在空白处编辑自己的程序，如果程序事先已经写好就可以直接打开。程序编辑完成后保存至自己所设定的地址单元，值得注意的是文件名设置好之后一定要加上后缀名，若使用汇编语言就加上“. asm”，例如“TEXT. asm”；若使用 C 语言就加上“. c”，例如“TEXT. c”，大小写都可以。若是不加后缀名，仿真时将会无法辨认文件，最后将文件加入工程，如图 3-8 所示。

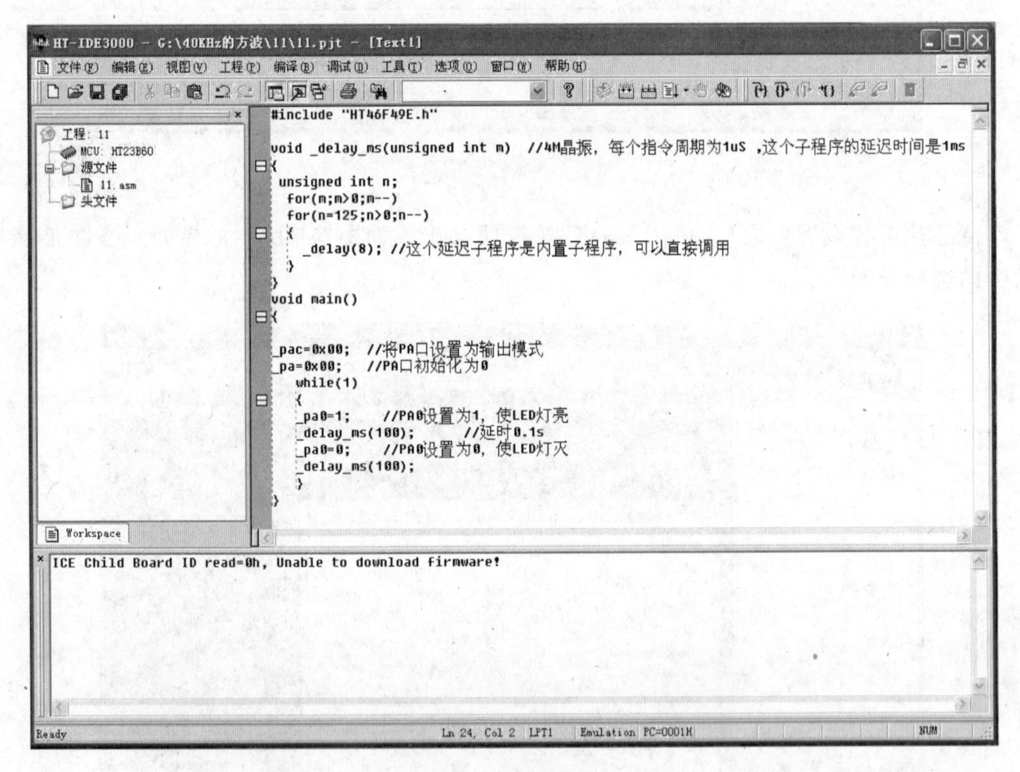

图 3-7 新建文件

在没有语法错误的情况下编译程序，就可以生成最终的烧录文件 *. mtp。“ * ”代表工程的名字。

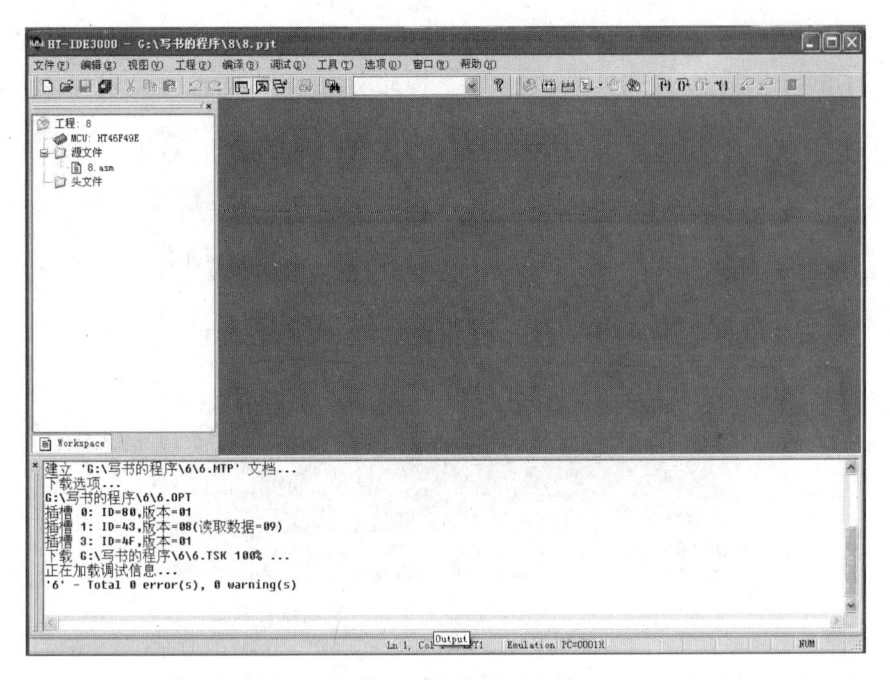

图 3-8　将文件加入工程

3.3　硬件仿真器

与 IDE 3000 配套使用的还有硬件仿真器 HT-ICE、仿真器接口板和相应连接电缆。所谓仿真器，就是通过仿真头来代替的在目标板上的单片机芯片，关键是不用反复烧录程序，不满意随时可以修改，可以单步运行，指定断点停止，等等，调试方面极为方便。

仿真器内部硬件资源和被仿真的单片机基本是完全兼容的。仿真主控程序被存储在仿真器芯片特殊的指定空间内，有一特殊的地址段用来存储仿真主控程序，仿真主控程序控制仿真器的正确运转。仿真器和电脑的上位机软件通过通信接口相连，负责接收电脑发出的仿真命令，或返回运行结果和单片机的运行状态信息。由仿真器内部的仿真主控程序负责执行接收到的数据，并且进行正确的处理。进而驱动相应的硬件工作，这其中也包括把接收到的程序存放到仿真器芯片内部用来存储可执行程序的存储单元，这样就实现了类似编程器反复烧录来试验的功能。不同的是，通过仿真主控程序可以做到让这些目标程序做特定的运行，比如单步、指定断点、指定地址的运行等，并且可以实时观察到单片机内部各个存储单元的状态。仿真器和计算机主机联机后就像是两个精密的齿轮互相咬合的关系，一旦强行中断这种联系(比如强行给仿真器手动复位或拔去联机线等)，计算机就会提示联机出现问题，这也体现了硬件仿真的鲜明特性，即“所见即所得”。这些都是编程器无法做到的。这些给调试、修改，以及生成最终程序创造了比较有力的保证，从而实现较高的效率。

图 3-9 最右边为 HT-ICE 仿真器，中间为接口板，接口板通过连接电缆和调试目标板相连。由于 HT-ICE 被设计来仿真所有 HT 单片机，而这些单片机管脚差异大，所以 HT-ICE 带有接口板，上面有各种盛群单片机的接口。如果仿真 HT46F49E，则需要用 28 腿连接电缆将接口卡上标有 HT46X49-28 的芯片插座与目标板上芯片插座相连。这样，仿真插头就

代替了目标板上的单片机。注意，HT-ICE 和计算机连接是通过打印口(并口)连接的，但是很多笔记本电脑或新型的台式机没有该端口。因此期待盛群公司推出 USB 口的仿真器。

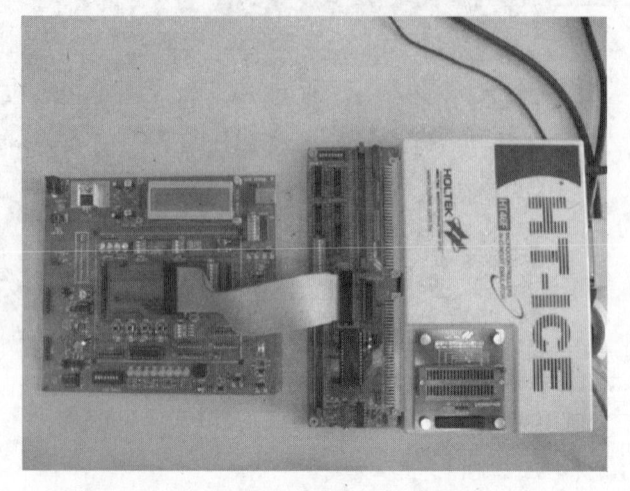

图 3-9　HT-ICE 仿真器和接口板及调试目标板

正确接入目标板后，就可以使用 IDE 3000 中的调试功能进行程序调试了。其中各个子菜单功能，比如单步运行、连续运行、设置断点等，和大家熟悉的高级 C 语言调试环境非常类似，可以结合配合本书的多媒体教程《单片机程序的调试》进一步学习。

3.4　程 序 调 试

程序的编写经常不是一帆风顺的，需要不断地调试，因此开发工具需要有一种程序的调试模块，盛群单片机的开发工具 IDE 3000 自然也含有此类功能，下面简要介绍程序的调试过程，程序编写调试窗口如图 3-10 所示。

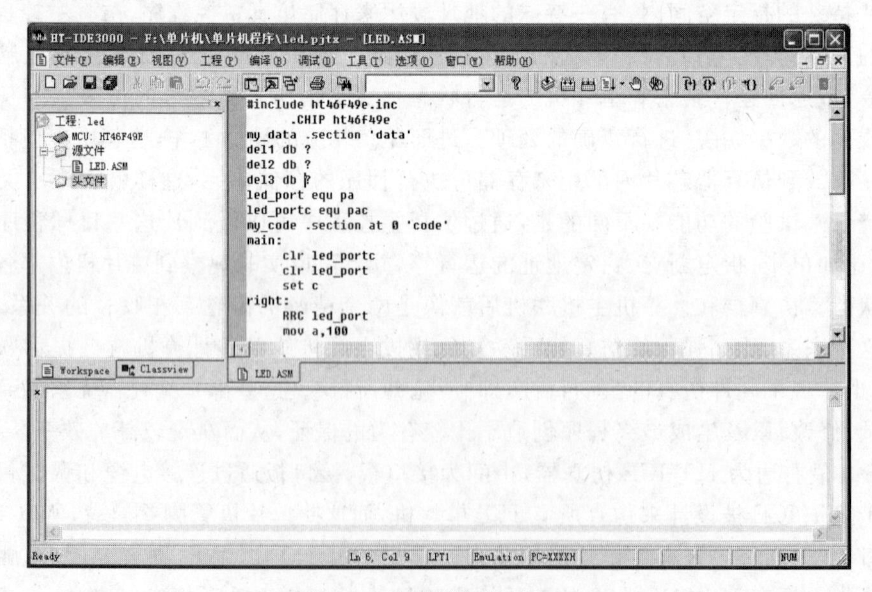

图 3-10　程序编写调试窗口

在菜单栏可以看到“调试”菜单，如图 3-11 所示。

工程(P) 编译(B) 调试(D) 工具(T) 选项(O)

图 3-11 “调试”菜单

单击“调试”菜单，可以看到其下拉菜单的内容，如图 3-12 所示。

在 IDE 3000 中的工具栏中也有调试工具的快捷方式，如图 3-13 所示。

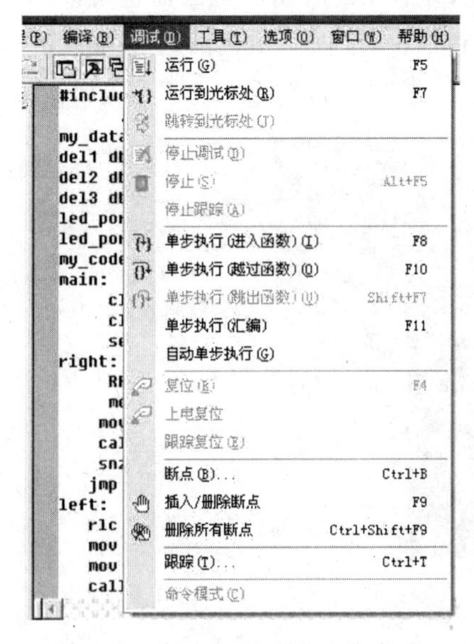

图 3-12 “调试”菜单的下拉菜单

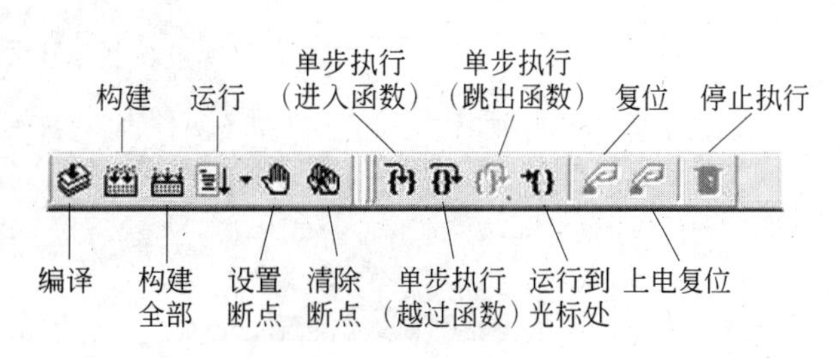

图 3-13 调试工具栏

调试工具栏的调试图标可以通过鼠标进行单击，调试比较方便，当然程序调试工具的快捷键可以使调试更加快捷，当将鼠标光标停留在调试工具栏的图标上时，可以看到其快捷键。当然在调试菜单的下拉菜单中也可以看到调试工具的快捷键。

编译：Ctrl+F8 键；构建：Shift+F8 键；构建全部：Alt+F8 键；运行：F5 键；设置断点：F9 键；清除断点：Ctrl+Shift+F9 键；单步执行(进入函数)：F8 键；单步执行(越过函数)：F10 键；单步执行(跳出函数)：Shift+F7 键；运行到光标处：F7 键；复位：F4 键；停止：Alt+F5 键。

通过“编译”可以检查程序的语法正确性，在检查没有错误的情况下，可以通过“构建”来产生可以烧录的文件，当将程序烧录到芯片中，程序发生异常时，可以连接上硬件仿真器 HT-ICE 进行仿真，在仿真时可以对程序一部分一部分地检查，逐步缩小错误出现的范围，这样就可以通过在某些地方“设置断点”。当检查到某一部分可能出现了问题，就可以通过“单步执行”按钮来检测错误之处。若程序重新开始执行，可以单击“复位”或“上电复位”按钮来重置各寄存器进行程序的重新执行，在程序执行过程中可以通过单击“停止执行”按钮来暂停程序的执行。程序的调试需要大量的经验，只要耐心地调试就会找到更好、更有效的调试方法。

3.5 程序烧录方法

烧录器也叫做烧写器、编程器等(现在英文名为 Programmer),实际上是一个把可编程的集成电路写上数据的工具,烧录器主要用于单片机(含嵌入式)、存储器(含 BIOS)之类的芯片的编程(或称刷写)。具体的工作原理随芯片只读存储器构造不同而各异。早期的 EPROM 或 EEPROM 单片机的烧录电压比工作电压高,现在 Flash 型的烧录器也可以用工作电压进行程序烧录。HT-ICE 仿真器上配有一款烧录器,一旦程序仿真通过就可以进行程序烧录了,如图 3-14 所示。

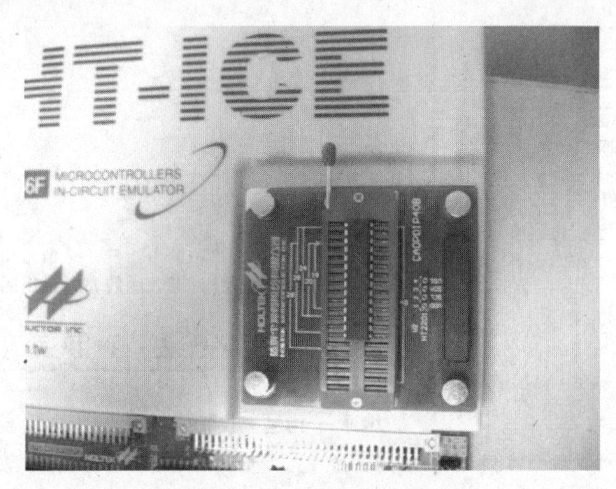

图 3-14 仿真器自带烧录器

IDE 3000 中程序烧录菜单如图 3-15 所示,其烧录界面如图 3-16 所示。

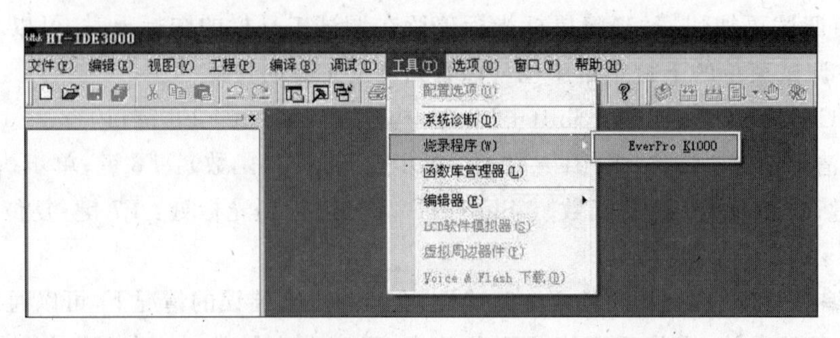

图 3-15 IDE 3000 中程序烧录菜单

此外,HT46F49E 还支持 ISP 烧录方法。所谓 ISP(In-System Programming,在系统可编程)指电路板上的空白器件可以编程写入最终用户代码,而不需要从电路板上取下器件,已经编程的器件也可以用 ISP 方式擦除或再编程。ISP 技术是未来发展的方向。ISP 的实现像一般通用做法一样,即内部的存储器可以由上位机的软件通过串口来进行改写。对于单片机来说可以通过 ISP 或其他串行接口接收上位机传来的数据并写入存储器中。所以即使将芯片焊接在电路板上,只要留出和上位机相接的这个串口,就可以实现芯片内部存储器的改写,而无须再取下芯片。ISP 技术的优势是不需要编程器就可以进行单片机的实验和

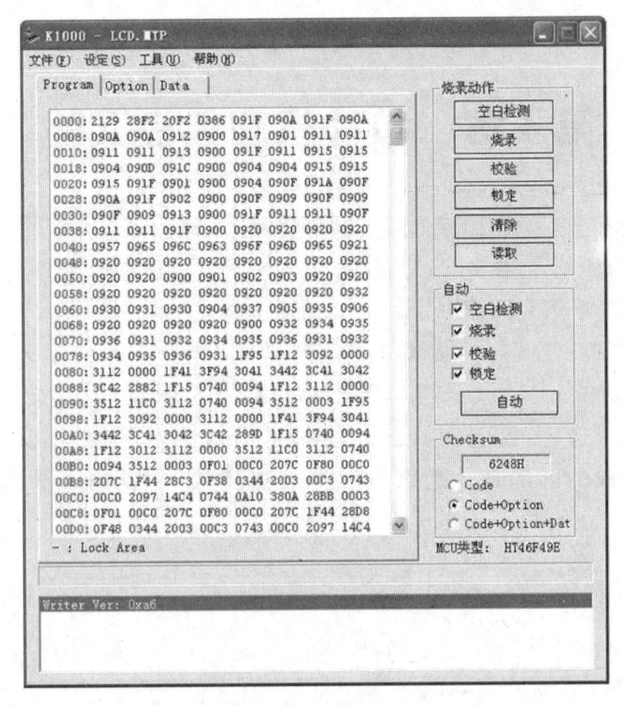

图 3-16 烧录界面

开发，单片机芯片可以直接焊接到电路板上，调试结束即成成品，免去了调试时由于频繁地插入取出芯片对芯片和电路板带来的不便。很多单片机生产厂商都公开了 ISP 接口供工程师设计支持 ISP 功能的单片机系统电路。可惜盛群公司没有公开其 ISP 的内部通信方式，因此无法进行在线可烧录电路的设计。

第4章　单片机面包板实验

面包板，简单来说它就是插接电路的实验板。面包板正面布满孔洞，如图 4-1 所示，但这块板子上的所有孔洞并不是独立的，而是按一定的规则连接在一起的。以我们实验中的面包板为例（后面大家可以看见它的实物图片），按行列划分，共有 64(1～64)行和 10(A～J)列，两侧有电源连接口。每一行的前 5 列(A、B、C、D、E)为一组，它们之间连接在一起。后 5 列(F、G、H、I、J)为一组，它们之间也连接在一起。在两侧电源连接口旁边，若红、蓝线是无断点的，则这些电源接口列向全部连接在一起的。如果对于面包板的内部具体连接情况不是很清楚，可以用万用表的电阻测试挡进行实测。

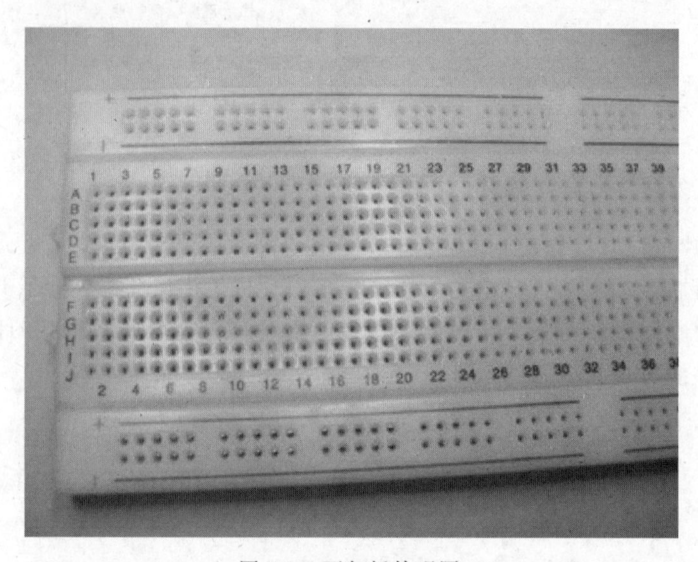

图 4-1　面包板外观图

在刚开始的单片机实验中使用面包板，是为了让大家快速入门。用面包板进行实验不用焊接，只要将元件插入孔中就可搭建各种应用电路，使用起来非常方便，元器件也可以反复使用，另外，它体积较小，易携带，可以方便地通断电源。但缺点是稳定性不是很好，因为我们并没有进行焊接，稍微触碰接线就有可能影响连接，这也是在进行面包板实验中应注意的问题。其次，它的面积小，不宜进行大规模电路实验。所以在后续的较复杂实验中，改用了其他实验方案。

既然是快速入门，那么这部分实验电路和程序也比较简单。为了验证单片机是否正常工作，单片机必须具有一定的输出能力和输入能力（如果只有输出能力，对于固定不变的输出，单片机死机了也无法发现）。因此，使用面包板的前两个实验是单片机具有输出能力的实验；后面的实验是单片机具有了完整的输入输出功能。

4.1 LED显示实验

单片机常用的输出设备包括 LED(也就是发光二极管)、数码管和液晶显示屏。其中，LED 的控制最为简单，当然能表达的信息也最少。一般电路中，经常让 LED 作为电源指示或者让它指示某项开关量的信息。我们的第一个实验即点亮一个 LED。麻雀虽小，五脏俱全，虽然简单，但该实验包含完整的单片机系统的开发过程，包括开发平台 IDE 3000 的使用，硬件、软件的设计，电路的搭建，如何将程序烧录到单片机中等关键开发过程。

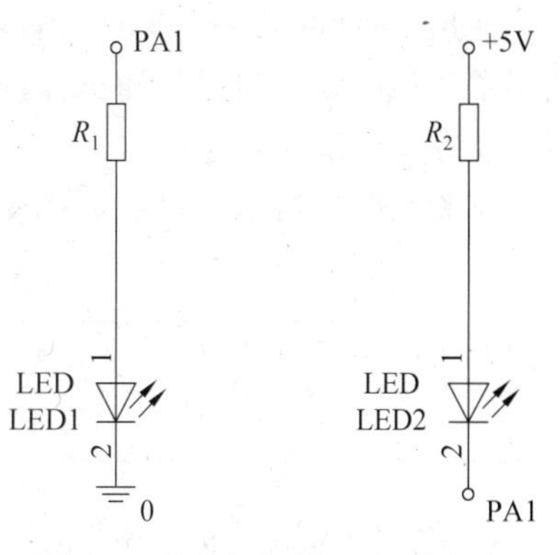

图 4-2　单片机控制 LED 的电路

单片机控制 LED 的电路如图 4-2 所示。

图 4-2 绘出了单片机控制 LED 的两种连接方法，R_1 和 R_2 被称为限流电阻，可以防止通过 LED 的电流过大而烧坏器件。假设单片机均用 PA1 控制 LED 则左图 PA1 高电平时点亮 LED；右图则是在 PA1 为低电平时，点亮 LED。前者 PA1 为输出电流(俗称拉电流)，后者 PA1 为吸收电流(灌电流)。一般单片机的吸收电流大于输出电流，因此希望 LED 亮度较大时一般采用第二种控制方法。

实验中用到的 LED 的限流电阻应该怎样选取，设置的阻值应该多大，这都需要进行数据的计算得出。我们可以从 LED 的数据手册上查到 LED 的有关参数，要计算 LED 的限流电阻，最重要的参数为：正向电压(VF)、正向电流(IF)和最大峰值电流(Peak Forward Current)。

在 LED 的数据手册中我们可以查到 LED 的正向电压和正向电流的关系曲线图，根据选取的正向电流值，查到正向电压值。选取正向电流值可以根据数据手册中的亮度与正向电流关系曲线图查询，正向电流越大，LED 越亮，但是正向电流不能选取太大，否则会将 LED 烧坏，那么选取的正向电流应该多少才可以呢，这就需要用到另一个参数：最大电流峰值，最大电流峰值是指允许通过二极管的最大正向脉冲电流。发光二极管极限电流是一个脉冲值，占空比为 1∶10，0.1ms。LED 的正向电流可以取这个峰值，但是这是一个极限电流，当超过极限时，LED 就可能烧坏，所以要使工作电流小于极限值，这就需要用到限流电阻。

限流电阻可以根据以下公式计算：

$$\text{限流电阻}=\frac{\text{电源电压}-\text{LED 的正向电压}}{\text{选择的 LED 正向电流}}$$

当然，在计算出限流电阻阻值后，不是所有的电阻阻值在市场上都可以买到，需要选取一个在市场上可以买到的电阻，这就需要选取一个与计算阻值相近的电阻阻值，在选取完阻值后要再重新计算一下，确保 LED 的正向电流和正向电压没有超出极限值。

有些 LED 的数据手册很难找到，这就难以知道其中的参数，只能根据经验估算 LED 的电压和电流值。

一般来说：红绿 LED 的电压为 1.8～2.4V，蓝白 LED 电压为 2.8～4.2V；3mmLED 的额定电流为 1～10mA；5mmLED 的额定电流为 5～25mA；10mmLED 的额定电流为

25～100mA。

在计算完 LED 的工作参数后，还要注意芯片的输出电流和灌电流，如果一个引脚连接多个 LED 的话就要加上拉电阻，以增加驱动能力或者加大限流电阻阻值。

4.1.1 点亮一个 LED

使用 LED 的第一个实验非常简单，就是通过单片机控制 LED 的循环亮灭，主要是学习利用单片机的 I/O 口进行输出控制。本实验中还要学习单片机系统中两个重要的基本电路：振荡电路和复位电路。

实验元器件清单如表 4-1 所示。

表 4-1 LED 实验元器件清单

元器件	HT46F49E	面包板	电池盒	5 号电池	面包板导线	LED	晶振 4MHz	10kΩ 电阻
数量	1 个	1 个	1 个	3 节	1 捆	1 个	1 个	1 个

电源我们采用 3 节 5 号电池串联，将电池装入到带开关的电池盒中。使用电池盒供电不像采用交流电源，需要整流、电压转换等复杂的电路，而且电源质量好。对于没有大功率器件的单片机实验，采用电池盒供电非常便利。

实验涉及的各种颜色的 LED、面包板专用插线、电池盒和面包板如图 4-3～图 4-5 所示。

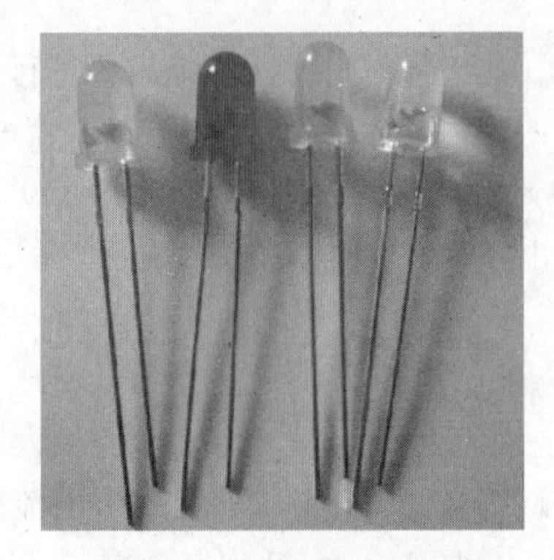

图 4-3 各种颜色的 LED

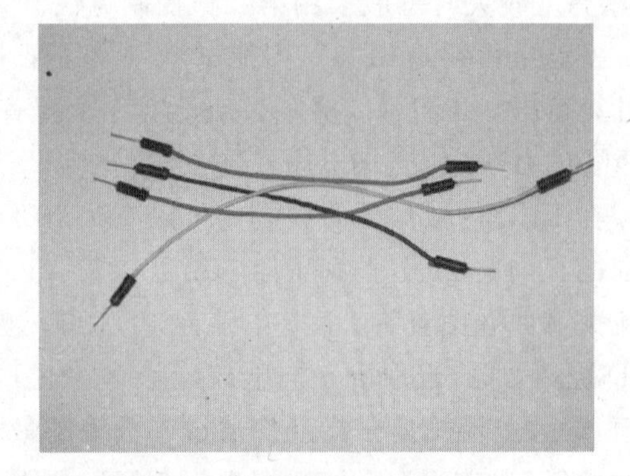

图 4-4 面包板专用插线

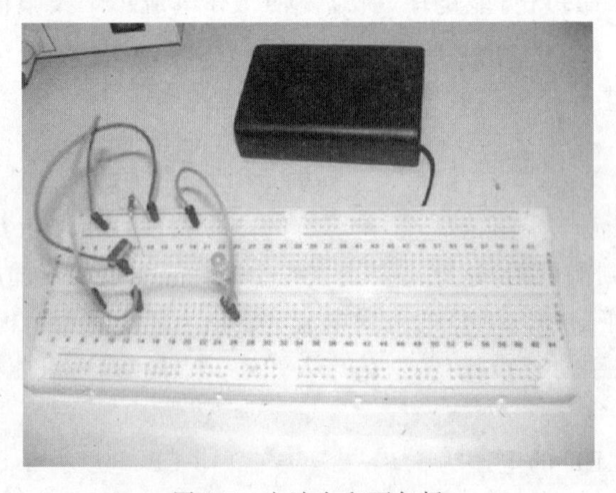

图 4-5 电池盒和面包板

实验硬件连接原理图如图 4-6 所示。

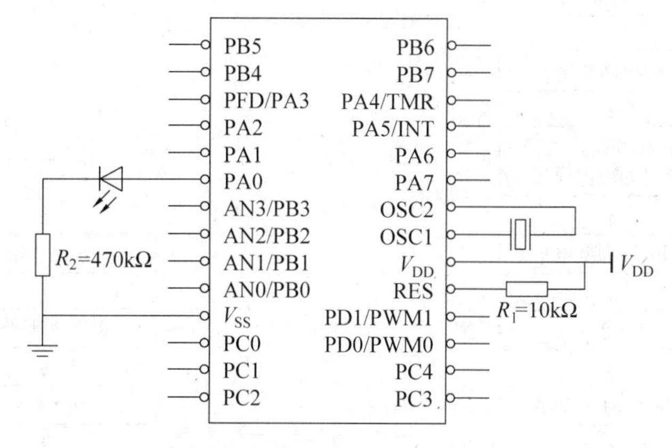

图 4-6 实验硬件连接原理图

使用芯片必需的两个电路为：振荡电路和复位电路。

振荡电路有两种方法可以产生系统时钟：使用外部晶体/陶瓷振荡器和外部 RC 振荡器，实验中采用 4MHz 晶振，这部分可以参照 2.1 节中内容理解。实验中没有连接手动复位电路。

在连接 LED 时可在配置选项中选择相应的接口上拉电阻，这样可以增加其驱动能力，一般把 LED 和一个电阻串联，电阻起到限流的作用，但电阻不要过大，因为 LED 的压降约为 1.6～2.1V，正向工作电流约为 5～20mA，电阻过大会导致电流过小，而且 LED 的电压过小的话会使 LED 较暗或不亮。LED 的亮灭是通过给连接 LED 的芯片 I/O 口送高低电平来实现的。当 I/O 口为高电平时 LED 就亮，当 I/O 口为低电平时 LED 就灭。

实验汇编程序流程图如图 4-7 所示。

实验 C 语言程序流程图如图 4-8 所示。

LED 实验的汇编程序为：

```
#INCLUDE HT46F49E.INC
    .CHIP HT46F49E

SDATA .SECTION 'DATA'
DEL0 DB ?
DEL1 DB ?
DEL2 DB ?
SCODE .SECTION AT 0 'CODE'
ORG 00H
MAIN:
        CLR PAC          ;将 PA 口设置为输出模式,PAC 为输入/输出控制寄存器
        CLR PA           ;将 PA 口清零
        SET PA.0         ;将 PA0 设置为 1
        CALL DELAY       ;调用延时子程序
```

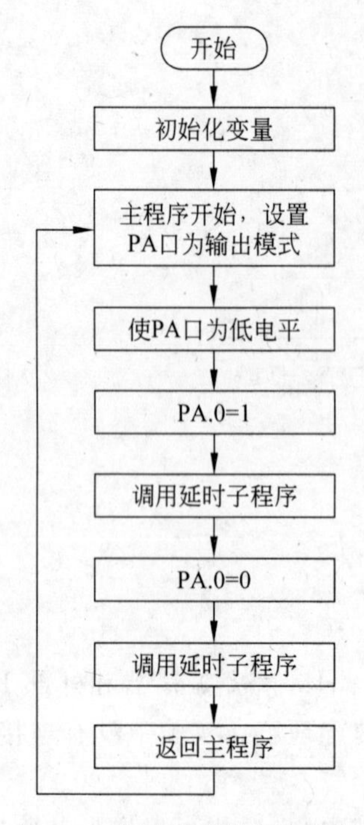

图 4-7　实验汇编程序流程图

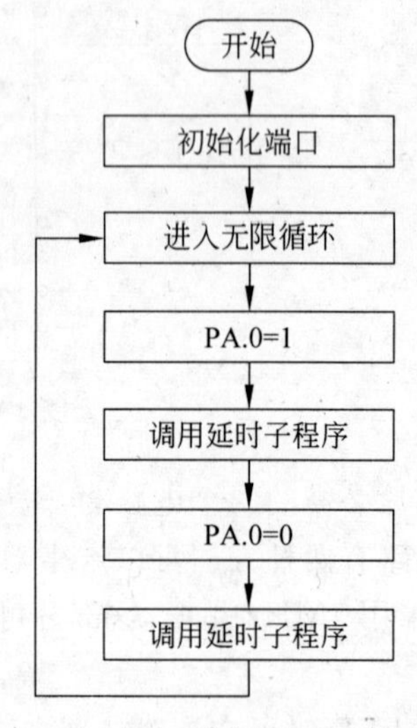

图 4-8　实验 C 语言程序流程图

```
        CLR PA.0        ;将 PA0 清零
        CALL DELAY      ;再次调用延时子程序
        JMP MAIN        ;返回主程序,重新执行程序
;************延时 0.1s*******************************
DELAY PROC
        MOV A,100       ;           1 个指令周期
        MOV DEL0,A      ;           1 个指令周期
DEL_0:
        MOV A,03        ;           1 * DEL0
        MOV DEL1,A      ;           1 * DEL0
DEL_1:
        MOV A,110       ;             1 * 3 * DEL0
        MOV DEL2,A      ;             1 * 3 * DEL0
DEL_2:  SDZ DEL2        ; (109 * 1+2) * 3 * DEL0
        JMP DEL_2       ;       109 * 2 * 3 * DEL0
        SDZ DEL1        ;        (2 * 1+2) * DEL0
        JMP DEL_1       ;             2 * 2 * DEL0
        SDZ DEL0        ;               (DEL0-1)+2
        JMP DEL_0       ;               (DEL0-1) * 2
        RET             ;2
DELAY ENDP
    END
```

相应的C语言程序为：

```
#include "HT46F49E.h"

void _delay_ms(unsigned int m)
                              //4MHz 晶振，每个指令执行时间为 1μs，这个子程序的延迟时间是 1ms
{
    unsigned int n;
    for(m;m>0;m--)
    for(n=125;n>0;n--)
    {
        _delay(8);             //这个延时子程序是内置子程序，可以直接调用
    }
}
void main()
{

_pac=0x00;                    //将 PA 口设置为输出模式
_pa=0x00;                     //PA 口初始化为 0
    while(1)
    {
     _pa0=1;                  //PA0 设置为 1，使 LED 灯亮
     _delay_ms(100);          //延迟 0.1s
     _pa0=0;                  //PA0 设置为 0，使 LED 灯灭
     _delay_ms(100);          //延迟 0.1s
    }
}
```

在程序主体运行前，需要对单片机进行相应的设置，如端口的输入/输出设置，一些控制寄存器的参数设置等，当然在此程序中只用到了端口的输入/输出设置功能，其他参数使用默认值。程序中的延时子程序是让LED亮灭的交替速度放慢，使人的眼睛可以分辨，因为我们知道单片机的指令执行速度是很快的。将程序烧录到芯片中就可以观察到程序实现的功能，会看到LED一闪一闪地亮灭交替。

4.1.2 点亮8个LED

在前面只让一个LED灯亮的基础上，让更多的LED按照一定的规律实现亮和灭，下面来实现一个流水灯实验。实验中采用循环移位指令依次使连接在芯片接口的LED亮一段时间后熄灭。

8个LED实验元器件清单如表4-2所示。

表4-2 8个LED实验元器件清单

元器件名称	HT46F49E芯片	面包板	电池盒	5号电池	面包板导线	LED	4MHz晶振	10kΩ电阻	470Ω电阻
数量	1个	1个	1个	3节	1捆	红绿各4个	1个	1个	8个

硬件实物连接图如图 4-9 所示。

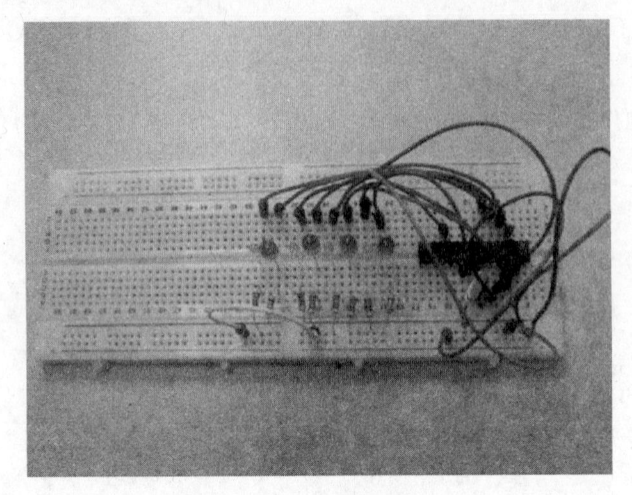

图 4-9　硬件实物连接图

电路原理图如图 4-10 所示。

在前面连接的面包板实验中，只连接了一个 LED，此实验中用到 8 个 LED，限流电阻均为 470Ω，复位电阻 R_1 为 10kΩ。因为芯片的电流驱动能力有限，需要加上拉电阻（使用芯片内部自带的上拉电阻）。

程序流程图如图 4-11 所示。

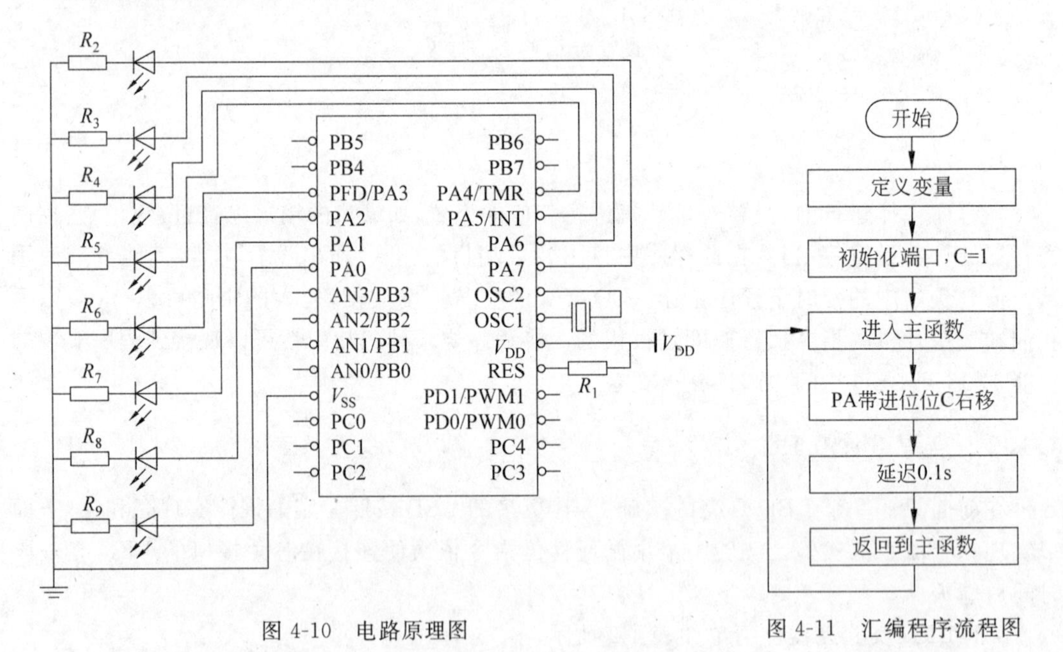

图 4-10　电路原理图

图 4-11　汇编程序流程图

汇编程序为：

```
#INCLUDE HT46F49E.INC
      .CHIP HT46F49E
SDATA .SECTION 'DATA'
```

```
DEL0 DB  ?
DEL1 DB  ?
DEL2 DB  ?
SCODE .SECTION AT 0 'CODE'
ORG 00H                        ;程序存放地址
BEGIN:
     CLR PAC                   ;设置 PA 口为输出模式
     CLR PA                    ;初始化 PA 口,使 PA 口为低电平
     SET C                     ;进位位设置为"1"
MAIN:                          ;主函数
     RRC PA                    ;带进位右移,使 PA 口的 8 位依次设置为高电平
     CALL DELAY                ;调用延时子程序
     JMP MAIN                  ;返回
;****************延时大约 0.1s**********************
DELAY PROC
          MOV A,100            ;            1 个指令周期
          MOV DEL0,A           ;            1 个指令周期
DEL_0:
          MOV A,03             ;            1 * DEL0
          MOV DEL1,A           ;            1 * DEL0
DEL_1:
          MOV A,110            ;          1 * 3 * DEL0
          MOV DEL2,A           ;          1 * 3 * DEL0
DEL_2:    SDZ DEL2             ; (109 * 1+2) * 3 * DEL0
          JMP DEL_2            ;     109 * 2 * 3 * DEL0
          SDZ DEL1             ;      (2 * 1+2) * DEL0
          JMP DEL_1            ;          2 * 2 * DEL0
          SDZ DEL0             ;            (DEL0-1)+2
          JMP DEL_0            ;            (DEL0-1) * 2
          RET                  ;2
DELAY ENDP
    END
```

C 语言程序流程图如图 4-12 所示。

实现此功能的 C 语言程序:

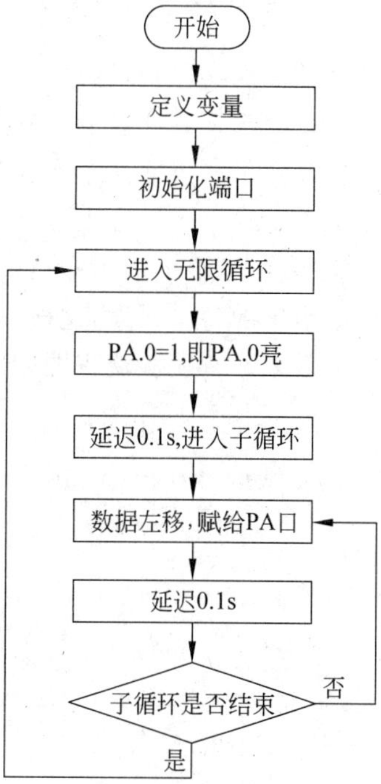

```
#include<HT46F49E.h>
void _delay_ms(unsigned int m)
    //4MHz 晶振,每个指令执行时间为 1μs,
    //这个子程序的延迟时间是 1ms
{
    unsigned int n;
    for(m;m>0;m--)
    for(n=125;n>0;n--)
    {
        _delay(8);
            //这个延时子程序是内置子程序,可以直接调用
```

开始
定义变量
初始化端口
进入无限循环
PA.0=1,即PA.0亮
延迟0.1s,进入子循环
数据左移,赋给PA口
延迟0.1s
子循环是否结束
否
是

图 4-12 C 语言程序流程图

```
    }
}
void main()
{
    unsigned char i,temp,a;
    _pac=0x00;                          //设置 PA 口为输出模式
    _pa=0x00;
    for(;;)
    {
        temp=0x01;                      //定义初始值,使 PA.7 亮
        _pa=temp;
        _delay_ms(100);                 //延迟 0.1s
        for(i=1;i<8;i++)
        {
        a=temp<<i;                      //左移数据,使灯依次从左向右移动
        _pa=a;
        _delay_ms(100);                 //延迟 0.1s
    }
}
```

小结：此实验实现了 LED 沿着一个方向循环闪亮，实验时先将单片机的端口设置为输出模式，然后对连接有 LED 的 I/O 口依次送出高或低电平，这样就会使连接端口的 LED 亮或灭，实现 LED 的循环闪亮，如果对其进行小的变动，可以实现不同的闪亮，如观察到两个灯同时从两边向中间闪亮或从中间向两边闪亮等。

4.1.3 练一练

在前面的实验中，通过进行 1 个和 8 个 LED 灯的显示实验，展示了芯片的基本输出功能。可以在掌握其原理的基础上，对其进行改变，让 LED 变换出不同的发光效果。下面一个实验就是对 LED 的显示效果进行改变而产生的。

实验将 LED 的输出端口的高低电平组成一个数组，循环顺序取出数组中的各个元素，这样只要改变数组中的元素就会输出自己想要的效果。其实验流程图如图 4-13 所示。

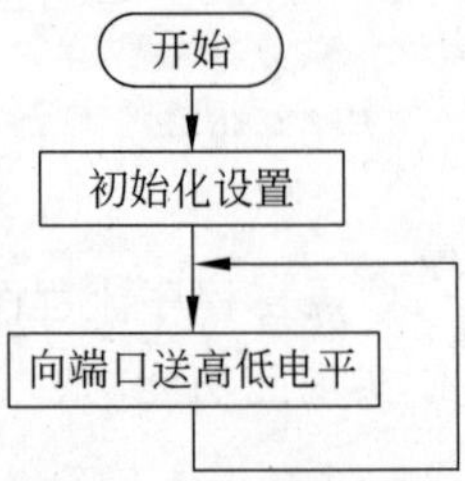

开始
初始化设置
向端口送高低电平

图 4-13 实验流程图

实验 C 语言程序为：

```
#include "HT46F49E.h"
const unsigned char table[23]={0xe7,0xc3,0x81,0x00,0xff,
                               0xfe,0xfd,0xfb,0xf7,0xef,0xdf,0xbf,0x7f,
                               0x7f,0xbf,0xdf,0xef,0xf7,0xfb,0xfd,0xfe,
                               0x00,0x01 };     //定义数组
/*******************************延时 1ms*******************************/
void _delay_ms(unsigned int m)                  //4MHz 晶振,每个指令执行时间为 1μs
{
    unsigned int n;
```

```
    for(m;m>0;m--)
    for(n=125;n>0;n--)
    {
        _delay(8);                                   //内置子程序,可以直接调用
    }
}

void main()
{
    unsigned char i=0,temp;
    _pac=0x00;                                       //设置 PA 口为输出模式
    _pa=0x00;
    while(1)
    {
        if(table[i]!=0x01)
        {
            temp=table[i];
            _pa=temp;
            _delay_ms(100);
            i++;
        }
        else
        {
          i=0;
        }
    }
}
```

4.2 数码管显示实验

数码管是单片机输出的一项重要器件,其基本单元就是 4.1 节实验使用的发光二极管。如果将多个数码管组合起来并形成特定的结构,就可以形成各种符号甚至图形。例如,常用的 8 段数码管或多位数码管。数码管价格低廉,控制方式简单,因此在单片机及嵌入式系统中获得了非常广泛的应用。但是它消耗的能量较大,而与数码管类似的输出器材——液晶显示屏功耗较低,但是成本高于数码管。在这次实验中将学习数码管的原理和应用。首先应该掌握数码管的基本组成原理和控制方式,然后用面包板、4 位 8 段数码管进行静态和动态的显示控制实验。

LED 数码管(LED Segment Displays)是由多个发光二极管封装在一起组成的"8"字形的器件。LED 数码管常用段数一般为 7 段,有的另加一个小数点,位数有 1/2、1、2、3、4、5、6、8、10 位等。LED 数码管根据 LED 的接法不同分为共阴和共阳两类,了解 LED 的这些特性对编程是很重要的,因为不同类型的数码管,除了它们的硬件电路有差异外,编程方法也

是不同的。共阴和共阳极数码管的发光原理都是将多个 LED 组合在一起，只是它们的公共极性不同而已。数码管的颜色有红、绿、蓝、黄等几种，被广泛用于仪表、时钟、车站、家电等方面。我们在选用时要注意产品尺寸、颜色、功耗、亮度、波长等。常用 LED 数码管及其内部引脚图如图 4-14 和图 4-15 所示。

图 4-14　8 段两位带小数点 10 引脚的 LED 数码管

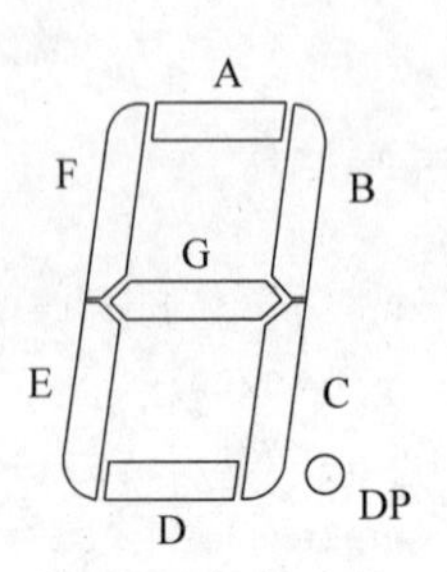

图 4-15　引脚定义

约定俗成，数码管的每一笔画都对应有一个字母表示，DP 是小数点。LED 内部连接原理图如图 4-16 所示。

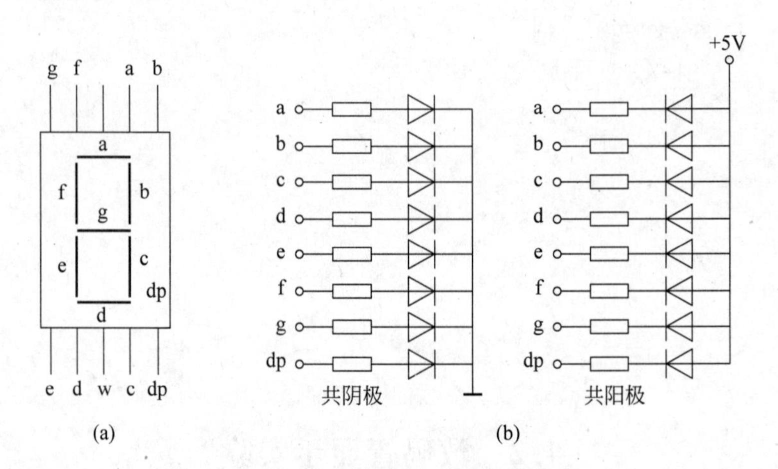

图 4-16　LED 内部连接原理图

由图 4-16 可知，数码管根据内部连线分为共阴和共阳两种方式。共阳极公共端接阳极，低电平有效(灯亮)，共阳极数码管内部发光二极管的阳极(正极)都连在一起，此数码管阳极(正极)在外部只有一个引脚；共阴极公共端接阴极，高电平有效(灯亮)，共阴极数码管内部发光二极管的阴极(负极)都连在一起，此数码管阴极(负极)在外部只有一个引脚。由此，不难理解产生某种控制字符的代码共阳代码与共阴代码互为反码，共阴和共阳字符如表 4-3 所示。

LED 数码管要正常显示，就要用驱动电路来驱动数码管的各个段码，从而显示出我们要的数位。单个数码管的显示较为简单，类似 4.1.2 小节的点亮 8 个 LED 的控制方式。而控制多个数码管则较为复杂，根据 LED 数码管的驱动方式的不同，可以分为静态式和动态式两类。

表 4-3　共阴和共阳字符表

显示数字	共阴顺序小数点暗									共阴逆序小数点暗									共阳顺序小数点亮	共阳顺序小数点暗
	dp	g	f	e	d	c	b	a	16 进制	a	b	c	d	e	f	g	dp	16 进制		
0	0	0	1	1	1	1	1	1	3FH	1	1	1	1	1	1	0	0	FCH	40H	C0H
1	0	0	0	0	0	1	1	0	06H	0	1	1	0	0	0	0	0	60H	79H	F9H
2	0	1	0	1	1	0	1	1	5BH	1	1	0	1	1	0	1	0	DAH	24H	A4H
3	0	1	0	0	1	1	1	1	4FH	1	1	1	1	0	0	1	0	F2H	30H	B0H
4	0	1	1	0	0	1	1	0	66H	0	1	1	0	0	1	1	0	66H	19H	99H
5	0	1	1	0	1	1	0	1	6DH	1	0	1	1	0	1	1	0	B6H	12H	92H
6	0	1	1	1	1	1	0	1	7DH	1	0	1	1	1	1	1	0	BEH	02H	82H
7	0	0	0	0	0	1	1	1	07H	1	1	1	0	0	0	0	0	E0H	78H	F8H
8	0	1	1	1	1	1	1	1	7FH	1	1	1	1	1	1	1	0	FEH	00H	80H
9	0	1	1	0	1	1	1	1	6FH	1	1	1	1	0	1	1	0	F6H	10H	90H

1）静态显示驱动

静态驱动也称直流驱动。静态驱动是指每个数码管的每一个段码都由一个单片机的I/O口进行驱动，或者使用如BCD码二-十进位器进行驱动。静态驱动的优点是编程简单，显示亮度高，缺点是占用I/O口多，如驱动4个数码管静态显示就需要4×8＝32个I/O口来驱动，要知道一片HT46F49E单片机可用的I/O口只有23个。故实际应用时必须增加驱动器进行驱动，增加了硬体电路的复杂性。

2）动态显示驱动

数码管动态显示界面是单片机中应用最为广泛的显示方式之一，动态驱动是将所有数码管的8个显示笔画“a”、“b”、“c”、“d”、“e”、“f”、“g”、“dp”的同名端连在一起，另外为每个数码管的公共极COM增加位元选通控制电路，位元选通由各自独立的I/O线控制，当单片机输出字形码时，所有数码管都接收到相同的字形码，但究竟是哪个数码管显示出字形取决于单片机对位元选通COM端电路的控制，所以只要将需要显示的数码管的选通控制打开，该位元就显示出字形，而没有选通的数码管就不会亮。

通过分时轮流控制各个LED数码管的COM端，使各个数码管轮流受控显示，这就是动态驱动。在轮流显示过程中，每位元数码管的点亮时间为1～2ms，由于人的视觉暂留现象及发光二极体的余晖效应，尽管实际上各位数码管并非同时点亮，但只要扫描的速度足够快，给人的印象就是一组稳定的显示资料，不会有闪烁感。动态显示的效果和静态显示是一样的，而且动态显示能够节省大量的I/O口，功耗更低。

4.2.1　数码管静态显示实验

在这次实验中采用4位8段数码管进行静态和动态的显示。静态实验只使用一位数码管，通过程序控制显示出所需的字符。动态显示使用全部的4位数码管，利用人眼的视觉暂留效果，让其显示出字符。下面介绍实验的过程，数码管实验元器件清单如表4-4所示。

表 4-4　数码管实验元器件清单

元器件名称	HT46F49E芯片	面包板	电池盒	5号电池	面包板导线	4MHz晶振	10kΩ电阻	470Ω电阻	4位8段数码管
数量	1个	1个	1个	3节	1捆	1个	1个	8个	1个

实验原理图如图 4-17 所示。

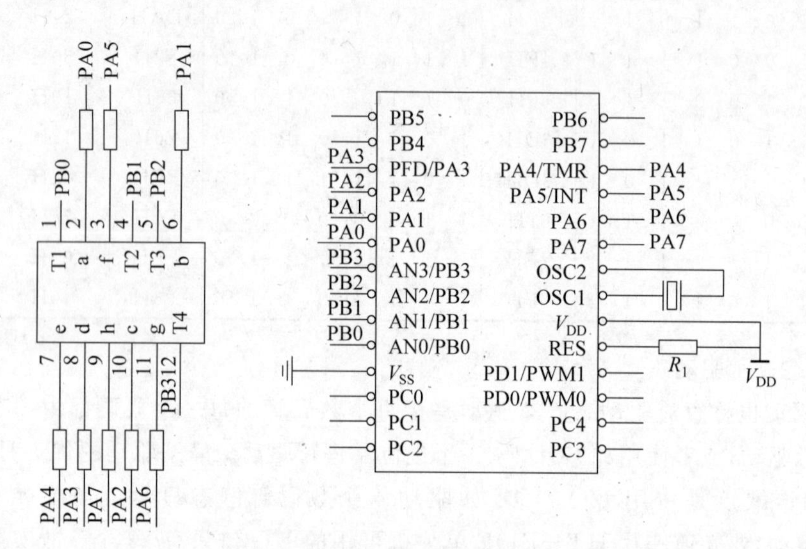

图 4-17　实验原理图

静态显示实现功能为 4 位数码管的一位显示。连接在数码管上的电阻的作用是限流作用。

其实验硬件连接电路图如图 4-18 所示，数码管显示效果如图 4-19 所示。

数码管的连接电路跟 LED 的连接基本相同，都有基本的振荡电路和复位电路，因为实验中只使用了一位显示。位口使用 PB0 控制。实验中，PB0 一直输出高电平点亮第一位。由于数码管为共阳的，所以位口也可以直接连接在电源上，而在段口连接限流电阻。

静态显示汇编程序流程图如图 4-20 所示。

静态显示汇编程序为：

```
#INCLUDE HT46F49E.INC
   .CHIP HT46F49E
SDATA .SECTION 'DATA'
DEL0 DB  ?
DEL1 DB  ?
DEL2 DB  ?
COUNT DB ?
SCODE .SECTION AT 0 'CODE'
MAIN:
        CLR PAC             ;将 PA 口设置为输出模式，PAC 为输入/输出控制寄存器
```

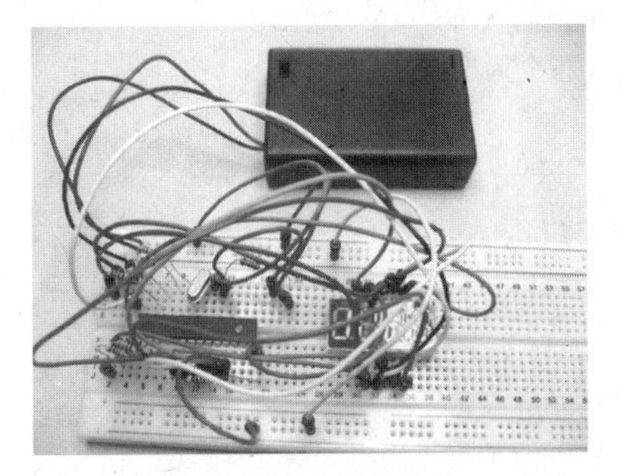

图 4-18　实验硬件连接电路图

图 4-19　数码管显示效果

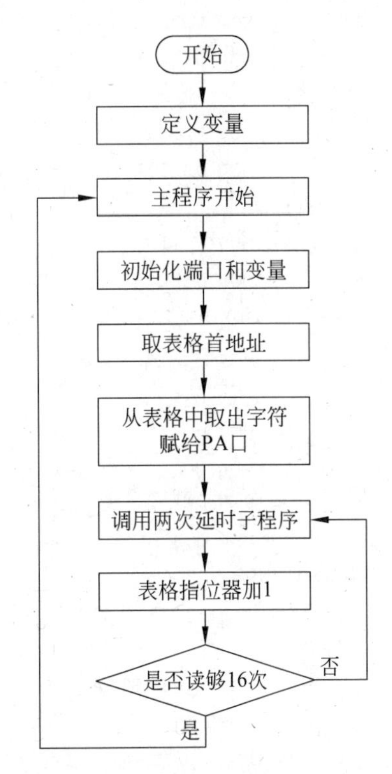

图 4-20　静态显示汇编程序流程图

```
        CLR PA        ;将 PA 口清零
        CLR PBC
        MOV A,1
        MOV PB,A          ;PB 口的最低位 PB0 为"1",即让第一位数码管显示
        MOV A,16          ;取表次数
        MOV COUNT,A
        MOV A,TAB
        MOV TBLP,A

LOOP:
        TABRDL PA         ;读表的地址并将地址中的字符赋给 PA 口
        MOV A,PA
        CALL DELAY        ;调用延时子程序,共延时 0.4s
        CALL DELAY
        INC TBLP          ;表格指针指向下一个字符
        SDZ COUNT         ;取表次数减 1
        JMP LOOP
                          ;CLR PA
        JMP MAIN

;************延时 0.2s*******************************
DELAY PROC
```

```
        MOV A,200          ;              1个指令周期
        MOV DEL0,A         ;              1个指令周期
DEL_0:
        MOV A,03           ;              1 * DEL0
        MOV DEL1,A         ;              1 * DEL0
DEL_1:
        MOV A,110          ;            1 * 3 * DEL0
        MOV DEL2,A         ;            1 * 3 * DEL0
DEL_2:  SDZ DEL2           ; (109 * 1+2) * 3 * DEL0
        JMP DEL_2          ;       109 * 2 * 3 * DEL0
        SDZ DEL1           ;         (2 * 1+2) * DEL0
        JMP DEL_1          ;            2 * 2 * DEL0
        SDZ DEL0           ;              (DEL0-1)+2
        JMP DEL_0          ;              (DEL0-1) * 2
        RET                ;2
DELAY ENDP
;**************************************************************

       ORG      LASTPAGE
TAB:
       DC     0C0h          ;显示 0
       DC     0F9h          ;显示 1
       DC     0A4h          ;显示 2
       DC     0B0h          ;显示 3
       DC     99h           ;显示 4
       DC     92h           ;显示 5
       DC     82h           ;显示 6
       DC     0F8h          ;显示 7
       DC     80h           ;显示 8
       DC     98h           ;显示 9
       DC     88h           ;显示 A
       DC     83h           ;显示 B
       DC     0A7h          ;显示 C
       DC     0A1h          ;显示 D
       DC     86h           ;显示 E
       DC     8Eh           ;显示 F

END
```

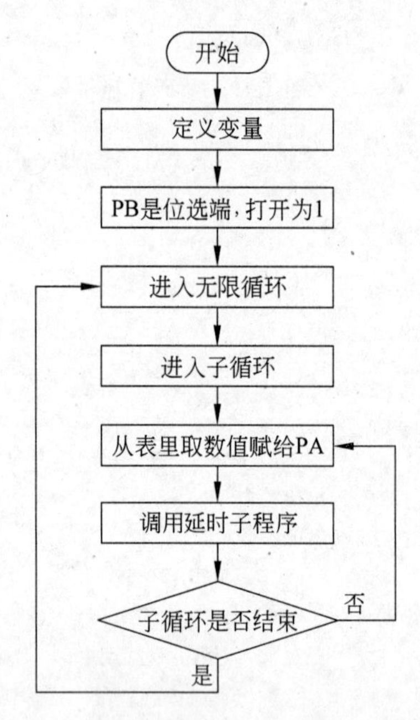

图 4-21　静态显示实验 C 语言程序流程图

静态显示实验 C 语言程序流程图如图 4-21 所示。

静态显示 C 语言程序为：

```
#include"ht46f49e.h"
const unsigned char
table[16]={0xc0,0xf9,0xa4,0xb0,0X99,0x92,0x82,0xf8,0x80,0x98,0x88,0x83,0xa7,
        0xa1,0x86,0x8e};                                            //数码管显示内容表
```

```
/************************************延时 1ms************************************/
void delay_ms(unsigned int a)            //4MHz 晶振,每个指令执行时间为 1μs
{
    unsigned int b;
    for(a;a>0;a--)
    for(b=125;b>0;b--)
    {
        _delay(8);                       //这个延时子程序是内置子程序,可以直接调用
    }
}
void main(){                             //主函数
unsigned int i=0,j=1,k=2,l=3;
unsigned int m,n;
    _pbc=0x00;                           //设置 PB 口为输出方式
    _pac=0x00;                           //设置 PA 口为输出方式
    _pb=0x01;                            //PB 口的最低位 PB0 为"1",即让第一位数码管显示
    while(1)
    {                                    //无限循环
        for(i=0;i<16;i++)                //循环查显示表
        {
            _pa=table[i];                //将显示内容在 PA 口输出
            delay_ms(500);               //延时 0.5s
        }
    }
}
```

小结：在数码管的静态显示实验中,我们采用了只让数码管的一个位显示,通过给数码管段的引脚送出不同的高低电平组合,使数码管显示出不同的字符。因为实验中我们采用的是共阳数码管,所以数码管的位引脚送出高电平后,对数码管的段引脚送出低电平,其相应连接的数码管段就会亮。由此可把数码管段口连接的芯片引脚设置为输出模式,然后对端口引脚送出高低电平。如果引脚送出高电平,相应连接的数码管的段就不会亮,如果引脚送出低电平,相应连接的数码管的段就会亮。

4.2.2 数码管动态显示实验

实现的功能为：让 4 位数码管显示“3.142”,由 PB 口控制数码管的 4 个位,PA 口控制数码管的段显示。因为数码管的 4 个位的段口是共用的,所以每次只能打开数码管的一个位,然后在段口送出要显示字符的字符码,这样数码管的位依次打开的频率越快,人的眼睛越难觉察到是一位一位地显示,当频率达到一定程度后就可以看到 4 位同时显示,这就是人的视觉暂留效果。

实验连接电路图如图 4-22 所示。

图 4-22 数码管动态显示实验

动态显示实验汇编程序流程图如图 4-23 所示。

数码管动态显示汇编程序为：

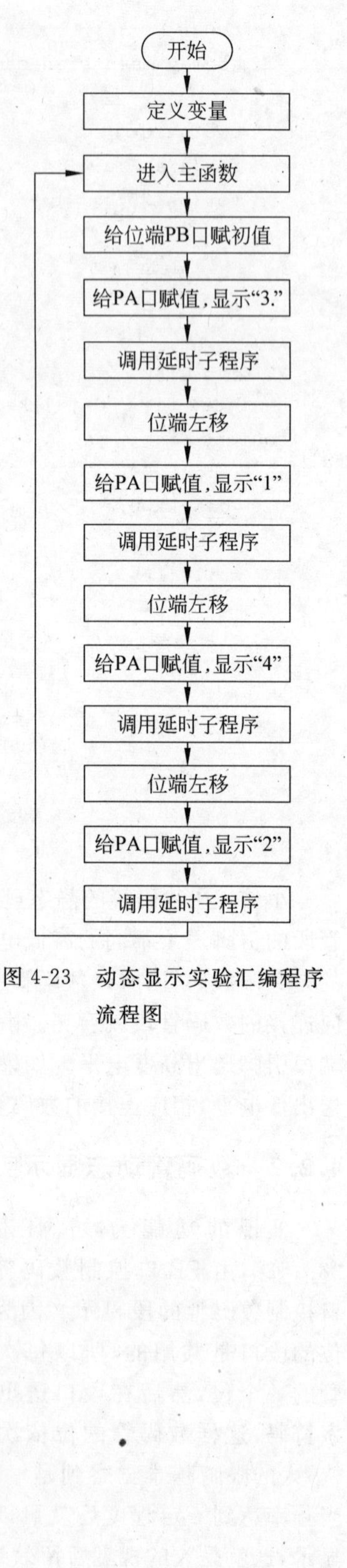

图 4-23　动态显示实验汇编程序流程图

```
#INCLUDE HT46F49E.INC
    .CHIP HT46F49E

SDATA .SECTION 'DATA'
DEL0 DB  ?
DEL1 DB  ?
DEL2 DB  ?
COUNT DB ?

SCODE .SECTION AT 0 'CODE'
MAIN:
        CLR PAC
     ;将 PA 口设置为输出模式,PAC 为输入/输出控制寄存器
        CLR PA                  ;将 PA 口清零
        CLR PBC
LOOP:
        MOV A,1
        MOV PB,A
     ;PB 口的最低位 PB0 为"1",即让第一位数码管显示
        MOV A,30h               ;显示"3."
        MOV PA,A
        CALL DELAY
        RL PB
        MOV A,0F9h              ;显示"1"
        MOV PA,A
        CALL DELAY
        RL PB
        MOV A,99h               ;显示"4"
        MOV PA,A
        CALL DELAY
        RL PB
        MOV A,0A4h              ;显示"2"
        MOV PA,A
        CALL DELAY
        JMP LOOP
;************延时 1ms********************************
DELAY PROC
        MOV A,1                 ;           1 个指令周期
        MOV DEL0,A              ;           1 个指令周期
DEL_0:
        MOV A,03                ;           1 * DEL0
        MOV DEL1,A              ;           1 * DEL0
```

```
DEL_1:
        MOV A,110               ;            1 * 3 * DEL0
        MOV DEL2,A              ;            1 * 3 * DEL0
DEL_2:  SDZ DEL2                ; (109 * 1+2) * 3 * DEL0
        JMP DEL_2               ;        109 * 2 * 3 * DEL0
        SDZ DEL1                ;         (2 * 1+2) * DEL0
        JMP DEL_1               ;             2 * 2 * DEL0
        SDZ DEL0                ;               (DEL0-1)+2
        JMP DEL_0               ;               (DEL0-1) * 2
        RET                     ;2
DELAY ENDP
```

数码管动态显示实验C语言程序流程图如图4-24所示。

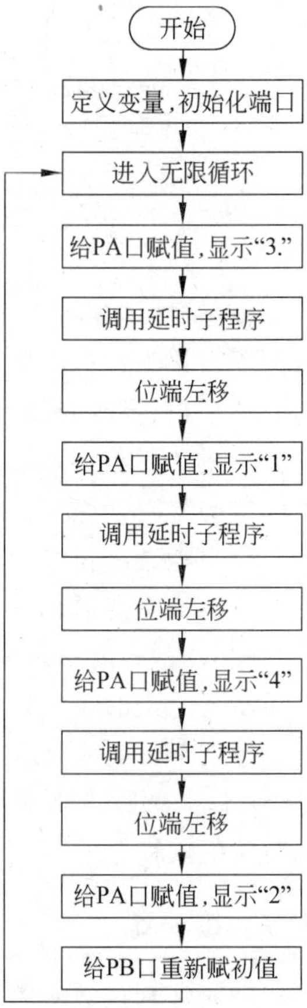

数码管动态显示实验C语言程序为：

```
#include"ht46f49e.h"
const unsigned char
table[16]={0xc0,0xf9,0xa4,0xb0,0X99,0x92,0x82,0xf8,
           0x80,0x98,0x88,0x83,0xa7,0xa1,0x86,0x8e};
/************************延时 1ms**********************
**/
void delay_ms(unsigned int a)
                                //4MHz 晶振,每个指令执行时间为 1μs
{
   unsigned int b;
   for(a;a>0;a--)
   for(b=125;b>0;b--)
   {
      _delay(8);    //内置子程序,可以直接调用
   }
}
void main()
{
   unsigned int i=0;
   _pbc=0x00;          //设置 PB 口为输出方式
   _pac=0x00;          //设置 PA 口为输出方式
   _pb=0x01;           //使 PB 口的最低位 PB0 为"1",即数码管的第一位显示
   while(1)
   {                                //无限循环
      _pa=table[3]&0x7f;            //第一位显示"3"和小数点
      delay_ms(1);                  //延时
      _pb<<=1;                      //使 PB1 为"1",即数码管的第二位显示
      _pa=table[1];                 //第二位显示"1"
      delay_ms(1);                  //延时
      _pb<<=1;                      //使 PB2 为"1",即数码管的第三位显示
```

开始 → 定义变量,初始化端口 → 进入无限循环 → 给PA口赋值,显示“3.” → 调用延时子程序 → 位端左移 → 给PA口赋值,显示“1” → 调用延时子程序 → 位端左移 → 给PA口赋值,显示“4” → 调用延时子程序 → 位端左移 → 给PA口赋值,显示“2” → 给PB口重新赋初值 → (返回)进入无限循环

图4-24　数码管动态显示实验C语言程序流程图

```
        _pa=table[4];                    //第三位显示"4"
        delay_ms(1);                     //延时
        _pb<<=1;                         //使 PB3 为"1",即数码管的第四位显示
        _pa=table[2];                    //第四位显示"2"
        delay_ms(1);                     //延时
        _pb=0x01;                        //使 PB 口重新从第一位显示
    }
}
```

在动态显示实验中应弄清楚什么是动态,从名字可以看出动态就是不断变化。那又是什么不断变化呢?对比静态来说,在数码管的静态显示实验中我们是让数码管的位引脚一直为高电平,只要改变数码管的段引脚的高低电平就可以改变数码管显示的内容。为了节省I/O口的大量使用,数码管的段引脚采用了共用的方式,这样,在达到多位8段数码管显示不同的内容时,就要先使其中的一位选通(共阳数码管送高电平,共阴数码管送低电平),然后在段引脚送出相应的字形编码。然后关闭这一位,选通另外一位,相应地送出字形编码。这样在依次选通每一位足够快的情况下,由于数码管的余晖效应,人的眼睛就难以分辨出数码管的各位是依次显示的。人的视觉暂留时间为1/24s。只要显示的时间小于这个时间人眼就难以分辨。我国交流电频率为50Hz,人们也感觉不出照明是一闪一闪的,这就是人的视觉暂留的效果。

4.2.3 练一练

我们通常利用数码管显示0~9这10个数字,数码管还可以显示一些简单的英文字母,这个实验中我们对前面的实验稍加改变,以显示出想要的字母。

数码管显示流程图如图4-25所示。

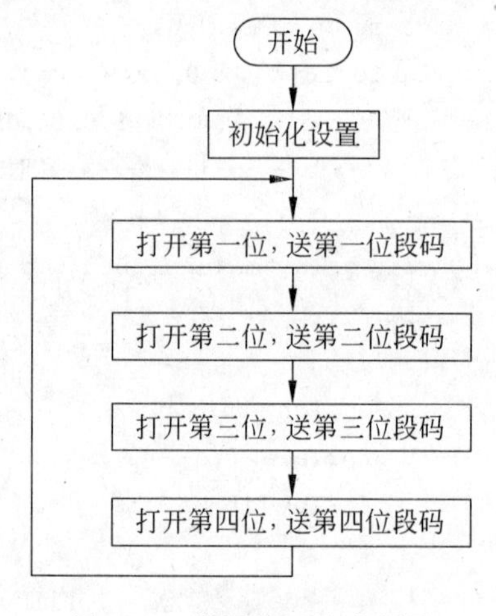

图4-25 数码管显示流程图

实验C语言程序为:

```
#include"ht46f49e.h"
const unsigned char
table[16]={0x88,0x83,0xa7,0xa1,0x86,0x8e,0x90,0x89,0xf9,0xc7,0xc0};
/**********延时 1ms**************/
void delay_ms(unsigned int a)          //4MHz 晶振,每个指令执行时间为 1μs
{
    unsigned int b;
    for(a;a>0;a--)
    for(b=125;b>0;b--)
    {
        _delay(8);                     //内置子程序,可以直接调用
    }
}
```

```
void main()
{
    unsigned int i=0;
    _pbc=0x00;                    //设置 PB 口为输出方式
    _pac=0x00;                    //设置 PA 口为输出方式
    _pb=0x01;                     //使 PB 口的最低位 PB0 为"1",即数码管的第一位显示
    while(1)
    {                             //无限循环
        _pa=table[7];             //第一位显示"H"
        delay_ms(1);              //延时
        _pb<<=1;                  //使 PB1 为"1",即数码管的第二位显示
        _pa=table[4];             //第二位显示"E"
        delay_ms(1);              //延时
        _pb<<=1;                  //使 PB2 为"1",即数码管的第三位显示
        _pa=table[9];             //第三位显示"L"
        delay_ms(1);              //延时
        _pb<<=1;                  //使 PB3 为"1",即数码管的第四位显示
        _pa=table[9];             //第四位显示"L"
        delay_ms(1);              //延时
        _pb=0x01;                 //使 PB 口重新从第一位显示
    }
}
```

4.3 键盘实验

我们知道一个系统包含有输入和输出,这样才能在必要的时候人为地控制系统。单片机也一样,需要输入、输出,在前面的实验中我们只介绍了单片机的输出功能,现在介绍一下单片机的基本输入功能,首先介绍最简单的利用微动开关控制 LED 的显示的功能。

微动开关是一个常开型按钮开关元件,其形状如图 4-26 所示。

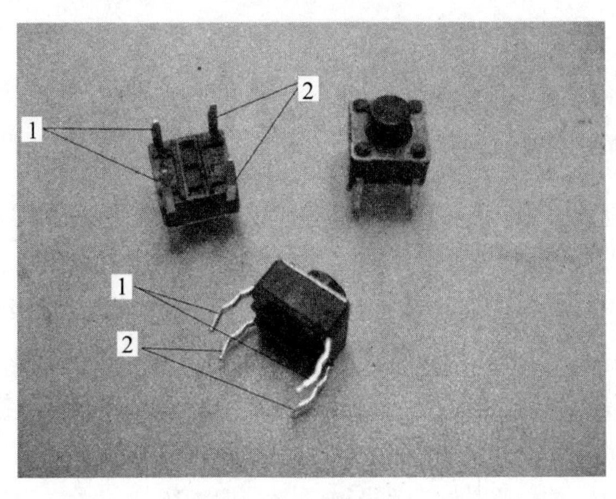

图 4-26 微动开关

4.3.1 键盘输入原理

键盘输入实验采用微动开关作为键盘，微动开关的4个脚是两两连接在一起的，元件上面的圆柱状的按钮控制微动开关的通断，当按钮没有按下时微动开关是断开的，但当按钮按下时微动开关处于导通的状态。微动开关实质是两个脚，标号“1”的两个引脚是连接在一起的，相应的标号“2”的两个引脚也是连接在一起的。实验中一个脚接地，另一个连接在芯片的I/O口(该I/O口被一个上拉电阻接到高电平)。设置芯片的连接微动开关的端口为输入模式，没有键按下时，该端口为高电平；当微动开关按下时，“1”引脚就和“2”引脚连接在了一起，芯片端口就会被置为低电平，这样当程序扫描到端口变为低电平时，就会发现有键按下，就实现了键盘的输入控制。

这是最简单的连接键盘的方法，一个微动开关一端连接在芯片的一个I/O口，另一端接地，如图4-27所示。可以再设置使用单片机内部的上拉电阻，就不需要额外使用上拉电阻。

当需要很多的按键作为输入控制时，如果采用这样的微动开关，就需要大量的I/O口，对于小的单片机来说，I/O口是很宝贵的。此时，可以采用另一种连接键盘的方法，即行列式连接法，连接方式如图4-28所示。

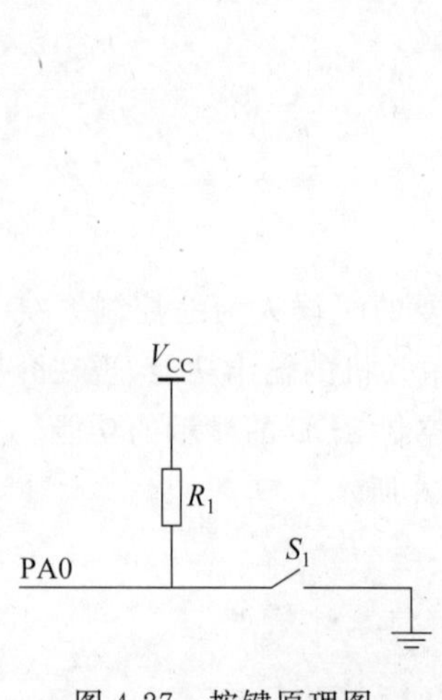

图4-27 按键原理图

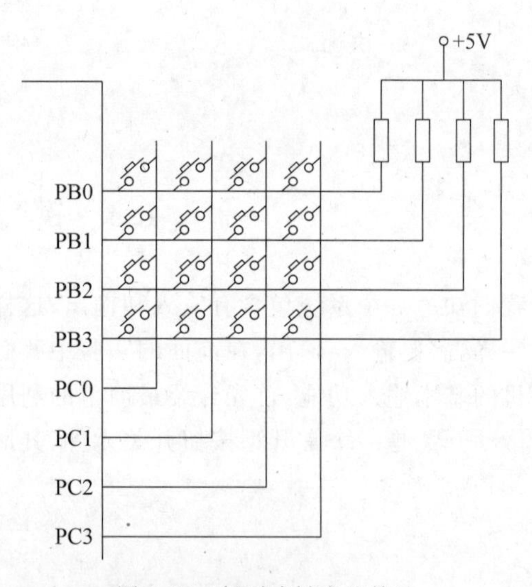

图4-28 行列式键盘连接法

行列式键盘的原理就是每一行线与每一列线交叉的地方不相通，而是接上一个按键，通过按键来接通。所以利用这种结构，a个I/O口可以接a个行线，另外的b个I/O口可以接b个列线，总共可以组成$a \times b$个按键的键盘。如图4-28所示，共有4个行线，4个列线，可以组成$4 \times 4 = 16$个按键的键盘。可以看出，行列式的键盘结构可以省出不少的I/O口资源。

对行列式的键盘进行扫描的时候，要先判断整个键盘是否有按键按下，有按键按下才对哪一个按键按下进行判别扫描。对按键的识别扫描通常有两种方法：一种方法是比较常用的逐行(或逐列)扫描法，另一种方法是线反转法。现以图4-28的4×4键盘为例，讲解一下这两种扫描方法的工作原理。

1. 逐行(或逐列)扫描法的工作原理

首先要先判别整个键盘中是否有按键按下,由单片机连接到列线的 PC 口逐个输出低电平,然后读取连接到行线的 PB 口的电平状态。若是没有按键按下,则 PB 口读进来的数据为 0FH;若读进来的数据不是 0FH,那就是有按键按下,因为只要有按键按下,该按键连接到的行线电平就会被拉至低电平。若是判断到有按键按下之后就要进行对按键的识别扫描。扫描的方法是将列线逐列置低电平,并检测行线的电平状态。依次向 PC 口的每个列线送低电平,然后检测所有行线 PB 口的状态,若连接按键的 PB 口全为 1,则所按下的按键不在此列,进入下一列的扫描;若是不全为 1,则所按下的按键必在此列,并且按键正是此列与读取到低电平的行线的交点上。

2. 线反转法

线反转法的优点是扫描速度比较快,但是程序处理起来却比较不方便。线反转法最好是将行、列线按二进制顺序排列。线反转法同样也要先判断整个键盘有无按键按下,有按键按下才对键盘进行扫描。当有某一按键按下时,键盘扫描到给全部的列置低电平时,行状态为非全 1,若判断出有按键按下,就记下此时读取的行的值,再将键盘的行全部置为低电平,读取列的值,这个时候就可以将行数据和列数据组合成一个键值。然后对 I/O 口在输入与输出之间切换,当然对于可以不需要程序来控制 I/O 口输入、输出切换的单片机来说,这种方法还是比较方便的。

若是所使用的单片机内部具有上拉电阻的话,还不需要逐列去置低电平。外部无上拉电阻,就先将 PB 口作为输入口,打开 PB 口上拉电阻,而 PC 口作为输出口输出低电平,读 PB 口得到列数据;再使用 PC 口作为输入口,打开 PC 口上拉电阻,而 PB 口作为输出口输出低电平,读 PC 口得到行数据。这样就可直接得到行数据和列数据,从而得到组合的键值。线反转法一般用于 4 的倍数的键盘,比如 4×4 键盘、4×8 键盘、8×8 键盘。

通常的按键所用开关为机械弹性开关,当机械触点断开或闭合时,电压信号如图 4-29 所示。由于机械触点的弹性作用,一个按键开关在闭合时不会马上稳定地接通,在断开时也不会一下子断开。因而在闭合及断开的瞬间均伴随有一连串的抖动,如图 4-29 所示。抖动时间的长短由按键的机械特性决定,一般为 5~10ms。

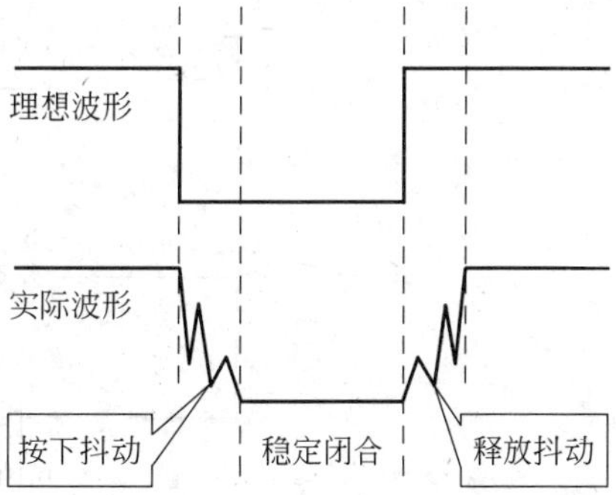

图 4-29　按键抖动原理图

按键稳定闭合时间的长短则是由操作人员的按键动作决定的,一般为零点几秒至数秒。键抖动会引起一次按键被误读为多次。为确保 CPU 对键的一次闭合仅作一次处理,必须去除键抖动。在键闭合稳定时读取键的状态,并且必须判别到键释放稳定后再作处理。按键的抖动消除可用硬件和软件两种方法。

1) 硬件消抖

在键数较少时可用硬件方法消除键抖动。图 4-30 所示的 RS 触发器为常用的硬件去抖器件。

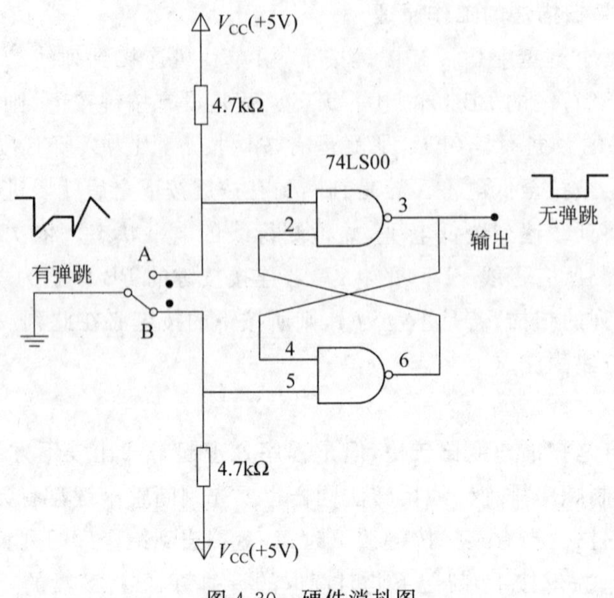

图 4-30 硬件消抖图

图 4-30 中两个“与非”门构成一个 RS 触发器。当按键未按下时，输出为 1；当键按下时，输出为 0。此时即使用按键的机械性能，使按键因弹性抖动而产生瞬时断开（抖动跳开 B）过程中按键不返回原始状态 A，双稳态电路的状态不改变，输出保持为 0，不会产生抖动的波形。也就是说，即使 B 点的电压波形是抖动的，但经双稳态电路之后，其输出为正规的矩形波。这一点通过分析 RS 触发器的工作过程很容易得到验证。

利用电容的放电延时，采用并联电容法也可以实现硬件消抖，如图 4-31 所示。

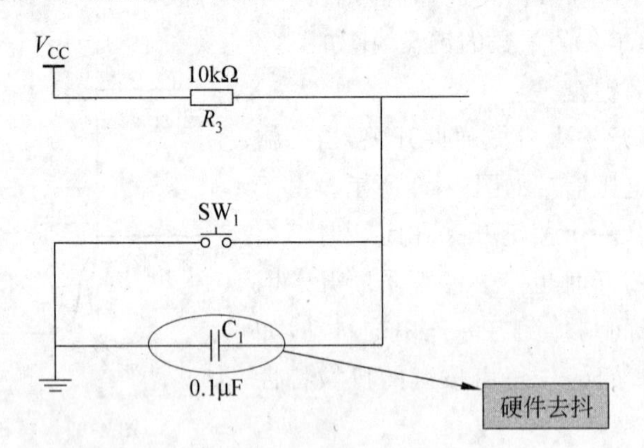

图 4-31 硬件电容消抖

2）软件消抖

第一种方法是检测到按键闭合电平后先执行一个延时程序，作出一个 10ms 左右的延时，待前抖动消失后再一次检测按键的状态，如果仍是闭合状态的电平，则认为真的有按键按下；若不是闭合状态电平，则认为没有键按下。若是要判断按键松开的话，也要在检测到按键释放电平之后再作出 10ms 左右的延时，等后抖动消失后再一次检测按键的状态，如果仍为断开状态电平，则确认按键松开。这种方法的优点是程序比较简单，缺点是由于延时一般采用跑空指令延时，会造成程序执行效率低。

第二种方法是每隔一个时间周期检测一次按键，比如每几毫秒扫描一次按键，要连续几次都扫描到同一按键才确认这个按键被按下。一般确认按键的扫描次数由实际情况决定，扫描次数的累积时间一般为 50～60ms。比如，以 5ms 为基本时间单位去扫描按键的话，前后要连续扫描到同一个按键 11 次而达到 50ms 来确认这个按键。按键松开的检测方法也是一样要连续多次检测到按键状态为断开电平才能确认按键松开。这种方法的优点是程序执行效率高，不用刻意加延时指令，而且这种方法的判断按键抗干扰能力很好；缺点是程序结构较复杂。

4.3.2 键盘输入实验

实验实现功能为：用 4 个微动开关分别控制 4 个 LED，当按下一个开关就会有一个 LED 亮，当另一个开关按下时，前面的 LED 灭，同时另一个 LED 亮。本实验采用一个端口控制一个 LED 的独立式键盘方法。

键盘输入实验元器件清单如表 4-5 所示。

表 4-5 键盘输入实验元器件清单

元器件	HT46F49E 芯片	面包板	电池盒	5 号电池	面包板导线	LED	4MHz 晶振	10kΩ 电阻	470Ω 电阻	微动开关
数量	1 个	1 个	1 个	3 节	1 捆	4 个	1 个	1 个	8 个	4 个

实验硬件原理图如图 4-32 所示。

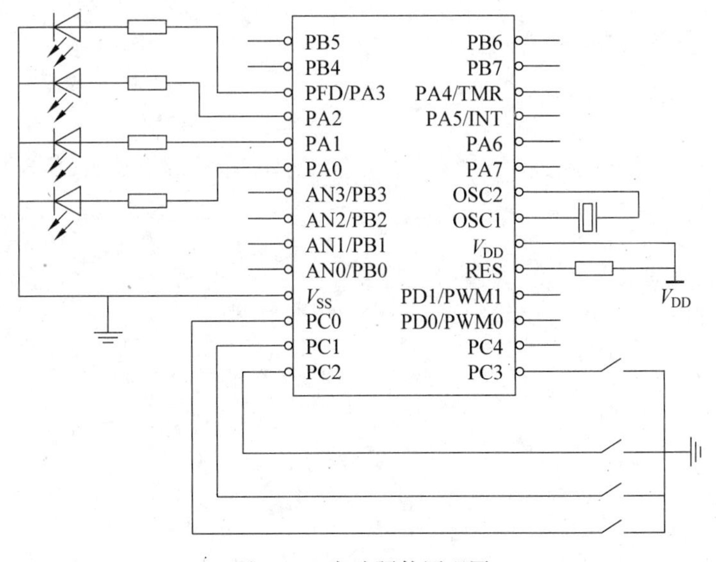

图 4-32 实验硬件原理图

实验硬件电路连接图如图 4-33 所示。

实验程序流程图如图 4-34 所示。

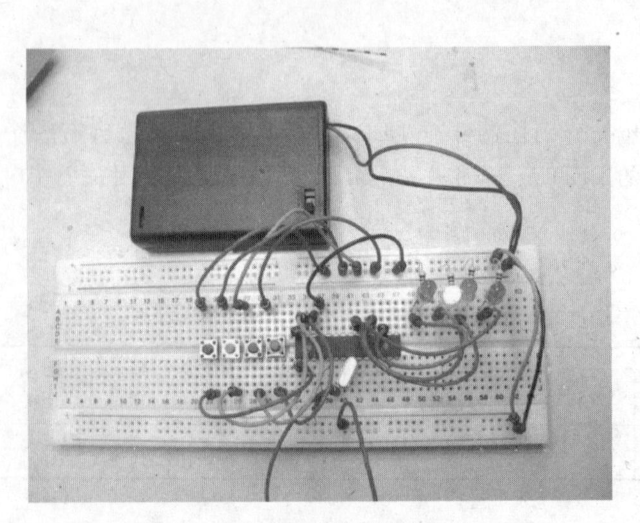

图 4-33　实验硬件实物连接图

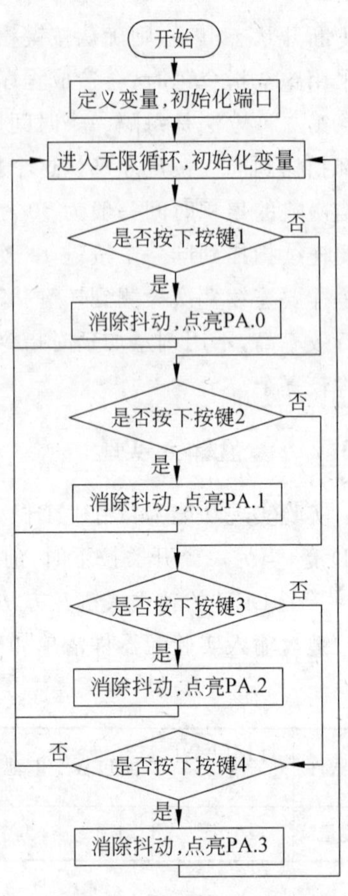

图 4-34　实验程序流程图

实验 C 语言程序为:

```
#include"ht46f49e.h"
/* 延时 1ms */
void delay_ms(unsigned int a)                //4MHz 晶振,每个指令执行时间为 1μs
{
    unsigned int b;
    for(a;a>0;a--)
    for(b=125;b>0;b--)
    {
        _delay(8);                           //内置子程序,可以直接调用
    }
}
void main()
{
    unsigned int m;
    _pac=0x00;                               //PA 口设置为输出模式
    _pa=0x00;
    /* PC 口默认为输入模式,而且 PCC 和 PC 均是默认为高电平,所以当 PC0,PC1,PC2,PC3 依次
       是低电平时,对应的 PA0,PA1,PA2,PA3 连接的 LED 依次亮 */
```

```
    while(1)                                    //循环判断是哪个按键按下
    {   m=_pc;                                  //读端口
        switch(m)                               //判断
        {
        case 0x1e: delay_ms(10);                //当 PC0 的按键按下时,延时消抖
            _pa=0x01;                           //使 PA0 口的 LED 亮
            break;                              //跳出
        case 0x1d: delay_ms(10);                //当 PC1 的按键按下时,延时消抖
            _pa=0x02;                           //使 PA1 口的 LED 亮
            break;                              //跳出
        case 0x1b: delay_ms(10);                //当 PC2 的按键按下时,延时消抖
            _pa=0x04;                           //使 PA2 口的 LED 亮
            break;                              //跳出
        case 0x17: delay_ms(10);                //当 PC3 的按键按下时,延时消抖
            _pa=0x08;                           //使 PA3 口的 LED 亮
            break;                              //跳出
        }
    }
}
```

小结:实验中的 4 个键各控制一个 LED 的亮灭,按下一个按键后就会有一个 LED 亮。要先对芯片的 LED 连接引脚设置为输出模式,对按键连接的芯片引脚设置为输入模式,然后通过读取按键,在 LED 对应端口送出相应的高低电平。

4.4 蜂鸣器实验

单片机的输入输出有很多种,前面介绍了利用 LED 和数码管作为输出的实验,以及利用微动开关作为输入的实验。LED 和数码管都是向人类的视觉传输某种信息,其实人类的听觉也应该是计算机输出信息的另一个关键目标,例如,我们日常生活中听到的救火车、警车、救护车不同的声音,作为人类最基本的沟通工具的语言。因此单片机也应该具有这种通过声音表达信息的能力。在这次的实验中我们利用微动开关作为输入,利用蜂鸣器作为输出,使蜂鸣器发出不同的声音。首先是一个类似电子琴的实验,实验中设置了 7 个微动开关作为按键,分别控制蜂鸣器发出 Do、Re、Mi、Fa、Sol、La、Ti。其次是利用 4 个按键分别控制蜂鸣器发出 4 首不同的乐曲。

1. 蜂鸣器的发音原理

蜂鸣器有两种,一种可以通过直流电压控制,分 5V、9V、12V 超电压使用,内部驱动电路则产生振荡驱动电压,发出音调固定的声音;另一种像喇叭一样,可以用变化的电压直接驱动。改变频率则可以控制音调,驱动电压的幅值控制音量大小,如图 4-35 所示。第一种蜂鸣器一般都有一个固定的频率参数也就是它发出的声音是不能变化的,就像食堂用的打卡器一样,卡一贴近就发出"嘟"的一

图 4-35　蜂鸣器

声。第二种就不同了，用单片机驱动第二种蜂鸣器后还可以用它演奏出美妙的音乐，我们只需要用简单的程序就可以控制单蜂鸣器演奏的频率，也就控制了音调。

蜂鸣器是通过向其内部线圈不断地通断电流，造成蜂鸣器薄膜的振动，从而产生空气的振动而发出声音的，不同的频率可以控制发出不同的音调。我们在连接有蜂鸣器的输出引脚输出高低不同的电平时，只要控制高低电平的延迟时间，就会产生不同的音调。要控制蜂鸣器引脚，使其能发出 Do、Re、Mi、Fa、Sol、La、Ti 7 种音阶的音调，就要知道 7 种音阶的频率，通过频率计算出高低电平的延迟时间，利用程序控制不同的延时，达到输出不同音调的效果。音阶—频率对照表如表 4-6 所示。

表 4-6　音阶—频率对照表

音阶	频率/Hz	周期/ms	半周期/ms	音阶	频率/Hz	周期/ms	半周期/ms
Do	523	1.91	0.96	Sol	785	1.27	0.64
Do#	554	1.8	0.9	Sol#	831	1.2	0.6
Re	587	1.7	0.85	La	880	1.14	0.57
Re#	622	1.6	0.8	La#	932	1.07	0.54
Mi	659	1.52	0.76	Ti	988	1.00	0.50
Fa	698	1.43	0.72	Do 高音	1047	0.96	0.48
Fa#	740	1.35	0.68				

注意：Do#为 Do 与 Re 之间的半音，其余类似。

通过以上分析可以知道，用一定频率的方波信号驱动蜂鸣器就可以产生对应频率的声音信号。为了产生控制蜂鸣器的信号，最方便的方法就是采用盛群单片机的 PFD（Programmable Frequency Divider，可编程分频器）功能。PFD 功能实际上是让单片机内置定时器工作在普通定时器模式，而定时器的溢出产生控制 PFD 的信号。因此下面简单介绍一下 HT46F49E 的定时器。

2. 定时器和 PFD 功能介绍

HT46F49E 单片机提供了一个 8 位向上的定时/计数器，有 3 种不同的工作模式：普通定时器、外部事件计数器和脉冲宽度测量器模式。其内部电路结构如图 4-36 所示。

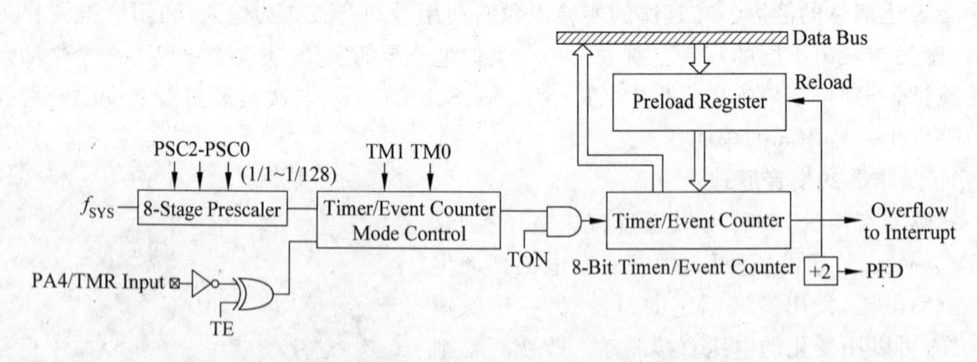

图 4-36　HT46F49E 定时器/计数器内部电路结构

定时/计数器相关寄存器为 TMRC 和 TMR，TMR 是存储实际的计数值的寄存器，赋值给此寄存器可以设定初始计数值，读取此寄存器可获得定时/计数器的内容。而 TMRC 是定时/计数器的控制寄存器，此寄存器设置定时/计数器的选项，控制定时/计数器的工作模式。定时/计数器的时钟源可配置为来自内部系统的时钟或由外部引脚输入(PA4/TMR)。

TMR 是一个 8 位特殊功能寄存器,用于储存实际定时器值。在收到一内部计时脉冲或外部定时/计数器引脚 PA4/TMR 状态发生跳变时,此寄存器的值将会加 1。定时器将从预置寄存器所载入的值开始计数,直到计满 FFH,此时定时器溢出且会产生一个内部中断信号。定时器自动重新加载计数器初值并继续计数。为了得到定时/计数器 00H 至 FFH 的最大计数范围,预置寄存器必须先设置为 00H。需要注意的是,上电后预置寄存器处于未知状态。定时/计数器在 OFF 条件下,如果把数据写入预置寄存器,这数据将被立即写入实际的定时器。而如果定时/计数器已经为 ON 且正在计数,在这个周期内写入到预置寄存器的任何新数据将保留在预置寄存器中,只有在下一个溢出发生时才被写入实际定时器。

定时/计数器能工作在 3 种不同的模式,至于选择工作在哪一种模式则由控制寄存器的内容决定。TMRC 和 TMR 寄存器控制定时/计数器的全部操作。在使用定时器之前,必须正确地设定定时/计数控制寄存器,以便保证定时器能正确操作,而这个过程通常在程序初始化期间完成。为了确定定时器工作在哪一种模式,定时器模式、外部事件计数模式或脉冲宽度测量模式,TM0 和 TM1 位必须设定为要求的逻辑电平。定时器打开 TON 位,即定时/计数控制寄存器的第 4 位,它是定时器控制的开关,设定为逻辑高时,计数器开始计数,而清零时则停止计数。定时/计数控制寄存器的第 0～2 位决定输入定时预分频器中的分频系数。如果使用外部计时源,预分频器的位将不起作用。如果定时器工作在外部事件计数或脉冲宽度测量模式,TE 的逻辑电平,即 TMRC 寄存器的第 3 位的电平将可用来选择上升沿或下降沿触发。TMRC 寄存器的控制位如图 4-37 所示。

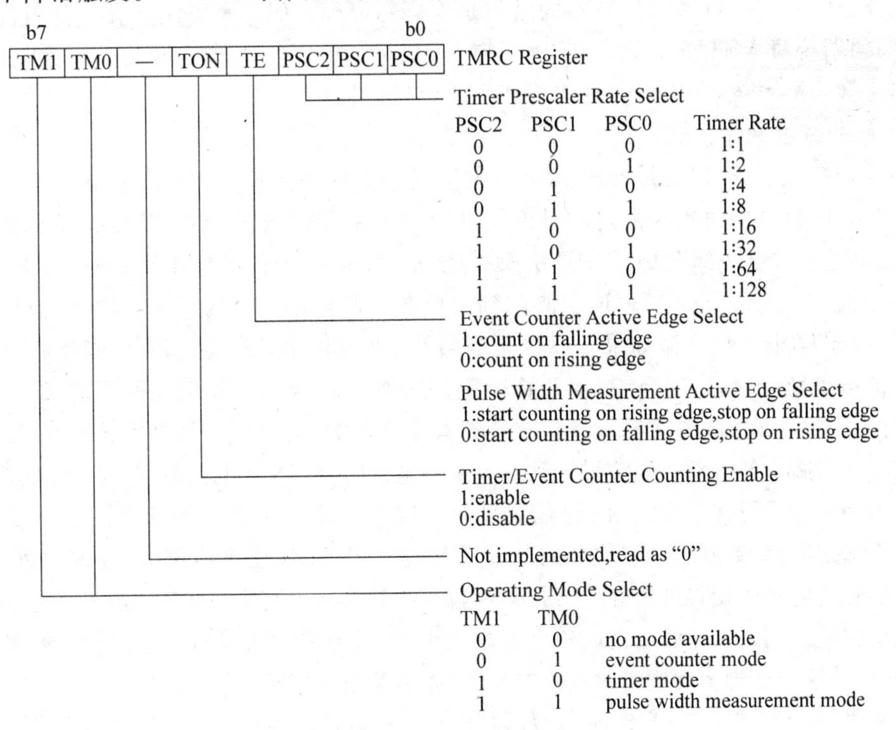

图 4-37　TMRC 寄存器的控制位

1）普通定时器模式

在这个模式下，定时器可以用来测量固定时间间隔，当定时器发生溢出时，就会产生一个内部中断信号。要工作在这个模式，TMRC寄存器中位TM1和TM0必须分别设为1和0。在这个模式下，定时器的计数源来自内部时钟。定时器的输入计时频率是f_{SYS}除以定时器预分频器的值，这个值由定时器控制寄存器的PSC2～PSC0位决定。定时器使能位TON必须被设为逻辑高才能使定时器工作。每次内部时钟由高到低的电平跳变都会使定时器值增加1。当定时器已满即溢出时，会产生中断信号且定时器会重新载入已经载入到预置寄存器的值，然后继续向上计数。若定时器中断允许，将会产生一个中断信号。寄存器INTC中ETI位清零，则定时器中断禁止。需要注意的是，定时器溢出中断也是唤醒暂停模式的一种方法。

2）外部事件计数模式

在这个模式下，发生在PA4/TMR引脚的外部逻辑事件改变的次数可以通过内部计数器来记录。为使定时/计数器工作在外部事件计数模式，TMRC寄存器中TM1和TM0位必须分别设为0和1。计数器打开位TON必须设为逻辑高，使计数器开始计数。当TE为逻辑低时，每次外部定时/计数器引脚PA4/TMR接收到由低到高的电平跳变都将使计数器值加1。而当TE为逻辑高时，每次外部定时/计数器引脚接收到由高到低的电平跳变也将使计数器值加1。与另外两个模式一样，当计数器计满时，计数器将溢出且自动从预置寄存器中加载初值。若定时中断允许，将会产生一个中断信号。定时器中断可以通过清除INTC寄存器中ETI位禁止。为了确保定时/计数器工作在外部事件计数模式，必须注意两点：首先是要将TM0和TM1位设定在外部事件计数模式；其次是确定端口控制寄存器将这个引脚设定为输入状态。计数器的溢出是唤醒暂停模式的一种方法。在外部事件计数模式下，即使系统进入HALT状态，定时/计数器仍可记录外部引脚的变化。因此定时/计数器溢出将会唤醒系统，若中断允许将会产生一个定时器中断信号。

3）脉冲宽度测量模式

在这个模式下，可以测量外部PA4/TMR引脚上的外部脉冲宽度。在脉冲宽度测量模式下，定时/计数器的时钟源由内部时钟提供，TM0和TM1位则必须都设为逻辑高。如果TE位是逻辑低，当外部PA4/TMR引脚接收到一个由高到低的电平跳变时，定时/计数器将开始计数直到外部PA4/TMR引脚回到它原来的高电平。此时TON位将自动清零，且定时/计数器停止计数。而如果TE位是逻辑高，则当外部PA4/TMR引脚接收到一个由低到高的电平跳变时，定时/计数器开始计数直到外部PA4/TMR引脚回到原来的低电平。综上所述，TON位将自动清零，且定时/计数器停止计数。注意，在脉冲宽度测量模式下，当外部定时器引脚上的外部控制信号回到它原来的电平时，TON位将自动清零。而在其他两种模式下，TON位只能在程序控制下才会被清零。这时定时/计数器中的值可被程序读取，并由此得知外部定时/计数器引脚接收到的脉冲的长度。当TON位被清零时，任何在外部定时/计数器引脚的电平跳变将被忽略，直到TON位再次被程序设定为逻辑高，定时/计数器才开始脉冲宽度测量。用这种方法可完成单个脉冲的测量，注意在这种模式下，定时/计数器是通过外部定时/计数器引脚上的逻辑跳变来控制的，而不是通过逻辑电平控制的。

与另外两个模式一样，当定时/计数器计满产生溢出时，定时/计数器将清零并载入预置寄存器的值。若定时器中断允许，将会产生一个内部中断信号。为了确保PA4/TMR工作在脉冲宽度测量模式，必须注意两点：首先是要将 TM0 与 TM1 位设定在脉冲宽度测量模式；其次是确定此引脚的输入/输出端口控制寄存器对应位被设定为输入状态。定时器的溢出中断也是唤醒暂停模式的一种方法。

PFD 输出引脚与 PA3 引脚共用。此功能通过配置选项选择，如果不选择该功能，则这个引脚作为普通的输入/输出引脚使用。PFD 电路使用定时器溢出信号作为它的时钟源。载入合适的值到定时器预分频器可以产生需要的时钟源分频系数，由此来控制输出的频率。系统时钟被预分频器分频后的时钟源进入定时器，定时器从预置寄存器的值开始往上计数，直到计数值满而产生溢出信号，导致 PFD 输出状态改变。定时器将自动重新载入预置寄存器的值，并继续向上计数。要使 PFD 正确运作，必须将 PA 控制寄存器 PAC 的第 3 位设置为输出。如果把它设置为输入，则 PFD 输出不工作，该引脚仍是作为普通的输入引脚使用。只有把 PA3 位置"1"，PFD 输出引脚才会有输出。这个输出数据位被用作 PFD 输出的开/关控制。注意，如果 PA3 输出数据位被清零，PFD 输出将为低电平，如图 4-38 所示。

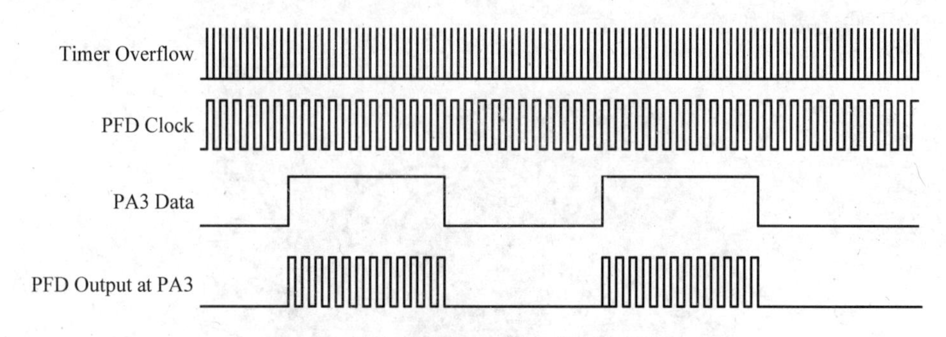

图 4-38　PFD 输出控制

从图 4-38 中可以看出，PFD 的输出脉冲频率是计数溢出频率的一半，所以 PFD 端口的输出频率与系统时钟的关系为：

PFD 输出频率＝(系统时钟/预分频数)/(2×定时/计数器计数个数)

小结：为了使用 PFD 功能驱动蜂鸣器，正确的步骤应该是：①设定定时器工作在普通计数器模式下；②设置定时器的预分频系数；③根据音阶—频率对照表计算定时器预装值；④设定 PFD 功能和 PA3 输出状态，并令 PA3＝1。注意：蜂鸣器的控制端接 PA3。

4.4.1　电子琴实验

实验元器件清单如表 4-7 所示。

表 4-7　电子琴实验元器件清单

元器件	HT46F49E 芯片	面包板	电池盒	5 号电池	面包板导线	4MHz 晶振	10kΩ 电阻	1kΩ 电阻	微动开关	蜂鸣器	三极管 NPN
数量	1 个	1 个	1 个	3 节	1 捆	1 个	1 个	1 个	7 个	1 个	1 个

实验实现功能为：按下 7 个键分别发出 7 个不同的音调。

实验电路原理图如图 4-39 所示。

在连接蜂鸣器时由于其芯片的驱动能力有限，所以一般加三极管增加其驱动能力，三极管的基极与芯片端口之间的电阻起到限流的作用。

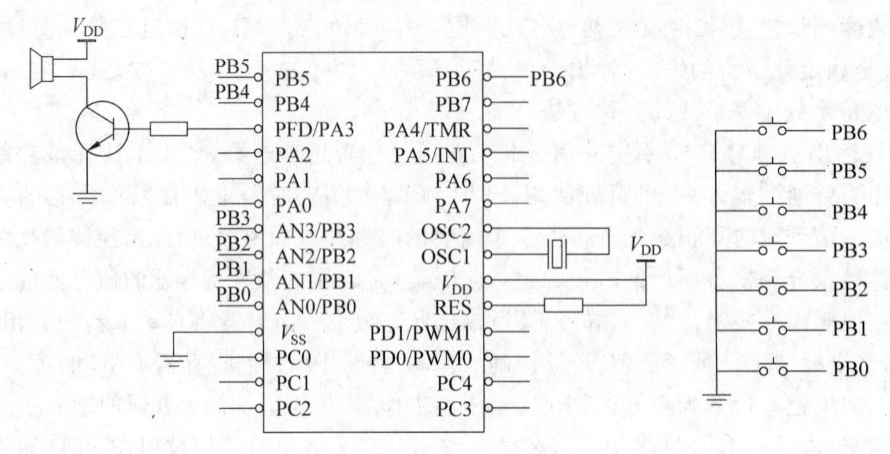

图 4-39　实验电路原理图

实验硬件连接图如图 4-40 所示。

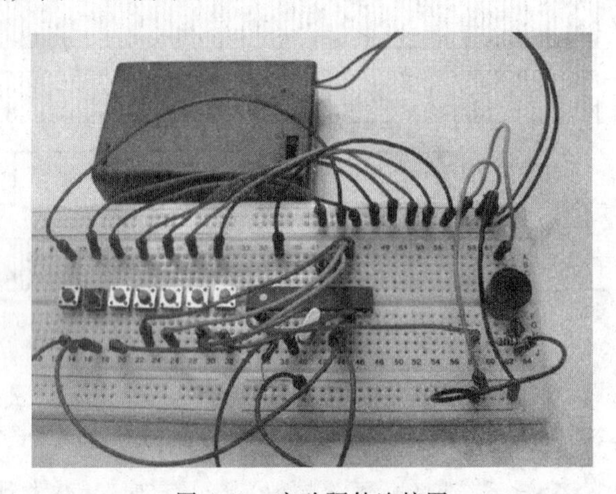

图 4-40　实验硬件连接图

因为实验中采用的是芯片的 PFD 功能，而在 IDE 3000 中 PFD 功能引脚与 PA3 引脚共用一个端口，所以要在配置选项中设置 PA3 口为 PFD 模式，如图 4-41 所示。

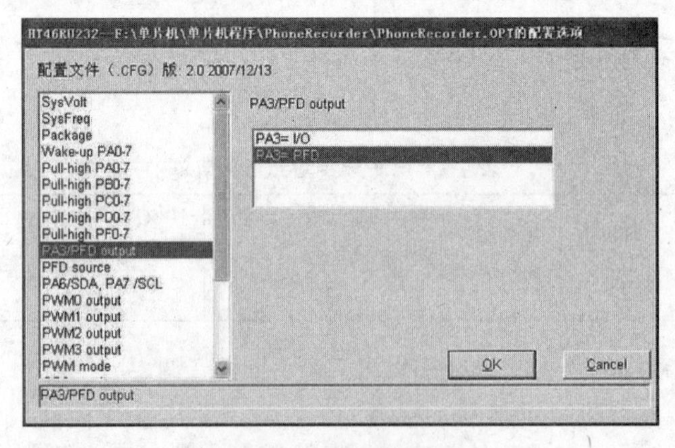

图 4-41　PFD 配置选项

实验程序流程图如图 4-42 所示。

实验 C 语言程序为：

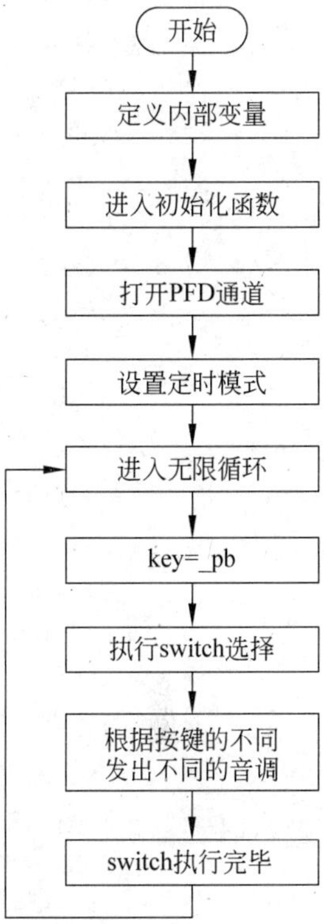

```
#include"ht46f49e.h"
unsigned char i;
const int YinJie[7]={56,150,161,166,176,185,193};
                                        //32 分频的计数初值
void initial()                          //初始化
{
    _pac3=0;                            //设置 PA3 为输出模式
    _pa3=1;                             //设置 PA3 为"1"
    _tmrc=0x85;                         //设置为定时器模式,32 分频
    _tmr=0x00;
}
/*延时 1ms*/
void delay_ms(unsigned int m)
                                  //4MHz 晶振,每个指令执行时间为 1μs
{
        unsigned int n;
    for(m;m>0;m--)
    for(n=125;n>0;n--)
    {
        _delay(8);
                     //这个延时子程序是内置子程序,可以直接调用
    }
}
void playnote()                                 //发音子函数
{
_tmr=YinJie[i];                                 //送计数器初值
_ton=1;                                         //开计数器
delay_ms(100);                                  //延时,使发音持续一段时间
_ton=0;
}
void main()                                     //主函数
{
    unsigned char key;
    initial();                                  //初始化
    while(1)                                    //循环,扫描键盘
    {
        key=_pb;
        switch(key)                             //判断键盘按键值
        {
        case 0xbf:                              //控制发音 Do
            delay_ms(10);                       //按键消抖
            i=0;
```

开始

定义内部变量

进入初始化函数

打开PFD通道

设置定时模式

进入无限循环

key=_pb

执行switch选择

根据按键的不同发出不同的音调

switch执行完毕

图 4-42 实验程序流程图

```
            playnote();
            break;
        case 0xdf:                                              //控制发音 Re
            delay_ms(10);                                       //按键消抖
            i=1;
            playnote();
            break;
        case 0xef:                                              //控制发音 Mi
            delay_ms(10);                                       //按键消抖
            i=2;
            playnote();
            break;
        case 0xf7:                                              //控制发音 Fa
            delay_ms(10);                                       //按键消抖
            i=3;
            playnote();
            break;
        case 0xfb:                                              //控制发音 So
            delay_ms(10);                                       //按键消抖
            i=4;
            playnote();
            break;
        case 0xfd:                                              //控制发音 La
            delay_ms(10);                                       //按键消抖
            i=5;
            playnote();
            break;
        case 0xfe:                                              //控制发音 Ti
            delay_ms(10);                                       //按键消抖
            i=6;
            playnote();
            break;
        default:                                                //没有按键或按键错误
                break;
        }
    }
}
```

小结：实验采用 HT46F49E 中带有的 PFD 特殊功能，通过读取按键，控制定时/计数器在 PFD 引脚输出不同频率的方波，使蜂鸣器发出不同的声响。

4.4.2 歌曲播放实验

实验实现功能为：按下 4 个键分别播放 4 首简单的音乐，播放结束可以按下另一个键播放其他歌曲。4 种歌曲的简谱如下。

第一首：小星星

1155665|4433221

5544332|5544332

1155665|4433221

第二首：两只老虎

1231|1231|345|345|565431|565431|2⑤1|2⑤1

注：⑤代表下阶音

第三首：欢乐颂

3345 | 5432 | 1123 | 3.22- | 3345 | 5432 | 1123 | 2.11-‖

2231 |2 34 31|2 34 32|1253 | 3345 |54 34 2|1123 | 2.11-‖

第四首：生日快乐

5565 | 17-| 5565 | 21-|

| 5553| 17 6 | 4431 | 21-|

歌曲播放实验元器件清单如表4-8所示。

表4-8 歌曲播放实验元器件清单

元器件	HT46F49E芯片	面包板	电池盒	5号电池	面包板导线	4MHz晶振	10kΩ电阻	1kΩ电阻	微动开关	蜂鸣器	三极管NPN
数量	1个	1个	1个	3节	1捆	1个	1个	1个	4个	1个	1个

实验原理图如图4-43所示。

实验硬件连接图如图4-44所示。

同样,实验中采用PFD的功能应在配置选项中选择PFD使能。

实验程序流程图如图4-45所示。

实验C语言程序为：

```
#include"ht46f49e.h"
const int YinJie[7]={56,150,161,166,176,185,193};                  //32分频的计数初值
const unsigned char
TwoTiger[37]={1,2,3,1,1,2,3,1,3,4,5,5,3,4,5,5,5,6,5,4,3,2,5,6,5,4,3,2,1,5,1,1,1,
              5,1,1,0};                                             //两只老虎简谱
const unsigned char
HappySong[70]={3,3,4,5,5,4,3,2,1,1,2,3,3,2,2,0,0,3,3,4,5,5,4,3,2,1,1,2,3,2,1,1,0,0,
               2,2,3,1,2,3,4,3,1,2,3,4,3,2,1,2,5,3,3,3,4,5,5,4,3,4,2,1,1,2,3,2,1,1,
               0,0};
                                                                    //欢乐颂简谱
const unsigned char HappyBirth[28]={5,5,6,5,1,7,7,5,5,6,5,2,1,1,5,5,6,5,1,7,7,5,
                                    5,6,5,2,1,1};                   //生日快乐简谱
const unsigned char Xiaoxingxing[]={1,1,5,5,6,6,5,0,0,4,4,3,3,2,2,1,0,0,5,5,4,4,
                                    3,3,2,0,0,5,5,4,4,3,3,2,0,0,1,1,5,5,6,6,5,0,
                                    0,4,4,3,3,2,2,1,0,0};           //小星星简谱
void initial()                                                      //初始化
```

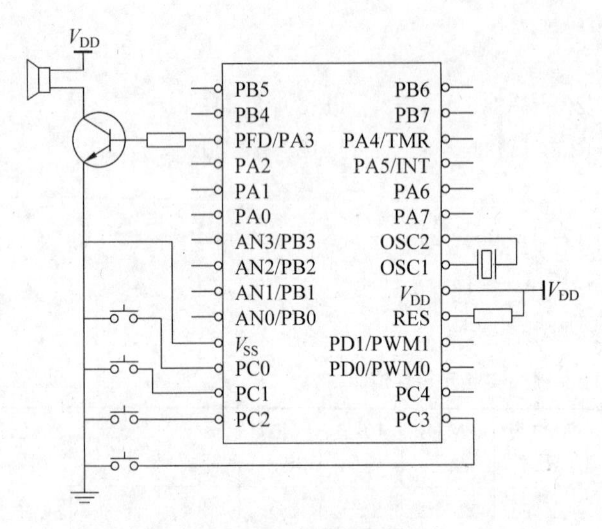

图 4-43　实验原理图

图 4-44　实验硬件连接图

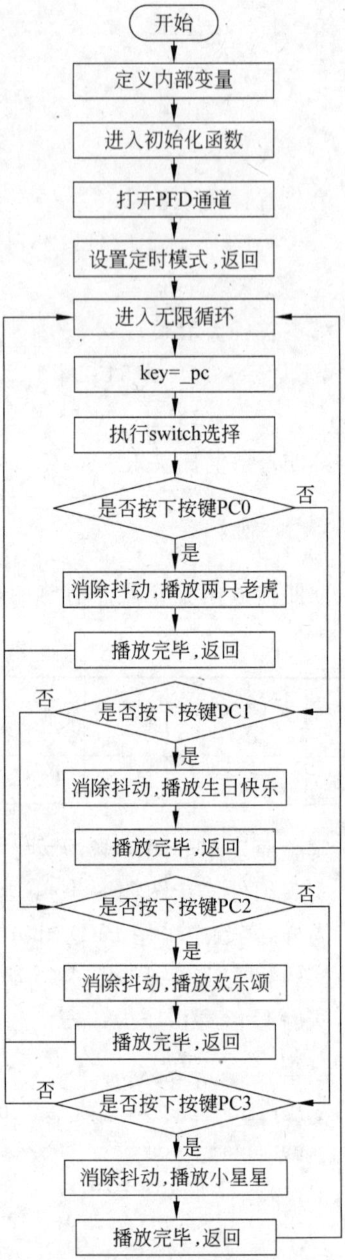

开始
定义内部变量
进入初始化函数
打开PFD通道
设置定时模式，返回
进入无限循环
key=_pc
执行switch选择
是否按下按键PC0　否
是
消除抖动，播放两只老虎
播放完毕，返回
否　是否按下按键PC1
是
消除抖动，播放生日快乐
播放完毕，返回
是否按下按键PC2　否
是
消除抖动，播放欢乐颂
播放完毕，返回
否　是否按下按键PC3
是
消除抖动，播放小星星
播放完毕，返回

图 4-45　实验程序流程图

```
{
_pac3=0;                                   //设置 PA3 为输出模式
_pa3=1;                                    //设置 PA3 为"1"
_tmrc=0x85;                                //设置为定时器模式,32 分频
_tmr=0x00;
}
/*延时 1ms*/
void delay_ms(unsigned int m)              //4MHz 晶振,每个指令执行时间为 1μs
```

```
{
    unsigned int n;
    for(m;m>0;m--)
    for(n=125;n>0;n--)
    {
        _delay(8);                          //这个延时子程序是内置子程序,可以直接调用
    }
}
void playnote(unsigned char h)              //发音子函数
{
_tmr=YinJie[h];                             //向计数器初始值送响应的值
_ton=1;                                     //开计数器,开始发音
delay_ms(200);                              //延时,控制发音持续长度
_ton=0;                                     //关计数器,停止发音
}
/*两只老虎乐曲*/
void twotiger()
    {
        unsigned int i;
        for(i=0;i<37;i++)                   //依次取出乐曲简谱的各个音阶
        {
            playnote(TwoTiger[i]);
        }
    }
/*生日快乐乐曲*/
void happybirth()
    {
        unsigned int i;
        for(i=0;i<10;i++)                   //依次取出乐曲简谱的各个音阶
        {
            playnote(HappyBirth[i]);
        }
    }
/*欢乐颂*/
void happysong()
    {
        unsigned int i;
         for(i=0;i<70;i++)                  //依次取出乐曲简谱的各个音阶
         playnote(HappySong[i]);
    }
/*小星星乐曲*/
void xiaoxingxing()
    {
        unsigned int i;
            for(i=0;i<42;i++)               //依次取出乐曲简谱的各个音阶
```

```
        playnote(Xiaoxingxing[i]);
    }
void main()
{
    unsigned char key;
        initial();
        while(1)                                    //循环,不断扫描键盘
        {
            key=_pc;
        switch(key)                                 //判断按键
        {
        case 0x1e:                                  //如果 PC0 按下
            delay_ms(10);                           //消抖
            twotiger();                             //播放两只老虎
            break;                                  //跳出
        case 0x1d:                                  //如果 PC1 按下
            delay_ms(10);                           //消抖
            happybirth();                           //播放生日快乐
            break;                                  //跳出
        case 0x1b:                                  //如果 PC2 按下
            delay_ms(10);                           //消抖
            happysong();                            //播放欢乐颂
            break;                                  //跳出
        case 0x17:                                  //如果 PC3 按下
            delay_ms(10);                           //消抖
            xiaoxingxing();                         //播放小星星
            break;                                  //跳出
        default:                                    //没有按键或按键错误
                break;
        }
    }
}
```

实验只是做了简单的歌曲播放,设置了 7 个音调,每个音调持续时间为 100ms。发出不同的音调是因为 PFD 端口输出不同频率的方波,而频率又是通过定时/计数器的预置寄存器的数值来调整的,所以音阶数组存放的数值是预置寄存器的数值。这样将每首歌曲的曲谱做一个数组,播放的时候只要通过程序将数组中的每一个音调取出,就可以播放简单的曲谱。

4.4.3 练一练

在前面实验中我们模仿了各种音调的发音,现在我们制作一个简单的"嘀-嗒-嘀-嗒……"报警器发音。这里只制作其发音部分。

程序流程图如图 4-46 和图 4-47 所示。

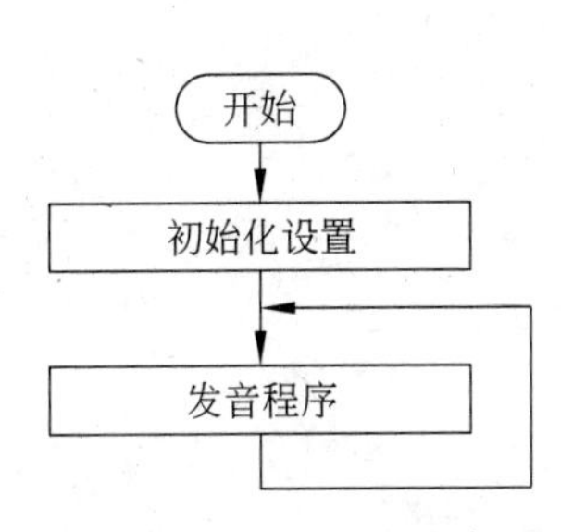

图 4-46　主程序流程图

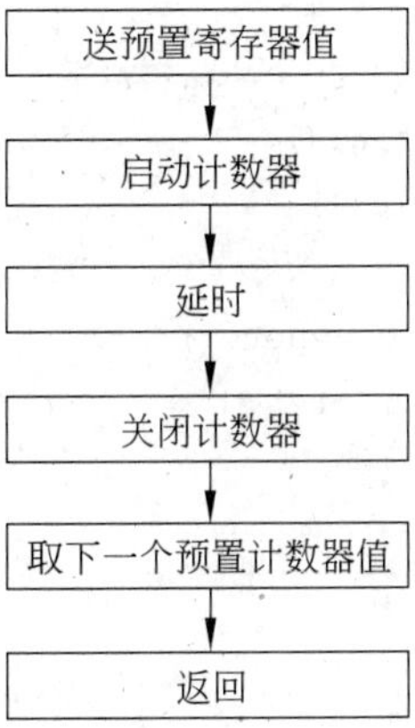

送预置寄存器值

启动计数器

延时

关闭计数器

取下一个预置计数器值

返回

图 4-47　发音子程序流程图

实验 C 语言程序为：

```
#include"ht46f49e.h"
unsigned char i;
const int biaojing[2]={131,194};        //500Hz 与 1KHz 的 32 分频
void initial()                          //初始化
{
    _pac3=0;                            //设置 PA3 为输出模式
    _pa3=1;                             //设置 PA3 为"1"
    _tmrc=0x85;                         //设置为定时器模式,32 分频
    _tmr=0x00;
}
/*延时 1ms*/
void delay_ms(unsigned int m)           //4MHz 晶振,每个指令执行时间为 1μs
{
    unsigned int n;
    for(m;m>0;m--)
    for(n=125;n>0;n--)
    {
        _delay(8);                      //这个延时子程序是内置子程序,可以直接调用
    }
}
void playnote()                         //发音子函数
{
    _tmr=biaojing[i];                   //送计数器初值
    i++;
    _ton=1;                             //开计数器
    delay_ms(100);                      //延时,使发音持续一段时间
    _ton=0;
}
void main()                             //主函数
```

```
{
    unsigned char key;
    initial();                                        //初始化
    while(1)
    {
        playnote();
        if(i==2)
        {
            i=0;
        }
    }
}
```

4.5 点阵 LED 实验

点阵 LED 是由几行和几列 LED 组合而成的，其控制方式跟数码管很相似，其显示原理同样是人眼的视觉暂留效果，点阵 LED 实物和原理图如图 4-48 和图 4-49 所示。为了减少引脚且便于封装，各种 LED 显示点阵模块都采用阵列形式排布，即在行列线的交点处接有显示 LED。因此，LED 点阵显示模块的显示驱动只能采用动态驱动方式，每次最多只能点亮一行或一列 LED。单片机通过输出端口控制来完成对每一个 LED 点阵显示模块内每个 LED 显示点的亮、暗控制操作。依此类推，可实现整屏 LED 点阵的亮、暗控制，从而实现 LED 显示屏汉字或图像的显示控制操作。

图 4-48　点阵 LED 实物

从图 4-49 中可以看出，每一行的 LED 是共阳的，每一列的 LED 是共阴的。在不知道点阵的行数和列数时可以利用万用表进行测量，可以利用二极管的测量挡，用红色的表笔固定连接在一个引脚，黑色的表笔连接另一个引脚，如果没有一个点亮，那么红色的表笔连接的引脚为列，如果有一些亮那么红色表笔连接的引脚为行，而且亮的点都属于同一行，这样就可以判断出各列的引脚。在判断出列引脚后，其他的就是行引脚，再以同样的方式测试就可以测出各行的引脚。

显示一幅画面，当连接为行扫描时，通过给列送低电平就可以实现让每一行的 LED 亮；当连接为列扫描时，通过给行送高电平就可以实现每一列 LED 亮。当行或列扫描得足够快时，人眼就难以分辨出是一行一行或一列一列的显示，看到的是全部的 LED 同时显示。在这里取 24ms 作为视觉暂留时间，因为有 8 行 8 列，所以每一行或每一列的扫描时间为 3ms。下面通过几个显示实验说明点阵 LED 的显示原理。

4.5.1 静态点阵显示

首先采用延时的方法静态显示一个字，实验中采用行扫描的方法，利用 PB 作为行扫描

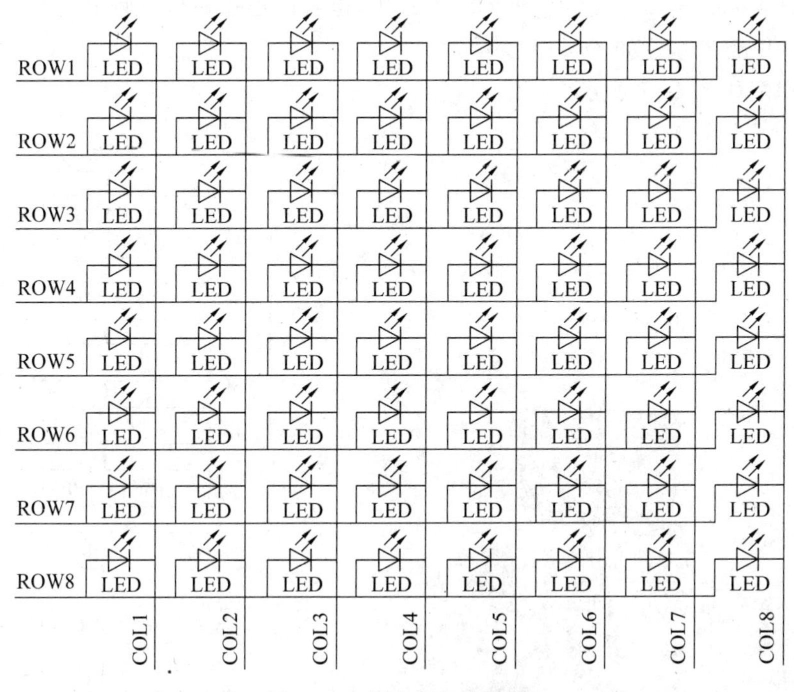

图 4-49　点阵 LED 原理图

的控制，PA 作为列的控制，每隔 3ms 扫描行，在扫描行的同时把行所对应的列的编码送到端口；这样就会显示一个字。

点阵实验元器件清单如表 4-9 所示。

表 4-9　点阵实验元器件清单

元器件	HT46F49E 芯片	面包板	电池盒	5 号电池	面包板导线	4MHz 晶振	10kΩ 电阻	470Ω 电阻	8×8 点阵 LED
数量	1 个	1 个	1 个	3 节	1 捆	1 个	1 个	8 个	1 个

实验原理图如图 4-50 所示。

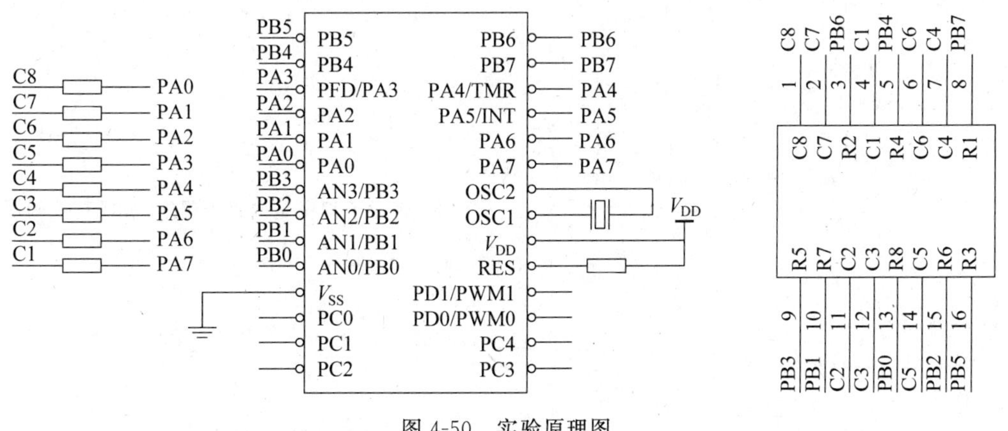

图 4-50　实验原理图

在列引脚和芯片端口连接的电阻为限流作用，也可以连接在行引脚上。

实验硬件电路连接图如图 4-51 所示。

程序流程图如图 4-52 所示。

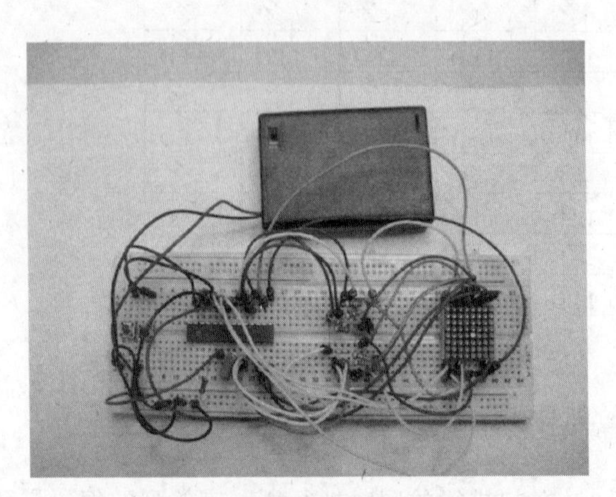

图 4-51　实验硬件电路连接图

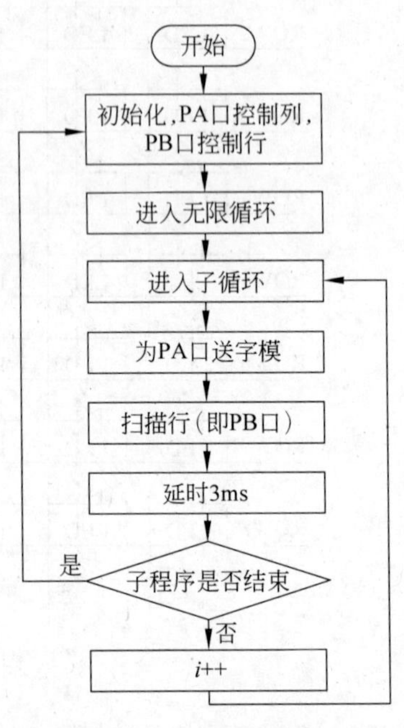

图 4-52　程序流程图

实验 C 语言程序为：

```
#include "HT46F49E.h"
#define col _pa
#define ScanLine _pb
unsigned int i;
const unsigned char Chang[8]={0xff,0xdd,0xd3,0xcf,0x80,0xd7,0xdb,0xc4};     //"长"
/*延时 1ms*/
void delay_ms(unsigned int a)                //4MHz 晶振，每个指令执行时间为 1μs
{
    unsigned int b;
    for(a;a>0;a--)
    for(b=125;b>0;b--)
    {
        _delay(8);                           //这个延时子程序是内置子程序，可以直接调用
    }
}
/*初始化*/
void initial()
{
    _pac=0x00;                               // port A to output port
    _pbc=0x00;                               // port B to output port
```

```
    _pb =0x00;
    _pa =0x00;

}

/* 主程序 */
void main()
{
    unsigned int b;
    b=0x80;                              //初始化 PB 口,先打开最高行(高电平有效)
    ScanLine=b;
    initial();
    while(1)
    {
        for(i=0;i<8;i++)
        {
            ScanLine=b>>i;               //通过循环,依次扫描行(即 PB 口)
            col=Chang[i];                //依次为列(即 PA 口)送字模
            delay_ms(3);                 //依次扫描 8 行,取 24ms 为视觉暂留时间,所以每
                                         //列仅能停留 3ms 的时间
        }
    }
}
```

人的视觉暂留最大时间为 1/24s,我们取 24ms 为视觉暂留时间,这样扫描 8 行共用 24ms,所以每一行的最大延迟时间为 3ms。当选中点阵的其中一行时,向列的引脚送出相应的编码,延时 3ms 后再选中另外一行,相应送出列编码。这样连贯起来就成为一个画面。

利用中断实现静态显示:在上面的实验中,我们利用延时函数对扫描的时间进行控制,这样的话在主程序里就必须不断地调用延时子程序进行行扫描,在主程序里面就难以进行其他的操作。下面介绍一种利用中断子程序进行行扫描的方法,该方法利用定时器控制扫描时间,在主程序里将要显示的每行的字模编码送到寄存器里,在初始化里面设置好定时器的预分频、预置寄存器值等,单片机按照指定的中断时间 3ms 进行一次中断,即进行一次行扫描,并从存储字模的寄存器里取出字模编码向列送出。

在前面的实验中我们已经对定时/计数器进行了介绍,下面仅对中断控制进行简要说明,具体请参照使用手册。

所有中断允许和请求标志均由 INTC 寄存器控制。通过控制相应的中断允许位使能或禁止相关的中断。当发生中断时,相应的中断请求标志将被置位。总中断请求标志清零将禁止所有中断允许。中断控制寄存器如图 4-53 所示,中断优先级如表 4-10 所示。

表 4-10 中断优先级

中断源	优先级	中断源	优先级
外部中断	1	A/D 转换中断	3
定时/计数溢出中断	2		

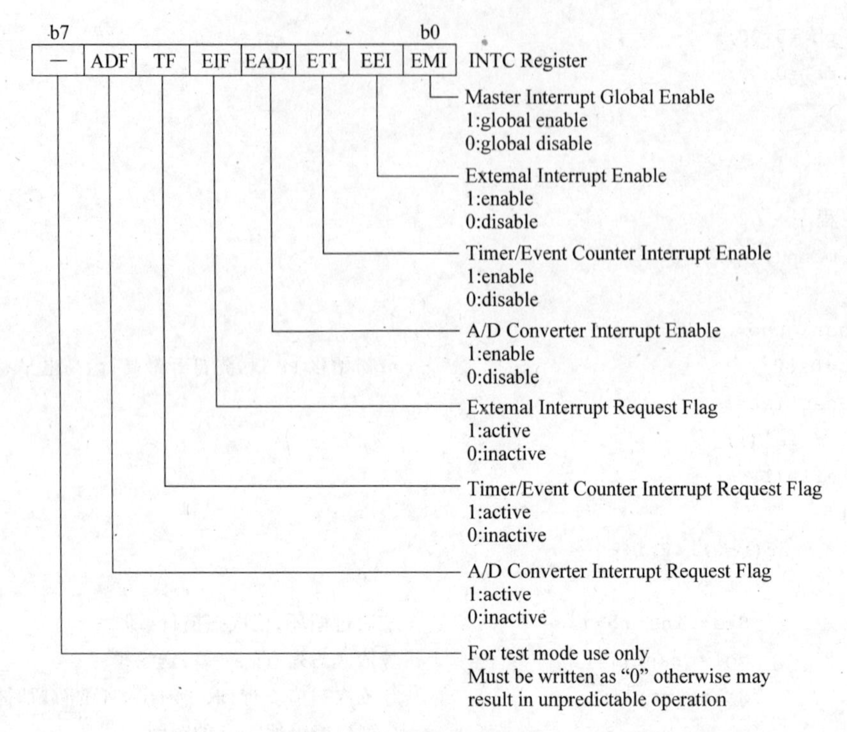

图 4-53　中断控制寄存器

要使定时/计数器中断发生，总中断控制位 EMI、定时/计数器中断使能位 ETI 必须先置位。当定时/计数器发生溢出时，相应的中断请求标志位 TF 将置位并触发定时/计数器中断。若中断使能，堆栈未满，当发生定时/计数器中断时，将调用位于地址 08H 处的子程序。当响应定时/计数器中断服务子程序时，中断请求标志位 TF、EMI 位会被清零以去能其他中断。

实验流程图如图 4-54 和图 4-55 所示。

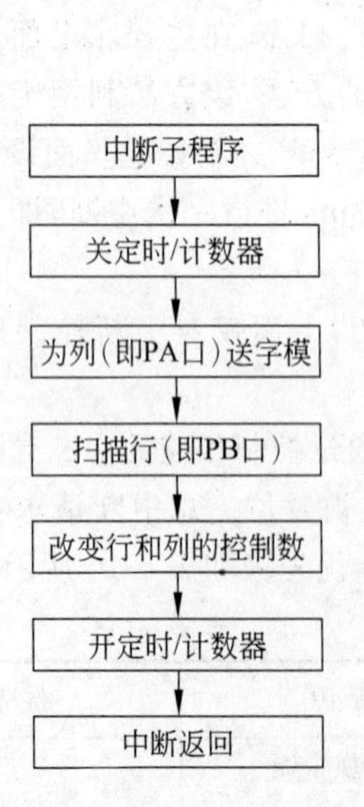

图 4-54　中断子程序流程图

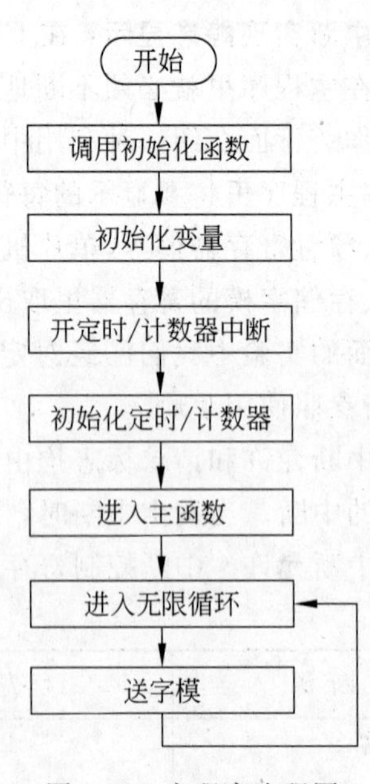

图 4-55　主程序流程图

实验 C 语言程序为：

```
#include "HT46F49E.h"
#define col _pa
#define ScanLine _pb
#pragma vector isr_c @0x8
unsigned char i,k,m,j;
unsigned char Zimo[8];
const unsigned char Chang[8]={0xff,0xdd,0xd3,0xcf,0x80,0xd7,0xdb,0xc4};  //长
const unsigned char Da[8]={0xef,0xef,0x01,0xef,0xc7,0x93,0x39,0xff};     //大
const unsigned char Moon[8]={0x07,0xc3,0xe1,0xe1,0xe1,0xe1,0xc3,0x07};   //"月牙"
const unsigned char Xiao[8]={0xef,0xef,0xc7,0xab,0x29,0xef,0xcf,0xff};   //小
/*延时 1ms*/
void delay_ms(unsigned int a)                     //4MHz 晶振,每个指令执行时间为 1μs
{
    unsigned int b;
    for(a;a>0;a--)
    for(b=125;b>0;b--)
    {
        _delay(8);                                //这个延时子程序是内置子程序,可以直接调用
    }
}
/*中断服务,每 3ms 中断一次*/
void isr_c()
{
    _tmrc=0x00;
    col=Zimo[i];                                  //为 PA 口送字模
    ScanLine=k;                                   //为列送控制字,高电平有效
    k=m>>(i+1);
    if(k==0)
        k=0x80;
    i++;
    if(i==8)
     i=0;                                         //如果扫描行够一遍则重新赋值重新扫描行
    _tmrc=0x97;                                   //设置 TMRC 为 10010111

}
/*初始化*/
void initial()
{
    _pac =0x00;                                   //设置 PA 口为输出模式
    _pbc =0x00;                                   //设置 PB 口为输出模式
    _pb =0x00;
    _pa =0x00;
     m=0x80;                                      //初始化 m,即初始化行(PB 口)
     i=0;
```

```
k=0x80;                                    //
    _intc =0x05;                           //开 CPU 总中断
    _tmrc=0x97;                            //设置 TMRC 为"10010111",f_int=f_sys/128
    _tmr=161;                              //Timer1 mode (internal clock)
}

/*主程序*/
void main()
{
    initial();                             //调用初始化函数
    while(1)
    {
        for(j=0;j<8;j++)
        {
            Zimo[j]=Da[j];                 //取"大"的字模存到 Zimo 数组中
        }
    }
}
```

小结:利用中断来对点阵 LED 的行进行逐行扫描,向列引脚送出字模编码,这样就可以让主程序在中断间隔做其他事,而且利用中断进行扫描的时间控制,时间比较准确。

4.5.2 动画显示

我们在儿时大概都看过动画片,其实动画的显示跟动画片的播放是同一个原理,都是预先设置好大量的图片,相邻图片的变化不是很大,这样,当一连串的图片按照一定的时间间隔播放出来时就是一个动画。在这个实验中设计了 9 幅简单的图片,通过间隔 0.5s 连续播放。这次实验采用中断作为行扫描,利用定时器控制扫描时间。实验原理图和硬件连接图与前面两个实验相同。实验中的动画显示可以参照网络多媒体资源。

实验流程图如图 4-56 和图 4-57 所示。

实验 C 语言程序为:

```
#include "HT46F49E.h"
#define col _pa
#define ScanLine _pb
#pragma vector isr_c @0x8
unsigned char i,k,m,j;
unsigned char Zimo[8];
const unsigned char Dian1[8]={0xff,0xff,0xff,0xef,0xff,0xff,0xff,0xff};
                                                                  //第一幅画面
const unsigned char Dian2[8]={0xff,0xff,0xff,0xe7,0xff,0xff,0xff,0xff};
                                                                  //第二幅画面
const unsigned char Dian3[8]={0xff,0xff,0xff,0xe7,0xf7,0xff,0xff,0xff};
                                                                  //第三幅画面
```

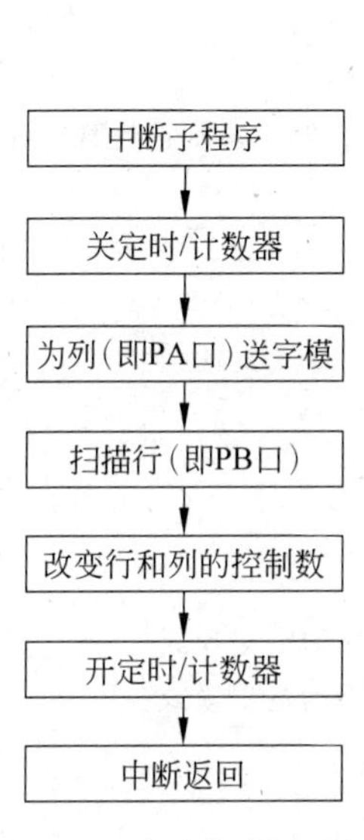

图 4-56　实验中断流程图

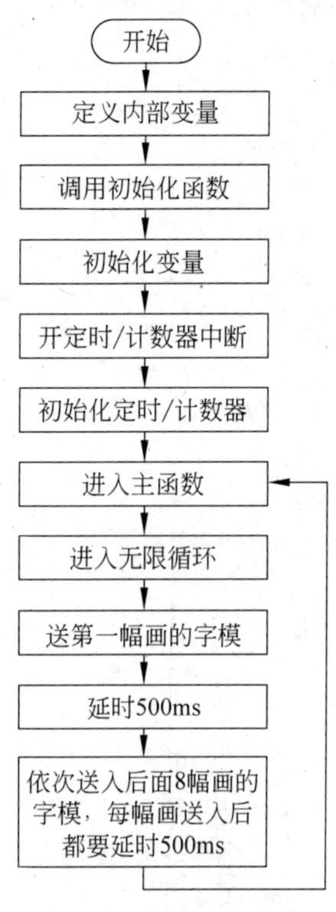

图 4-57　实验主流程图

```
const unsigned char Dian4[8]={0xff,0xff,0xff,0xe7,0xe7,0xff,0xff,0xff};
                                                              //第四幅画面
const unsigned char Dian5[8]={0xff,0xff,0xc3,0xc3,0xc3,0xc3,0xff,0xff};
                                                              //第五幅画面
const unsigned char Dian6[8]={0xff,0x81,0x81,0x81,0x81,0x81,0x81,0xff};
                                                              //第六幅画面
const unsigned char Dian7[8]={0x00,0x00,0x00,0x00,0x00,0x00,0x00,0x00};
                                                              //第七幅画面
const unsigned char DaXin[8]={0xbd,0x18,0x00,0x00,0x00,0x81,0xc3,0xe7};
                                                              //第八幅画面
const unsigned char XiaoXin[8]={0xff,0xff,0xd7,0x83,0x83,0xc7,0xef,0xff};
                                                              //第九幅画面
/*延时 1ms*/
void delay_ms(unsigned int a)                  //4MHz 晶振,每个指令执行时间为 1μs
{
    unsigned int b;
    for(a;a>0;a--)
      for(b=125;b>0;b--)
      {
        _delay(8);                             //这个延时子程序是内置子程序,可以直接调用
      }
}
```

```
/*中断服务,每隔3ms中断一次*/
void isr_c()
{
    _tmrc=0x00;
        col=Zimo[i];                    //为PA口送字模
        ScanLine=k;                     //为列送控制字,高电平有效
        k=m>>(i+1);
        if(k==0)
            k=0x80;                     //如果扫描行够一遍则重新赋值重新扫描行
        i++;
        if(i==8)
        i=0;
        _tmrc=0x97;                     //设置TMRC为10010111
}
/*初始化*/
void initial()
{
        _pac =0x00;                     //设置PA口为输出模式
        _pbc =0x00;                     //设置PB口为输出模式
        _pb =0x00;
        _pa =0x00;
        m=0x80;
        i=0;
    k=0x80;
        _intc =0x05;                    //开总中断,开定时/计数器中断
        _tmrc=0x97;                     //设置TMRC为10010111
        _tmr=161;                       //设置中断模式
}

/*主程序*/
void main()
{

    unsigned char a;
    initial();
    while(1)
    {
        for(j=0;j<8;j++)                //取出第一幅画面的显示编码
        {
            Zimo[j]=Dian1[j];
        }
        delay_ms(500);                  //延迟一定时间,以使人眼能分辨出每幅画面
                                        //(以下的延时作用相同)
        for(a=0;a<8;a++)                //取出第二幅画面的显示编码
```

```
        {
            Zimo[a]=Dian2[a];
        }
        delay_ms(500);
        for(a=0;a<8;a++)                    //取出第三幅画面的显示编码
        {
            Zimo[a]=Dian3[a];
        }
        delay_ms(500);
        for(a=0;a<8;a++)                    //取出第四幅画面的显示编码
        {
            Zimo[a]=Dian4[a];
        }
        delay_ms(500);
        for(a=0;a<8;a++)                    //取出第五幅画面的显示编码
        {
            Zimo[a]=Dian5[a];
        }
        delay_ms(500);
        for(a=0;a<8;a++)                    //取出第六幅画面的显示编码
        {
            Zimo[a]=Dian6[a];
        }
        delay_ms(500);
        for(a=0;a<8;a++)                    //取出第七幅画面的显示编码
        {
            Zimo[a]=Dian7[a];
        }
        delay_ms(500);
        for(a=0;a<8;a++)                    //取出第八幅画面的显示编码
        {
            Zimo[a]=DaXin[a];
        }
        delay_ms(500);
        for(a=0;a<8;a++)                    //取出第九幅画面的显示编码
        {
            Zimo[a]=XiaoXin[a];
        }
        delay_ms(500);
    }
}
```

小结：每幅画面的列编码作为一个数组，通过中断来控制时间取出各列的编码，在一幅画面播放0.5s后变换画面，也就是取列编码的下一个数组，这样不断地连续取出9幅画面的列编码就可以显示一幅简单的动画。

4.5.3 练一练

下面我们来做一个简单有趣的交通灯中“人行走”的实验。该实验也是一个动画效果实验,是通过将几幅动画效果组成几个数组,每隔一定时间取出一个数组来实现的,而去数组值是通过定时中断来实现的,这样就会显示出一幅动画。

程序流程图如图 4-58 和图 4-59 所示。

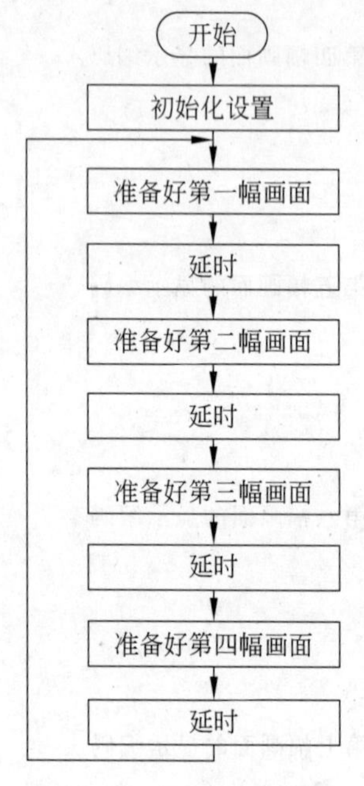

图 4-58 主程序流程图

关闭计数器中断

打开指定行

送相应列编码

打开下一行

取得下一行的列编码

返回

图 4-59 中断子程序流程图

实验 C 语言程序为:

```
#include "HT46F49E.h"
#define col _pa
#define ScanLine _pb
#pragma vector isr_c @0x8
unsigned char i,k,m,j;
unsigned char Zimo[8];
const unsigned char Dian1[8]={0xc7,0xc7,0xc7,0x01,0xef,0xef,0xd7,0xbb};
                                                            //第一幅画面
const unsigned char Dian2[8]={0xe3,0xe3,0xe3,0xf7,0xe3,0xd4,0xeb,0xf5};
                                                            //第二幅画面
const unsigned char Dian3[8]={0xf1,0xf1,0xf1,0xfb,0xf1,0xea,0xf5,0xee};
                                                            //第三幅画面
const unsigned char Dian4[8]={0xc7,0xc7,0xc7,0x01,0xef,0xef,0xd7,0xbb};
                                                            //第四幅画面
/*延时 1ms*/
void delay_ms(unsigned int a)                //4MHz 晶振,每个指令执行时间为 1μs
```

```
{
    unsigned int b;
    for(a;a>0;a--)
    for(b=125;b>0;b--)
    {
        _delay(8);                          //内置子程序,可以直接调用
    }
}
/* 中断服务,每隔 3ms 中断一次 */
void isr_c()
{
    _tmrc=0x00;
    col=Zimo[i];                            //为 PA 口送字模
    ScanLine=k;                             //为列送控制字,高电平有效
    k=m>>(i+1);
    if(k==0)
    k=0x80;                                 //如果扫描行够一遍则重新赋值重新扫描行
    i++;
    if(i==8)
    i=0;
    _tmrc=0x97;                             //设置 TMRC 为 10010111
}
/* 初始化 */
void initial()
{
    _pac =0x00;                             //设置 PA 口为输出模式
    _pbc =0x00;                             //设置 PB 口为输出模式
    _pb =0x00;
    _pa =0x00;
    m=0x80;
    i=0;
    k=0x80;
    _intc =0x05;                            //开总中断,开定时/计数器中断
    _tmrc=0x97;                             //设置 TMRC 为 10010111
    _tmr=161;                               //设置中断模式
}
/* 主程序 */
void main()
{
    unsigned char a;
    initial();
    while(1)
    {
    for(j=0;j<8;j++)                        //取出第一幅画面的显示编码
    {
```

```
        Zimo[j]=Dian1[j];
    }
    delay_ms(500);                          //延迟一定时间,以使人眼能分辨出每幅画面
                                            //(以下的延时作用相同)
    for(a=0;a<8;a++)                        //取出第二幅画面的显示编码
    {
        Zimo[a]=Dian2[a];
    }
    delay_ms(500);
    for(a=0;a<8;a++)                        //取出第三幅画面的显示编码
    {
        Zimo[a]=Dian3[a];
    }
    delay_ms(500);
    for(a=0;a<8;a++)                        //取出第四幅画面的显示编码
    {
        Zimo[a]=Dian4[a];
    }
    delay_ms(500);
}
}
```

第5章　单片机的万能板实验

万能板，也有人叫洞洞板，实际上是按照预定规格生产出的电路板，主要供电路实验者使用，或者焊接教学时使用。由于它不是根据特定电路设计的，因此会大批量地生产，从而降低了其价格，但是由于电路焊接在一起，工作可靠性比面包板高很多。随着学习的深入，电路也逐渐复杂起来，在面包板上连线也更困难。因此下面用万能板进行这组实验，其正反面如图5-1所示。

图5-1　万能板的正反面

目前，万能板的各个焊盘的连接方式有两种，一种是各个焊盘相互独立；另一种则是焊盘按照一定规律连接在一起，这两种样式的万能板各有优点，可以根据自己的需要有选择地使用。对着光源举起板子就可以看清其内部的连线情况。如果巧妙地利用其预定义连线，有时可以简化焊接过程。

万能板的焊接方法有两种，一种俗称“飞线连接”，就是用导线将电路焊接在一起；一种是用焊锡将焊盘连接在一起。前者焊接简单，也不需要仔细考虑导线的布局，但是电路看上去杂乱，而且由于导线可能受到触碰，电路工作稳定性差；而用焊锡连接各电路上的焊盘稳定性较好，但是导线被约束到一个平面，可能存在走不通的情况。因此可以将两者结合使用，既避免了导线过多的杂乱，也容易走通，其焊接正反面如图5-2和图5-3所示。

利用万能板的单片机实验包括LCD的实验、红外遥控器的实验和步进电机的实验。为了充分利用万能板，这组实验均使用一块万能板来完成。首先在万能板上完成LCD的实验，实现按键选择，用LCD显示汉字、数字和简单的动画；其次在上述电路上增加红外接收器件，实现红外遥控指挥LCD显示不同的内容；最后在万能板上增加步进电机电平转换芯片，实现步进电机的速度、方向的控制，同时在LCD上显示步进电机的运行状态。最终的作品恰似一个带有遥控功能的排风扇，既可以通过按键也可以通过红外遥控控制它的转速和旋转方向，并将该排风扇的运行状态显示在液晶屏上。

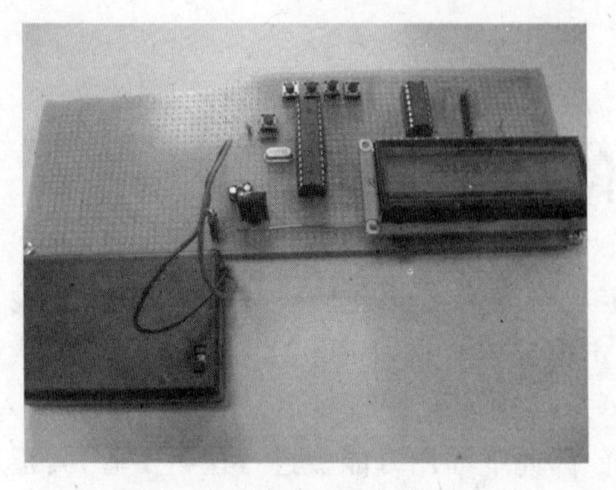

图 5-2　万能板电路焊接正面

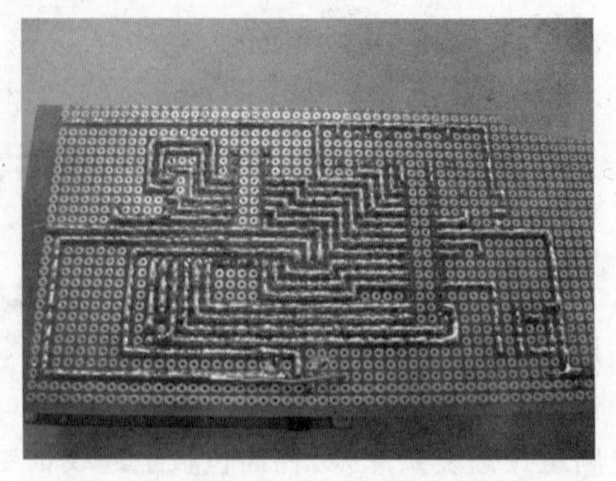

图 5-3　万能板电路焊接反面线路连接图

5.1　LCD 实验

LCD(液晶显示器)是 Liquid Crystal Display 的简称,LCD 的构造是在两片平行的玻璃当中放置液态的晶体,两片玻璃中间有许多垂直和水平的细小电线,通过通电与否来控制杆状水晶分子的方向,将光线折射出来产生画面。同数码管一样,LCD 也是一种显示信息的输出设备,而且 LCD 显示更加灵活,能够显示数字、汉字甚至简单的动画;然而,LCD 的显示控制更加复杂,如果采用单片机直接控制 LCD,其负担就很重了。因此,LCD 内部总设有专用芯片来控制其各种字符的显示,内部的芯片通过与单片机通信就可以根据单片机的控制指令显示出各种相应内容。LCD 可以称得上是一种通过编程控制的器件,通过本章的学习我们将掌握这种器件的使用,本书的自制印制电路板温湿度测量实验采用的高精度温湿度传感器 SHT11 也属于此类器材。大量计算机设备都是通过这种方法操作的,因此掌握这种方法很重要。关键要点一是掌握这种器件和单片机之间的总线接口和时序,二是根据器件特点掌握各种命令和工作模式。

LCD 可以分为两种类型,一种是文字模式 LCD,另一种是图形模式 LCD。其中文字模式 LCD 是专门用来显示像字母、数字、符号等的。本文将主要介绍文字模式 LCD。

由于 LCD 的控制需要专用的驱动电路,一般不会单独使用,而是将 LCD 面板、驱动与控制电路组合成 LCD 模块一起使用。目前,市场上常用的有 1 行 * 16 字、2 行 * 16 字、2 行 * 20 字、2 行 * 40 字等字符模块。这些 LCD 模块虽然显示字数不同,但都有相同的输入/输出界面。

5.1.1　LCD 显示原理

下面介绍本书中所用的 2 行 * 16 字(2 * 16)字符模块,LCD 型号为 1602A。2 * 16LCD 每行可以显示 16 个字,可显示的行数为 2 行,有 16 只引脚。其中与单片机连接的引脚有数据线 DB0～DB7 以及控制信号线 RS、R/W、E,另外 3 只引脚为电源信号线 V_{SS}、V_{DD}、V0,最后还有两只引脚作为背光设备的电源输入用,如表 5-1 所示。

DB0～DB7 是数据输入/输出端口,通过这 8 个数据端口可以传输 LCD 的控制信息、地址信息以及写入 LCD 的字形信息。

表 5-1　LCD 模块引脚说明

引脚	符号	方向	功 能 说 明
1	V_{SS}	—	电源接地端
2	V_{DD}	—	电源正端
3	V0	—	亮度调整电压输入端,输入+0V 时字符最清晰
4	RS	I	寄存器选择:'0'为指令寄存器(IR);'1'为数据寄存器(DR)
5	R/W	I	读/写控制:'0'为写入 LCD;'1'为读取 LCD
6	E	I	有效信号:'0'为 LCD 无效,'1'为 LCD 有效
7	DB0	I/O	数据总线:8 位控制方式时,DB0~DB7 都有效;4 位控制方式时,仅 DB4~DB7 有效,DB0~DB3 不必连接
8	DB1	I/O	
9	DB2	I/O	
10	DB3	I/O	
11	DB4	I/O	
12	DB5	I/O	
13	DB6	I/O	
14	DB7	I/O	
15	BLA	I	背光源正极
16	BLK	I	背光源负极

LCD1602A 内部有 80 字节的 DDRAM(数据显示存储器);192 个 5 * 7 文字性的 CGROM(字符产生存储器);64 字节的 CGRAM(自建字符产生存储器),用户可以自建 8 个字符;还有两个寄存器:IR(指令寄存器)和 DR(数据寄存器)。

(1) 数据显示存储器:用于显示字符的缓存,每一个 DDRAM 地址对应一个显示的位置,将要显示的字符放入到指定的地址,LCD 就会自动显示在屏幕上。显示地址与屏幕显示位置对应关系如表 5-2 所示。

表 5-2　显示位与 DDRAM 地址的对应关系

显示位序号		1　2　3　4　5……………………16
DDRAM 地址	第一行	00H　01H　02H　03H　04H………………0FH
	第二行	40H　41H　42H　43H　44H…………………4FH

(2) 字符产生存储器:LCD 的内部存放有已经设置好的各种字符,共有 192 个 5 * 7 字形码,每个字形码对应地放在一个 CGROM 的一个地址中,只要将它们的地址取出并放入 DDRAM 中,LCD 就会自动显示出对应字形。

(3) 自建字符产生存储器:CGRAM 提供用户自己创建设计的 8 个 5 * 7 的字形,但是如果不需要光标时可以设计 5 * 8 的字形,CGRAM 提供的自建字符存放的位置为 00~07,只要将放入字形的地址设置好,就可以将字形编码通过数据总线端口送入

DDRAM 中。

(4) 指令寄存器：接收来自芯片的指令，对 LCD 进行各种功能设置。

(5) 数据寄存器：外部写数据到 LCD 的 DDRAM 或 CGRAM 时的数据缓存器；外部读取 LCD 的 DDRAM 或 CGRAM 数据时的数据缓存器，读取数据后，DDRAM 或 CGRAM 的下一个地址的内容会自动送入到 DR 中，以备外界读取。显示位与 DDRAM 地址的对应关系和 LCD 字形产生存储器字符与地址的对应关系如表 5-2 和表 5-3 所示。

表 5-3　LCD 字形产生存储器字符与地址的对应关系

↓	0000	0001	0010	0011	0100	0101	0110	0111	1000	1001	1010	1011	1100	1101	1110	1111
xxxx0000	CG RAM (1)			0	@	P	`	p				ー	タ	ミ	α	p
xxxx0001	(2)		!	1	A	Q	a	q			。	ア	チ	ム	ä	q
xxxx0010	(3)		"	2	B	R	b	r			「	イ	ツ	メ	β	θ
xxxx0011	(4)		#	3	C	S	c	s			」	ウ	テ	モ	ε	∞
xxxx0100	(5)		$	4	D	T	d	t			、	エ	ト	ヤ	μ	Ω
xxxx0101	(6)		%	5	E	U	e	u			・	オ	ナ	ユ	σ	ü
xxxx0110	(7)		&	6	F	V	f	v			ヲ	カ	ニ	ヨ	ρ	Σ
xxxx0111	(8)		'	7	G	W	g	w			ァ	キ	ヌ	ラ	g	π
xxxx1000	(1)		(	8	H	X	h	x			ィ	ク	ネ	リ	√	x̄
xxxx1001	(2)		)	9	I	Y	i	y			ゥ	ケ	ノ	ル	⁻¹	y
xxxx1010	(3)		*	:	J	Z	j	z			ェ	コ	ハ	レ	j	千
xxxx1011	(4)		+	;	K	[	k	{			ォ	サ	ヒ	ロ	ˣ	万
xxxx1100	(5)		,	<	L	¥	l	|			ャ	シ	フ	ワ	¢	円
xxxx1101	(6)		-	=	M	]	m	}			ュ	ス	ヘ	ン	£	÷
xxxx1110	(7)		.	>	N	^	n	→			ョ	セ	ホ	゛	ñ	
xxxx1111	(8)		/	?	O	_	o	←			ッ	ソ	マ	゜	ö	█

单片机要控制 LCD 读写数据，就要按照 LCD 的控制格式发出 LCD 可以识别的指令。下面简要介绍一下 LCD 的控制指令，如表 5-4 所示。

表 5-4　LCD 指令表

序号	指令功能	控制线		数据线							
		RS	R/W	DB7	DB6	DB5	DB4	DB3	DB2	DB1	DB0
1	清除显示幕	0	0	0	0	0	0	0	0	0	1
		清除显示屏，并把光标移至左上角									
2	光标回到原点	0	0	0	0	0	0	0	0	1	X
		设 DDRAM 地址为零，显示回原位，DDRAM 内容不变									

续表

<table>
<tr><th rowspan="2">序号</th><th rowspan="2">指令功能</th><th colspan="3">控制线</th><th colspan="7">数据线</th></tr>
<tr><th>RS</th><th>R/W</th><th>DB7</th><th>DB6</th><th>DB5</th><th>DB4</th><th>DB3</th><th>DB2</th><th>DB1</th><th>DB0</th></tr>
<tr><td rowspan="2">3</td><td rowspan="2">设定进入模式</td><td>0</td><td>0</td><td>0</td><td>0</td><td>0</td><td>0</td><td>0</td><td>1</td><td>I/D</td><td>S</td></tr>
<tr><td colspan="10">设光标移动方向并指定整体显示是否移动
I/D=1：增量方式，I/D=0：减量方式
S=1：移位，S=0：不动</td></tr>
<tr><td rowspan="2">4</td><td rowspan="2">显示器开关</td><td>0</td><td>0</td><td>0</td><td>0</td><td>0</td><td>0</td><td>1</td><td>D</td><td>C</td><td>B</td></tr>
<tr><td colspan="10">设整体显示开关(D)、光标开关(C)及光标位的字符闪耀(B)
D=1：显示所有数据；D=0：所有数据不显示
C=1：显示光标；C=0：不显示光标</td></tr>
<tr><td rowspan="2">5</td><td rowspan="2">移位方式</td><td>0</td><td>0</td><td>0</td><td>0</td><td>0</td><td>1</td><td>S/C</td><td>R/L</td><td>X</td><td>X</td></tr>
<tr><td colspan="10">移动光标或整体显示，同时不改变 DDRAM 内容
S/C=1：显示移位，S/C=0：光标移位
R/L=1：右移，R/L=0：左移</td></tr>
<tr><td rowspan="2">6</td><td rowspan="2">功能设定</td><td>0</td><td>0</td><td>0</td><td>0</td><td>1</td><td>DL</td><td>N</td><td>F</td><td>X</td><td>X</td></tr>
<tr><td colspan="10">设接口数据位数(DL)、显示行数(N)及字形(F)
DL=0：使用 4 位(DB7～DB4)控制模式，数据的读/写分成两次完成(先读/写高 4 位，然后再读/写低 4 位)
DL=1：使用 8 位(DB7～DB0)控制模式
N=0：单行显示；N=1：双行显示
F=0：5 * 7 点阵字形；F=1：5 * 10 点阵字形</td></tr>
<tr><td rowspan="2">7</td><td rowspan="2">CGRAM 地址设定</td><td>0</td><td>0</td><td>0</td><td>0</td><td>1</td><td colspan="5">CGRAM 地址</td></tr>
<tr><td colspan="10">设置 CGRAM 地址，设定后 CGRAM 数据被发送和接收</td></tr>
<tr><td rowspan="2">8</td><td rowspan="2">DDRAM 地址设定</td><td>0</td><td>0</td><td>1</td><td colspan="7">DDRAM 地址</td></tr>
<tr><td colspan="10">设置 DDRAM 地址，设定后 DDRAM 数据被发送和接收</td></tr>
<tr><td rowspan="2">9</td><td rowspan="2">忙碌标志位 BF</td><td>0</td><td>1</td><td>BF</td><td colspan="7">地址计数器内容</td></tr>
<tr><td colspan="10">读忙信号位(BF)，判断内部操作是否正在执行，并读地址计数器内容
BF=0：表示 LCD 可以接收指令或数据；BF=1：表示 LCD 忙碌</td></tr>
<tr><td rowspan="2">10</td><td rowspan="2">写入数据</td><td>1</td><td>0</td><td colspan="8">写入数据</td></tr>
<tr><td colspan="10">写数据到 CGRAM 或 DDRAM</td></tr>
<tr><td rowspan="2">11</td><td rowspan="2">读取数据</td><td>1</td><td>1</td><td colspan="8">读取数据</td></tr>
<tr><td colspan="10">从 CGRAM 或 DDRAM 读数据</td></tr>
</table>

各指令详解如下。

1）清除显示屏幕

清除显示屏幕指令如表 5-5 所示。

表 5-5 清除显示屏幕指令

RS	R/W	DB7	DB6	DB5	DB4	DB3	DB2	DB1	DB0
0	0	0	0	0	0	0	0	0	1

此指令将 DDRAM 中的所有地址填入空格码(20H)，且将 DDRAM 的地址计数器(AC)设置为 00H，即光标归位，在屏幕的开始处准备显示。I/D 置为“1”，即当写数据到 DDRAM 或读取 DDRAM 中的数据后 AC 自动加 1，光标向右移动。

2) 光标回到原点

光标回到原点指令如表 5-6 所示。

表 5-6 光标回到原点指令

RS	R/W	DB7	DB6	DB5	DB4	DB3	DB2	DB1	DB0
0	0	0	0	0	0	0	0	1	X

注：X 代表可以随便设定值“0”或“1”。

此指令将 DDRAM 的地址计数器设置为 00H，但不会改变 DDRAM 中的值，此指令与清除显示屏幕指令的不同之处是此指令不会清除 DDRAM 的原有数据值。

3) 设定进入模式

设定进入模式指令如表 5-7 所示。

表 5-7 设定进入模式指令

RS	R/W	DB7	DB6	DB5	DB4	DB3	DB2	DB1	DB0
0	0	0	0	0	0	0	1	I/D	S

此指令设置光标移动方向，以及显示屏幕是否要移动。

I/D=0：外部写数据到 DDRAM 或从 DDRAM 读取数据后，地址计数器将会自动减 1，这样光标就会向左移动。

I/D=1：外部写数据到 DDRAM 或从 DDRAM 读取数据后，地址计数器将会自动加 1，这样光标就会向右移动。

S=1：外部写数据到 DDRAM 后，整个显示屏幕会向左(I/D=0)或向右(I/D=1)移动，但从 DDRAM 读取数据时显示屏幕不会移动。

S=0：显示屏幕不会因为外部对 DDRAM 的读/写而移动。

当设置 S=0 时，通过设置 I/D 的值使光标向左或向右移动，这样就会使字符从右到左或从左到右地显示出来；当设置 S=1 时，屏幕会随着光标的移动而同方向移动，这样的效果是光标永远在屏幕的固定坐标处停留，也就是说字符会在屏幕的固定坐标处显示。

4) 显示器开关

显示器开关指令如表 5-8 所示。

表 5-8 显示器开关指令

RS	R/W	DB7	DB6	DB5	DB4	DB3	DB2	DB1	DB0
0	0	0	0	0	0	1	D	C	B

此指令控制显示屏幕和光标的显示或不显示，以及光标是否闪烁。

D=0：所有数据都不显示(即显示屏幕关闭)；D=1：显示所有数据(即显示屏幕开启)。

C=0：不显示光标；C=1：显示光标。

B=0：光标不闪烁；B=1：光标闪烁。

5）光标或显示器移位方式

光标或显示器移位方式指令如表 5-9 所示。

表 5-9　光标或显示器移位方式指令

RS	R/W	DB7	DB6	DB5	DB4	DB3	DB2	DB1	DB0
0	0	0	0	0	1	S/C	R/L	X	X

此指令设置光标或显示屏幕向左或向右移动。

S/C=0：显示的数据不移动。

S/C=1：显示的数据向左(R/L=0)或向右(R/L=1)移动。

R/L=0：光标位置向左移。

R/L=1：光标位置向右移。

当 S/C=1,R/L=0 时光标向左的同时屏幕也向左移动,这样会看到光标在显示屏幕的固定位置,但是显示的字符会向右移动。

当 S/C=1,R/L=1 时光标向右的同时屏幕也向右移动,这样会看到光标在显示屏幕的固定位置,但是显示的字符会向左移动。

6）功能设定

功能设定指令如表 5-10 所示。

表 5-10　功能设定指令

RS	R/W	DB7	DB6	DB5	DB4	DB3	DB2	DB1	DB0
0	0	0	0	1	DL	N	F	X	X

在设置 LCD 时,应首先执行此指令。

DL=0：使用 4 位(DB7～DB4)控制模式,数据的读/写必须分成两次完成,先完成高 4 位的读/写,再对低 4 位进行读/写。

DL=1：使用 8 位(DB7～DB0)控制模式。

N=0：LCD 单行显示。

N=1：LCD 双行显示。

F=0：自建 5 * 7 点阵字形。

F=1：自建 5 * 10 点阵字形。

注：设置为 5 * 10 点阵字形时,LCD 只能单行显示。

7）CGRAM 地址设定

CGRAM 地址设定指令如表 5-11 所示。

表 5-11　CGRAM 地址设定指令

RS	R/W	DB7	DB6	DB5	DB4	DB3	DB2	DB1	DB0
0	0	0	1	ADDr5	ADDr4	ADDr3	ADDr2	ADDr1	ADDr0

此指令将 CGRAM 的地址写入地址计数器，用户在自建字形时，要先对写入的地址进行设定。

8) DDRAM 地址设定

DDRAM 地址设定指令如表 5-12 所示。

表 5-12　DDRAM 地址设定指令

RS	R/W	DB7	DB6	DB5	DB4	DB3	DB2	DB1	DB0
0	0	1	ADDr6	ADDr5	ADDr4	ADDr3	ADDr2	ADDr1	ADDr0

此指令设定 DDRAM 的地址，即字符的在 LCD 屏幕上的显示地址。例如：在此指令的地址中写入 0000000，那么把要显示的字符的地址写入 DDRAM 后，该字符就会显示在 00H 的屏幕位置。

9）忙碌标志位和地址计数器的读取

忙碌标志位和地址计数器的读取指令如表 5-13 所示。

表 5-13　忙碌标志位和地址计数器的读取指令

RS	R/W	DB7	DB6	DB5	DB4	DB3	DB2	DB1	DB0
0	1	BF	ADDr6	ADDr5	ADDr4	ADDr3	ADDr2	ADDr1	ADDr0

当查询到 BF＝1 时，说明 LCD 正处于忙碌状态，不能接收外部命令或数据，必须要等到 BF＝0 时，才可以接收外部命令或数据。读取 BF 时，也会读到地址计数器的值（DB6～DB0），读取的地址要根据此前的设置指令设置的 CGRAM 或 DDRAM 地址而定，如果此前的地址设置的是 CGRAM 的地址设置指令，那么读取的地址是 CGRAM 的地址，如果此前的地址设置的是 DDRAM 的地址设置指令，那么读取的地址是 DDRAM 的地址。

10）写入数据

写入数据指令如表 5-14 所示。

表 5-14　写入数据指令

RS	R/W	DB7	DB6	DB5	DB4	DB3	DB2	DB1	DB0
1	0	DATA7	DATA6	DATA5	DATA4	DATA3	DATA2	DATA1	DATA0

此指令将数据写入 DDRAM 或 CGRAM 中，具体是写入 DDRAM 还是 CGRAM 要看之前所设置的是 DDRAM 的地址还是 CGRAM 的地址。

11）读取数据

读取数据指令如表 5-15 所示。

表 5-15　读取数据指令

RS	R/W	DB7	DB6	DB5	DB4	DB3	DB2	DB1	DB0
1	1	DATA7	DATA6	DATA5	DATA4	DATA3	DATA2	DATA1	DATA0

此指令是读取DDRAM或CGRAM中的数据，具体是读取DDRAM还是CGRAM的数据要看之前所设置的是DDRAM的地址还是CGRAM的地址。同时要注意读/写时序的控制。

LCD读/写操作时序图如图5-4、图5-5和表5-16、表5-17所示。

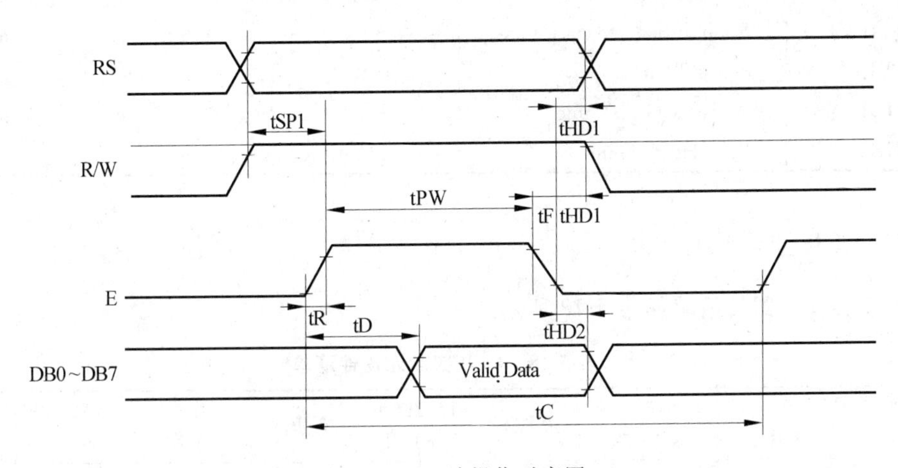

图5-4　LCD读操作时序图

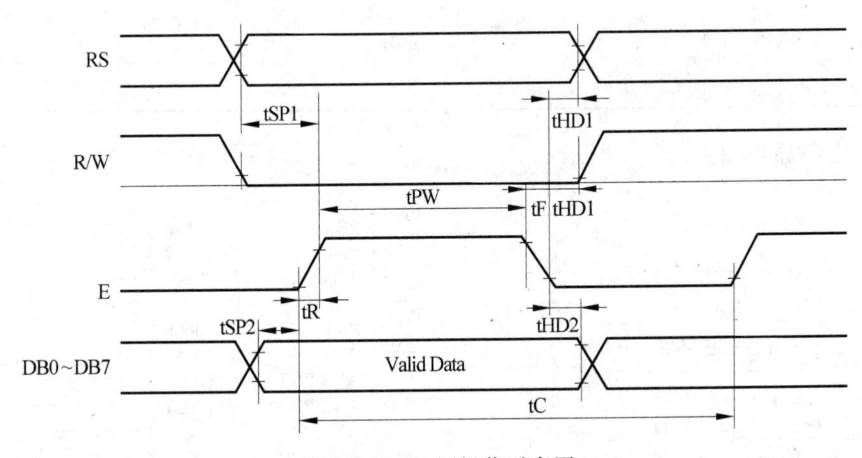

图5-5　LCD写操作时序图

表5-16　LCD读操作时序表

符号	项　　目	最小值	最大值	单位
tC	Enable Cycle Time	1000	—	ns
tW	Enable Pulse Width	450	—	ns
tR、tF	Enable Rise and Fall Time	—	25	ns
tSP1	Setup Time	140	—	ns
tHD1	Address Hold Time	10	—	ns
tD	Data Delay Time	—	345	ns
tHD2	Data Hold Time	20	—	ns

表 5-17　LCD 写操作时序表

符号	项　　目	最小值	最大值	单位
tC	Enable Cycle Time	1000	—	ns
tPW	Enable Pulse Width	450	—	ns
tR、tF	Enable Rise and Fall Time	—	25	ns
tSP1	Setup Time	140	—	ns
tHD1	Address Hold Time	10	—	ns
tHD2	Data Hold Time	10	—	ns

5.1.2　LCD 显示实验

LCD 实验元器件清单如表 5-18 所示。

表 5-18　LCD 实验元器件清单

元器件名称	HT46F49E 芯片	HT46F49E 芯片插座	万能板	1602A 型号 LCD	接插件	微动开关	4MHz 晶振	10kΩ 电阻
数量	1 个	1 个	1 个	1 个	1 排	5 个	1 个	1 个
10kΩ 滑动电阻	0.1μF 电容	电烙铁	焊锡	助焊剂松香	导线	电池盒	5 号电池	
1 个	1 个	1 个	若干	若干	1 捆	1 个	3 节	

实验电路原理图如图 5-6 所示。

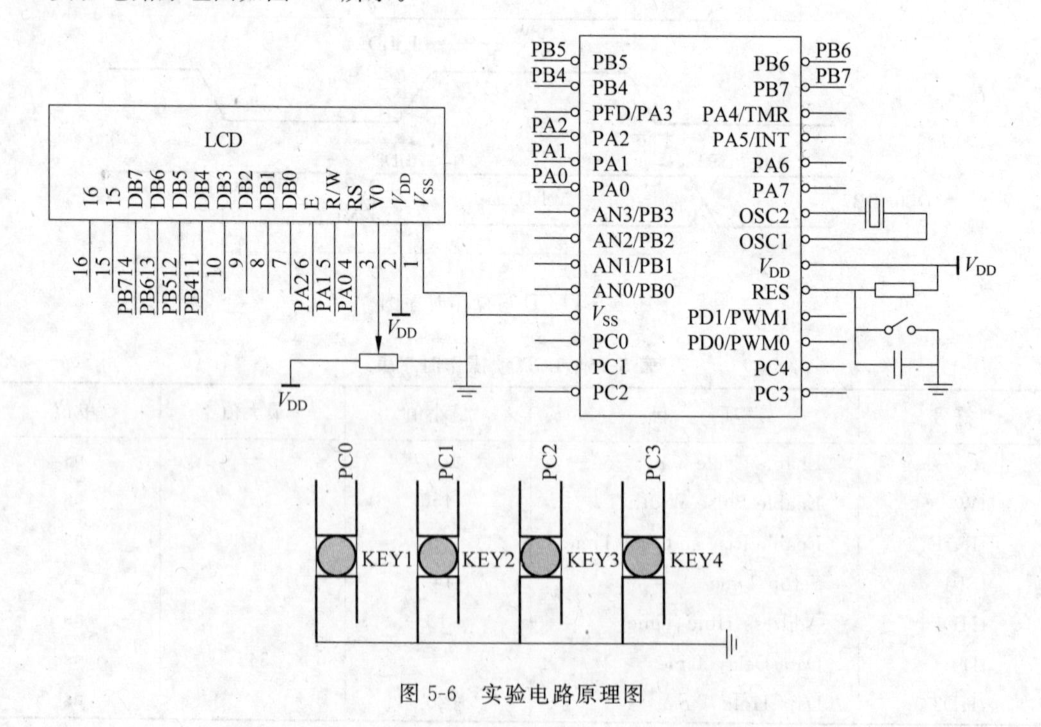

图 5-6　实验电路原理图

LCD 电路连接图如图 5-7 所示。

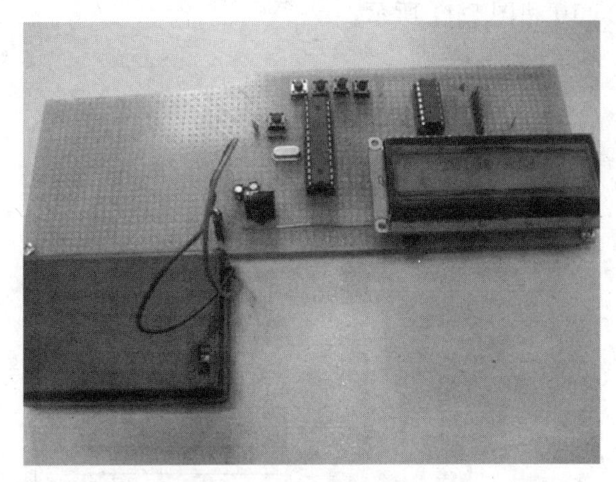

图 5-7　LCD 电路连接图

实验实现的功能为：微动开关作为按键，通过按下不同的键显示出不同的字符。实验中自建了 7 个字符："开"、"门"、"见"、"山"、"年"、"月"、"日"，建立字符模型时可以在纸上画一些小方格，然后进行设计，也可以调整 Excel 表格的大小，使其近似为方格，采用在小方格中填充颜色的方法设计字形，当然也可以通过一些字模提取软件设计字形，这样更加方便快捷。在这里我们使用了字模提取软件进行设计，其界面如图 5-8 所示。

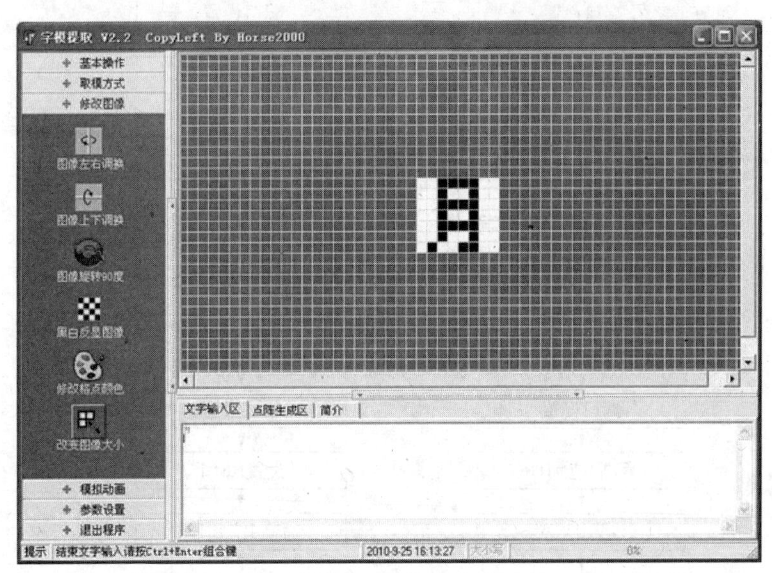

图 5-8　字模提取软件界面

实验中按下 3 个微动开关会分别显示出"Welcome!"、"开门见山"、"2010 年 7 月 5 日"，如图 5-9 所示。

图 5-9　"开"、"门"、"见"、"山"、"年"、"月"、"日"

实验流程图如图 5-10 和图 5-11 所示。

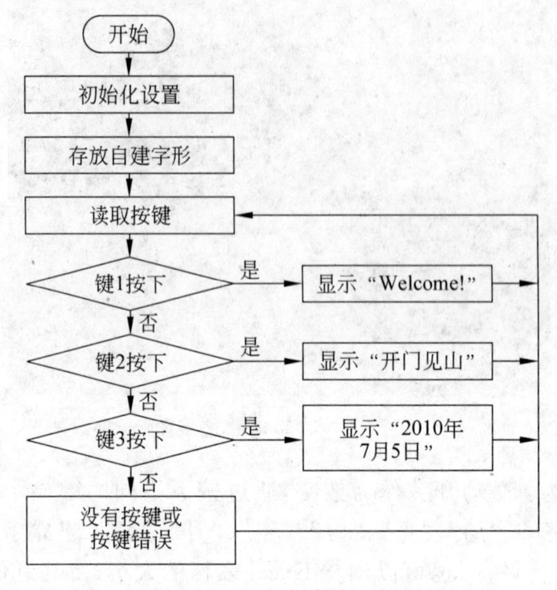

图 5-10 主程序流程图

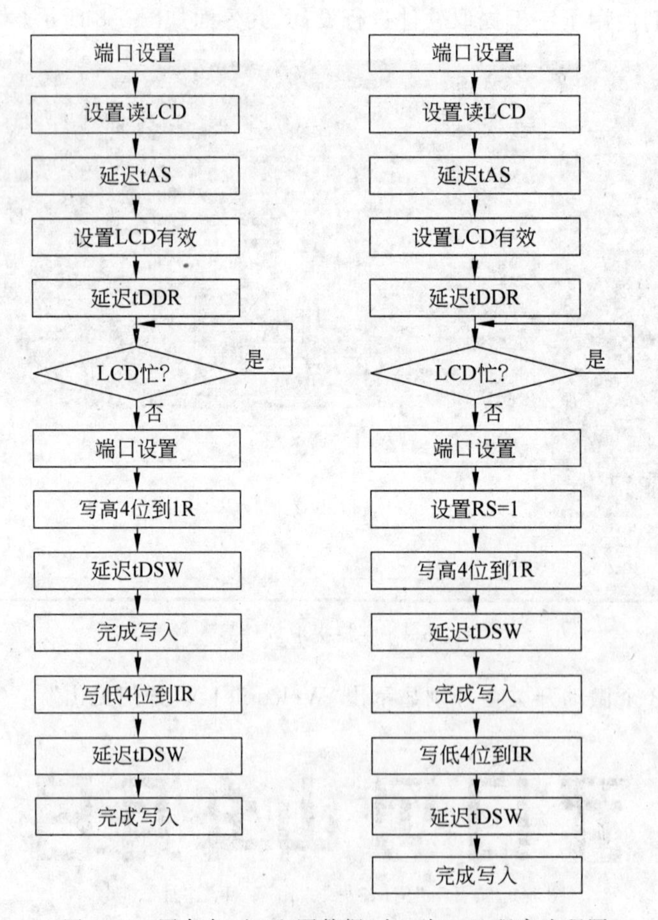

图 5-11 写命令(左)和写数据(右)到 LCD 程序流程图

实验C语言程序为：

```
#include"ht46f49e.h"
#define LCD_DATAC     _pbc
#define LCD_DATA      _pb
#define LCD_CONTR     _pa
#define LCD_CONTRC    _pac
#define LCD_EN        _pa2
#define LCD_RW        _pa1
#define LCD_RS        _pa0
#define LCD_READY     _pb7
const char
Zi[56]={0x1f,0x0a,0x1f,0x0a,0x0a,0x0a,0x12,0x00,0x17,0x01,0x11,0x11,0x11,0x11,
        0x13,0x00,0x1f,0x11,0x15,0x15,0x04,0x0d,0x1c,0x00,0x04,0x04,0x15,0x15,
        0x15,0x1f,0x01,0x00,0x04,0x0f,0x1a,0x0f,0x0a,0x1f,0x02,0x00,0x0f,0x09,
        0x0f,0x09,0x0f,0x09,0x13,0x00,0x1f,0x11,0x11,0x0f,0x11,0x11,0x1f,0x00};
                                    //自建字符,分别是"Welcome!""开门见山"和"年月日"
const char
Welcome[16]={0x20,0x20,0x20,0x20,0x57,0x65,0x6c,0x63,0x6f,0x6d,0x65,0x21,0x20,
            0x20,0x20,0x20};                        //显示"Welcome!"数组
const char
KMJS[16]={0x20,0x20,0x20,0x20,0x20,0x20,0x00,0x01,0x02,0x03,0x20,0x20,0x20,0x20,
          0x20,0x20};                               //显示"开门见山"数组
const char
Data[16]={0x20,0x20,0x20,0x32,0x30,0x31,0x30,0x04,0x37,0x05,0x35,0x06,0x20,0x20,
          0x20,0x20};                               //显示"2010年7月5日"数组
void WriteCommand(unsigned char Command)             //写命令到LCD子程序
{
    bit a;
    LCD_DATAC=0xff;                                 //数据端口PB设置为输入模式
    LCD_CONTR=0x00;                                 //控制端口PA设置为输出模式
    LCD_RW=1;                           //RW=0为写入LCD,RW=1为读取LCD数据
    _nop();                             //tAS时间
    LCD_EN=1;                           //LCD有效
    _nop();                             //tDDR时间
    do
    {
        a=LCD_READY;    /*判断LCD是否忙碌,为'1'表示LCD正在处理内部的工作,外部用来控
                          制LCD的芯片无法对LCD做任何写入的动作;为'0'表示外部控制芯
                          片可以存取LCD的数据*/
    }
    while(a==1);
    LCD_DATAC=0X00;                     //数据端口设置为输出模式
    LCD_DATA=Command;                   //将命令写入IR
    LCD_CONTR=0X00;                     //控制端口设置为输出模式
    LCD_EN=1;                           //LCD有效
    _nop();                             //tDSW时间
```

```
    LCD_EN=0;                               //完成高 4 位写入,LCD 无效
    _swap(&Command);                        //高低 4 位交换
    LCD_EN=1;                               //LCD 有效
    LCD_DATA=Command;                       //将命令写入 IR
    LCD_EN=0;                               //完成写入
}
void WriteData(unsigned char Command)       //数据写入子程序
{
    bit a;
    LCD_DATAC=0xff;                         //数据端口 PB 设置为输入模式
    LCD_CONTR=0x00;                         //控制端口 PA 设置为输出模式
    LCD_RW=1;                               //RW=0 为写入 LCD,RW=1 为读取 LCD 数据
    _nop();                                 //tAS 时间
    LCD_EN=1;                               //LCD 有效
    _nop();                                 //tDDR 时间
    do
    {
        a=LCD_READY;
    }
    while(a==1);
    LCD_DATAC=0X00;                         //数据端口设置为输出模式
    LCD_DATA=Command;                       //将高 4 位写入 DR
    LCD_CONTR=0X00;                         //控制端口设置为输出模式
    LCD_RS=1;                  //寄存器选择:'0'为指令寄存器(IR),'1'为数据寄存器(DR)
    LCD_EN=1;                               //LCD 有效
    _nop();                                 //tAS 时间
    LCD_EN=0;
    _swap(&Command);                        //交换高低 4 位
    LCD_EN=1;
    LCD_DATA=Command;                       //将数据写入 DR,此指令足够 tDSW 时间
    LCD_EN=0;
}
void dipwel()                               //显示"Welcome!"子程序
{
    unsigned char i;
        WriteCommand(0x01);                 //清除显示器
        WriteCommand(0x80);                 //从第一行开始写数据
            for(i=0;i<16;i++)               //依次将要显示的字符显示在 LCD 上
        {
            WriteData(Welcome[i]);
        }
}
void diphz()                                //显示"开门见山"子程序
{
    unsigned char i;
        WriteCommand(0x01);                 //清除显示器
        WriteCommand(0x80);                 //从第一行开始写数据
```

```
            for(i=0;i<16;i++)               //依次将要显示的字符显示在 LCD 上
            {
                WriteData(KMJS[i]);
            }
}
void dipdata()                              //显示"2010 年 7 月 5 日"子程序
{
    unsigned char i;
        WriteCommand(0x01);                 //清除显示器
        WriteCommand(0x80);                 //从第一行开始写数据
            for(i=0;i<16;i++)               //依次将要显示的字符显示在 LCD 上
            {
                WriteData(Data[i]);
            }
}
void main(void)                     //主程序
{
    unsigned char i,Key;
    LCD_CONTRC=0;                   //设置控制端口为输出模式
    WriteCommand(0x28);             //功能设置:使用 8 位控制模式,双行显示,5×7 点阵字形
    WriteCommand(0x0c);             //显示器控制:显示所有数据,不显示光标,光标不闪烁
    WriteCommand(0x06);             //进入模式:当外部写数据到 DDRAM 或从 DDRAM 读取数据
                                    //之后,地址计数器将会被加 1,因此光标会向右移动
    WriteCommand(0x01);             //清除显示器
    WriteCommand(0x40);         //CGRAM 地址设置:将 CGRAM 的地址(DB5~DB0)写入地址计数器
    for(i=0;i<56;i++)               //将自建字形依次存入 CGRAM 中
        WriteData(Zi[i]);
        while(1)                    //循环检测按键
        {
        Key=_pc;                    //读取按键
        switch(Key)
            {
            case 0x1e:              //若 PC0 按下
                dipwel();           //显示"Welcome!"
                break;              //跳出
            case 0x1d:              //若 PC1 按下
                diphz();            //显示"开门见山"
                break;              //跳出
            case 0x1b:              //若 PC2 按下
                dipdata();          //显示"2010 年 7 月 5 日"
                break;              //跳出
        default: break;             //若按键错误或没有按键则跳出
            }
    }
}
```

在对 LCD 写入数据，让 LCD 显示时，步骤如下。

(1) 对 LCD 进行设置，如光标和显示器的移动方式、光标是否显示、光标是否闪烁、数据位的长度、显示器行数和显示的字形点阵格式。这些写入属于命令的写入，而非数据的写入，因此设置 R/W=0(写)、RS=0(指令)。

(2) 然后将自建字形写入 LCD 中，存字形时应先设置字符产生存储器的写入地址，再通过数据线将字形数据写入 CGRAM 中。

(3) 清除显示器，准备显示数据。

(4) 显示字符，控制显示时应先设置数据显示存储器的地址，然后通过数据线写数据到 DDRAM，LCD 就会根据控制指令显示相应的字形。

注意：在写入指令和数据时应严格根据 LCD 的写入时序进行，注意 LCD 的内部处理时间，进行适当的延时，在写入数据或命令前，要读取 LCD 的忙碌标志位，判断 LCD 是否可以接收，如果 LCD 忙，就不能接收，需等待直到 LCD 可以接收命令或数据为止。

5.1.3 练一练

这个实验是给 LCD 写入"-"、"/"、"|"、"\"，并使写入的字形在 LCD 的相同位置每隔一定时间显示出来的实验。这样就会形成旋转的效果，其主程序流程图如图 5-12 所示。

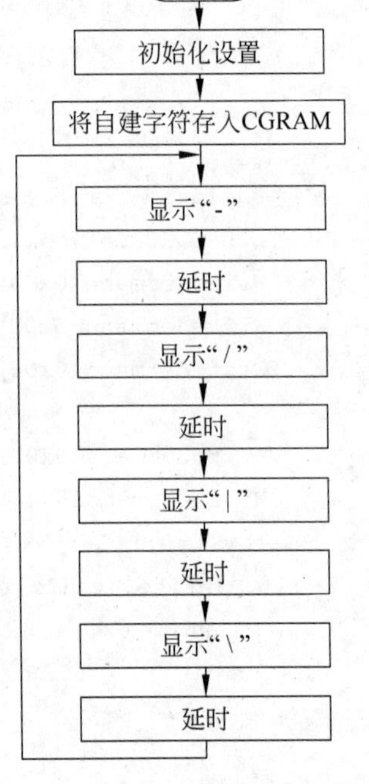

图 5-12 主程序流程图

LCD 的写入命令和写入数据的子程序和前面实验中的子程序是相同的，所以这里就不再重复。

实验 C 语言程序为：

```
#include"ht46f49e.h"
#define LCD_DATAC _pbc
#define LCD_DATA _pb
#define LCD_CONTR _pa
#define LCD_CONTRC _pac
#define LCD_EN _pa2
#define LCD_RW _pa1
#define LCD_RS _pa0
#define LCD_READY _pb7
const char Zi[24]={0x00,0x00,0x00,0x1f,0x00,0x00,0x00,0x00,
                   0x00,0x01,0x02,0x04,0x08,0x10,0x00,0x00,
                   0x00,0x04,0x04,0x04,0x040x04,0x00,0x00,
                   0x00,0x10,0x08,0x04,0x02,0x01,0x00,0x00};
                                              //自建字符,分别是"-""/""|""\"
const char heng[16]={0x20,0x20,0x20,0x20,0x20,0x20,0x20,0x00,0x20,0x20,0x20,0x20,
                     0x20,0x20,0x20,0x20};
const char shu[16]={0x20,0x20,0x20,0x20,0x20,0x20,0x20,0x01,0x20,0x20,0x20,0x20,
                    0x20,0x20,0x20,0x20};
const char pie[16]={0x20,0x20,0x20,0x20,0x20,0x20,0x20,0x02,0x20,0x20,0x20,0x20,
                    0x20,0x20,0x20,0x20};
```

```
const char na[16]={0x20,0x20,0x20,0x20,0x20,0x20,0x20,0x03,0x20,0x20,0x20,0x20,
                  0x20,0x20,0x20,0x20};
/*延时 1ms*/
void delay_ms(unsigned int a)                    //4MHz 晶振,每个指令执行时间为 1us
{
    unsigned int b;
    for(a;a>0;a--)
    for(b=125;b>0;b--)
    {
    _delay(8);                                   //内置子程序,可以直接调用
    }
}
void WriteCommand(unsigned char Command)         //写命令到 LCD 子程序
{
    bit a;
    LCD_DATAC=0xff;                              //数据端口 PB 设置为输入模式
    LCD_CONTR=0x00;                              //控制端口 PA 设置为输出模式
    LCD_RW=1;                                    //RW=0 为写入 LCD,RW=1 为读取 LCD 数据
    _nop();                                      //tAS 时间
    LCD_EN=1;                                    //LCD 有效
    _nop();                                      //tDDR 时间
    do
    {
        a=LCD_READY;    /*判断 LCD 是否忙碌,为'1'表示 LCD 正在处理内部的工作,外部用来控
                          制 LCD 的芯片无法对 LCD 做任何写入的动作;为'0'表示外部控制芯
                          片可以存取 LCD 的数据*/
    }
    while(a==1);
    LCD_DATAC=0X00;                              //数据端口设置为输出模式
    LCD_DATA=Command;                            //将命令写入 IR
    LCD_CONTR=0X00;                              //控制端口设置为输出模式
    LCD_EN=1;                                    //LCD 有效
    _nop();                                      //tDSW 时间
    LCD_EN=0;                                    //完成高 4 位写入,LCD 无效
    _swap(&Command);                             //高低 4 位交换
    LCD_EN=1;                                    //LCD 有效
    LCD_DATA=Command;                            //将命令写入 IR
    LCD_EN=0;                                    //完成写入
}
void WriteData(unsigned char Command)            //数据写入子程序
{
    bit a;
    LCD_DATAC=0xff;                              //数据端口 PB 设置为输入模式
```

```
    LCD_CONTR=0x00;                    //控制端口 PA 设置为输出模式
    LCD_RW=1;                          //RW=0 为写入 LCD,RW=1 为读取 LCD 数据
    _nop();                            //tAS 时间
    LCD_EN=1;                          //LCD 有效
    _nop();                            //tDDR 时间
    do
    {
        a=LCD_READY;
    }
    while(a==1);
    LCD_DATAC=0X00;                    //数据端口设置为输出模式
    LCD_DATA=Command;                  //将高 4 位写入 DR
    LCD_CONTR=0X00;                    //控制端口设置为输出模式
    LCD_RS=1;            //寄存器选择: '0'为指令寄存器(IR),'1'为数据寄存器(DR)
    LCD_EN=1;                          //LCD 有效
    _nop();                            //tAS 时间
    LCD_EN=0;
    _swap(&Command);                   //交换高低 4 位
    LCD_EN=1;
    LCD_DATA=Command;                  //将数据写入 DR,此指令足够 tDSW 时间
    LCD_EN=0;
}
void dipwe1()                          //显示"-"子程序
{
    unsigned char i;
    WriteCommand(0x01);                //清除显示器
    WriteCommand(0x80);                //从第一行开始写数据
    for(i=0;i<16;i++)                  //依次将要显示的字符显示在 LCD 上
    {
        WriteData(heng[i]);
    }
}
void dipwe2()                          //显示"/"子程序
{
    unsigned char i;
    WriteCommand(0x01);                //清除显示器
    WriteCommand(0x80);                //从第一行开始写数据
    for(i=0;i<16;i++)                  //依次将要显示的字符显示在 LCD 上
    {
        WriteData(pie[i]);
    }
}
void dipwe3()                          //显示"|"子程序
```

```
{
    unsigned char i;
    WriteCommand(0x01);                              //清除显示器
    WriteCommand(0x80);                              //从第一行开始写数据
    for(i=0;i<16;i++)                                //依次将要显示的字符显示在 LCD 上
    {
        WriteData(shu[i]);
    }
}
void dipwe4()                                        //显示"\"子程序
{
    unsigned char i;
    WriteCommand(0x01);                              //清除显示器
    WriteCommand(0x80);                              //从第一行开始写数据
    for(i=0;i<16;i++)                                //依次将要显示的字符显示在 LCD 上
    {
        WriteData(na[i]);
    }
}
void main(void)                       //主程序
{
    unsigned char i,Key;
    LCD_CONTRC=0;                     //设置控制端口为输出模式
    WriteCommand(0x28);               //功能设置：使用 8 位控制模式，双行显示，5×7 点阵字形
    WriteCommand(0x0c);               //显示器控制：显示所有数据，不显示光标，光标不闪烁
    WriteCommand(0x06);               //进入模式：外部写数据到 DDRAM 或从 DDRAM 读取数据
                                      //之后，地址计数器将会被加 1，因此光标会向右移动
    WriteCommand(0x01);               //清除显示器
    WriteCommand(0x40);           //CGRAM 地址设置：将 CGRAM 的地址(DB5~DB0)写入地址计数器
    for(i=0;i<24;i++)                 //将自建字形依次存入 CGRAM 中
    WriteData(Zi[i]);
    while(1)
    {
        dipwe1();                     //显示"-"
        delay_ms(100);
        dipwe2();                     //显示"/"
        delay_ms(100);
        dipwe1();                     //显示"|"
        delay_ms(100);
        dipwe2();                     //显示"\"
        delay_ms(100);
    }
}
```

5.2 红外遥控实验

红外线遥控是目前使用最广泛的一种通信和遥控手段。由于红外线遥控装置具有体积小、功耗低、功能强、成本低等特点，因而，继彩电、录像机之后，在录音机、音响设备、空调机以及玩具等其他小型电器装置上也纷纷采用红外线遥控。工业设备中，在高压、辐射、有毒气体、粉尘等环境下，采用红外线遥控不仅完全可靠而且能有效地隔离电气干扰。

5.2.1 红外遥控原理

红外遥控系统一般由红外发射装置和接收装置两部分组成。红外发射装置将信号调制为脉冲串信号发射出去，通常的调制方式为脉宽调制(PWM)和通过脉冲串之间的时间间隔来实现信号调制的脉时调制(PPM)，接收装置将接收到的红外信号进行解调，然后传送到单片机的I/O口，由芯片进行解码。发射部分包括键盘矩阵、编码调制、LED红外发送器；接收部分包括光电转换放大器，解调、解码电路。其外观如图5-13所示。

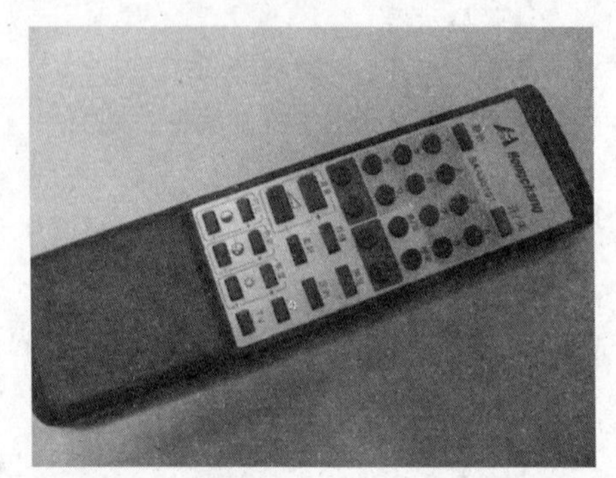

图5-13 红外遥控器(型号：SAA3010T)

采用PPM方式的红外编码，解码程序相对容易且在国内得到了广泛的应用，因此，本章的实验将采用PPM方式的红外遥控。SAA3010T芯片就是支持RC-5格式(PPM方式)的编码芯片，为完成本实验我们在电子市场购买了主芯片采用SAA3010T的遥控器。

采用RC-5编码的SAA3010T红外遥控器按下一个键后发射14位的码，但在按下遥控器按键后芯片要经过16位的防抖动时间和2位的扫描时间才会发射第一帧数据。发射的一帧中首先是2位起始位，其次是1位控制位，再次是5位系统位，最后是6位命令位。其中起始位固定为“1”，控制位为交替的“0”和“1”，也就是说在前一次发射时控制位为“1”，那么此次发射就为“0”，系统位是由Z-DR产生的，命令位是由X-DR产生的，不同的按键对应不同的命令位。码的各位的定义如图5-14所示。

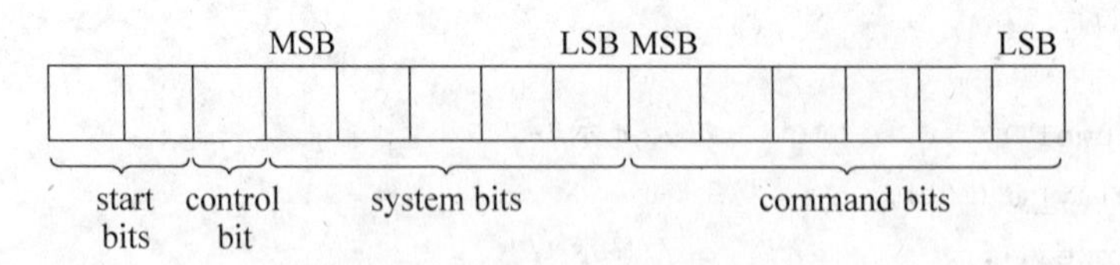

图5-14 红外发射码元格式

系统码可以表示不同的电器，例如，系统‘0’表示电视，而‘5’表示VCD，‘20’表示CD，等等；而命令码则表示遥控器完成的具体功能，例如，约定命令码‘16’代表增加音量而‘17’表示较少音量，命令码‘0’～‘9’代表输入相应的数字。这样RC-5便可以用于各种电器的控制。详细的规定可以参考 http://en.wikipedia.org/wiki/RC-5 相关内容。

RC-5 编码以发射载波的位置表示“0”和“1”，如图 5-15 所示。从发射载波到不发射载波为“0”，从不发射载波到发射载波为“1”。其发射载波和不发射载波的时间相同，都为 0.68ms，也就是说每位的时间是固定的。因此，解码时可以用定时采样的方式进行，可以一个位采样一次，也可以采样两次，当采样两次时可以根据两次的采样结果判断接收位的正确与否。

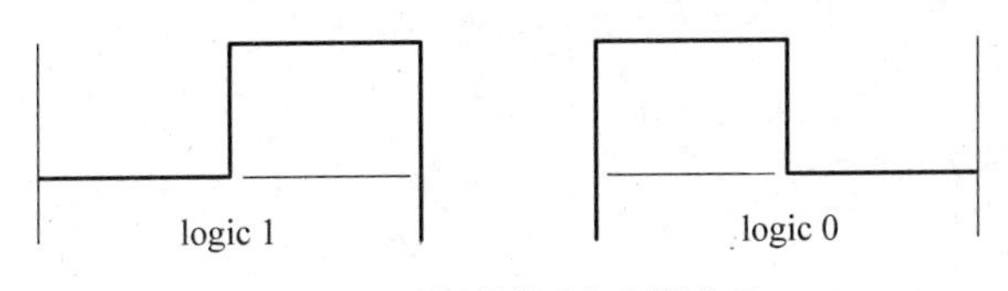

图 5-15　逻辑“1”和逻辑“0”

为了接收红外遥控信号，一般采用专门设计的红外接收装置，该装置将遥控信号的接收、放大、检波、整形集于一身，并且输出可以让单片机识别的 TTL 信号，这样大大简化了接收电路和电路的设计工作，方便使用。在本系统中我们采用红外一体化接收头 HS0038，外观图如图 5-16 所示。HS0038 由黑色环氧树脂封装，不受日光、荧光灯等光源干扰，内附磁屏蔽，功耗低，灵敏度高。在用小功率发射管发射信号时，其接收距离可达 35m。它能与 TTL、COMS 电路兼容。HS0038 为直立侧面收光型。它接收的红外信号频率为 38kHz，周期约为 26μs，同时能对信号进行放大、检波、整形，得到 TTL 电平的编码信号。其 3 个管脚分别是地、+5V 电源、解调信号输出端。

买回来的红外一体化接收头首先应进行测试，判别好坏，具体可以利用图 5-17 所示的电路进行，在 HS0038 的电源端与信号输出端之间接上一只二极管及一只发光二极管后，配上规定的工作电源(为+5V)，若手拿遥控器对着接收头按任意键时发光二极管会闪烁，说明红外接收头和遥控器工作都正常；如果发光二极管不闪烁，说明红外接收头和遥控器至少有一个损坏。只要确保遥控器工作正常，很容易判断红外接收头的优劣。其输出信号如图 5-18 所示。

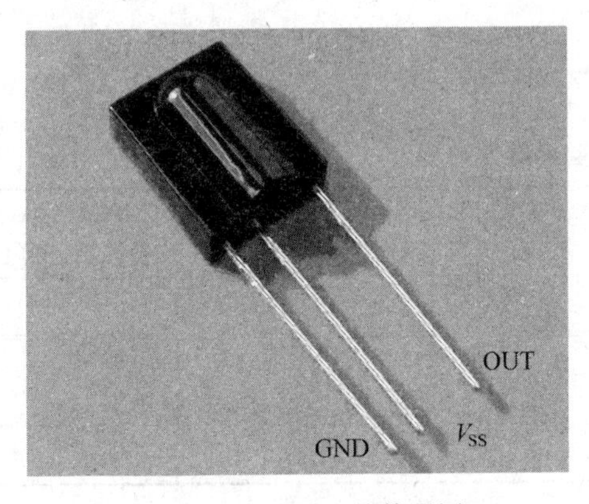

图 5-16　HS0038 的外观图

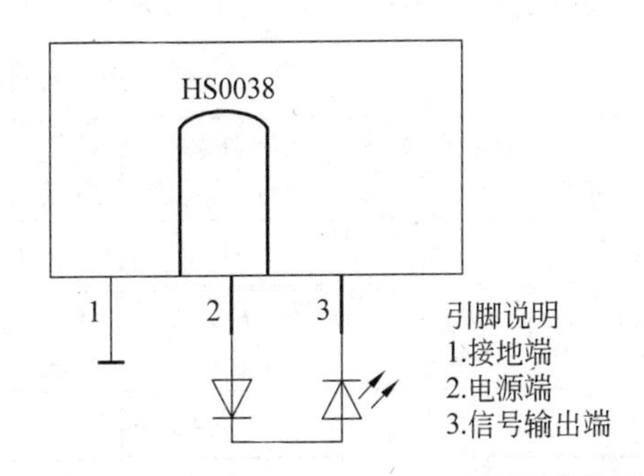

图 5-17　红外一体化接收头电路测试连接图

在没有信号输入时接收头输出信号为高电平，当有信号输入时，确切地说是有高电平输入时，接收头输出信号才会有变化。经调制后的接收信号波形如图 5-19 所示。相应解调后波形如图 5-20 所示。

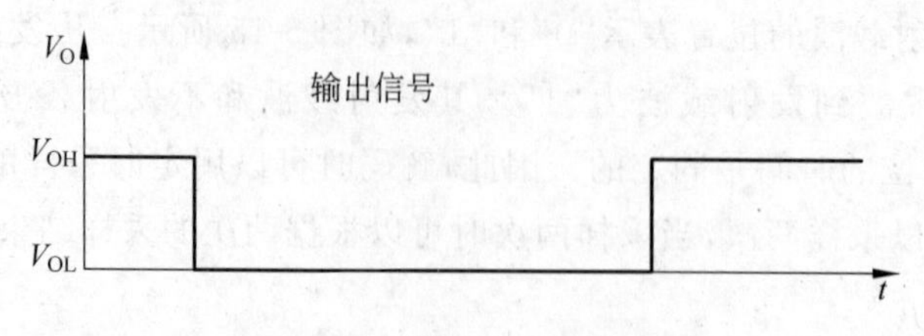

图 5-18　红外接收头输出信号

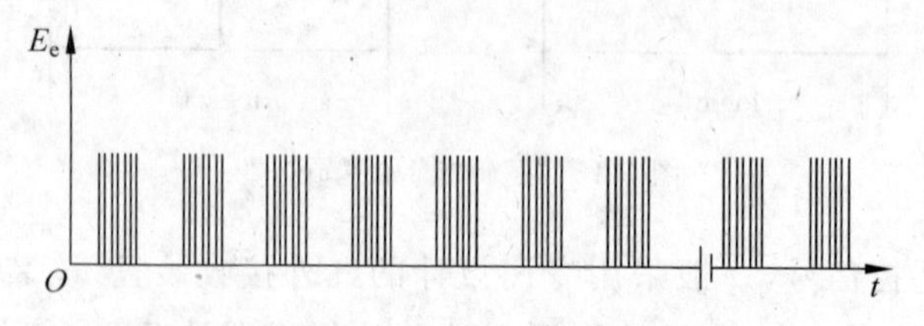

图 5-19　接收信号经调制后波形

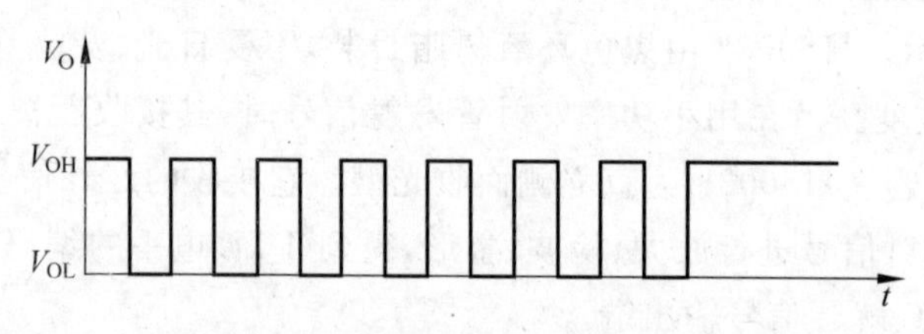

图 5-20　接收信号经解调后的波形

由图 5-19 和图 5-20 可以看出，接收到的信号解调后的电平与原信号电平相反。所以遥控器发射信号的起始位为固定的 2 个“1”，接收后传输到单片机中为 2 个“0”。

5.2.2　红外遥控控制 LCD

实验实现的功能为利用遥控器和微动开关作为输入，按下不同的键在 LCD 上显示不同的字符。

红外遥控实验元器件清单如表 5-19 所示。

表 5-19　红外遥控实验元器件清单

元器件名称	HT46F49E 芯片	HT46F49E 芯片插座	万能板	SAA3010T 型号红外遥控器	160 2A 型号 LCD	接插件	微动开关	4MHz 晶振	10kΩ 电阻
数量	1个	1个	1个	1个	1个	1排	5个	1个	1个
10kΩ 滑动电阻	0.1μF 电容	HS0038 红外一体化接收头	电烙铁	焊锡	助焊剂松香	导线	电池盒	5号电池	
1个	1个	1个	1个	若干	若干	1捆	1个	3节	

实验电路原理图如图 5-21 所示。

实验程序流程图如图 5-22 和图 5-23 所示。

写命令和写数据到 LCD 的子程序流程图与前面的 LCD 中的子程序相同，在这里就不再重复介绍。

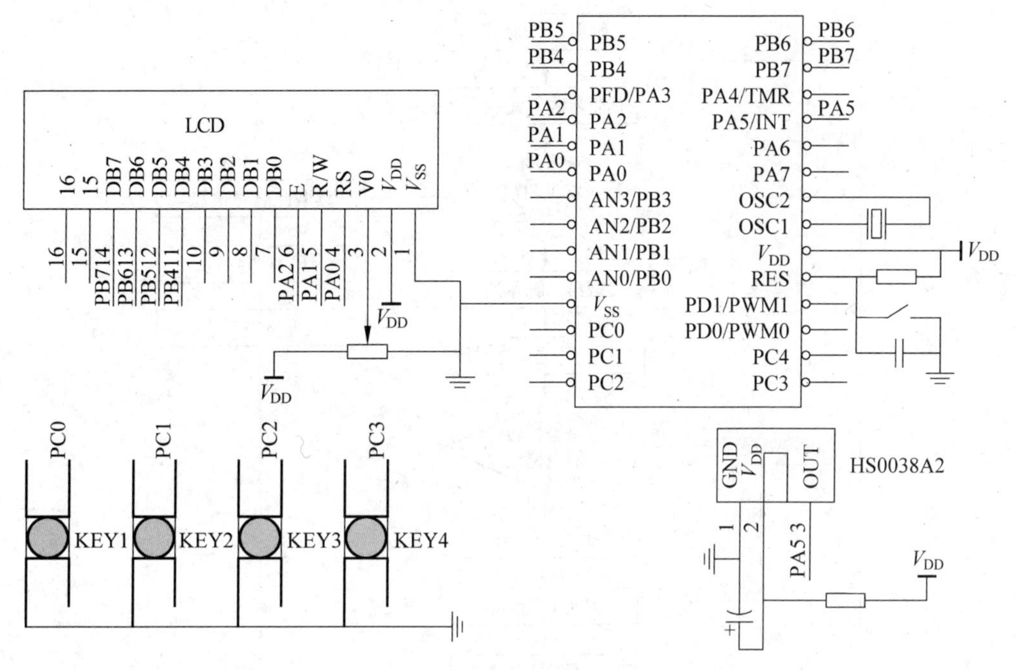

图 5-21　实验电路原理图

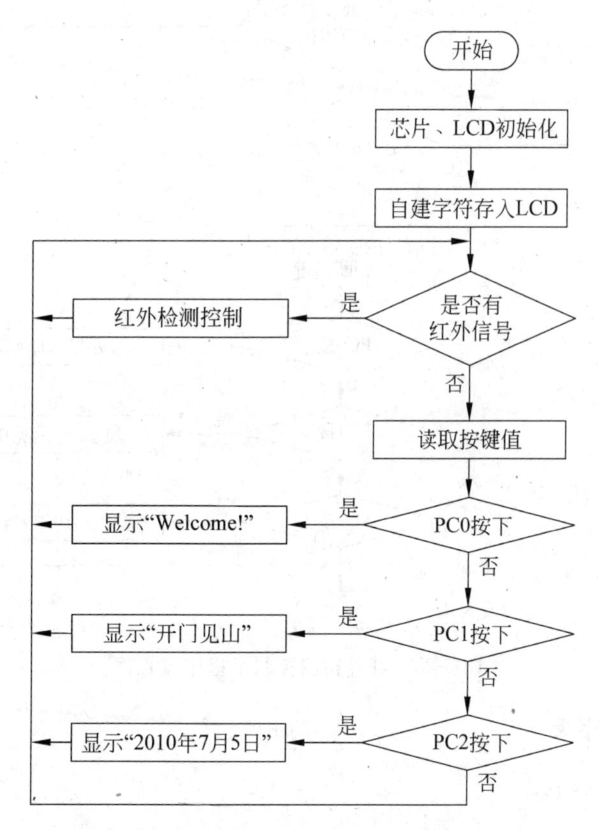

图 5-22　遥控和按键控制 LCD 显示主程序流程图

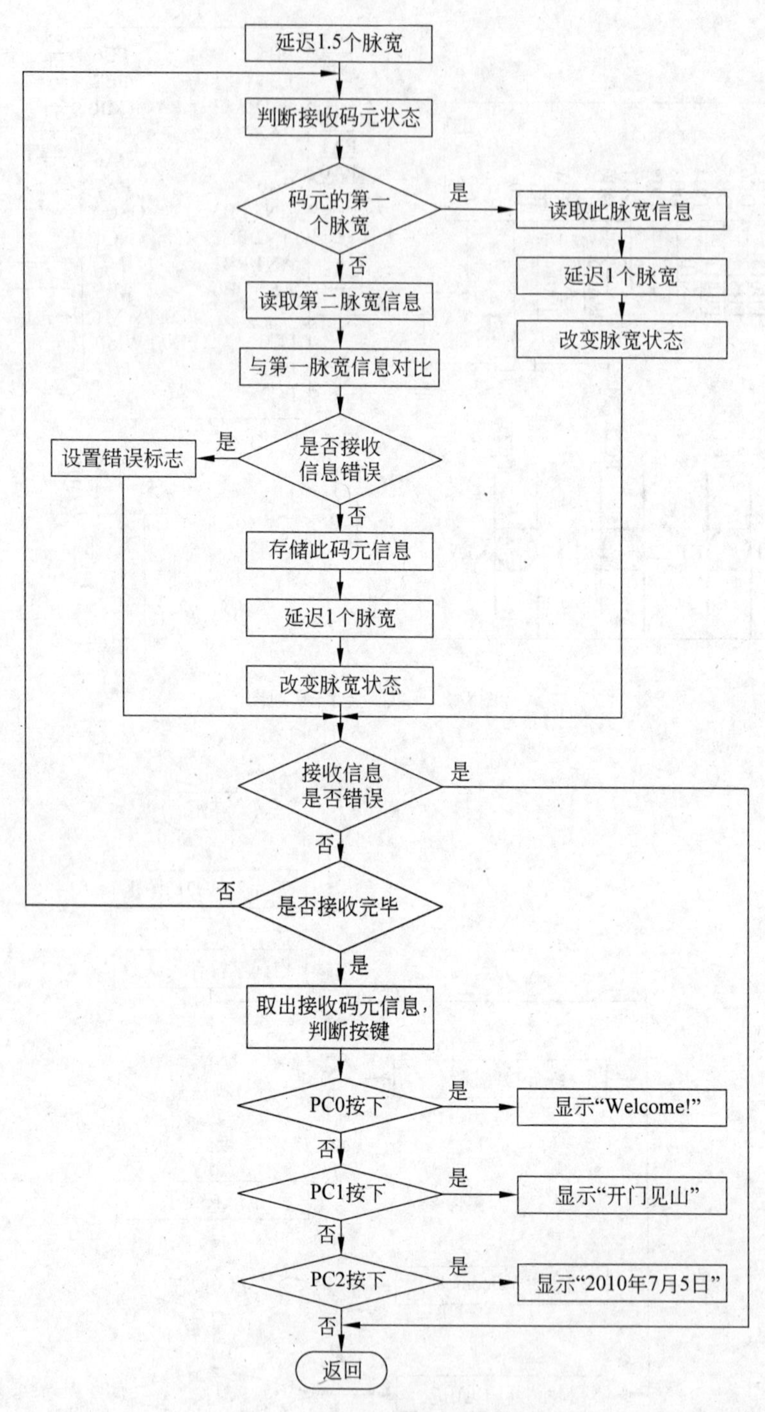

图 5-23　红外检测控制子程序流程图

实验 C 语言程序为：

```
#include "HT46F49E.h"
#define T1 805
#define T15 1195
```

```
#pragma rambank0
bit InPort,InPort2;
unsigned char CodeNum,State,Error;
long unsigned int Code;
#define LCD_DATAC _pbc
#define LCD_DATA _pb
#define LCD_CONTR _pa
#define LCD_CONTRC _pac
#define LCD_EN      _pa2
#define LCD_RW      _pa1
#define LCD_RS      _pa0
#define LCD_READY _pb7
const char
Zi[56]={0x1f,0x0a,0x1f,0x0a,0x0a,0x0a,0x12,0x00,0x17,0x01,0x11,0x11,0x11,0x11,
        0x13,0x00,0x1f,0x11,0x15,0x15,0x04,0x0d,0x1c,0x00,0x04,0x04,0x15,0x15,
        0x15,0x1f,0x01,0x00,0x04,0x0f,0x1a,0x0f,0x0a,0x1f,0x02,0x00,0x0f,0x09,
        0x0f,0x09,0x0f,0x09,0x13,0x00,0x1f,0x11,0x11,0x0f,0x11,0x11,0x1f,0x00};
                                  //自建字符,分别是"Welcome!""开门见山"和"年月日"
const char
Welcome[16]={0x20,0x20,0x20,0x20,0x57,0x65,0x6c,0x63,0x6f,0x6d,0x65,0x21,0x20,
             0x20,0x20,0x20};                        //显示"Welcome!"数组
const char
KMJS[16]={0x20,0x20,0x20,0x20,0x20,0x20,0x00,0x01,0x02,0x03,0x20,0x20,0x20,0x20,
          0x20,0x20};                                //显示"开门见山"数组
const char
Data[16]={0x20,0x20,0x20,0x32,0x30,0x31,0x30,0x04,0x37,0x05,0x35,0x06,0x20,0x20,
          0x20,0x20};                                //显示"2010年7月5日"数组
void WriteCommand(unsigned char Command)             //写命令到LCD子程序
{
     bit a;
   LCD_DATAC=0xff;                    //数据端口PB设置为输入模式
   LCD_CONTR=0x00;                    //控制端口PA设置为输出模式
   LCD_RW=1;                          //RW=0为写入LCD,RW=1为读取LCD数据
   _nop();                            //tAS时间
   LCD_EN=1;                          //LCD有效
   _nop();                            //tDDR时间
   do
   {
      a=LCD_READY;        /*判断LCD是否忙碌,为'1'表示LCD正在处理内部的工作,外部用来
                            控制LCD的芯片无法对LCD做任何写入的动作;为'0'表示外部控
                            制芯片可以存取LCD的数据*/
   }
   while(a==1);
   LCD_DATAC=0X00;                    //数据端口设置为输出模式
   LCD_DATA=Command;                  //将命令写入IR
```

```
    LCD_CONTR=0X00;                         //控制端口设置为输出模式
    LCD_EN=1;                               //LCD 有效
    _nop();                                 //tDSW 时间
    LCD_EN=0;                               //完成高 4 位写入,LCD 无效
    _swap(&Command);                        //高低 4 位交换
    LCD_EN=1;                               //LCD 有效
    LCD_DATA=Command;                       //将命令写入 IR
    LCD_EN=0;                               //完成写入
}
void WriteData(unsigned char Command)       //数据写入子程序
{
    bit a;
    LCD_DATAC=0xff;                         //数据端口 PB 设置为输入模式
    LCD_CONTR=0x00;                         //控制端口 PA 设置为输出模式
    LCD_RW=1;                               //RW=0 为数据写入 LCD,RW=1 为读取 LCD 数据
    _nop();                                 //tAS 时间
    LCD_EN=1;                               //LCD 有效
    _nop();                                 //tDDR 时间
    do
    {
        a=LCD_READY;                    //读 LCD 忙标志位
    }
    while(a==1);                        //标志位为'1'则 LCD 忙,继续等待直到标志位为'0'
    LCD_DATAC=0X00;                     //数据端口设置为输出模式
    LCD_DATA=Command;                   //将高 4 位写入 DR
    LCD_CONTR=0X00;                     //控制端口设置为输出模式
    LCD_RS=1;                           //寄存器选择:'0'为指令寄存器,'1'为数据寄存器
    LCD_EN=1;                           //LCD 有效
    _nop();                             //tAS 时间
    LCD_EN=0;                           //完成高 4 位的写入
    _swap(&Command);                    //交换高低 4 位
    LCD_EN=1;
    LCD_DATA=Command;                   //将数据写入 DR,此指令足够 tDSW 时间
    LCD_EN=0;                           //完成低 4 位的写入
}

void dipwel()                           //显示"Welcome!"子程序
{
    unsigned char i;
        WriteCommand(0x01);             //清除显示器
        WriteCommand(0x80);             //从第一行开始写数据
        for(i=0;i<16;i++)               //依次将要显示的字符显示在 LCD 上
        {
            WriteData(Welcome[i]);
        }
```

```
}
void diphz()                            //显示"开门见山"子程序
{
        unsigned char i;
    WriteCommand(0x01);                 //清除显示器
    WriteCommand(0x80);                 //从第一行开始写数据
    for(i=0;i<16;i++)                   //依次将要显示的字符显示在 LCD 上
    {
        WriteData(KMJS[i]);
    }
}
void dipdata()                          //显示"2010年7月5日"子程序
{
        unsigned char i;
    WriteCommand(0x01);                 //清除显示器
    WriteCommand(0x80);                 //从第一行开始写数据
    for(i=0;i<16;i++)                   //依次将要显示的字符显示在 LCD 上
    {
        WriteData(Data[i]);
    }
}
void main(void)
{
    unsigned char i,Key;
    LCD_CONTRC=0;
    WriteCommand(0x28);           //功能设置:使用8位控制模式,双行显示,5×7点阵字形
    WriteCommand(0x0c);           //显示器控制:显示所有数据,不显示光标,光标不闪烁
    WriteCommand(0x06);           //进入模式:外部写数据到 DDRAM 或从 DDRAM 读取数据
                                  //之后,地址计数器将会加1,因此光标会向右移动
    WriteCommand(0x01);           //清除显示器
    WriteCommand(0x40);         //CGRAM地址设置:将 CGRAM 的地址(DB5~DB0)写入地址计数器
    for(i=0;i<56;i++)             //将自建字形依次存入 CGRAM 中
        WriteData(Zi[i]);
        while(1)                  //循环检测输入的控制信号
        {
            _pac5=1;              //设置红外信号的输入端口为输入模式
            if(_pa5==0)           //检测是否有红外信号
            {                     //有红外信号发送,为红外接收做准备
      State=1;                    //设置接收脉宽初始值为前一个脉宽
        Code=1;
        CodeNum=1;
        Error=0;
        _delay(T15);              //检测到红外信号时延迟1.5个脉宽
        do{                       //循环检测红外信号的14位信息
            switch (State)        //判断接收到的信息是此位码的前一个脉宽还是后一个脉宽
```

```
{
    case 1:                     //若是前一个脉宽
        InPort=_pa5;            //读取此位信息的前一个脉宽电平
        _delay(T1);                 //延迟一个脉宽时间
        State=2;                    //设置下一次检测的脉宽为后一个
        break;                      //跳出
    case 2:                         //若是后一个脉宽
        InPort2=_pa5;               //读取此位信息的后一个脉宽电平
        if(InPort2==InPort)         //判断前一个脉宽和后一个脉宽的电平是否相同
    {
        Error=1;                    //如果前后脉宽电平相同则产生接收错误
        break;                      //跳出
    }
  else                              //如果没有错误
    {
        _lrl(&Code);          //将上一位接收到的码向前移一位,以便存放此位信息
        if(InPort)                  //如果此接收到的位为"1"
              Code++;
                      //将"1"存入解码存储单元中,如果接收到"0"则不做任何操作
              CodeNum++;            //记录接收到码的个数
     }
     _delay(T1);                    //延迟一个脉宽时间
     State=1;                       //设置下一次检测的脉宽为前一个
     break;                         //跳出
  }
  if(Error)                         //如果产生错误
     break;                         //跳出进行下一次接收
} while(CodeNum<14);                //如果码没有接收完毕则继续接收
if(Error!=1)                        //码接收完毕,判断是否有错误产生
{
  Code=Code&0x00ff;                 //如果没有错误则取码的后8位
  switch(Code)                      //判断接收的码
  {
     case 1:                        //如果按下的是"1"键
          dipwel();                 //显示"Welcome!"
          break;                    //跳出
       case 2:                      //如果按下的是"2"键
          diphz();                  //显示"开门见山"
          break;                    //跳出
       case 3:                      //如果按下的是"3"键
          dipdata();                //显示"2010年7月5日"
          break;                    //跳出
     default: break;                //如果是其他按键跳出不执行
  }
}
```

```
        }
    else                                        //如果没有红外信号则判断按键是否按下
        {                                       //如果有按键按下
            Key=_pc;                            //读取按键
            switch(Key)                         //判断按键
            {
                case 0x1e:                      //如果是 PC0 按下
                        dipwel();               //显示"Welcome!"
                        break;                  //跳出
                case 0x1d:                      //如果是 PC1 按下
                        diphz();                //显示"开门见山"
                        break;                  //跳出
                case 0x1b:                      //如果是 PC2 按下
                        dipdata();              //显示"2010 年 7 月 5 日"
                        break;                  //跳出
                default: break;                 //如果按下的是其他键跳出不执行
            }
        }
    }
}
```

对红外信号的检测是一个复杂的工作，对于脉宽为毫秒级的方波来说，调试比较困难，要在每一个方波到来时进行正确的采样，不能多采样，更不能漏采，否则都会使解调错误。

5.3 步进电机控制实验

步进电机是一种把电脉冲转换成角位移的电动机，如图 5-24 所示。用专用的驱动电源向步进电机供给一系列有一定规律的电脉冲信号，每输入一个电脉冲，步进电机就前进一步，其角位移与脉冲数成正比，电机转速与脉冲频率成正比，而且转速和转向与各相绕组的通电方式有关。控制输入脉冲数量、频率及电机各绕组的通电顺序就可以得到需要的各种运行特性。

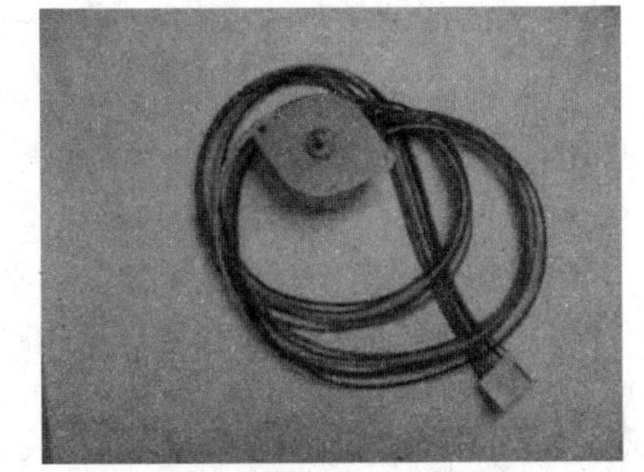

图 5-24 步进电机

5.3.1 步进电机控制原理

步进电机特点如下。

(1) 来一个脉冲转一个步距角。

(2) 控制脉冲频率可控制电机转速。

(3) 改变脉冲顺序可改变转动方向。

步进电机根据结构分为永磁步进电机、可变磁阻步进电机和混合步进电机。

(1) 永磁步进电机优点是结构简单、成本低，缺点是转速低、转矩小、步进角度大，从而导致扭力低、精度低。

(2) 可变磁阻步进电机体积小，无永磁铁。

(3) 混合式步进电机是永磁步进电机和可变磁阻步进电机的综合体。

步进电机依据定子线圈的相可以分为单相、双相、三相、四相和五相步进电机，依据定子线圈产生正负两个磁极方式的不同，又可分为单机驱动和双极驱动步进电机。

实验中采用的步进电机为四相步进电机，采用单极励磁驱动，单极励磁依据各相之间励磁顺序的不同，可分为单相励磁、双相励磁和单—双相励磁。

(1) 单相励磁每次励磁 1 相线圈，步进角为 θ，本身消耗电力小而且角度精确度高，但转矩小，相对阻尼效果差，振动现象也大，如表 5-20 所示。

表 5-20　单相励磁

STEP	A	B	A'	B'	STEP	A	B	A'	B'
1	1	0	0	0	3	0	0	1	0
2	0	1	0	0	4	0	0	0	1

(2) 双相励磁每次励磁 2 相励磁线圈，步进角为 θ，转矩大，相对阻尼效果较好，如表 5-21 所示。

表 5-21　双相励磁

STEP	A	B	A'	B'	STEP	A	B	A'	B'
1	1	1	0	0	3	0	0	1	1
2	0	1	1	0	4	1	0	0	1

(3) 单—双相励磁每次励磁转动角度为 $\theta/2$，精度高，运转平滑，如表 5-22 所示。

表 5-22　单—双相励磁

STEP	A	B	A'	B'	STEP	A	B	A'	B'
1	1	0	0	0	5	0	0	1	0
2	1	1	0	0	6	0	0	1	1
3	0	1	0	0	7	0	0	0	1
4	0	1	1	0	8	1	0	0	1

4 相步进电机的定子上有 4 组相对线圈，分别提供 90°相位差，当步进电机为单极励磁时，送入一个脉冲转子转动一步即停止，这时转子所旋转的角度称为步进角。

$$\text{步进角}=360^\circ/(\text{相数}\times\text{转子步数})=360^\circ/\text{寸动数}$$

实验中采用单—双相励磁的方式驱动步进电机，驱动步进电机的芯片采用 ULN2003，ULN2003 是高耐压、大电流达林顿阵列，由 7 个硅 NPN 达林顿管组成，每一对达林顿都串联一个 2.7kΩ 的基极电阻，在 5V 的工作电压下它能与 TTL 和 CMOS 电路直接相连，可以直接处理原先需要标准逻辑缓冲器来处理的数据。ULN2003 工作电压高，工作电流大，灌电流可达 500mA，并且能够在关态时承受 50V 的电压，输出还可以在高负载电流条件下并行运行，其引脚图如图 5-25 所示，方框图如图 5-26 所示。

5.3.2　步进电机调速调向实验

实验实现功能为：通过按键和红外遥控器的控制，改变步进电机的状态，使步进电机停止、低速转动和高速转动，并通过 LCD 将步进电机的状态显示出来。

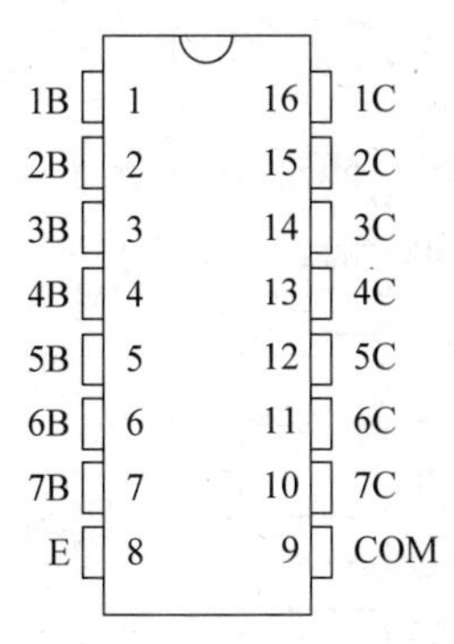

图 5-25　ULN2003 引脚图

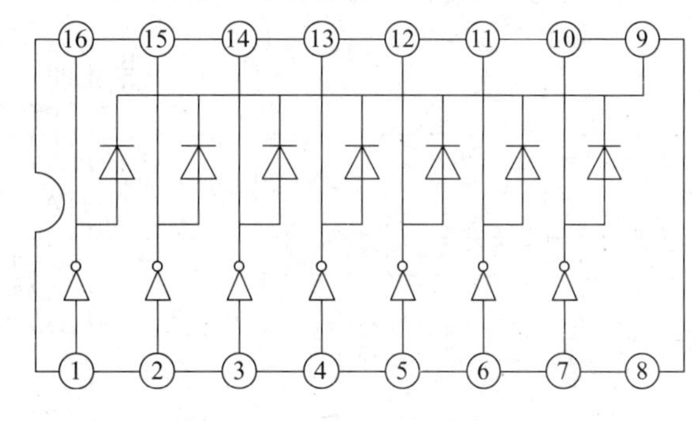

图 5-26　ULN2003 方框图

实验中采用 4 个微动开关作为 4 种功能的控制。

(1) S(电机的状态)：转动(run)/停止(stop)。

(2) V(电机的转速)：高(high)/低(low)。

(3) D(电机转动的转向)：逆时针/顺时针。

(4) C(遥控器的禁止和使能)：使能(on)/禁止(off)。

红外遥控器采用“1”、“2”、“3”键作为电机状态、电机转速和电机转向的控制，当按键禁止遥控器控制时，遥控器不能控制电机。

LCD 显示电机的当前运行和控制状态如图 5-27 和图 5-28 所示。

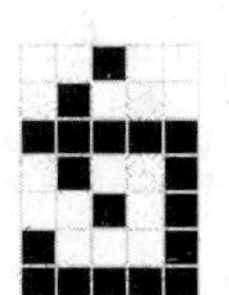

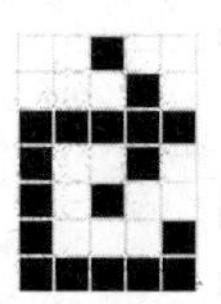

图 5-27　LCD 显示的逆时针(左)和顺时针(右)图形

图 5-28　LCD 显示电机状态图

步进电机实验元器件清单如表 5-23 所示。

表 5-23　步进电机实验元器件清单

元器件名称	HT46F49E芯片	HT46F49E芯片插座	万能板	SAA3010T 型号红外遥控	1602A 型号 LCD	接插件	微动开关	4MHz 晶振	10kΩ 电阻	10kΩ 滑动电阻
数量	1个	1个	1个	1个	1个	1排	5个	1个	1个	1个
0.1μF 电容	HS0038 红外一体化接收头	步进电机	ULN2003 步进电机驱动芯片	步进电机驱动芯片插座	电烙铁	焊锡	助焊剂松香	导线	电池盒	5号电池
1个	1个	1个	1个	1个	1个	若干	若干	1捆	1个	3节

其电路连接原理图和实物图如图 5-29 和图 5-30 所示。

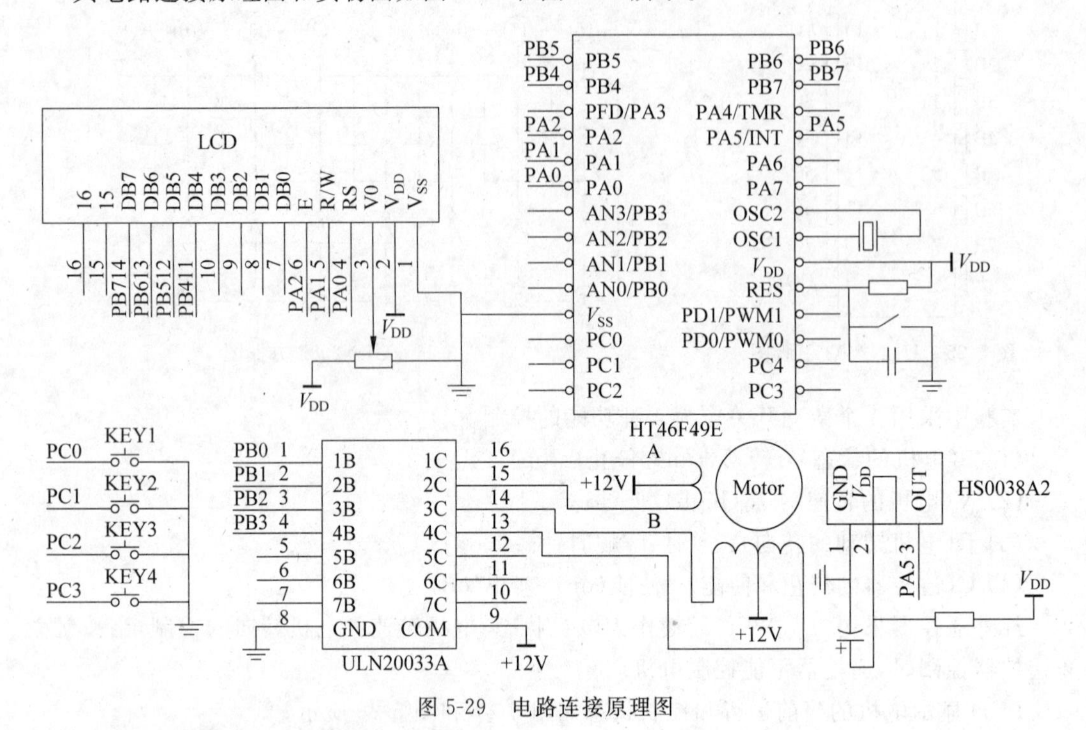

图 5-29　电路连接原理图

程序流程图如图 5-31 和图 5-32 所示。

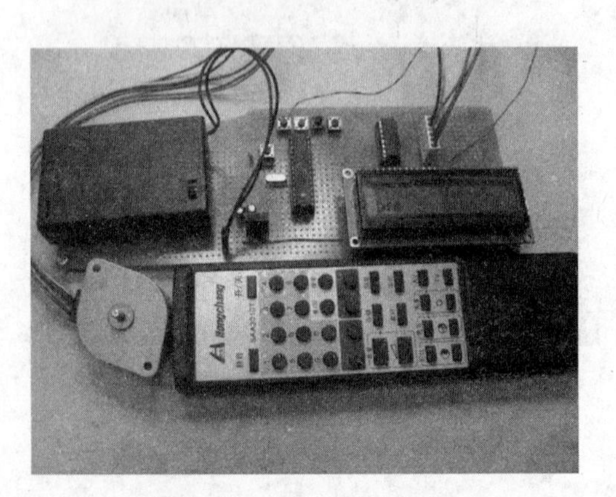

图 5-30　电路连接实物图

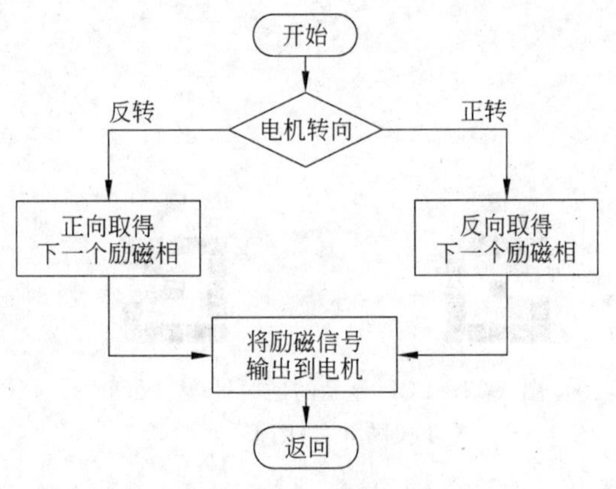

图 5-31　中断子程序流程图

写命令和写数据到 LCD 的子程序流程图与 LCD 实验中的流程图相同，在这里就不重复介绍。

实验 C 语言程序为：

```
#include "HT46F49E.h"
#pragma vector isr_c @0x08          //中断入口地址
#pragma rambank0
bit InPort,InPort2,S,V,D,C;
#pragma norambank
```

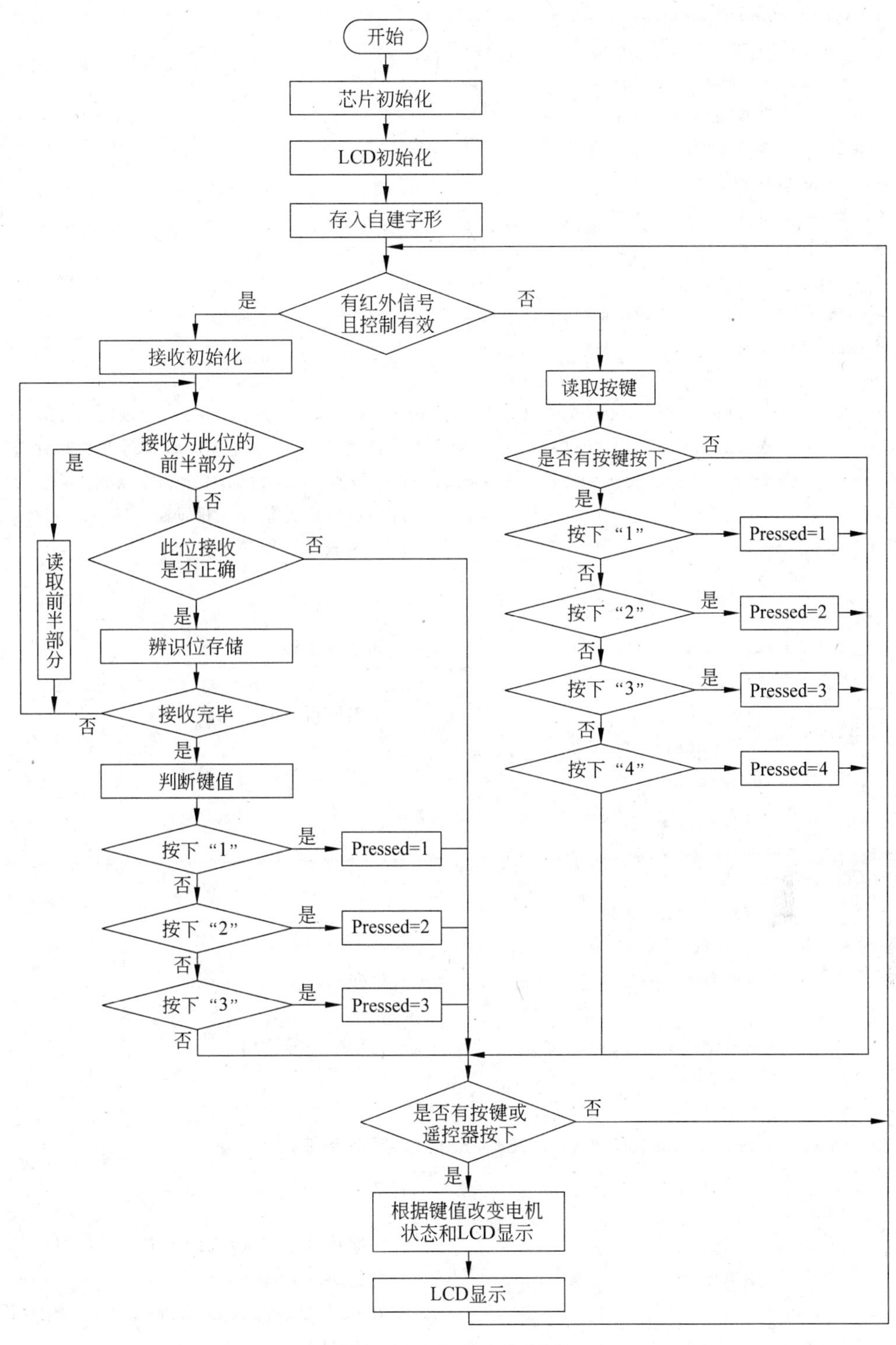

图 5-32 主程序流程图

```
unsigned char CodeNum,State,Error,rotate,Pressed;
unsigned char RowOne[16];
unsigned char RowTwo[16];
```

```
long unsigned int Code;
#define LCD_DATAC      _pbc
#define LCD_DATA       _pb
#define LCD_CONTR      _pa
#define LCD_CONTRC     _pac
#define LCD_EN         _pa2
#define LCD_RW         _pa1
#define LCD_RS         _pa0
#define LCD_READY      _pb7
#define T1 795
#define T15 956
const unsigned char
Zi[16]={0x04,0x08,0x1f,0x09,0x05,0x11,0x1f,0x00,0x04,0x02,0x1f,0x12,0x14,0x11,
        0x1f,0x00};                             //自建字符,分别是逆时针符号和顺时针符号
const unsigned char MotorTable[8]={0x01,0x03,0x02,0x06,0x04,0x0c,0x08,0x09};
                                                //步进电机为单一双相励磁
void isr_c()                                    //中断服务子程序
{

    if(D==1)                                    //如果为正转
      {
          rotate++;                             //正向取得下一个励磁
          if(rotate==8)
             rotate=0;
      }
      else
      {
          if(rotate==0)
             rotate=7;
            rotate--;                           //反向取得下一个励磁
      }
      _pb=MotorTable[rotate];                   //将励磁信号输出
}

void WriteCommand(unsigned char Command)        //写命令到 LCD 子程序
{
   bit a;
   LCD_DATAC=0xff;                              //数据端口 PB 设置为输入模式
   LCD_CONTR=0x00;                              //控制端口 PA 清零
   LCD_RW=1;                                    //RW=0 为数据写入 LCD,RW=1 为读取 LCD 数据
   _nop();                                      //tAS 时间
   LCD_EN=1;                                    //LCD 有效
   _nop();                                      //tDDR 时间
   do
   {
```

```
        a=LCD_READY;      /*判断LCD是否忙碌,为'1'表示LCD正在处理内部的工作,外部用来
                            控制LCD的芯片无法对LCD做任何写入的动作;为'0'表示外部控
                            制芯片可以存取LCD的数据*/
    }
    while(a==1);
    LCD_DATAC=0X00;                           //数据端口设置为输出模式
    LCD_DATA=Command;                         //将命令写入IR
    LCD_CONTR=0X00;                           //控制端口清零
    LCD_EN=1;                                 //LCD有效
    _nop();                                   //tDSW时间
    LCD_EN=0;                                 //完成高4位写入,LCD无效
    _swap(&Command);                          //高低4位交换
    LCD_EN=1;                                 //LCD有效
    LCD_DATA=Command;                         //将命令写入IR
    LCD_EN=0;                                 //完成写入
}
void WriteData(unsigned char Command)         //数据写入子程序
{
    bit a;
    LCD_DATAC=0xff;                           //数据端口PB设置为输入模式
    LCD_CONTR=0x00;                           //控制端口PA清零
    LCD_RW=1;                                 //RW=0为数据写入LCD,RW=1为读取LCD数据
    _nop();                                   //tAS时间
    LCD_EN=1;                                 //LCD有效
    _nop();                                   //tDDR时间
    do
    {
        a=LCD_READY;                          //读LCD忙标志位
    }
    while(a==1);                         //标志位为'1'则LCD忙,继续等待直到标志位为'0'
    LCD_DATAC=0X00;                      //数据端口设置为输出模式
    LCD_DATA=Command;                    //将高4位写入DR
    LCD_CONTR=0X00;                      //控制端口设置为输出模式
    LCD_RS=1;                            //寄存器选择:'0'为指令寄存器,'1'为数据寄存器
    LCD_EN=1;                            //LCD有效
    _nop();                              //tAS时间
    LCD_EN=0;                            //完成高4位的写入
    _swap(&Command);                     //交换高低4位
    LCD_EN=1;
    LCD_DATA=Command;                    //将数据写入DR,此指令足够tDSW时间
    LCD_EN=0;                            //完成低4位的写入
}
//*********************************主函数*********************************
void main()
{
```

```
unsigned char
 RowOne[16]={0x53,0x3a,0x20,0x20,0x20,0x20,0x20,0x20,0x56,0x3a,0x20,0x20,
            0x20,0x20,0x20,0x20};                    //LCD第一行显示初始化
unsigned char
 RowTwo[16]={0x44,0x3a,0x20,0x20,0x20,0x20,0x20,0x20,0x43,0x3a,0x20,0x20,
            0x20,0x20,0x20,0x20};                    //LCD第二行显示初始化
unsigned char i,Key;
LCD_CONTRC=0xf0;                                     //设置PA口的I/O模式
_emi=1;                                              //开全局中断
_eti=0;                                              //先关闭定时中断
_tmrc=0x87;                                          //设置定时/计数控制寄存器
WriteCommand(0x28);                 //功能设置:使用8位控制模式,双行显示,5×7点阵字形
WriteCommand(0x0c);                 //显示器控制:显示所有数据,不显示光标,光标不闪烁
WriteCommand(0x06);                 /*进入模式:外部写数据到DDRAM或从DDRAM读取数据
                                    /*之后,地址计数器将会加1,因此光标会向右移动*/
WriteCommand(0x01);                 //清除显示器
WriteCommand(0x40);                 //CGRAM地址设置:将CGRAM的地址(DB5~DB0)写入地
                                    //址计数器
for(i=0;i<16;i++)                   //将自建字形依次存入到CGRAM中
   WriteData(Zi[i]);
      rotate=0;
      Pressed=0;
   S=0;                             //电机初始状态为stop
   V=0;                             //电机初始速度为low
   D=0;                             //电机初始状态为反向转
   C=0;                             //红外遥控初始状态为禁止
_tmr=0;                             //预置寄存器初值
_ton=1;                             //开定时器
   while(1)                         //循环检测输入的控制信号
   {
      if(_pa5==0&&C==1)             //检测是否有红外信号
      {                             //有红外信号发送并且红外控制开启,为红外接收做准备
   State=1;                         //设置接收脉宽初始值为前一个脉宽
    Code=1;
    CodeNum=1;
    Error=0;
    _delay(T15);                    //检测到红外信号时延迟1.5个脉宽
    do{                             //循环检测红外信号的14位信息
       switch (State)               //判断接收到的信息是此位码的前一个脉宽还是后一个脉宽
      {
      case 1:                       //若是第一个脉宽
         InPort=_pa5;               //读取此位信息的前一个脉宽电平
            _delay(T1);             //延迟一个脉宽时间
            State=2;                //设置下一次检测的脉宽为后一个
            break;                  //跳出
```

```
    case 2:                                 //若是后一个脉宽
        InPort2=_pa5;                       //读取此位信息的后一个脉宽电平
        if(InPort2==InPort)                 //判断前一个脉宽和后一个脉宽的电平是否相同
    {
        Error=1;                            //如果前后脉宽电平相同则产生接收错误
        break;                              //跳出
    }
    else                                    //如果没有错误
    {
        _lrl(&Code);                        //将上一位接收到的码向前移一位存放此位信息
        if(InPort)                          //如果接收到的此位为"1"
        Code++;                             //将"1"存入到解码存储单元中,如果接收到"0"
                                            //不做任何操作
        CodeNum++;                          //记录接收到的码的个数
    }
        _delay(T1);                         //延迟一个脉宽时间
        State=1;                            //设置下一次检测的脉宽为前一个
        break;                              //跳出
    }
    if(Error)                               //如果产生错误
      break;                                //跳出重新进行下一次接收
} while(CodeNum<14);                        //如果码没有接收完毕则继续接收
     if(Error!=1)                           //码接收完毕,判断是否有错误产生
     {
     Code=Code&0x00ff;                      //如果没有错误则取码的后8位
     switch(Code)                           //判断接收的码
     {
     case 1:                                //如果按下的是"1"键
        Pressed=1;
        break;                              //跳出
     case 2:                                //如果按下的是"2"键
          Pressed=2;
        break;                              //跳出
     case 3:                                //如果按下的是"3"键
        Pressed=3;
        break;                              //跳出
     default: break;                        //如果是其他按键跳出不执行
     }


     }
 }
 else                                       //如果没有红外信号则判断按键是否按下
 {      Key=_pc;                            //读取按键
 if(Key!=0x1f)
 {                                          //如果有按键按下
```

```
    switch(Key)                     //判断按键
        {
          case 0x1e:                //如果是 PC0 按下
                 Pressed=1;
                 break;             //跳出
          case 0x1d:                //如果是 PC1 按下
                 Pressed=2;
                 break;             //跳出
          case 0x1b:                //如果是 PC2 按下
                 Pressed=3;
                 break;             //跳出
          case 0x17:                //如果是 PC3 按下
                 Pressed=4;
                 break;             //跳出
        default: break;             //如果按下的是其他键跳出不执行
          }
     }
     }
    if(Pressed>0)                   //判断是否有控制信号
     {                              //如果有红外或按键控制信号
        switch(Pressed)             //判断控制信号
        {
        case 1:                     //如果按键 PC0 或遥控器 1 按下
          S=~S;                     //改变电机状态
          if(S==0)                  //如果是停止
          {
             _eti=0;                //关中断
             _ton=0;                //停止定时器计数
             RowOne[2]=0x73;        //LCD 显示"stop"
             RowOne[3]=0x74;
             RowOne[4]=0x6f;
             RowOne[5]=0x70;
          }
          else
          {                         //如果是启动电机
             _eti=1;                //开中断
             _ton=1;                //开启定时器
             RowOne[2]=0x72;        //LCD 显示"run"
             RowOne[3]=0x75;
             RowOne[4]=0x6e;
             RowOne[5]=0x20;
          }
          break;                    //跳出
        case 2:                     //如果是按键 PC1 或遥控器 2 键按下
          V=~V;                     //改变电机速度
```

```
if(S==0)                         //如果电机状态是停止
{
    RowOne[10]=0x30;             //LCD速度显示为"0"
    RowOne[11]=0x20;
    RowOne[12]=0x20;
    RowOne[13]=0x20;
}
else                             //如果电机是开启
{
    if(V==0)                     //如果速度为低速
    {
        _ton=0;                  //关定时器,为预置寄存器送初值做准备
        _tmr=0;                  //预置寄存器送初值
        _ton=1;                  //开启定时器
        RowOne[10]=0x6c;         //显示"low"
        RowOne[11]=0x6f;
        RowOne[12]=0x77;
        RowOne[13]=0x20;
    }
    else                         //如果电机速度为高速
    {
        _ton=0;                  //关定时器,为预置寄存器送初值做准备
        _tmr=120;                //预置寄存器送初值
        _ton=1;                  //开启定时器
        RowOne[10]=0x68;         //显示"high"
        RowOne[11]=0x69;
        RowOne[12]=0x67;
        RowOne[13]=0x68;
    }
}
    break;                       //跳出
case 3:                          //如果是按键PC2或遥控器3键按下
    D=~D;                        //电机方向状态改变
    if(S==0)                     //如果电机关闭
    {
    RowTwo[2]=0x30;              //LCD显示"0"
    }
    else                         //如果电机开启
    {
        if(D==1)                 //如果转动方向为正转
        {
            RowTwo[2]=0x00;      //显示正转符号
        }
        else                     //如果转动方向为反转
        {
```

```
                RowTwo[2]=0x01;      //显示反转符号
            }
        }
        break;                       //跳出
    case 4:                          //如果是按键 4 按下
        C=~C;                        //遥控器控制状态改变
        if(C==1)                     //如果遥控器控制开启
        {
            RowTwo[10]=0x6f;         //显示"on"
            RowTwo[11]=0x6e;
            RowTwo[12]=0x20;
        }
        else                         //如果遥控器控制状态禁止
        {
            RowTwo[10]=0x6f;         //显示"off"
            RowTwo[11]=0x66;
            RowTwo[12]=0x66;
        }
        break;                       //跳出
    default:break;                   //如果按键错误跳出
}
Pressed=0;
WriteCommand(0x01);                  //清除显示器
WriteCommand(0x80);                  //从第一行开始写数据
for(i=0;i<16;i++)                    //依次将第一行要显示的字符显示在 LCD 上
{
    WriteData(RowOne[i]);
}
WriteCommand(0xc0);
    for(i=0;i<16;i++)                //依次将第二行要显示的字符显示在 LCD 上
{
    WriteData(RowTwo[i]);
}
        }
    }
}
```

小结：实验采用中断的方式控制电机转动，每一次中断送出步进电机的一个相位，这样通过控制中断的时间就可以控制电机的转速。在接收红外遥控信号时必然有一个中断给步进电机送出一个相位，这样就有可能导致对红外信号采样的错误，但是由于中断服务的时间很短，只要控制好采样的时间就不会导致采样错误。

第6章　自制印制板实验

在完成了面包板和万能板的实验后，在本章将完成几个自制印制板的单片机实验。自制印制板和目前专业制作印制板的原理是一样的：将绘制好的电路输出到覆铜板，然后用化学腐蚀的方法去除不是电路部分的铜膜，这样就得到了电路板。覆铜板就是将树脂绝缘材料增强，一面或两面覆以铜箔，经热压而成的一种板状材料。

自制印制板的最显著优点是制作便宜，许多制作需要的工具都是日常生活中常见的，如激光打印机、电熨斗。另外，一些器材也不用太大花费就可以买到，如热转印纸、覆铜板和腐蚀液等；其次，自制印制板的制作周期短，专门的公司制作电路板需要一周左右的时间，但是自制印制板只需要半天左右的时间，所以很多的电子设计爱好者多自制印制板。

自制印制板的方法有很多，但较常用的就是热转印法。热转印法就是将电路图打印在热转印纸上，然后将转印纸贴在覆铜板上，再经过高温将转印纸上的油墨附着在覆铜板上的一种制板方法。热转印纸就是一种经过高温加热后，附着在其上面的油墨容易脱落进而黏附在吸附力强的物体上的纸张，如使用不干胶纸剩下的黄色衬底，相片纸也可以作为热转印纸，但是不如不干胶纸衬底实惠。腐蚀液是能和铜发生化学反应，将铜腐蚀掉的一种液体，常用三氯化铁。由于自制印制板没有精密的仪器，定位有一定误差，大多用来制作单面板或准双面板。如果电路板上使用了较多的贴片元件，电路布线较细或元器件电路密集还是请专门的制作单位加工制作更好。单面板的制作较简单，双面板的制作较复杂些，关键在于两面的定位精确。下面介绍自制印制板过程，并且利用自制印制板做几个实验，体会印制板的制作过程。

6.1　印制板的制作流程

最常见的绘制电路板软件就是Protel，现在大多数的工程师都还在用Protel 99SE，因为他们都已经用得比较熟练。现在较常用的绘制电路板软件还有Protel DXP 2004。对于软件的使用，我们不做具体的介绍，可参阅相关书籍学习。印制板的制作需要各种精准的仪器、复杂的工序，这里自己制作的电路板只是简单的印制板，一般的制作印制板大多是单面板和准双面板，单面板的制作较简单，双面板需要两面定位准确，否则两面的元件焊盘、连线、过孔等会发生偏移。

印制板的制作过程一般为：绘制原理图、绘制PCB图、转印、腐蚀、钻孔、焊接元件和测试。PCB是Print Circuit Board的首字母缩写，是印制电路板的意思。除了上述的必要的步骤外，还有一些小的步骤，如转印前覆铜板的清洗、钻定位孔、钻孔后涂抹松香、安装过孔等。下面介绍自制印制板的详细制作过程。

6.1.1　绘制原理图和PCB图

绘制原理图和PCB图不需要各种复杂的工具，只需要利用计算机安装的Protel软件或者计算机中的画图软件就可以,按照自己设计的电路图在 Protel 中画出原理图,电路图应尽量简洁,在连线较多时,可以使用网络标号。在各元件的属性里设置好封装。新建 PCB 文件,设置 PCB 的各种参数,如焊盘大小、线的宽度、安全距离等,然后将原理图导入到 PCB 文件中,在 PCB 中可以通过调整元件的位置使布线更加合理、美观,可以采用自动布线和手动布线两种方式进行布线,关键的是布线的完整性,一般自动布线不会遗漏,但也要仔细查看。可以通过手动方式改变元件的各种参数,用热转印法自制印制板的时候应该使焊盘、线宽和安全距离设置得大一些,否则会使转印钻孔效果较差。适当调整各种参数,以适合自己电路板的设计制作。

热转印方法制作印制板也可以不用 Protel 绘制,只需要打印出电路图即可,因此用画图工具画出实物大小的引脚图和连线,再用打印机打印出来也可以,但是画图工具不太好控制实际的电路中焊盘、线距、线宽等一些参数,因此还是用专业的软件设计电路图更加方便易行。

6.1.2 印制板的转印、腐蚀及钻孔

电路的 PCB 图设计完成后,将图打印到转印纸上,转印纸可以使用广告印刷制作剩下的离型纸(又叫隔离纸),如图 6-1 所示。热转印纸就是不干胶纸的黄色底衬,只要买一些不干胶纸,揭去上面的不干胶贴后剩下的黄色底衬就是所谓的热转印纸了。

单面板的打印可将线路和焊盘设置为底层直接打印,双面板的打印设置底层直接打印,但是要注意顶层要镜像打印。

测量好电路所需的电路板的大小,裁剪出适当的覆铜板,如图 6-2 所示,将覆铜板的表面清洗干净,可以用洗衣粉清洗,主要是除去覆铜板表面的油渍,在覆铜板表面有油渍时油墨不容易黏附在铜表面,会使热转印效果较差。必要时可以用砂纸打磨,应选用细砂纸,并且轻轻打磨,以免将铜箔打磨掉。

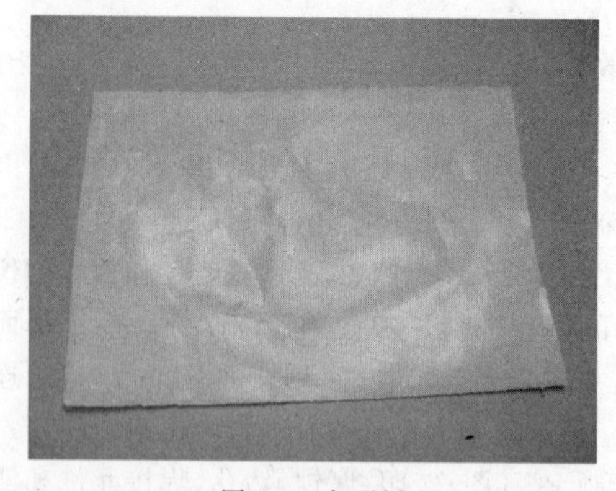

图 6-1 离型纸

图 6-2 覆铜板

再将打印好的离型纸覆在覆铜板的表面,固定好,用转印机或电熨斗(如图 6-3 所示)加热。采用电熨斗比较方便,电熨斗的温度在 150℃ 为最佳,加热 3～4min 即可,在加热过程中要按压电熨斗并向四周移动,以使油墨能够很好地黏附在覆铜板上。

转印完成冷却后,试着将热转印纸揭开一点,看转印是否良好,如果转印效果不是很好,再继续加热加压转印;若转印纸转印效果比较好可以直接将转印纸撕下,也可以将其放到水

里，浸泡一段时间后将转印纸撕下。转印后的覆铜板如图 6-4 所示。

图 6-3　电熨斗

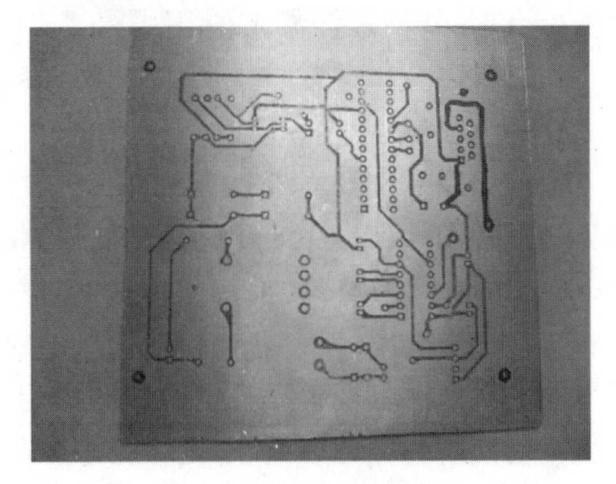

图 6-4　转印后的覆铜板

检查转印是否完好，如果有些线残缺，可用签名记号笔（如图 6-5 所示）等油性笔或一些不容易在水中被溶解的其他物质进行修复。这样在覆铜板的表层形成了一层抗腐蚀层。

如果制作单面板的话将一面转印完成后就可以直接腐蚀了，在腐蚀时大多采用三氯化铁（如图 6-6 所示），调整浓度为 30％～40％。浓度越高腐蚀越快，当然也应注意溶解度的控制，否则就会造成浪费。在腐蚀过程中可以通过不断地搅动液体，加快腐蚀速度。腐蚀时要注意观察，只要裸露的敷铜层已腐蚀干净，就应当将电路板从腐蚀液中取出，以防止腐蚀过度。然后用清水冲洗干净晾干备用。但这种方法需要时间长，而且加温不便，如温度过高又会引起漆皮脱落，甚至把线路腐蚀断。

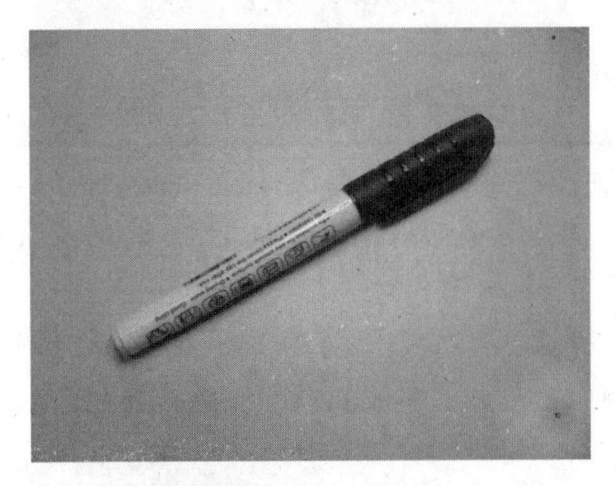

图 6-5　签名记号笔

图 6-6　三氯化铁

还有一种方法是采用双氧水和盐酸腐蚀，具有操作简便、速度快、成本低等特点。特别适合制作大面积印刷电路板。腐蚀液配置方法如下：把浓度为 31％的过氧化氢（工业用）与浓度为 37％的盐酸（工业用）和水按 1∶3∶4 的比例配制成腐蚀液。先把 4 份水倒入盘中，然后倒入 3 份盐酸，用玻璃棒搅拌再缓缓地加入 1 份过氧化氢，继续用玻璃棒搅匀后即可将用漆描绘过的（也可用透明胶带粘贴再用小刀裁去线路以外的部分）铜箔板放入，一般 5min 左右便可腐蚀完毕，取出铜箔板，用清水冲洗，擦干后就可使用了。

此腐蚀液反应速度极快，应按比例要求掌握，如比例过于不当会引起沸腾以致液水溢出盘外。另外，在反应时还有少量的氯气排放，所以最好在通风处进行操作。

也可用浓硫酸按 1∶2 的比例用水稀释（稀释浓硫酸时应将浓硫酸缓慢滴入水中，千万不能把水倒入浓硫酸中！操作时应注意安全），再将要腐蚀的印制板放在稀释后的硫酸塑料容器中，约8分钟就可腐蚀好印制板。

如果腐蚀量小，腐蚀液不会完全消耗掉，可以将余液倒入密封的玻璃瓶（如图6-7所示）中，以备下次腐蚀使用。

但是如果制作双面板就不能直接腐蚀了，那是不是将一面转印完成后再用同样的方法对另一面转印呢？因为转印时温度的控制不是很容易，如果一面转印完成后再将另一面转印，那么加热另一面时先前转印的一面必然也会被加热，这样先前转印的油墨如果被碰到就很有可能导致断路，所以在制作双面板的时候就要考虑制作一面时不能干扰到另一面。一个方法是将转印纸和覆铜板定位好并固定（事先做好定位孔用图6-8所示的自制定位针固定），两面同时转印，这样就对定位要求较高。也可以先转印一面，将另一面用透明胶等密封好，防止腐蚀液的腐蚀，对先转印好的一面进行腐蚀，腐蚀完毕将覆铜板取出，钻出定位孔，将另一面的透明胶等密封物品取下，清洗覆铜板，定位好，并对其进行转印。

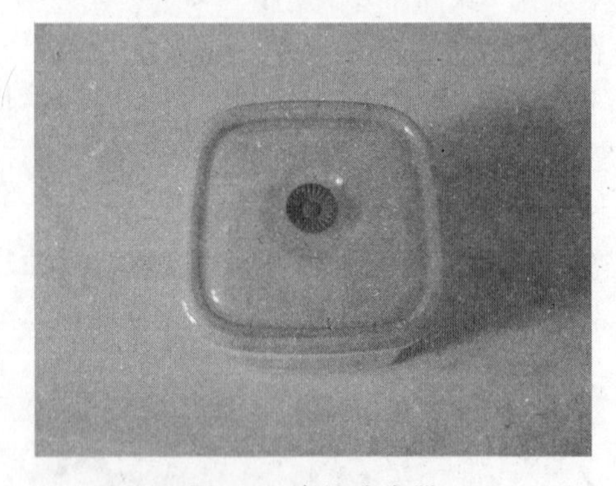

图6-7　腐蚀液容器

图6-8　自制定位针

然后将先前腐蚀好的一面密封好，防止被腐蚀，对另一面进行腐蚀，注意要腐蚀彻底，以防止线路短接，但也要避免腐蚀过度，形成断路。腐蚀完毕后取出并清洗干净，这样电路就清晰地呈现出来了，如图6-9所示。

检查钻孔机（如图6-10所示）的钻头大小，选择适当的钻头安装固定好，然后将覆铜板放在钻孔机上进行钻孔，钻孔完毕后用砂纸将毛刺磨掉，同时可以将油墨打磨干净。

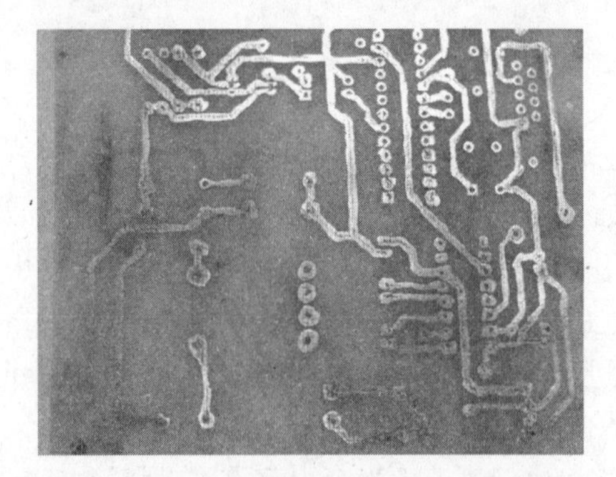

图6-9　腐蚀完毕的电路板

图6-10　钻孔机

电路板打好孔后就可以涂松香酒精配制的助焊剂。助焊剂的配制较简单，将松香压碎倒入酒精中，比例一般是30g松香配100mL酒精。摇晃容器，松香会很快溶解。用棉签或小刷子蘸上酒精松香溶液涂于印制电路板的铜箔上，待酒精挥发完后，松香就附着在电路板的铜箔上了。这种处理后的印制电路板在焊接元件时，不用其他助焊剂就可焊出光滑的焊点。至此，一块印制电路板就制成了。

6.1.3 元件的焊接及调试

在元件焊接之前，先来认识一下使用的焊接工具(如图6-11所示)，焊接工具有电烙铁、助焊剂、焊锡，辅助工具有尖嘴钳、斜口钳、镊子、刀片、吸锡泵等。

焊接的关键部件是电烙铁(如图6-12所示)，电烙铁分为内热式电烙铁和外热式电烙铁，有普通的电烙铁，还有手动送锡电烙铁和温控式电烙铁。烙铁头一般用紫铜制成，对于有镀层的烙铁头一般不能锉或打磨，因为电镀层的目的就是保护烙铁头不易腐蚀。还有一种新型合金烙铁头，寿命较长，但需配专门的电烙铁，一般用于固定产品的印制板焊接。

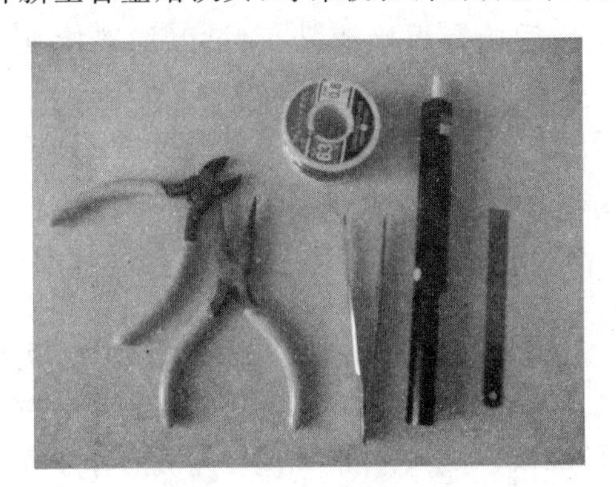

图6-11 各种焊接工具

图6-12 电烙铁

烙铁头使用一段时间后，表面会凹凸不平，而且氧化严重，这种情况下需要修整。一般是将烙铁头拿下来，夹到台钳上粗锉，修整为自己想要的形状，然后再用细锉修平，最后用细砂纸打磨光。修整后的烙铁头应立即镀锡，方法是将烙铁头装好通电，在木板上放些松香并放一段焊锡，烙铁头沾上焊锡后在松香中来回摩擦，直到整个烙铁头修整面均匀镀上一层焊锡为止。

注意：电烙铁通电后一定要立刻蘸上松香，否则表面会生成难镀锡的氧化层。

铅与锡熔化形成合金(即铅锡焊料)后，具有一系列铅和锡不具备的优点，如熔点低，各种不同成分的铅锡合金熔点均低于铅和锡的熔点，利于焊接；机械强度高，抗氧化；表面张力小，增大了液态流动性，有利于焊接时形成可靠接头。

使用电烙铁应该注意：不要乱放电烙铁，应避免电烙铁电源线和其他导线碰到烙铁头，不要让烙铁头接触到人体，以免烧伤，造成危险事故。由于焊丝成分中，铅占一定比例，铅是对人体有害的重金属，因此操作时应戴手套或操作后洗手，以免食入。焊剂加热挥发出的化学物质对人体是有害的，如果操作时鼻子距离烙铁头太近，很容易将有害气体吸入。一般电烙铁离开鼻子的距离应至少30cm，通常以40cm为宜。

手工焊接时注意以下3点：

(1) 掌握好加热时间，在保证焊料润湿焊件的前提下时间越短越好。最好控制在2～3s。这样可以避免一些对热敏感的电子元件的损坏。

(2) 保持烙铁头在合适的温度。一般烙铁头温度比焊料熔化温度高50℃较为适宜。一般选择250℃即可。

(3) 用电烙铁对焊点加力加热是错误的。会造成被焊件的损伤，例如电位器、开关、接插件的焊接点往往都是固定在塑料构件上的，加力的结果容易造成元件失效。

使用电烙铁时应养成良好的习惯，以增加电烙铁的使用寿命，而且正确地使用电烙铁也可以避免一些不必要的麻烦，提高工作效率。

焊接完毕后将元件多余的管脚用斜口钳剪掉。如果有焊接错误，需要将元器件拆下，可以用电烙铁将焊盘上的锡加热熔成液态，再用吸锡泵将焊锡吸掉，重新焊接。

在将元器件焊接到电路板之前，先将过孔做好，可以用专门的过孔装置进行制作。在这里为了方便，使用电阻电容剪下的引脚连接电路板的顶层和底层，再将引脚焊接在两面的焊盘上。过孔焊接完成就开始对元件进行焊接，按照PCB图中的元器件布局在电路板的顶层布放元件，并且两面都焊接好，然后检查焊接情况，通过万用表检查电路板的连接情况。

在对电路板进行调试检测时，先不要上电，而用万用表检测电源线和信号线是否连接完好，是否有短路和断路的情况；检查元件的引脚是否有连接错误的地方，以及元器件引脚与电路板线路连接是否完好，有无短路和断路的地方。如果一切检测正常，再将电路板上电，检测线路的电压情况，看是否正常，如果正常，则可以将程序烧录到芯片中进行调试，如果程序运行结果与预期的不一致，则检测线路电压情况，查找原因。查找时可以简化程序，从简单的程序开始调试，看硬件连接是否有问题，如果简单程序调试成功，就很可能是程序的问题，就要进行程序的调试。在这里主要介绍硬件的调试，对于软件的调试可以参照程序调试一节。

6.2 制作简易信号发生器

利用自制印制板制作的简易信号发生器，其信号通常是简单的正弦波、三角波、锯齿波和方波，在这里利用HT46F49E芯片的PWM(脉冲宽度调制)功能调整PWM0和PWM1的值使单片机产生不同的波形。

单片机的端口只能传输高低电平0和1，不能传输模拟信号，也就不能产生各种简单信号波形，但是盛群单片机有PWM功能，通过给相应的PWM寄存器设置特定的值，就可以提供占空比可调而频率固定的波形，在数据存储器中，单片机为每一个PWM都指定了对应的寄存器。对于有两个PWM输出的单片机，寄存器为PWM0和PWM1。两个寄存器均为8位，表示输出波形中每个调制周期的占空比。为了提高PWM的调制频率，每一个调制周期被调制成2个或4个独立的调制子区段，分别是7+1和6+2 PWM模式。每个单片机可以通过设置适当的配置选项来选择使用的模式。选择一种配置选项模式后，此模式将应用于此芯片的所有PWM输出。需要注意的是，当使用PWM时，只要将所需的值写入相应的PWM寄存器，单片机的内部硬件就会自动地将波形细分为子调制周期。芯片PWM引脚说明如表6-1所示。

表 6-1　芯片 PWM 引脚说明

单片机型号	通道	PWM 模式	输出引脚	PWM 寄存器名称
HT46F49E	2	6+2 或 7+1	PD0/PD1	PWM0/PWM1
其他芯片	1	6+2 或 7+1	PD0	PWM

将原始调制周期分成 2 个或 4 个子周期的方法使产生更高的 PWM 频率成为可能，这样可以提供更广泛的应用。只要产生的 PWM 脉冲周期小于负载的时间常数，PWM 输出就比较合适，这是因为长时间常数负载会平均 PWM 输出的脉冲。使用者必须理解 PWM 频率与 PWM 调制频率的不同之处。当 PWM 时钟为系统时钟 f_{SYS}，而 PWM 值为 8 位时，整个 PWM 周期的频率为 $f_{SYS}/256$。当芯片工作在 7+1 PWM 模式时，PWM 调制频率是 $f_{SYS}/128$，而工作在 6+2 PWM 模式时，PWM 调制频率是 $f_{SYS}/64$。PWM 频率和占空比说明如表 6-2 所示。

1) 6+2PWM 模式

通过一个 8 位的 PWM、PWM0 或 PWM1 寄存器控制，每个完整的 PWM 周期由 256 个时钟周期组成。在 6+2PWM 模式中，每个 PWM 周期又分成 4 个独立的子周期，称为调制周期 0～3，在表格中以"i"表示。4 个子周期各包含 64 个时钟周期。在这个模式下，得到以 4 为因数增加的调制频率。8 位的 PWM 寄存器分成 2 个部分，这个寄存器的值表明整个 PWM 波形的占空比。第一部分包括第 2 位～第 7 位，表示 DC 值，第二部分为第 0 位～第 1 位，表示 AC 值。在 6+2PWM 模式下，4 个调制子周期的占空比说明如表 6-3 所示。

表 6-2　PWM 频率和占空比说明

PWM 调制频率	PWM 频率	PWM 占空比
6+2 PWM 模式 $f_{SYS}/64$	$f_{SYS}/256$	PWM/256
7+1 PWM 模式 $f_{SYS}/128$		

表 6-3　6+2 PWM 模式占空比说明

参数	AC(0～3)	DC(占空比)
调制周期 $i(i=0\sim3)$	$i<AC$	(DC+1)/64
	$i\geqslant AC$	DC/64

图 6-13 表示 6+2 PWM 模式下 PWM 输出的波形。请特别注意单个的 PWM 周期是如何分成 4 个独立的调制周期的，以及 AC 值与 PWM 值的关系。6+2 PWM 模式 PWM 寄存器如图 6-14 所示。

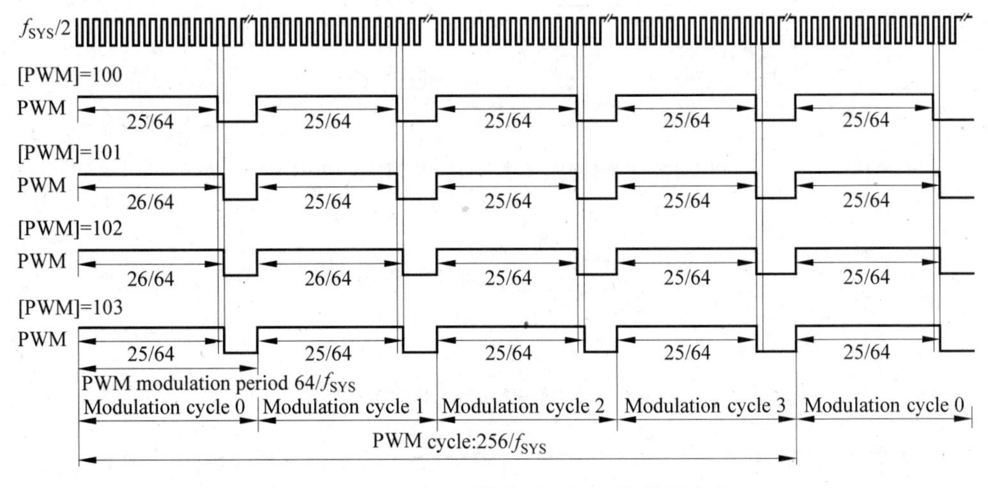

图 6-13　6+2 PWM 模式下 PWM 输出的波形

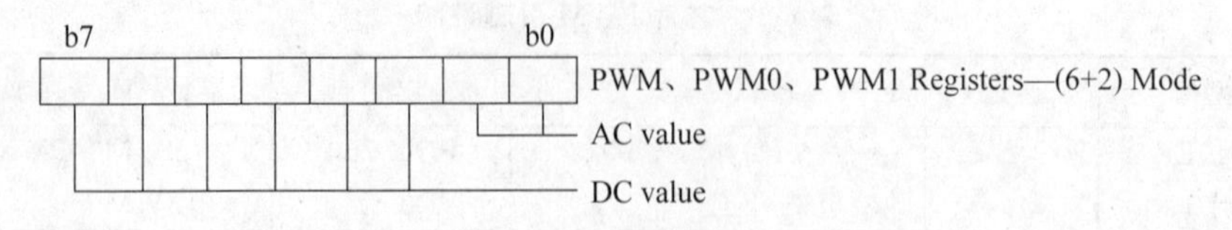

图 6-14　6+2 PWM 模式 PWM 寄存器

2）7+1 PWM 模式

通过一个 8 位的 PWM、PWM0 或 PWM1 寄存器控制，每个完整的 PWM 周期由 256 个时钟周期组成。在 7+1 PWM 模式中，每个 PWM 周期又分成 2 个独立的子周期，称为调制周期 0～1，在表格中以"i"表示。2 个子周期各包含 128 个时钟周期。在这个模式下，得到以 2 为因数增加的调制频率。8 位的 PWM 寄存器分成 2 个部分，这个寄存器的值表明整个 PWM 波形的占空比。第一部分包括第 1 位～第 7 位，表示 DC 值，第二部分为第 0 位，表示 AC 值。在7+1 PWM 模式下，2 个调制子周期的占空比说明如表 6-4 所示。

表 6-4　7+1 PWM 模式占空比说明

参数	AC(0～1)	DC(占空比)
调制周期 $i(i=0\sim1)$	$i<$AC	(DC+1)/128
	$i\geqslant$AC	DC/128

图 6-15 表示 7+1 PWM 模式下 PWM 输出的波形。请特别注意单个的 PWM 周期是如何分成 2 个独立的调制周期的，以及 AC 值与 PWM 值的关系。7+1 PWM 模式 PWM 寄存器如图 6-16 所示。

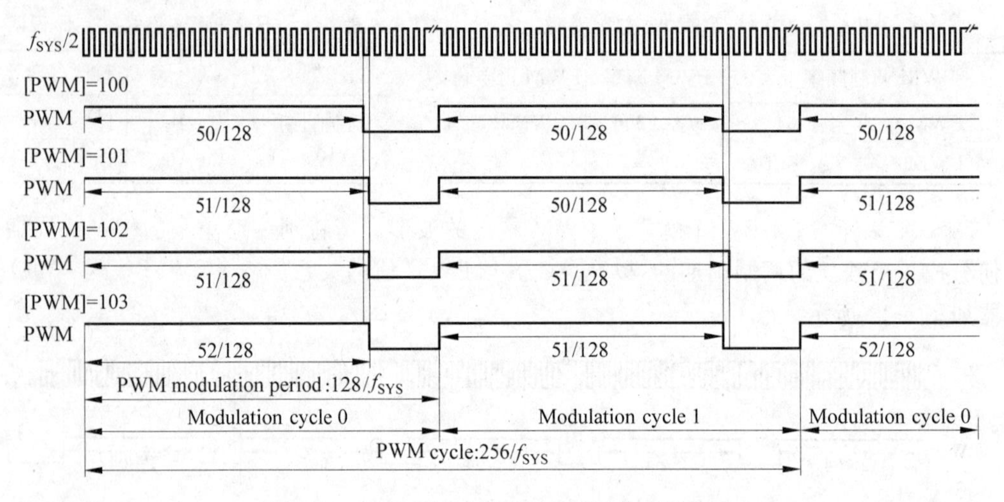

图 6-15　7+1 PWM 模式下 PWM 输出的波形

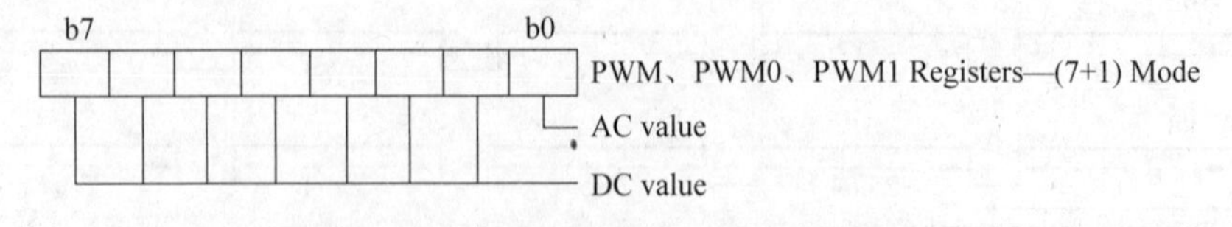

图 6-16　7+1 PWM 模式 PWM 寄存器

3）PWM 输出控制

此系列所有单片机的 PWM 输出均与 PD0 或 PD1 端口共用引脚。要使某个引脚作为

PWM 输出而非普通的 I/O 引脚，必须选择正确的 PWM 配置选项。I/O 端口控制寄存器 PDC 中相应的位也必须写“0”，以确保所需要的 PWM 输出引脚被设置为输出状态。在完成这两个初始化步骤以及将所要求的 PWM 值写入 PWM 寄存器之后，若将“1”写入 PD 输出数据寄存器的相应位，PWM 数据就会出现在引脚上；而将“0”写入 PD 输出数据寄存器的相应位，则会实现 PWM 输出功能并强制输出低电平。通过这种方式，可将 PD 数据输出寄存器作为 PWM 功能的开/关控制来使用。假如配置选项已经选择 PWM 功能，且在 PDC 控制寄存器中相应的位写入“1”，使其成为输入引脚，则此引脚作为带上拉电阻的正常输入端使用。

在此实验中全部采用“6＋2”的 PWM 模式，设置 AC 为“00”，则产生波形的占空比为 DC/64，DC 为 6 位，所以其取值范围为 0～63，这样 PWM 输出波形的占空比范围就为 0～63/64。所以，占空比为 0 时，输出为 0V；占空比为 63/64 时，输出为 5V×(63/64)＝4.921875V≈5V。所以可以通过设置 DC 的值来改变 PWM 的输出电平。在经过滤波器后，就会输出所设计的波形。例如，在设计正弦波时使其最低电平为 0V，最高电平为 5V，这样就可以设置 PWM 寄存器的值的范围为 00000000(0)～11111100(252)，对其进行采样，一个周期采样 32 次，以对 DC 的 0～63 的值近似地均分为32 份，最后再和 AC 的值组合起来作为 PWM 寄存器的值，只要不断地循环输出采样值，就可以看到正弦波。

对波形的采样值循环输出可以通过中断来实现，通过定时器设置中断时间，以每隔一定的时间输出一个采样值，形成频率稳定的波形，而且可以通过设定定时器的中断时间来改变波形的频率。中断时间可以通过设定定时器的分频值(TMRC 中的 PSC2、PSC1 和 PSC0)和预置寄存器(TMR)来实现。定时器可提供最大 8.192ms 的定时时间，则产生波形的最大周期为 8.192ms×32＝262.144ms。也就是波形的最小频率为 1/(262.44ms)≈3.8147Hz。但是中断时间不能设置太短，否则会导致主程序的执行时间过短，以致键盘的扫描时间过短，造成按键检测不灵敏。我们可以取这样的极限情况来考虑，假设中断执行时间为 30μs，但是设置的中断间隔刚好稍大于 30μs，以致刚跳出中断服务就又进入中断子程序，而不会对键盘进行扫描，这样键盘就失灵了。

使用 PWM 时，要在输出端口加入低通滤波器才能使输出波形不至于产生太大失真。可以使用简单的 RC 低通滤波器，如图 6-17 所示。在设计低通滤波器的时候要注意电阻和电容的大小，以使截止频率大于输出信号的最大频率。

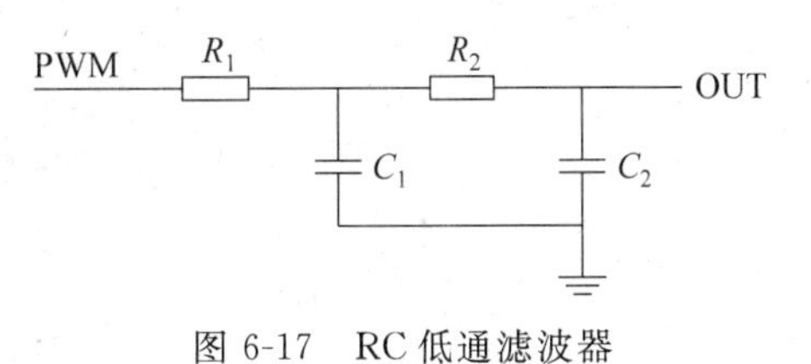

图 6-17　RC 低通滤波器

RC 低通滤波器的截止频率为：

$$f=\frac{1}{2\pi\sqrt{RC}}$$

$R_1C_1=R_2C_2$。设计低通滤波器时，若 $R_2 \gg R_1$，可拥有较佳的响应，因此使 $R_2=100R_1$。

此实验可以通过改变波形的直流偏置，也可以通过改变中断的时间间隔来改变波形的频率。

简易信号发生器实验所需元器件清单如表 6-5 所示。

表 6-5　简易信号发生器实验所需元器件清单

实验所需元器件名称	实验所需元器件数量	实验所需元器件名称	实验所需元器件数量
离型纸	1 张	TL084 运算放大器芯片	1 个
覆铜板	1 块	TL084 运算放大器芯片插座	1 个
砂纸	1 片	微动开关	6 个
电熨斗	1 个	300kΩ 电阻	1 个
打印机	1 台	1.2kΩ 电阻	1 个
签名记号笔	1 支	120kΩ 电阻	1 个
三氯化铁	若干	33kΩ 电阻	1 个
腐蚀液容器	1 个	100kΩ 电阻	1 个
自制定位针	若干	10kΩ 电阻	1 个
钻孔机	1 个	0.047μF 电容	1 个
电烙铁	1 个	1nF 电容	1 个
焊锡	若干	10nF 电容	1 个
助焊剂	若干	100nF 电容	1 个
HT46F49E 芯片	1 个	4MHz 晶振	1 个
HT46F49E 芯片插座	1 个	稳压电源	1 个
接插件	1 排	示波器	1 台

电路原理图如图 6-18 所示。

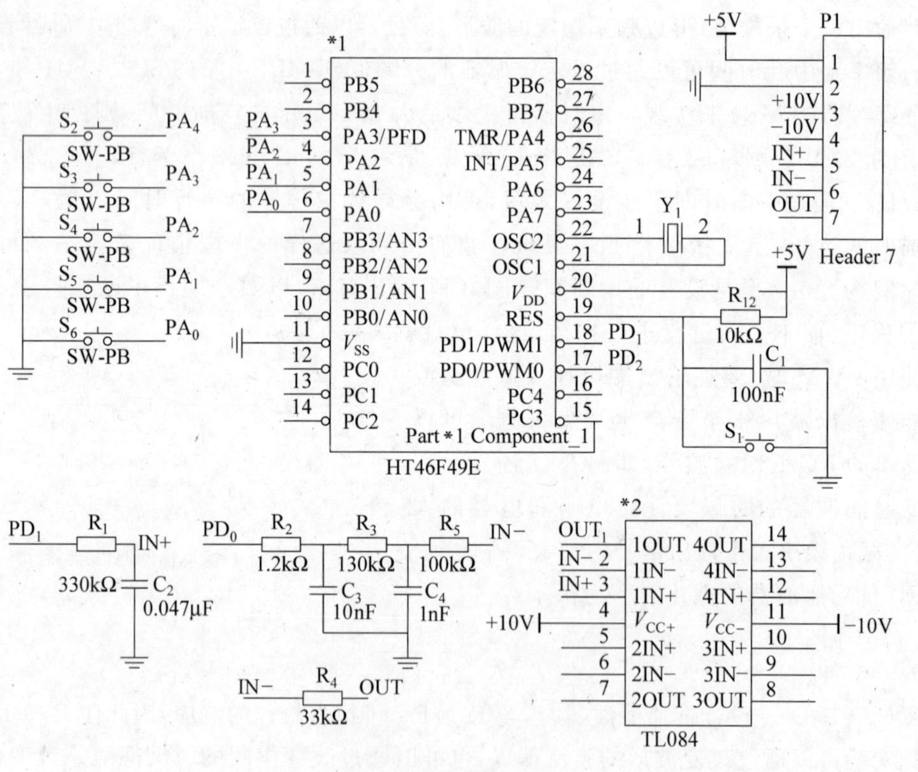

图 6-18　电路原理图

电路连接 PCB 图如图 6-19 所示。

实验电路板如图 6-20 所示。

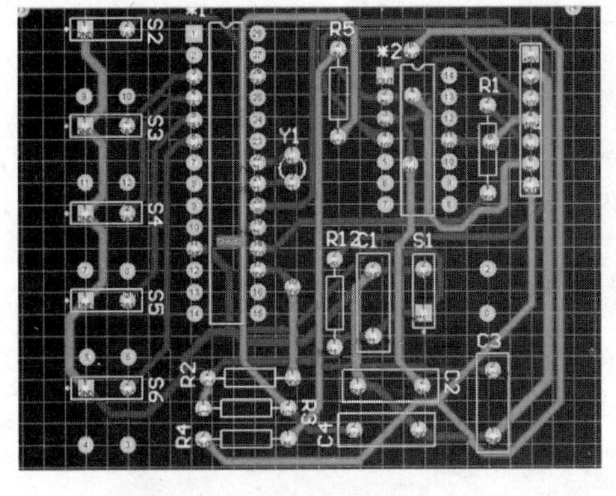

图 6-19　电路连接 PCB 图

图 6-20　实验电路板

简易信号发生器可以产生 4 种信号：正弦波、方波、三角波和锯齿波，通过按下波形变换按键可以改变产生的波形，也可以通过按下频率和直流偏置的按键改变相应的波形参数。各种信号如图 6-21～图 6-24 所示。波形对比如图 6-25 和图 6-26 所示。

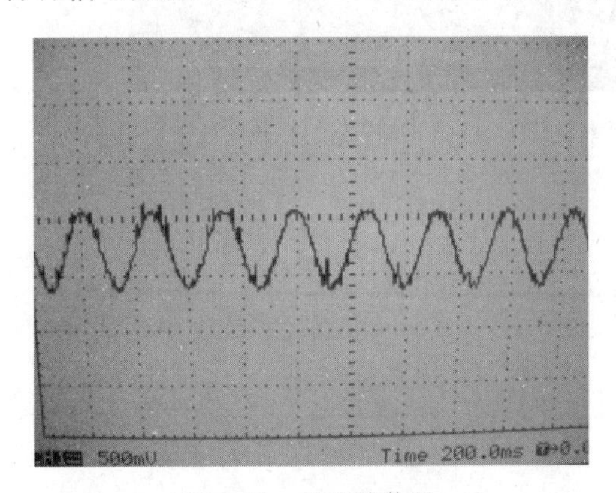

图 6-21　正弦波信号

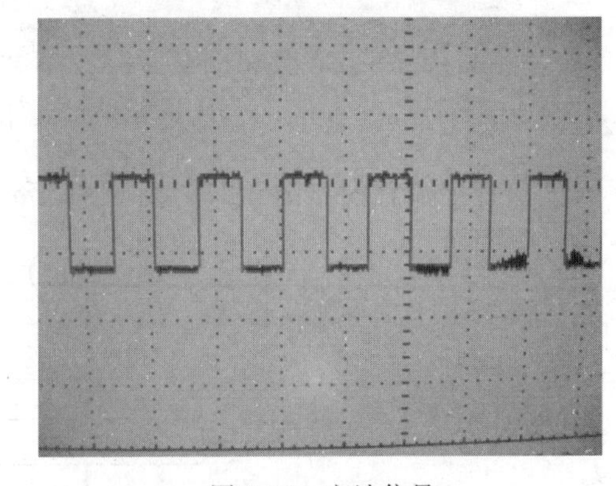

图 6-22　方波信号

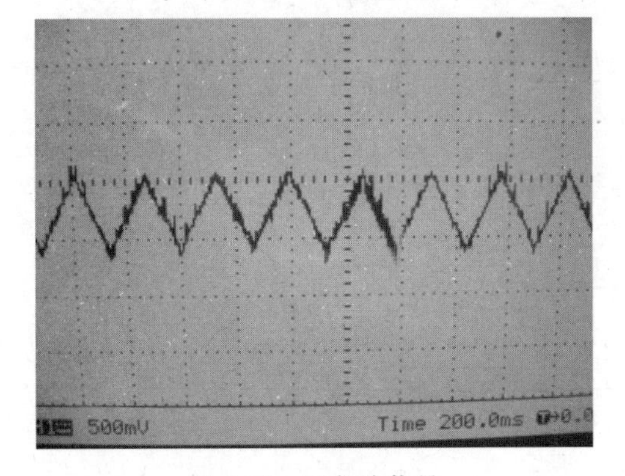

图 6-23　三角波信号

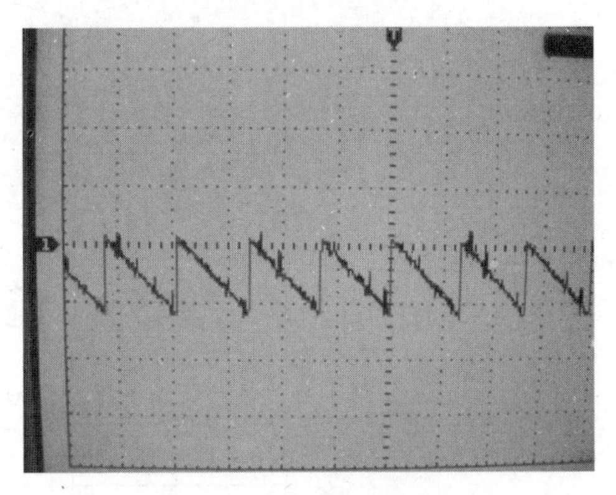

图 6-24　锯齿波信号

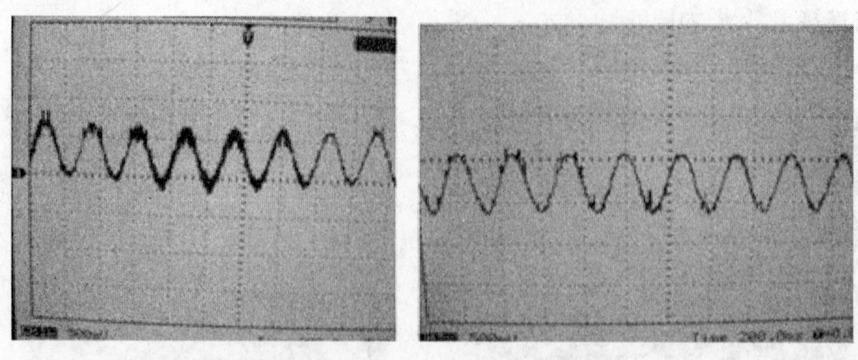

图 6-25　不同直流偏置波形的对比

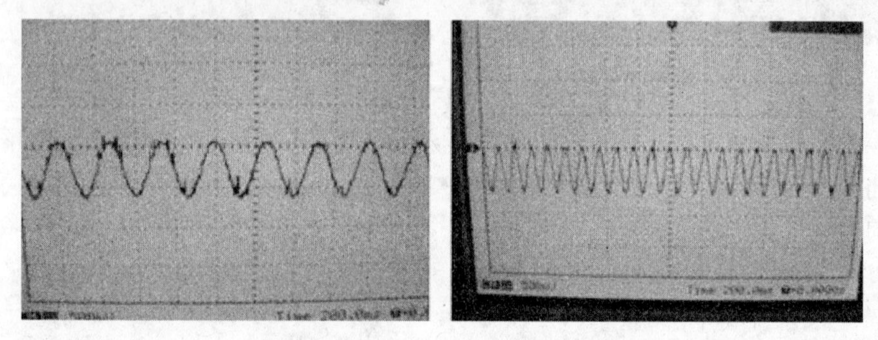

图 6-26　不同频率波形对比

实验程序流程图如图 6-27～图 6-31 所示。

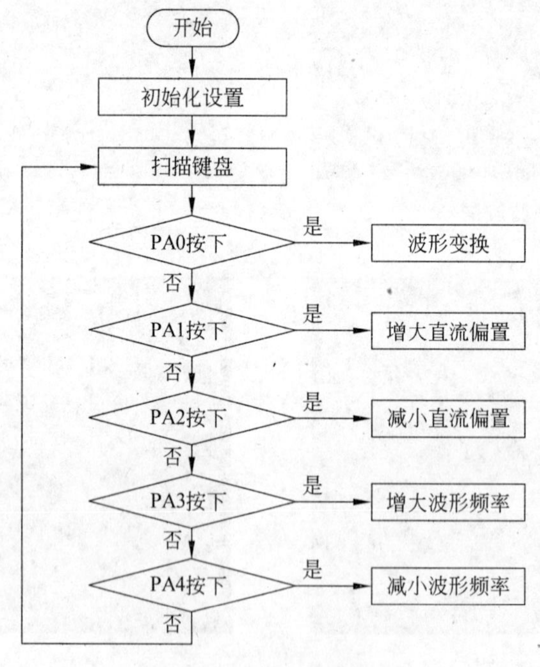

图 6-27　主程序流程图

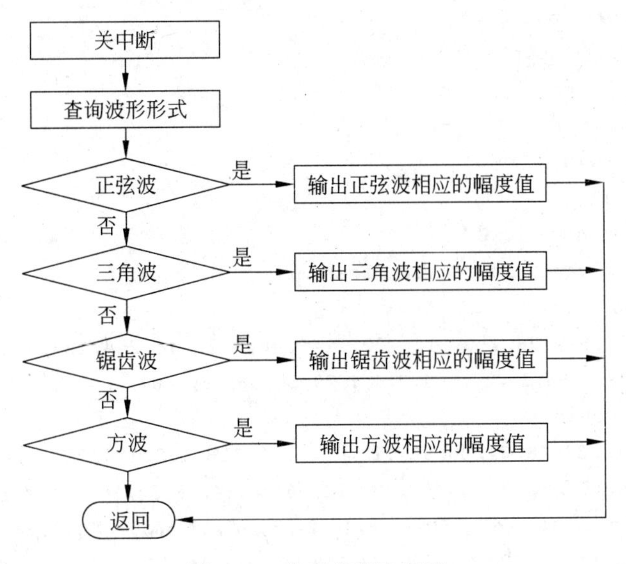

图 6-28　中断程序流程图

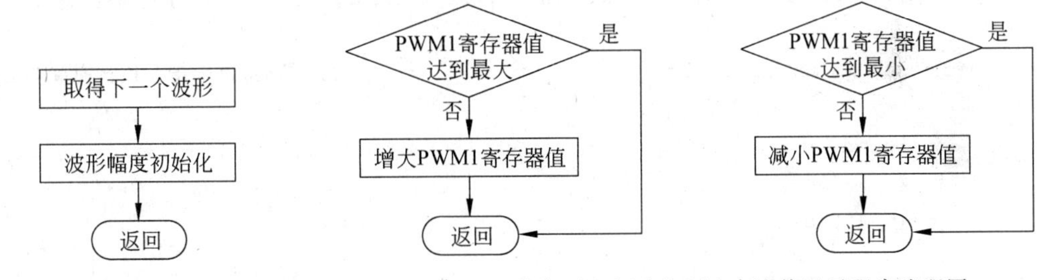

图 6-29　波形变换子程序流程图

图 6-30　增大(左)和减小(右)直流偏置子程序流程图

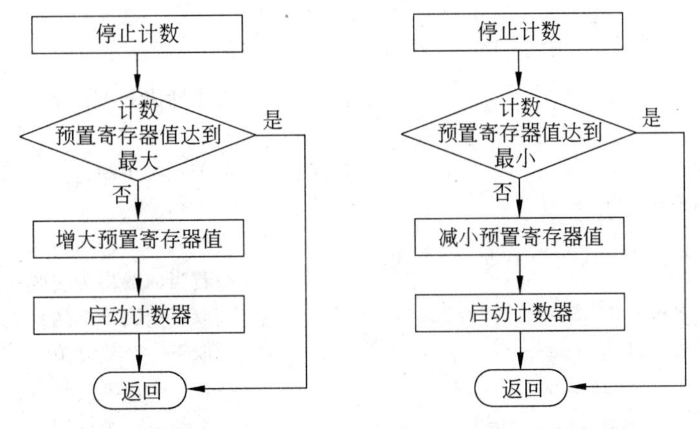

图 6-31　增大(左)和减小(右)波形频率子程序流程图

实验 C 语言程序为：

```
#include "HT46F49E.h"
#define DCPort _pd0
#define DCPortc _pdc0
```

```
#define WavePort _pd1
#define WavePortc _pdc1
#define KeyPort _pa
#define KeyPortc _pac
#define Wave _pwm0
#define DC _pwm1
#pragma vector isc_8 @0x8                                          //中断服务入口
unsigned char signal,AmplitValue,lasttmr;
const unsigned char
SINE[32]={128,152,176,196,216,232,224,248,252,248,244,232,216,196,176,152,128,
        100,76,56,36,20,8,4,0,4,8,20,36,56,76,100};              //正弦波幅度采样值
const unsigned char
TRIA[32]={0,16,32,48,64,80,96,112,128,140,156,172,188,204,220,236,252,236,220,
        204,188,172,156,140,128,112,96,80,64,48,32,16};          //三角波幅度采样值
const unsigned char SAWTOOTH[32]={0,8,16,24,32,40,48,56,64,72,80,88,96,104,112,120,128,
132,140,148,156,164,172,180,188,196,204,212,220,228,236,244};      //锯齿波幅度采样值
const unsigned char RECTANGLE[32]={0x0,0x0,0,0,0,0,0,0,0,0,0,0,0,0,0,0,252,252,
252,252,252,252,252,252,252,252,252,252,252,252,252,252};          //方波幅度采样值
/*延时1ms*/
void delay_ms(unsigned int a)                          //4MHz晶振,每个指令执行时间为1μs
{
    unsigned int b;
    for(a;a>0;a--)
    for(b=125;b>0;b--)
    {
        _delay(8);                                     //内置子程序,可以直接调用
    }
}

void isc_8()                                           //中断服务子程序
{
    _eti=0;                                            //关定时中断
    switch(signal)
    {
        case 0:                                        //若当前输出为正弦波
            Wave=SINE[AmplitValue];                    //取正弦波幅度送到PWM寄存器
            AmplitValue++;                             //取下一个幅度值
            if(AmplitValue==32)                        //若一个周期完毕
                AmplitValue=0;                         //重新下一个周期
            break;                                     //跳出
        case 1:                                        //若当前输出为三角波
            Wave=TRIA[AmplitValue];                    //取三角波幅度送到PWM寄存器
            AmplitValue++;                             //取下一个幅度值
            if(AmplitValue==32)                        //若一个周期完毕
                AmplitValue=0;                         //重新下一个周期
```

```
            break;                                  //跳出
        case 2:                                     //若当前输出为锯齿波
            Wave=SAWTOOTH[AmplitValue];             //取锯齿波幅度送到 PWM 寄存器
            AmplitValue++;                          //取下一个幅度值
            if(AmplitValue==32)                     //若一个周期完毕
                AmplitValue=0;                      //重新下一个周期
            break;                                  //跳出
        case 3:                                     //若当前输出为方波
            Wave=RECTANGLE[AmplitValue];            //取方波幅度送到 PWM 寄存器
            AmplitValue++;                          //取下一个幅度值
            if(AmplitValue==32)                     //若一个周期完毕
                AmplitValue=0;                      //重新下一个周期
            break;                                  //跳出

    }
    _eti=1;                                         //关中断
}
void ChangeWave()                                   //波形变换子程序
{
    signal++;                                       //取下一个波形
    AmplitValue=0;                                  //幅度重新开始取值
    if(signal==4)
        signal=0;
}
void IncreaseDC()                                   //增大直流偏置子程序
{

    if(DC<128)
    {
        DC+=32;
    }

}
void DecreaseDC()                                   //减小直流偏置子程序
{
    if(DC!=0)
    {
        DC-=32;
    }
}
void IncreaseFre()                                  //增大频率子程序
{
        _ton=0;                                     //停止计数
    if(lasttmr<150)
    {
```

```
        lasttmr+=50;                                        //增加预置计数寄存器值
        _tmr=lasttmr;
    }
    _ton=1;                                                 //开启计数
}
void DecreaseFre()                                          //减小频率子程序
{
    _ton=0;                                                 //停止计数
    if(lasttmr!=0)
    {
      lasttmr-=50;                                          //减小预置寄存器值
      _tmr=lasttmr;
    }
    _ton=1;                                                 //开启计数
}
/*****************************主程序*******************************/
void main()
{
    _pac=0xff;                                              //PA 口为输入模式
    _intc=0x05;                                             //开启定时中断
    _tmrc=0x87;//10000111                                   //设置定时/计数器参数
    _pdc=0x0;                                               //PA 口为输出模式
    _tmr=0;                                                 //最低频率
    signal=0;                                               //初始波形为正弦波
    DC=0;                                                   //初始偏置
    AmplitValue=0;                                          //数组初始为取数组的第一个
    lasttmr=0;
    DCPort=1;                                               //使能 PWM0
    WavePort=1;                                             //使能 PWM1
    _ton=1;                                                 //开始计数
    while(1)
    {
        delay_ms(50);
            switch(KeyPort)
            {
                case 0xfe:                                  //PA0 按下
                     ChangeWave();                          //改变波形显示
                     break;
                case 0xfd:                                  //PA1 按下
                     IncreaseDC();                          //增加直流偏置
                     break;
                case 0xfb:                                  //PA2 按下
                     DecreaseDC();                          //减小直流偏置
                     break;
                case 0xf7:                                  //PA3 按下
                     IncreaseFre();                         //增大波形频率
                     break;
```

```
            case 0xef:                      //PA4 按下
                DecreaseFre();              //减小波形频率
                break;
            default: break;                 //没有按键按下

        }
    }
}
```

6.3 电话自动录音装置

电话自动录音即通过单片机检测电话线路上的摘挂机信号，通过串口通信控制 PC 的软件进行录音，当检测到电话摘机时，开始录音，挂机时停止录音。

实验可以分成 5 个部分，分别是电话音频输入、摘挂机检测、CPU 控制、单片机与 PC 通信和 PC 的录音存储部分。

电话自动录音实验所需元器件清单如表 6-6 所示。

表 6-6 电话自动录音实验所需元器件清单

实验所需元器件名称	实验所需元器件数量	实验所需元器件名称	实验所需元器件数量
离型纸	1 张	RS232 接口接头	1 个
覆铜板	1 块	1nF 电解电容	5 个
砂纸	1 片	100nF 电容	2 个
电熨斗	1 个	晶振 4MHz	1 个
打印机	1 台	10kΩ 电阻	1 个
签名记号笔	1 支	680Ω 电阻	1 个
三氯化铁	若干	10MΩ 电阻	2 个
腐蚀液容器	1 个	4.7MΩ 电阻	1 个
自制定位针	若干	84kΩ 电阻	1 个
钻孔机	1 个	微动开关	1 个
电烙铁	1 个	IN4148 二极管	2 个
焊锡	若干	IN4007 二极管	4 个
助焊剂	若干	IN4774 二极管	1 个
HT46F49E 芯片	1 个	600Ω 音频隔离变压器	1 个
HT46F49E 芯片插座	1 个	BC546 三极管	2 个
MAX232 电平转换芯片	1 个	光耦元件 NEC2501	1 个
MAX232 电平转换芯片插座	1 个		

实验电路图如图 6-32～图 6-35 所示。

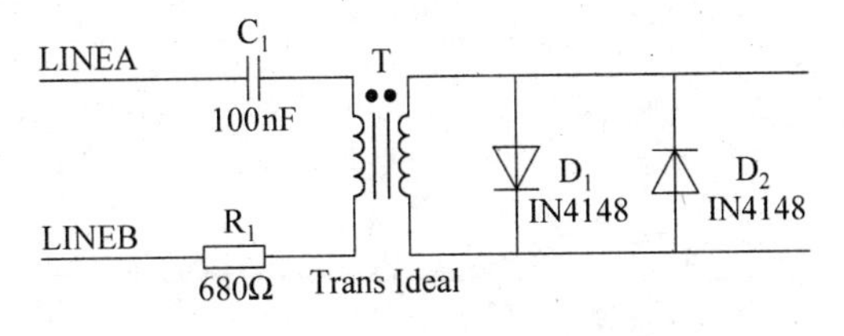

图 6-32 电话音频输入电路

在电话音频输入电路中使用600Ω的音频隔离变压器，其主要作用是实现线路平衡与非平衡之间的转换，电话线路是平衡的，但是电话线路外的电路一般是非平衡的，所以需采用音频隔离变压器进行转换。

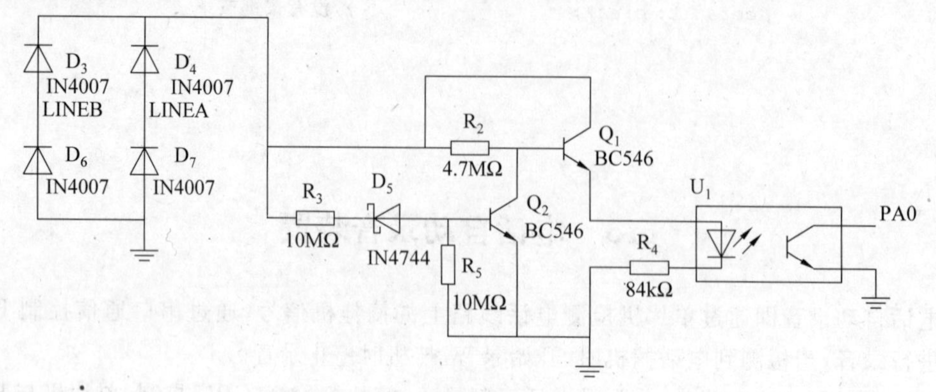

图 6-33　电话摘挂机检测电路

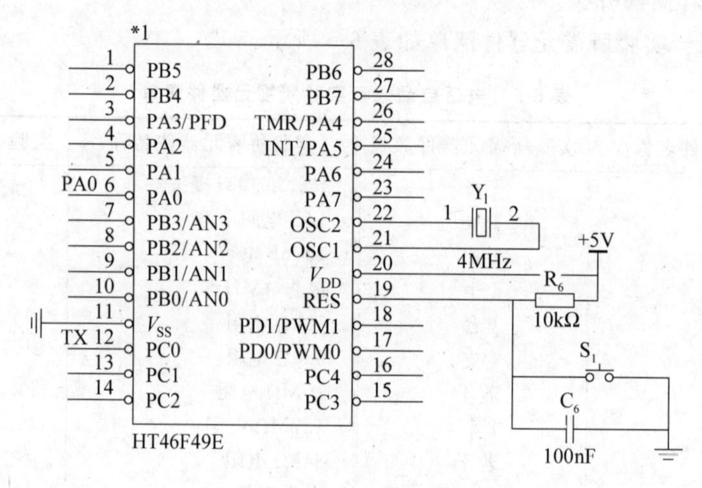

图 6-34　CPU 控制电路

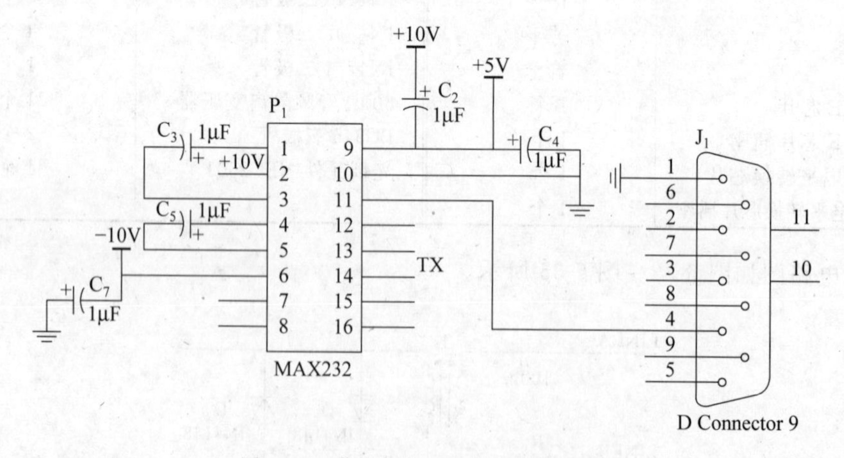

图 6-35　单片机与 PC 串口通信电路

摘挂机检测电路中，电话线路挂机时的线路电压为48～50V，摘机时的线路电压为6～7V，由于摘机时线路电压极性是不确定的，所以一定要加全波整流电路，通过光耦器件NEC2501来保护CPU(单片机)不受损坏，这样在光耦元件的输出端就会产生高低电平，单片机只需要检测该高低电平，就可以检测出电话线路的摘挂机状态。

CPU控制电路部分比较简单，只是简单地检测摘挂机电路输出的高低电平，然后再送出高低电平信号。因为单片机要跟PC进行串口通信，所以要以一定的波特率输出一串高低电平信号，通知PC的软件开始录音或停止录音。

单片机与PC的串口通信部分电路主要完成电平转换，因为使用RS232通信时的接口电平与单片机的TTL电平不一致，所以要进行转换，这里利用电平转换芯片MAX232来实现。此实验的设计参考了一个有趣的DIY(Do It Yourself)网站(http://www.elektronika.ba/)，具体的设计资料可以登录该网站查询。实验电路板如图6-36所示。

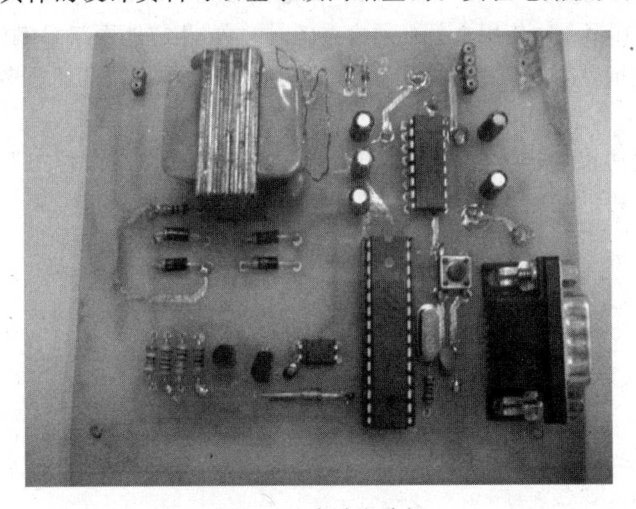

图6-36　实验电路板

计算机录音软件界面如图6-37所示。

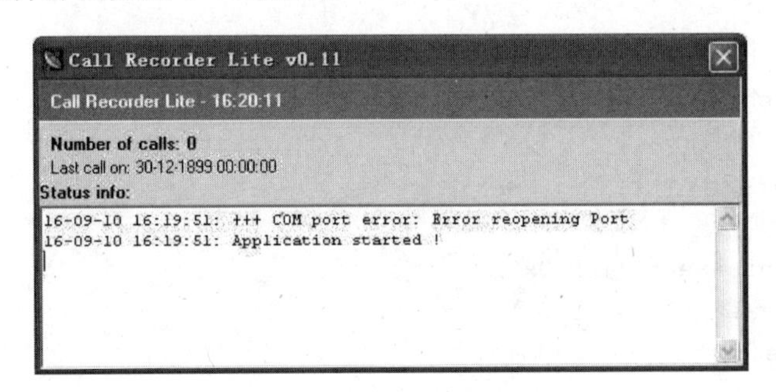

图6-37　计算机录音软件界面

计算机录音软件设置窗口如图6-38所示。

因为此实验涉及单片机与PC的串口通信，所以发送的数据要严格同步。若用汇编语言设计程序，可以很轻松地计算每条指令的时间，也可以方便地设计数据比特的同步，而利用C语言设计程序时，需要编译器首先将C语言编译成汇编程序，这样在编译后就不太清楚时间是否同步。下面用串行端口传输范例来介绍串口通信的时间同步问题。

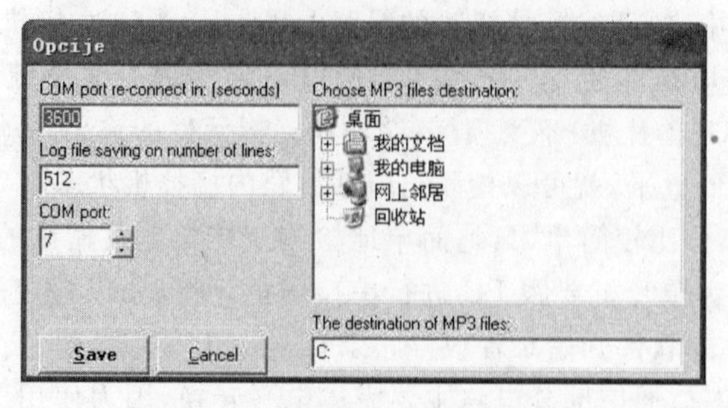

图 6-38　计算机录音软件设置窗口

这个范例将介绍如何使用 HOLTEK C 语言编写时间要求严格的程序。因为翻译 C 语言后生成怎样的指令代码取决于编译器，所以下面范例中的延时常数可能会因为编译器版本的不同而不同。所以在第一次使用之前必须检查延时常数，相应地更新 C 编译器和单片机型号。由 C 编译器产生的指令取决于程序存储器或数据存储器是单区块的还是多区块的。

1）初始程序

串行端口传输协议规定 1 位起始位“0”，8 位数据位，1 位结束位“1”。下面是针对单区块数据存储器单片机的初始程序。

```
//set address 0x12 bit 1 to be output pin (PA1)
#define tx _12_1
unsigned char sent_val;
void main()
{
    _13_1=0;                                //set PA1 as output pin
    sent_val='a';
    transmit();
}
void transmit()
{
    unsigned char sent_bit;
    unsigned char i;
    tx=0;                                   //L1 start bit
    for(i=0; i<8; i++)
    {
        sent_bit=sent_val & 0x1;
        sent_val>>=1;
        if (sent_bit)
        {
            tx=1;                           //L2
        }
        else
        {
            tx=0;                           //L3
        }
    }
```

```
    tx=1;                                    //L4 stop bit
}
```

上例中的 transmit()函数在传送的波特率上是不正确的。为了匹配传输波特率，需要计算合适的延迟时间插入传送每一位之前或之后。因为汇编语言的输出“0”和“1”的语句是不同的，所以最好使用不同的 C 语句分别输出“0”和“1”。因此建议将语句

```
tx=sent_bit;
```

替换成

```
if (sent_bit)
{
    tx=1;                    //L2
}
Else
{
    tx=0;                    //L3
}
```

语句 tx=sent_bit 不能决定是传送“0”还是传送“1”。

2）调节传输时序

现在需要调节时序，使得所有传输过程(L1 到 L2，L1 到 L3，L2 到 L3，L3 到 L2，L2 到 L4 或 L3 到 L4)的指令周期数都相同。在 HT-IDE3000 编译程序后，出错窗口被激活。

(1) 调节 L1 到 L2 和 L1 到 L3。

① 在 L1、L2、L3 处设置断点，打开 View 菜单下的 Cycle Count 窗口。

② 运行 ICE 3000 后停止在 L1 处。

③ 在 Windows 菜单下的 Watch 窗口中，更改 sent_val 数值为 1。

④ 复位 Cycle Count。

⑤ 运行 ICE 3000 后停在 L2 处，Cycle Count=0x11。

⑥ 复位 ICE 3000。

⑦ 运行 ICE 3000 后停止在 L1 处。

⑧ 在 Watch 窗口中，更改 sent_val 数值为 0。

⑨ 复位 Cycle Count。

⑩ 运行 ICE 3000 后停在 L3 处，Cycle Count=0x12。

现在，我们知道 L1 和 L2 间的指令周期比 L1 和 L3 间的指令周期多 1 个，因此应该在 L2 之前增加一个指令周期的延迟，这样从 L1 到 L2 和从 L1 到 L3 的指令周期就都等于 0x12。

```
if (sent_bit)
{
    _delay(1);                         //add this statement
    tx=1;                              //L2
}
```

(2) 调节 L2 到 L3 和 L3 到 L2。

使用已修改的代码来做下面的测试。

① 在 L1、L2、L3 处设置断点。

② 运行 ICE 3000 后停止在 L1 处。

③ 在 Watch 窗口中，更改 sent_val 数值为 5(00000101b)。

④ 运行 ICE 3000 后停在 L2 处。

⑤ 复位 Cycle Count。

⑥ 运行 ICE 3000 后停止在 L3 处，Cycle Count＝0x12。

⑦ 复位 Cycle Count。

⑧ 运行 ICE 3000 后停在 L2 处，Cycle Count＝0x10。

现在，L2 和 L3 间的指令周期是 0x12，L3 和 L2 间的指令周期是 0x10，因此需要在 L3 之后增加两个指令周期的延迟。

```
else
{
    tx=0;                              //L3
    _delay(2);                         //add this statement
}
```

在 HT IDE3000 的 Watch 窗口中，输入. sent_val 再按 Enter 键。可以看到 ì. sent_val :[xxH]＝nnî 这样的显示内容。这时就可以将 nn 修改成 01。注意不要忘记在完成修改后按 Enter 键，否则数值不会被改变。

在 L3 之前增加延迟是错误的，因为这样会延长 L1 到 L3 的时间。

(3) 调节 L2 到 L4 和 L3 到 L4。

至此，(L1，L2)、(L1，L3)、(L2，L3)、(L3，L2)区间里的指令周期都已经相同。只剩下 L2 和 L4 需要检查。使用易更改的程序作下面的测试。

① 在 L1、L2、L4 处设置断点。

② 运行 ICE 3000 使程序停至 L1。

③ 在 Watch 窗口中，更改 sent_val 数值为 0x80。

④ 运行 ICE 3000 使程序停至 L2。(最后的循环)

⑤ 复位 Cycle Count。

⑥ 运行 ICE 3000 使程序停至 L4。Cycle Count＝0x08。

则 L4 之前的延迟指令周期应该是 10(0x12－0x08)。

```
_delay(10);                            //add this statement
tx=1;                                  //L4 stop bit
```

至此，所有的传输时间都是相同的 18 个指令周期了。

3) 波特率匹配调节

$$波特率 = 系统时钟频率 \times (传输 1 位所需指令周期数)/4$$

传输 1 位所需指令周期数＝$X+18$，X 是额外的延迟指令周期。所以 X 的求取公式为：

$$X = (系统时钟频率 / 波特率 /4) - 18$$

例如，系统时钟频率为 4MHz 且波特率为 9600，则 X 等于 86。

下面是最终得到的程序。

```
#define tx _12_1
unsigned char sent_val;
void transmit()
{
    unsigned char sent_bit;
    unsigned char i;
    tx=0;                                   //L1 start bit
    for(i=0; i<8; i++)
    {
        sent_bit=sent_val & 0x1;
        sent_val>>=1;
        _delay(86);                         //add this statement
        if (sent_bit)
        {
            _delay(1);                      //add this statement
            tx=1;                           //L2
        }
        else
        {
            tx=0;                           //L3
            _delay(2);                      //add this statement
        }
    }
    _delay(86+10);                          //add this statement
    tx=1;                                   //L4 stop bit
    _delay(86);                             //add this statement
}
```

接收部分和上面类似。

实验中设置单片机和PC的通信数据发送波特率为9600Baud,所以发送的两个比特数据之间的时间间隔约为104μs。

程序流程图如图6-39和图6-40所示。

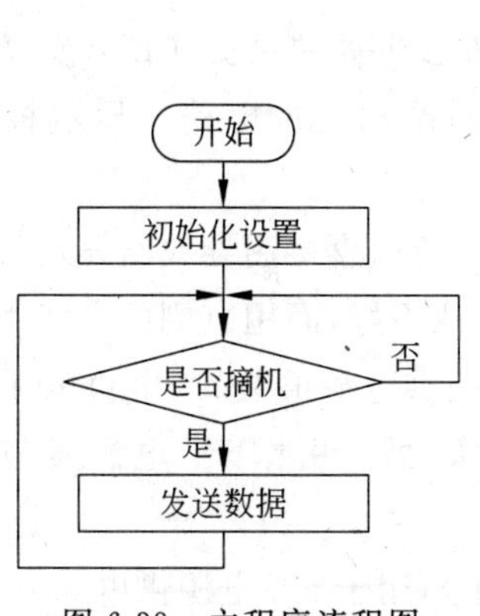

图6-39　主程序流程图

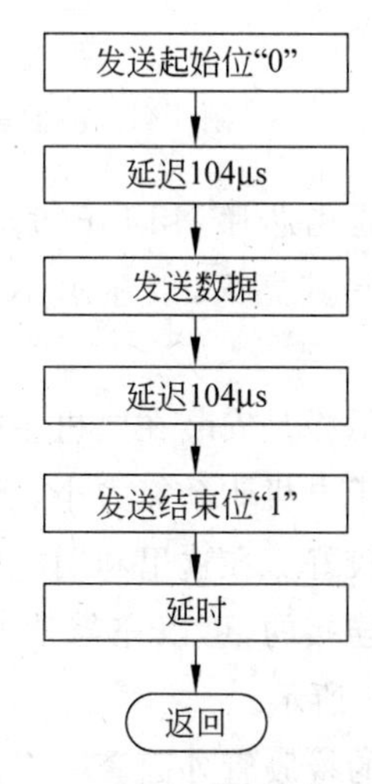

图6-40　发送子程序流程图

6.4 旋转字符

实验采用 HT46F49E 控制 LED 灯显示字符。在用手快速挥舞荧光棒时，如果荧光棒是亮的，那么就会出现一个闪亮的光面。本实验就是利用眼睛的视觉暂留效应，使一排 LED 灯快速地旋转，在旋转过程中通过控制一些 LED 灯的亮灭显示出一些字符，具有很好的观赏性。

人的视觉暂留时间约为(1/24)s，即 LED 灯的转速至少为 24r/s。通过不断地向单片机的 I/O 口送各个显示字符的列，每送完一列 LED 灯的显示编码再延迟适当的时间，然后再送出另一列，再延迟适当时间，如此直到将字符每列的编码送出，且要在一圈之内将所有的显示字符编码送出完，否则将会出现显示列的重叠，影响正常显示。在每送出一个字符的显示编码后要延迟适当的时间以区别于另一个字符。且在将全部的字符显示完毕后要延迟一段时间，直到此圈显示完毕。

1）硬件部分

实验硬件包括底座和显示板。其中底座用于固定电机和供电，显示板固定在电机的主轴上，用于字符的显示。底座主要由电源和电机组成，有 9V 电源和 5V 电源，9V 电源用于电机的供电，5V 电源用于芯片及其外围电路的供电。5V 电源是由 9V 电源经过稳压管 7805 得到的。电源电路图如图 6-41 所示。

微型电机如图 6-42 所示。

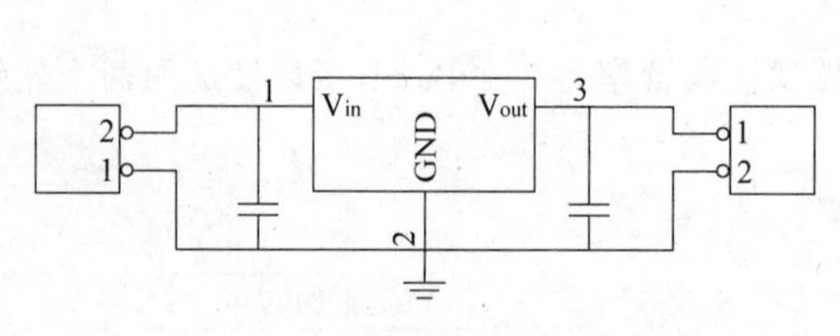

图 6-41　电源电路

图 6-42　微型电机

显示板是由芯片 HT46F49E 和外接电路组成的，外接电路主要是 LED(发光二极管)，由芯片来控制其亮灭，以显示不同的字符，此外还有晶振和复位电路。显示板电路图如图 6-43 所示。

因为显示板是安装在电机主轴上，需要不停地旋转，所以直接用导线给显示板供电是不方便的。由于电机驱动能力小，所以在显示板上安装电池不好，而用电刷的方式由底座给显示板供电比较好。在这里利用电刷的原理制作了一个提供电源的装置，电机的主轴和外壳之间是直接连接的，可以充当地线。在主轴上套一个橡胶管，用作 5V 电源线与地线的绝缘，如图 6-44 所示。

在绝缘的橡胶管外面套一个金属管(如图 6-45 所示)，用于 5V 电源供电。

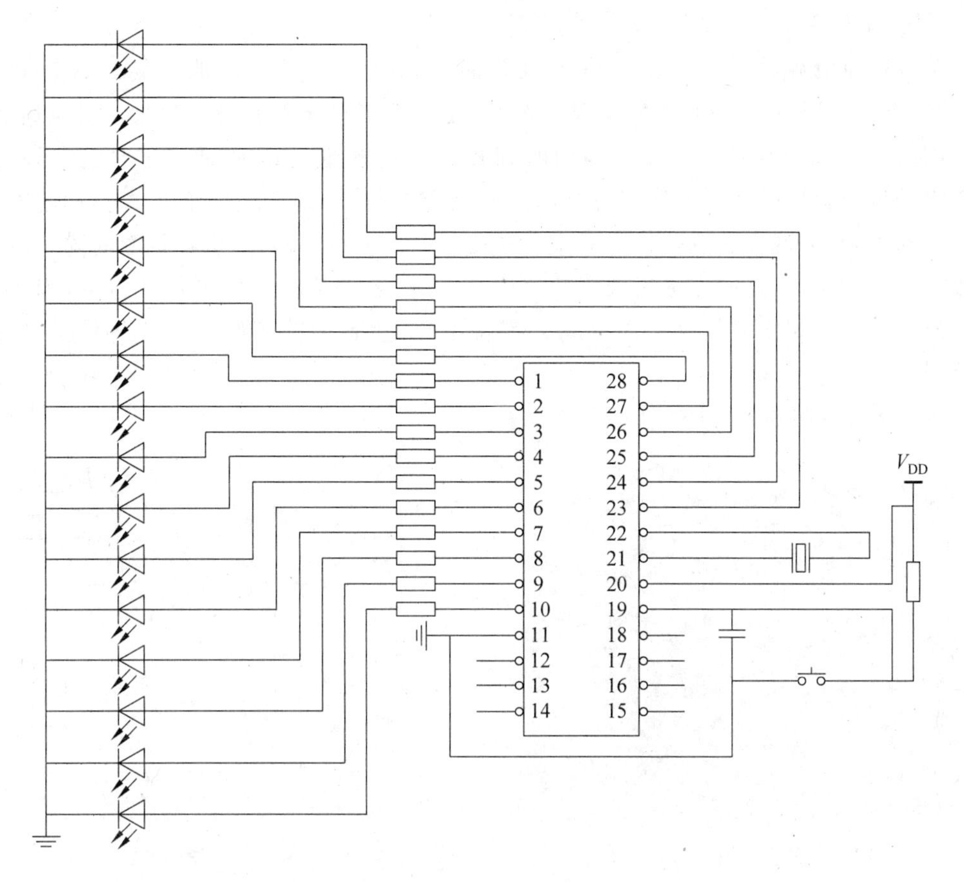

图 6-43 显示板电路图

图 6-44 绝缘套管

图 6-45 金属管

电刷可以用一根韧性较强的金属线充当，将金属线固定在底座上，使其紧靠金属套管，如图 6-46 所示。

将金属套管焊接在显示板上，并将金属条固定在基板上，然后将显示板安装在基板上。注意不要使金属套管与电机的外壳接触，以免造成短路。金属条要紧贴金属套管，以保证接触良好。连接完毕要将电机的转轴与显示板的地线连接在一起。金属套管与显示板的

“+5V”引脚连接。

基板接通电源后，显示板就会在电机的带动下旋转，芯片不断地给接在 A 口和 B 口的 LED 送 0、1 码，由于人眼的视觉暂留效应，会形成各种字符并显示出来，人眼的视觉暂留时间约为(1/24)s，只要旋转一圈的时间短于人的视觉暂留时间就会形成字符画面。在人眼的视觉暂留时间内要使字符显示画面完全重叠，否则会使画面失真。这就要求时间完全同步，其实现方法有两种：一种方法是电机转速一定，单片机在每圈的同一时间送出相同的字符编码，这种方法比较复杂；另一种方法是安装霍尔传感器，通过检测传感器的信号使芯片在相同的位置送出相同的字符编码，达到字符近似重叠，这种方法比较容易控制。

显示字符如图 6-47～图 6-49 所示。

图 6-46　金属线的固定方法示意图

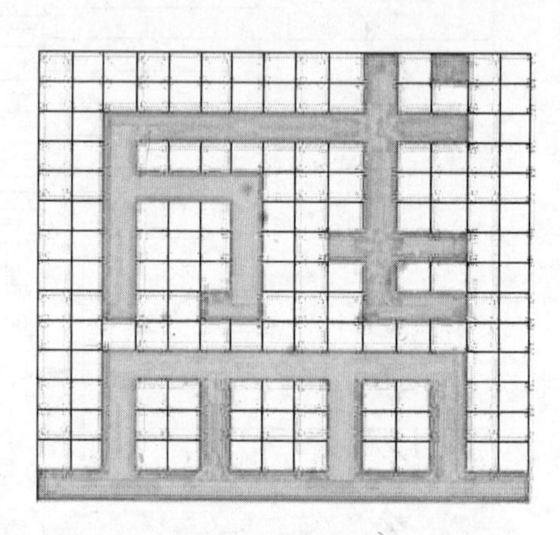

图 6-47　字符“盛”

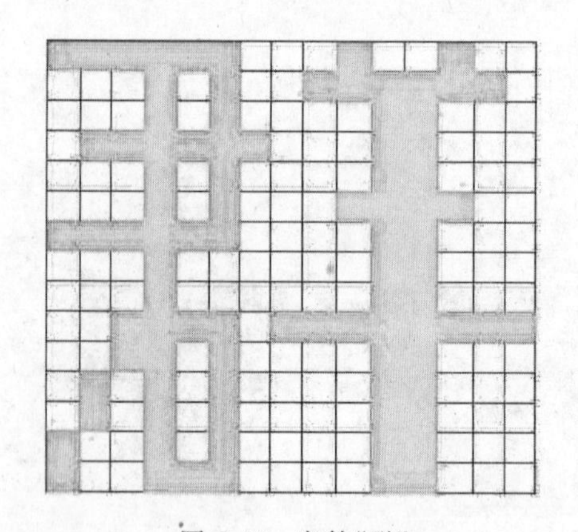

图 6-48　字符“群”

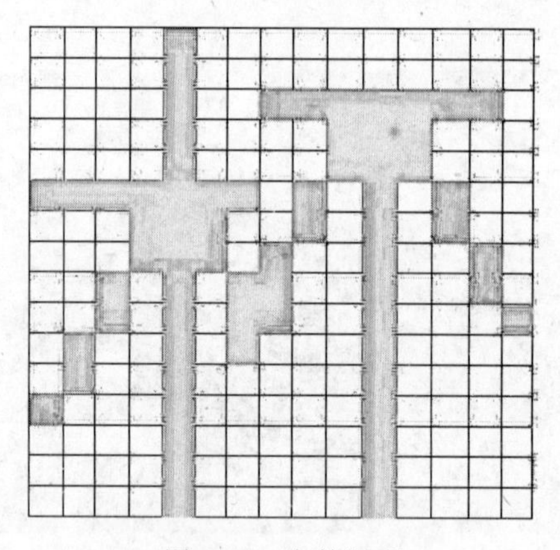

图 6-49　字符“杯”

2）软件部分

将设计好的字符每隔一定时间逐列送出，并且在一个字符显示完毕后延迟较长的一段时间再显示下一个字符。在显示完全部的字符后延迟更长的一段时间，以便重新显示字符。程序流程图如图 6-50 和图 6-51 所示。

本实验参考网上的资料《匠人的百宝箱》——DIY 旋转时钟。

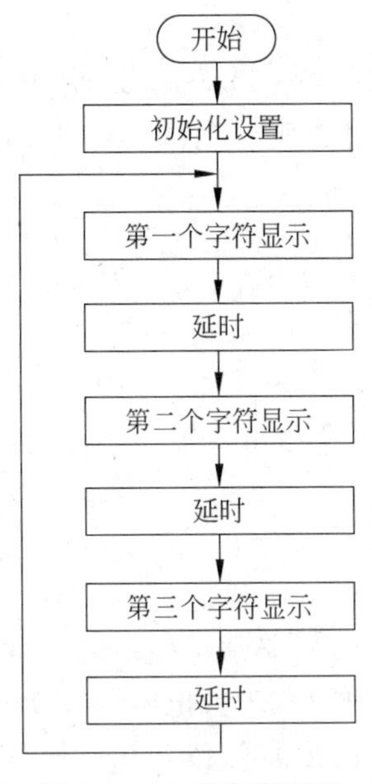

图 6-50　主程序流程图

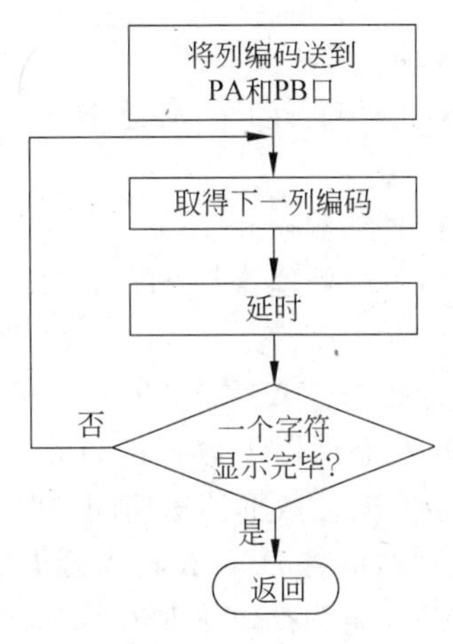

图 6-51　子程序流程图

6.5　温湿度测量

温湿度是工农业生产、科学试验以及日常生活中普遍需要进行监测的重要物理量，本设计利用温湿度传感器 SHT11 采集数据，并通过核心芯片 HT46F49E 将采集到的信息反馈到计算机上，再利用 B/S 模式将数据形象地表示出来，这对于提高生产效率，提供舒适的工作环境都有十分重要的意义。

1. 工作原理概述

本设计主要完成温湿度的检测以及将检测到的结果在计算机上进行直观的显示任务。温湿度传感器将采集到的数据传送给主控芯片，再利用 RS232 将数据输入计算机，通过 B/S 的模式将温湿度的变化曲线形象地表示出来。测量数据曲线的显示界面可以查看本书配套网站中"多媒体视频资料"，该作品可以直接在界面下方读取测量数据，也可以通过变化曲线进行定量的分析，测量的数据可以通过单击"存储数据"按钮存储到数据库中，也可以通过单击"停止"和"清空"按钮停止数据的显示和清空数据重新显示。

2. 各部分功能简述

本设计主要由温湿度传感器模块、单片机、RS232——TTL 的电平转换以及 B/S 模块构成。

1）温湿度传感器 SHT11

SHT11 是瑞士 Scnsirion 公司推出的一款数字温湿度传感器芯片。该芯片广泛应用于暖通空调、汽车、消费电子、自动控制等领域。

2）SHT11 的引脚功能

SHT11 温湿度传感器采用 SMD(LCC)表面贴片封装形式，接口简单，其引脚名称及排列顺序如图 6-52 所示。

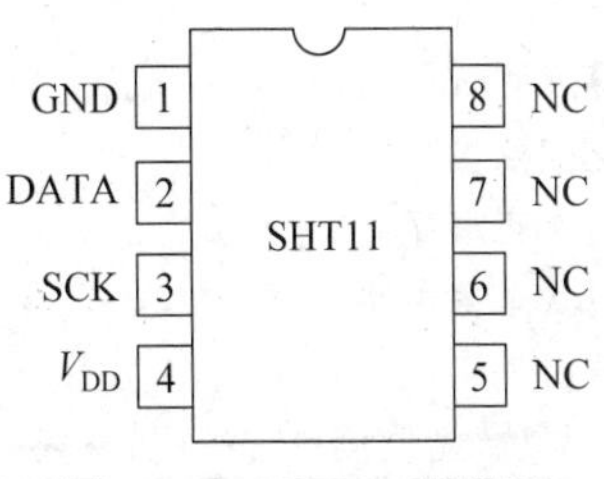

图 6-52　SHT11 引脚图

3）电源引脚

SHTxx 的供电电压为 2.4～5.5V。传感器上电后要等待 11ms 以越过"休眠"状态。在此期间无须发送任何指令。电源引脚(V_{DD}、GND)之间可增加一个 100nF 的电容，用以去耦滤波。

4）串行接口(两线双向)

SHTxx 的串行接口在传感器信号的读取及电源损耗方面都做了优化处理，但与 I2C 接口不兼容。

5）串行时钟输入(SCK)

SCK 用于微处理器与 SHTxx 之间的通信同步。由于接口包含了完全静态逻辑，因而不存在最小 SCK 频率。

6）串行数据(DATA)

DATA 三态门用于数据的读取。DATA 在 SCK 出现下降沿之后改变状态，并仅在 SCK 上升沿有效。数据传输期间，在 SCK 为高电平时，DATA 必须保持稳定。为避免信号冲突，微处理器应将 DATA 置为低电平。此外，需要一个外部的上拉电阻(如 10kΩ)以便保证在将 DATA 置为高电平时有足够的驱动能力。上拉电阻通常已包含在微处理器的 I/O 电路中。SHT11 典型应用电路如图 6-53 所示。

7）发送命令

用一组"启动传输"时序(如图 6-54 所示)来表示数据传输的初始化。该时序须实现以下功能：当 SCK 为高电平时 DATA 翻转为低电平，紧接着 SCK 变为低电平，在下一个 SCK 的高电平时，DATA 翻转为高电平。

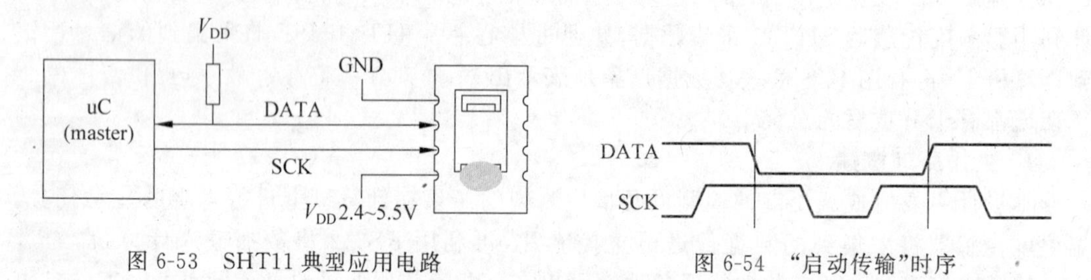

图 6-53　SHT11 典型应用电路　　　　图 6-54　"启动传输"时序

后续命令包含 3 个地址位(目前只支持"000")和 5 个命令位。SHTxx 会以下述方式表示已正确地接收到指令：在第 8 个 SCK 的下降沿之后，将 DATA 下拉为低电平(ACK 位)，在第 9 个 SCK 的下降沿之后，释放 DATA(恢复高电平)。SHT11 命令集如表 6-7 所示。

表 6-7　SHT11 命令集

命　　令	代　　码
预留	0000x
温度测量	00011
湿度测量	00101
读状态寄存器	00111
写状态寄存器	00110
预留	0101x～1110x
软复位，复位接口，清空状态寄存器，即清空为默认值，下一次命令前等待至少 11ms	11110

8) 测量时序(RH 和 T)

发布一组测量命令("00000101"表示相对湿度 RH,"00000011"表示温度 T)后,控制器要等待测量结束。这个过程需要大约 20/80/320ms,分别对应 8/12/14 位测量。确切的时间随内部晶振速度最多可能有±15%的变化。SHT11 通过下拉 DATA 至低电平进入空闲模式,表示测量结束。控制器再次触发 SCK 前,必须等待这个"数据备妥"信号来读出数据。检测数据可以先被存储,使控制器可以继续执行其他任务,在需要时再读出数据。接着传输 2B 的测量数据和 1B 的 CRC 奇偶校验数据。单片机需要通过下拉 DATA 为低电平来确认每个字节。所有的数据从 MSB 开始,右值有效(例如,对于 12 位数据,从第 5 个 SCK 信号起算作 MSB;而对于 8 位数据,首字节则无意义)。用 CRC 数据的确认位,表明通信结束。如果不使用 CRC-8 校验,控制器可以在测量 LSB 值后,通过保持确认位 SCK 为高电平来中止通信。在测量和通信结束后,SHTxx 自动转入休眠模式。

9) 通信复位时序

如果与 SHTxx 通信中断,下列信号时序可以复位串口。

当 DATA 保持高电平时,触发 SCK 9 次或更多。在下一次指令前,发送一个"启动传输"时序。这些时序只复位串口,状态寄存器内容仍然保留。通信复位时序如图 6-55 所示。

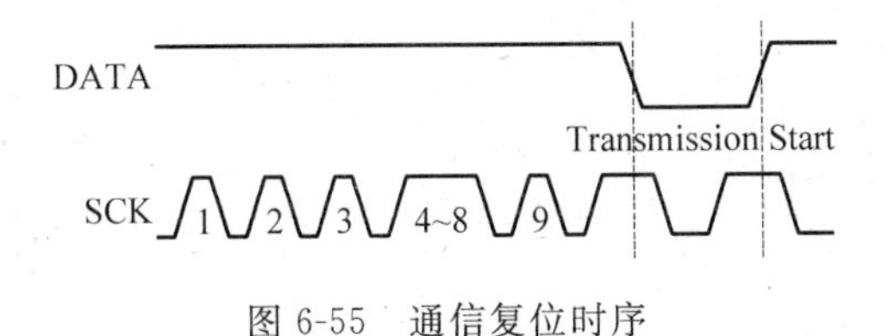

图 6-55 通信复位时序

10) 测量分辨率

默认的测量分辨率分别为 14 位(温度)和 12 位(湿度),也可通过写状态寄存器相应位分别降至 12 位和 8 位。不同的测量分辨率对应不同的等待测量时间,在前面已提到 8/12/14 位测量分别需要 20/80/320ms,所以要根据分辨率的不同,设置相应的等待时间。因为相邻两次测量间隔时间不应小于内部处理时间的 10%,所以应根据所使用的测量分辨率设定适当的测量频率。

单片机通过发送测量命令通知 SHT11 进行温湿度的测量,然后接收数据,将测量数据经过电平转换,即将 TTL 电平转换为 RS232 电平,最后信号传输到计算机,通过软件显示出来。因为 HT46F49E 没有串口通信模块,所以可以采用带有串口通信模块的 HT46RU232 芯片进行此实验,以更方便地进行设计。

电路连接原理图如图 6-56 和图 6-57 所示。

软件界面如图 6-58 所示。

由于此实验程序较长,所以将程序附在附录里面,下面只将程序流程图介绍一下。

程序流程图如图 6-59~图 6-62 所示。

这个小制作在西安首届"盛群杯"竞赛中获奖,感兴趣的可以查看多媒体视频资料中的 PC 端的屏幕录像和下载对应的工程文件。

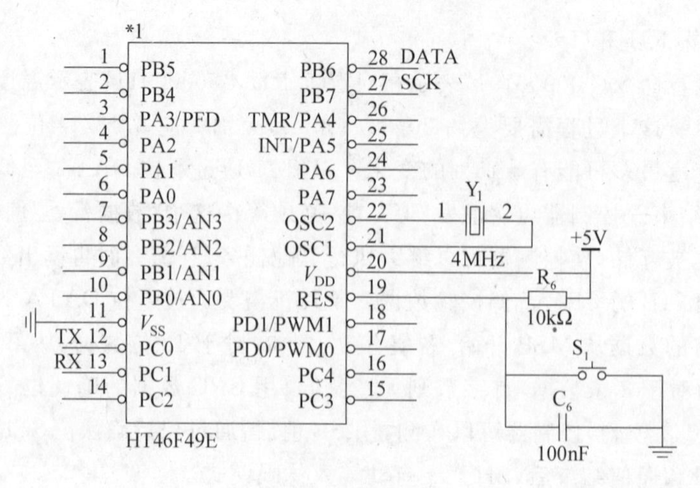

图 6-56 芯片控制部分

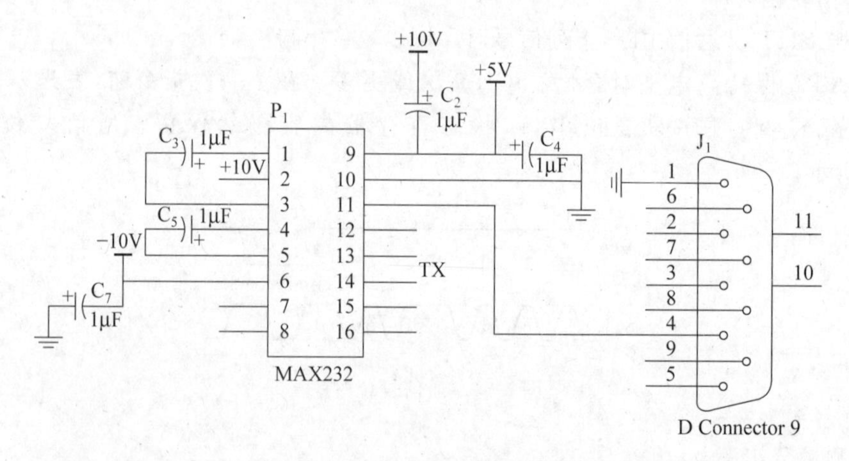

图 6-57 串口通信电平转换部分

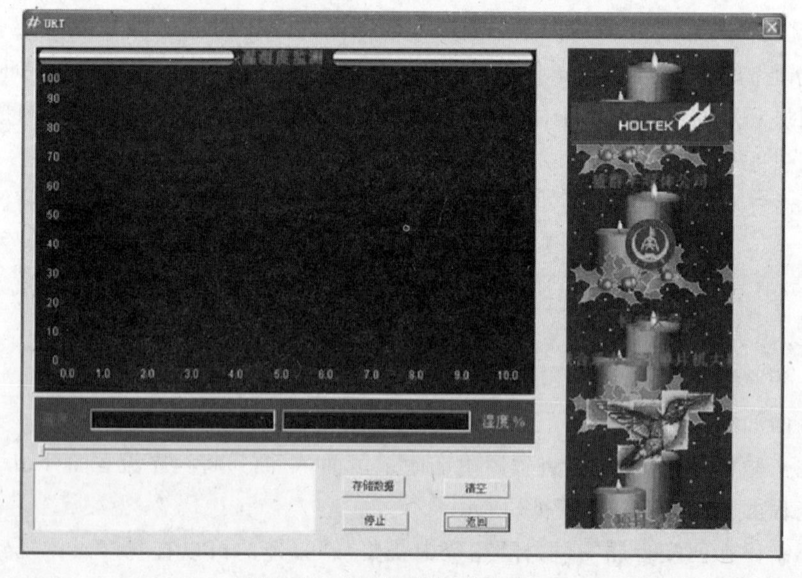

图 6-58 温湿度测量软件界面

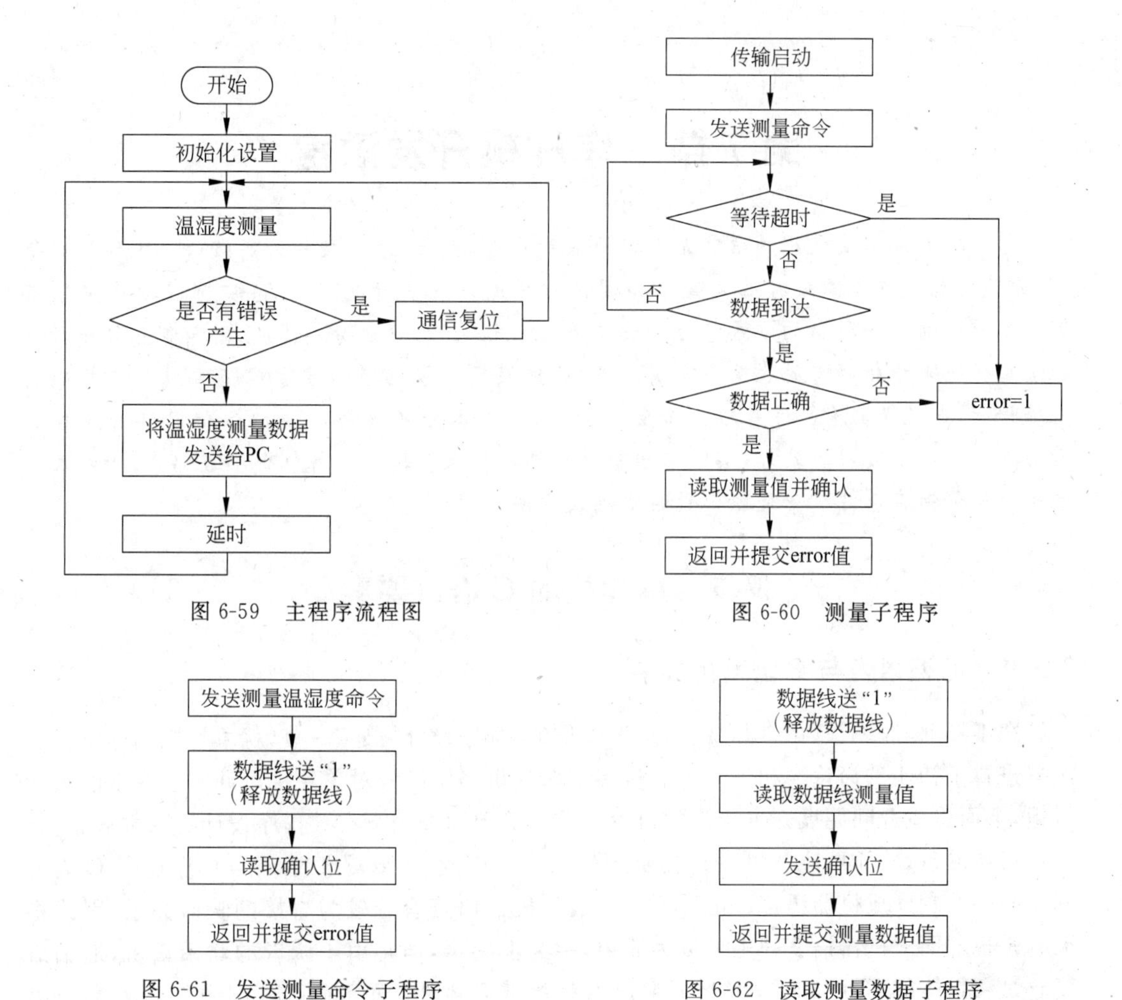

图 6-59 主程序流程图

图 6-60 测量子程序

图 6-61 发送测量命令子程序

图 6-62 读取测量数据子程序

第7章　单片机开发语言

单片机开发主要使用的语言是汇编语言和C语言。C语言被称为高级语言中的低级语言，因为它既有许多高级特性又直接和硬件打交道。很多情况下，C语言可以取代汇编语言。本章将通过一种新的方式学习C语言和汇编语言，即通过分析C语言典型语句和对应的汇编代码来分析两者的联系。声明一下，这里假设读者已经学习过C语言或一门其他的汇编语言，也就是具有一定基础。必要时，可以参考本章的盛群汇编指令和C语言速查表进行快速学习或复习。此外，实际工程中处理的数据很多情况下都包含小数部分，所以本章也将介绍如何在单片机中处理小数的定点数方法。

7.1　单片机的C语言要素

7.1.1　汇编语言与C语言的关系

在本书"程序编写、调试和烧录"这一章里的"程序设计简述"一节，就单片机编程语言的选择进行了初步的讨论。相信大家经过多个单片机实验已经对单片机设计有了一定的感性认识，下面将就此问题展开进一步的讨论。首先简单回顾一下有关程序设计的基本概念。

机器语言是CPU唯一可以直接使用的语言。因此，不管是汇编语言程序还是C语言程序都必须翻译成机器语言。汇编语言一般和机器语言有着较为直接的映射关系，因此将汇编语言翻译成机器语言的工具较为简单，称为汇编器，但是由于两者的联系紧密，汇编语言总是和具体的CPU相关，因此汇编语言移植非常困难；而高级语言则类似于人类的语言，因此必须经过比较复杂的过程才能翻译成机器语言，这一过程一般称为编译，其中汇编语言往往是高级语言翻译成机器语言所需的中间产物，而正因为高级语言脱离具体的CPU，因此高级语言移植性好；同时用高级语言编程的过程类似于人类的思维过程，因此编程效率大大高于汇编语言编程。但是汇编语言的优势在于：程序员用汇编语言可以充分开发出特定硬件的优势，对于机器指令具有完全的控制权，即汇编语言可以充分发挥计算机的潜力。在以下情况下，通常使用汇编语言编程。

(1) 操作系统的大部分用高级语言编写。例如与文件处理相关的部分由高级语言编码处理，但是与硬件设备直接相关的部分，例如各种设备驱动程序和处理特定相关CPU的不同硬件机制的程序，适合用汇编语言编码处理。

(2) 有些特定任务使用高级语言编程比较低效。对某些特定应用来说，这种低效可能导致不可接受的性能。而使用汇编语言实现的效率只受到程序员技能的限制。

(3) 对于计算机系统有非常严格的存储器限制。例如，嵌入式系统(单片机开发)的存储器容量非常小，此时，用汇编语言编程可能降低对存储器的需求量。

简单地说，不管是汇编语言还是高级语言都必须完成特定的设备的控制。使用汇编语言时程序设计人员从机器级思考问题，而高级语言则是按照人类的思维去解决问题，然后翻译成机器语言的。随着编译技术的进步,高级语言经编译后已会产生非常高效的代码,换句话说,只有非常有经验的程序员才能写出比编译器生成的代码更短或更快的代码。同时,随着 CPU 的进步,计算机的速度、存储容量进步飞快,加之高级语言编程可移植性好,在这样的情况下,使用高级语言尤其是 C 语言开发嵌入式系统(单片机系统)成了目前的主流。

下面通过一个例子来理解所谓高级语言和低级语言的特点:高级语言的编程效率高,一条高级语言往往翻译成多条低级语言;同时高级语言更接近于人类的思维过程,考虑 C 语言中的赋值语句:

```
#include "HT46F49E.h"
#pragma rambank0
unsigned char w,x,y;
void main()
{
    x=1;
    y=1;
    w=x+y;
}
```

翻译成汇编语言指令为:

```
MOV A,1
MOV _x,A                          //将 1 赋给 x
MOV A,1
MOV _y,A                          //将 1 赋给 y
MOV A,_x                          //x 送入 A
ADD A,_y                          //实现 A=x+y
MOV _w,A                          //结果 x+y 传入 w
```

相应的变量声明为:

```
SECTION 'DATA'
_y DB ?; y
_x DB ?; x
_w DB ?; w
```

显然,不管是变量声明还是加法实现,汇编程序都比较麻烦。解释一下,C 语言变量声明中的语句 #pragma rambank0 指使用存储区 0。

盛群单片机可能包含多个存储区,而位于数据存储区 0 以上区块的数据需要间接寻址访问,并会产生一些低效率的代码。所以,对于有着多个数据存储区的单片机,最好将使用频繁的变量定义在数据存储区 0 里。

此外,从上述程序还可以发现,C 语言中的全局变量(就是定义在任何函数之外的变量)的作用域从声明处一直到文件的最后,对应全局变量的 DW 伪指令在机器语言程序中为这些变量创建字,其实只是汇编变量增加了前缀下划线,例如 x 对应的汇编变量为_x。

上面将 C 语言翻译成汇编语言的实现是利用盛群公司的 C 语言编译器自动生成并加以整理的。一般 IDE 3000 的编译过程会产生和 C 源文件同名的. asm 程序。通过研究原始 C 程序和对应的汇编程序,可以分析编译器的工作过程,优化程序。

例如，改变程序变量的类型，代码会发生如下变化。

```
#include "HT46F49E.h"
#pragma rambank0
unsigned int w,x,y;
void main()
{
    x=1;
    y=1;
    w=x+y;
}
```

则相应的汇编程序变为：

```
MOV A,01h
MOV _x,A                                        //x的低字节送1
CLR _x[1]                                       //x的高字节清零
MOV A,01h
MOV _y,A                                        //y的低字节送1
CLR _y[1]                                       //y的高字节清零
MOV A,_y                                        //y的低字节送A
ADD A,_x                                        //x的低字节与y相加,结果存在A中
MOV _w,A                                        //低字节结果传回w的低字节
MOV A,_y[1]                                     //y的高字节送A
ADC A,_x[1]                                     //x的高字节与A相加,注意ADC加法
//为带低字节的进位信息的加法
MOV _w[1],A                                     //将高字节结果传回w的高字节
```

通过程序的变化可以发现，C语言源程序仅仅是将变量声明由 unsigned char 变为 unsigned int 则对应的汇编语言程序增加了不少。对应的变量声明变为：

```
SECTION 'DATA'
_y DB 2 DUP (?) ;y
_x DB 2 DUP (?) ;x
_w DB 2 DUP (?) ;w
```

这是因为在C语言中 char 由一个字节存储，范围为 0～255(unsigned)或－128～127；而 int 由两个字节存储，范围为 0～65535(unsigned)或－32768～32767。所以在汇编语言中，变量由一个字节变为两个字节；变量赋值过程、相加过程都必须考虑高低字节都进行操作，所以对应程序长度增加不少。通过前后汇编程序的改变，也应该注意到：在编程中尽可能使用最短的数据类型，能用 char 就不要用 int；能用 int 就不要用 long int。这样不仅节约存储空间，同时生成代码速度也更快。通过分析C语言和相应的汇编程序，可以了解编译器的工作思路，帮助我们写出更快、更好的C程序。

7.1.2 全局变量与局部变量

7.1.1小节通过一个程序查看了全局变量在单片机汇编语言中的实现过程，下面再看看局部变量在单片机C语言中的实现。

```
#include "HT46F49E.h"
#pragma rambank0
void main()
{
    unsigned char x,y,w;
    x=1;
    y=2;
    w=x+y;
}
```

程序仅仅将全局变量的定义变为局部变量，则对应的汇编代码经整理后的主要部分如下。

变量声明部分：

```
LOCAL CR1 DB ?; x
LOCAL CR2 DB ?; y
LOCAL CR3 DB ?; w
```

主要代码被汇编为：

```
MOV A,1
MOV CR1,A
MOV A,02H
MOV CR2,A
MOV A,CR1
ADD A,CR2
MOV CR3,A
```

可以看出，局部变量在盛群单片机中的实现也是通过DB伪指令预留空间的，只是前面加上了LOCAL修饰符；此外，原来C变量名称和汇编变量名称没有关系了，例如x变为CR1。这和C语言在其他平台上的实现略有不同，C语言的局部变量应该通过堆栈实现，这样的好处是局部变量仅当函数调用时动态通过堆栈生成，节约内存的使用，更重要的是这样可以实现函数的递归调用。而由于盛群单片机堆栈使用不太方便，因此使用了全局变量来实现。这样的好处是加快了函数调用的时间，但是没有动态分配内存，实现内存的按需分配，因此单片机C语言的函数也不支持递归调用。

再观察一个带有函数调用的例子。

```
#pragma rambank0
char add1(char x,char y)
{
    char w;
    w=x+y;
    return w;
}
void main()
{
    unsigned char x,y,w;
```

```
    x=1;
    y=2;
    w=add1(x,y);
}
```

对应的子程序 add1 的汇编代码为：

```
@add1 .SECTION 'CODE'
PUBLIC _add1                        ;声明 add1 的 public 属性
_add1 PROC                          ;过程声明
PUBLIC add10                        ;这两句声明 add1 中的参数变量 x
LOCAL add10 DB ?                    ;x
PUBLIC add11                        ;声明 add1 中的参数变量 y
LOCAL add11 DB ?                    ;y
MOV A,add10                         ;实现参数 x+y,结果存在 A 中
ADD A,add11
MOV CR1,A                           ;结果送给 add1 中的局部变量 w
MOV A,CR1                           ;将 add1 中的局部变量传回 A
RET
LOCAL CR1 DB ?; w                   ;定义 add1 中的局部变量 w
_add1 ENDP
```

主程序 main 对应的汇编代码为：

```
@MAIN .SECTION 'CODE'
_main PROC                          ;声明 main 过程
MOV A,1                             ;这两句将 1 赋给 main 中的局部变量 x
MOV CR2,A
AMOV A,02h                          ;这两句将 2 赋给 main 中的局部变量 y
MOV CR3,A
MOV A,CR2                           ;将 main 中的局部变量 x 赋给函数 add1 中的参数 x
MOV add10,A
MOV A,CR3                           ;将 main 中的局部变量 y 赋给函数 add1 中的参数 y
MOV add11,A
CALL _add1                          ;调用 add1
MOV CR4,A                           ;将 add1 的返回值赋给 main 中的 w
JMP $                               ;在该处循环,程序结束,$代表本指令的地址
LOCAL CR2 DB ?; x                   ;定义 main 中的局部变量 x
LOCAL CR3 DB ?; y                   ;定义 main 中的局部变量 y
LOCAL CR4 DB ?; w                   ;定义 main 中的局部变量 w
_main ENDP
```

通过上述分析可以知道，盛群 C 语言在实现函数调用的参数传递时也是采用类似的方法，就是用 DB 或者 DW 指令为函数的参数分配内存，然后实现参数的传递。函数的形参也是一种永久的变量，而不是在堆栈中动态实现的。并且通过对 C 语言的同名变量起不同的名字，避免了误解。add1 的参数 x，y 被命名为 add10 和 add11(函数名称后加 0、1 等)，而所用函数的局部变量被依次以 CR1、CR2、CR3、CR4 等命名。

7.1.3 数组、常量与结构

本节考察C语言中数组、常量与结构在单片机汇编语言中的实现特点。C源程序如下。

```
char x;
const char G1=0x20;
const char G2[2]={1,2};
char Temp[3];
void main()
{
    x=G1;
    x=G2[0];
    Temp[1]=2;
    x=Temp[1];
}
```

上述程序的对应汇编代码经整理后为:

```
_G2.SECTION INPAGE PRIVATE 'CODE'
PUBLIC l_G2                          //常量数组 G2 的说明
l_G2: ADDM A,[06h]                   //06h 对应 PCL 寄存器,改变此寄存器可实现跳转
_G2:RET A,1                          //数组下标从 0 跳转到这里,即通过 A 返回 1
RET A,2                              //数组下标从 1 跳转到这里,即通过 A 返回 2
_main PROC
begin:MOV A;020h
MOV _x,A                             //通过 A 给 x 赋常数值 G1(20h)
MOV A,0                              //将引用数组下标赋给 A
CALL l_G2                            //常数数组 G2 的调用,类似于一个函数调用
MOV _x,A                             //实现 x=G2[0];
MOV A,02h
MOV _Temp[1],A                       //Temp[1]=2;
MOV A,_Temp[1]
MOV _x,A                             //x=Temp[1];
L1:JMP $
_main ENDP
PUBLIC
SECTION 'DATA'
_Temp DB 3 DUP (?) ; Temp            //数组 Temp 定义
_x DB ?; x                           //变量 x 定义
```

分析对应汇编程序可发现,单个常量G1直接被立即数20h替代;对数组Temp元素的引用是将下标直接映射到对应的汇编码,例如_Temp[1]对应Temp[1](最终机器码生成不同的存储地址);但是常量数组的实现比较特殊,通过类似于函数调用的方法实现了G2的引用,程序中专门用黑体字标出。具体实现策略为:用常数的数字下标作为函数的输入参数,以此改变PCL寄存器的值,实现程序跳转;返回语句将常量数组各个值通过A寄存器返回。单片机RAM存储空间极为有限,而程序存储器空间(ROM)则大得多,因此将常量

数组存储在程序存储器空间有利于节约存储空间。

下面最后考察自定义结构在汇编语言中的实现。

```
struct date
{
    char month;
    char day;
};
    struct date x;
void main()
{
    x.month=9;
    x.day=18;
}
```

对应的汇编程序如下。

```
@MAIN .SECTION 'CODE'
_main PROC
begin:MOV A,09h
MOV _x,A                //实现 x.month=9,即直接将 x.month 转换为_x[0]
MOV A,012h
MOV _x[1],A             //实现 x.day=18,即直接将 x.day 转换为_x[1]
L1: JMP $               //结束
_main ENDP
PUBLIC _x
@x .SECTION 'DATA'
_x DB 2 DUP (?) ; x
```

由上述分析可以看出,自定义数据结构直接被汇编程序转换为对应存储器地址或偏移量(最终的机器码则转换为存储器地址)。

7.1.4 指针的使用

指针是C语言中的一个较难掌握的元素,但是结合汇编语言的解释可以非常清楚地掌握单片机C语言指针的概念。所谓指针变量,就是一个变量存储的是另一个变量的地址,被存储地址的变量类型是对应指针变量的类型。例如 char *p 声明了一个存储 char 变量地址的变量 p,char x 则声明了一个 char 变量,而 p=&x 则是将变量 x 的地址赋给 p。由于单片机存储空间比较小,因此指针变量一般都是 8 位的。但是由于指针指向的数据类型不同,因此对指针所指数据的操作也随指针类型的不同而不同。结合下面的例子可理解得更清楚。

```
#pragma rambank0
char x, * p1;                    //声明 char 型变量 x 和对应的指针 p1
int y, * p2;                     //声明 int 型变量 y 和对应的指针 p2
long w, * p3;                    //声明 long 型变量 w 和对应的指针 p3
void main()
{
```

```
p1=&x;                                  //将 x 的地址赋给 p1
p2=&y;                                  //将 y 的地址赋给 p2
p3=&w;                                  //将 w 的地址赋给 p3
*p1=1;                                  //通过 p1 改变所指变量的值
*p2=16;                                 //通过 p2 改变所指变量的值
*p3=32;                                 //通过 p3 改变所指变量的值
}
```

下面通过生成的对应汇编语言程序分析指针的用法。

```
_main PROC
begin:
MOV A,OFFSET _x                         ;取 x 的地址赋给 A
MOV _p1,A                               ;将 A 赋给 p1
MOV A,OFFSET _y                         ;取 y 的地址赋给 A
MOV _p2,A                               ;将 A 赋给 p2
MOV A,OFFSET _w                         ;取 p3 的地址赋给 A
MOV _p3,A                               ;将 A 赋给 p3
MOV A,_p1                               ;将 p1 赋给 A
MOV [01H],A                             ;将 A 赋给间址寄存器 MP0
MOV A,01h                               ;将 1 赋给 A
MOV [00H],A                             ;通过间址寄存器 IAR0 赋值,该语句等于 MOV [01H], A
MOV A,_p2                               ;将 p2 赋给 A
MOV [01H],A                             ;将 A 赋给间址寄存器 MP0
MOV A,010h                              ;将 16 赋给 A
MOV [00H],A                             ;通过间址寄存器 IAR0 对 A 赋值
INC [01H]                               ;增加间址寄存器 IAR0 值,即指向 y 的高字节
MOV A,00h                               ;将 0 赋给 A
MOV [00H],A                             ;通过间址寄存器 IAR0 赋值
MOV A,_p3                               ;将 p3 赋给 A
MOV [01H],A                             ;将 A 赋给间址寄存器 MP0
MOV A,020h                              ;将 32 赋给 A
MOV [00H],A                             ;通过间址寄存器 IAR0 赋值
INC [01H]                               ;增加间址寄存器 IAR0 值,即指向 w 的第二个字节
MOV A,00h                               ;将 0 赋给 A
MOV [00H],A                             ;通过间址寄存器 IAR0 赋值
INC [01H]                               ;增加间址寄存器 IAR0 值,即指向 w 的第三个字节
MOV A,00h                               ;将 0 赋给 A
MOV [00H],A                             ;通过间址寄存器 IAR0 赋值
INC [01H]                               ;增加间址寄存器 IAR0 值,即指向 w 的第四个字节
MOV A,00h                               ;将 0 赋给 A
MOV [00H],A                             ;通过间址寄存器 IAR0 赋值
JMP $                                   ;在原地跳转,即程序结束
_main ENDP
```

数据定义语句为:

```
PUBLIC _p3
@p3 .SECTION 'DATA'
_p3 DB ?; p3                        ;指针变量 p3,一个字节
PUBLIC _w
@w .SECTION 'DATA'
_w DB 4 DUP (?) ; w                 ;w 为 long 型变量,占 4 个字节
PUBLIC _p2
@p2 .SECTION 'DATA'
_p2 DB ?; p2                        ;指针变量 p2,一个字节
PUBLIC _y
@y .SECTION 'DATA'
_y DB 2 DUP (?) ; y                 ;y 为 int 型变量,占两个字节
PUBLIC _p1
@p1 .SECTION 'DATA'
_p1 DB ?; p1                        ;指针变量 p1,一个字节
PUBLIC _x
@x .SECTION 'DATA'
_x DB ?; x                          ;x 为 char 型变量,占一个字节
```

仔细阅读上述汇编程序和注释可以看出,指针变量 p1、p2、p3 都用 DB 来说明,意味着不同类型的指针都具有相同的长度,在单片机中为 8 位,而在个人电脑的 32 位操作系统中的指针都是 32 位的。但是通过指针给所指向变量赋值的语句是不同的,对应不同的数据类型长度不同,因此给 char 型变量赋值最简单,而 long 型变量赋值最麻烦。

```
#pragma rambank0
void main()
{
    long *p3;
    char x,y,z,w;
    x=0;y=0;z=0;w=0;
    p3=&x;
    *p3=1431655765;                 //该值对应于 16 进制的 55555555
}
```

上面程序中,p3 是一个指向 long 型变量的指针,但是却将 char 型变量 x 的地址赋给 p3。*p3=1431655765 这句语句,由分析知道,会对 x 所在的字节以及 x 之后的 3 个字节赋值。汇编语言往往会为相同类型的变量分配连续的地址,因此这句话会将 x,y,z,w 赋值。在 IDE 3000 中进行实验就会发现,最后 x=55h,y=55h,z=55h,w=55h。而 1431655765 对应的 16 进制数就是 55555555h。因此对指针进行类型转换(将 char 型变量地址赋给 long 型指针)可能造成错误,而系统编译时并不会给出任何出错信息或警告。

最后再给出一个多重指针的例子,其 C 源程序如下。

```
#pragma rambank0
char x,*p1,**p2;
void main()
```

```
{
    p1=&x;
    p2=&p1;
    **p2=1;
}
```

上述 C 源程序被翻译成以下汇编程序。

```
_main PROC
begin:
MOV A,OFFSET _x                         ;x 的地址赋给 A
MOV _p1,A                               ;将 A 赋给 p1
MOV A,OFFSET _p1                        ;将 p1 的地址赋给 A
MOV _p2,A                               ;将 A 赋给 p2
MOV A,_p2                               ;将 p2 赋给 A
MOV [01H],A                             ;A 赋给 MP0,即 MP0 为 p2
MOV A,[00H]                             ;将 p2 的内容赋给 A,即将 p1 的地址赋给 A
MOV b0_1,A                              ;将 A 赋给 b0_1,即将 p1 的地址赋给 b0_1
MOV A,b0_1                              ;将 b0_1 赋给 A,即将 p1 的地址赋给 A
MOV [01H],A                             ;将 p1 的地址赋给 MP0,即 MP0 为 p1
MOV A,01h                               ;将立即数 1 赋给 A
MOV [00H],A                             ;通过 IAR0 赋值到 p1 指向的地址单元
JMP $                                   ;原地跳转
LOCAL b0_1 DB ?                         ;定义局部变量 b0_1
_main ENDP
PUBLIC _p2                              ;定义 p2
_p2 DB ?                                ; p2
PUBLIC _p1                              ;定义 p1
  _p1 DB ?                              ; p1
  PUBLIC _x                             ;定义 x
  _x DB ?                               ; x
```

通过分析发现,为了实现二级指针**p2=1 这句赋值语句,汇编代码两次使用了简址寄存器的赋值,并增加了临时变量 b0_1。执行过程为:将 p2(p1 的地址)赋给 MP0,通过 IAR0 取得单元值,即得到 p1 的值(x 的地址),再次将 x 地址赋值 MP0,通过 IAR0 将 1 赋给 x 所在地址单元。可见,多级指针是通过多次使用间址寄存器实现的。

7.1.5 函数的参数传递

本节进一步考察单片机 C 语言编程的参数传递问题。首先看如下例子。

```
#pragma rambank0
char AddOne(char y)
{
    y++;
    return y;
}
```

```
void main()
{
    unsigned char y,w;
    y=2;
    w=AddOne(y);                          //函数调用时,实参赋给形参
}
```

注意到,函数 AddOne 被调用时,函数定义中函数名后的变量称为形式参数,由调用语句负责将一定参数按照形参类型赋给被调用函数,此时赋予形参的实际值被称为实际参数。

上面程序段对应的汇编指令(忽略注释)为:

```
@AddOne .SECTION 'CODE'
PUBLIC _AddOne
_AddOne PROC                    ;AddOne 声明
PUBLIC AddOne0
LOCAL AddOne0 DB ?; y           ;AddOne 中的形参变量 y 为 AddOne0
INC AddOne0                     ;AddOne 中的 y++
MOV A,AddOne0                   ;形参赋给 A
RET
_AddOne ENDP
@MAIN .SECTION 'CODE'
_main PROC
begin: MOV A,02h
MOV CR1,A                       ;CR1 对应于主程序 main 中的局部变量 y
MOV A,CR1
MOV AddOne0,A                   ;实参赋给形参,CR1 赋给 AddOne0
CALL _AddOne                    ;调用 AddOne
MOV CR2,A                       ;返回结果保存在 A 中(即形参 AddOne0),赋给 w(CR2)
JMP $
LOCAL CR1 DB ?; y               ;定义 y
LOCAL CR2 DB ?; w               ;定义 w
_main ENDP
```

由相应的汇编程序可以清楚地看出,虽然函数 AddOne 的形参和主函数 main 的局部变量同名,都是 y,但是在汇编程序中其区别还是很明显的。同时,在函数调用时,改变了形参 y 的值,但是不会影响主程序中实际参数 y 的值。这也就是 C 语言中所谓的值传递。此外,对于字节返回形式为 byte 的函数,通过寄存器 A 传递返回值。

下面观察 C 语言中另一种参数传递方式——地址传递,所用程序如下。

```
#pragma rambank0
void AddOne(char * y)
{
    (* y)++;
}
void main()
{
```

```
    char y;
    y=1;
    AddOne(&y);
}
```

对应于上面程序的汇编代码为:

```
@AddOne .SECTION 'CODE'
PUBLIC _AddOne
_AddOne PROC                    ;函数 AddOne 的声明
PUBLIC AddOne0
LOCAL AddOne0 DB ?; y           ;定义 AddOne 的形参 y 为 AddOne0
MOV A,AddOne0                   ;形参 y 赋给 A
MOV [01H],A                     ;01H 对应于 MP0 寄存器
INC [00H]                       ;00H 对应于 IAR0 寄存器,等于 INC[01H]
RET
_AddOne ENDP
@MAIN .SECTION 'CODE'
_main PROC
begin: MOV A,01h
MOV CR1,A                       ;将 1 赋给 main 的局部变量 y(CR1)
MOV A,OFFSET CR1                ;取得 CR1 的地址赋给 A
MOV AddOne0,A                   ;再将地址赋给形参 y,即 AddOne0
CALL _AddOne                    ;函数调用
JMP $                           ;原地死循环,即结束程序
LOCAL CR1 DB ?; y               ;main 局部变量 y 定义为汇编变量 CR1
_main ENDP
```

注意,C 语言中程序采用地址传递对所在地址的变量进行修改将影响原来变量的值。所以当函数结束时,main 中的局部变量 y 为 2。要理解汇编代码的执行,应该明确盛群单片机中两个特殊寄存器 IAR0 和 MP0 的用法(分别对应于地址 00H 和 01H)。盛群单片机实际没有 IAR0 寄存器,当指令以 IAR0 为操作数时,是将 MP0 寄存器内所存放的内容当成数据存储器的地址,然后针对该地址内的数据执行所指定的运算,此即所谓的间接寻址法(换句话说,INC [00H]就是 INC [01H])。这样就不难理解,地址变量的传递在单片机汇编语言中是通过间接寻址实现的。

通过地址传递的汇编代码分析,我们清楚地理解了为什么地址传递能改变原来变量的值,并了解汇编语句是怎样将传入的地址使用间接寻址的方法实现地址参数传递的。

7.1.6 if 语句分析

if 语句在 C 语言中表示某种条件满足的情况下执行特定操作。完成的语言结构为:

```
if(expression)
do something;
  else
do something else
```

我们通过一个简单的例子来说明对应的单片机 C 语言 if 语句。该程序判断分数(score)变量是否等于 100,然后给出考生是否获得满分的判断。

```
#pragma rambank0
#define FullMark 1
#define NotFull 0
  char score;
bit Result;
  void main()
  {
      score=100;
      if (score==100)
        Result=FullMark;
      else
      Result=NotFull;
}
```

上述程序生成的汇编代码为:

```
_main PROC
begin:MOV A,064h                    //将 100 装在 A 中
MOV _score,A                        //将 100 赋给 score
MOV A,064h                          //将 100 装在 A 中
XOR A,_score                        //A 与 score 异或
SNZ [0ah].2                         //判断结果是否为 0,若为 0 则跳过下一行
JMP L2                              //不为 0 则跳转至 L2
SET _Result                         //为 0 则将位变量 Result 置为 1
JMP L3                              //跳到 L3
L2:CLR _Result                      //不为 0 则将位变量 Result 清零
L3:JMP $                            //原地跳转,程序结束
  _main ENDP
  PUBLIC _score
  @score .SECTION 'DATA'
   _score DB ?; score
  BITDATASEC .SECTION 'DATA'
  PUBLIC _Result
  _Result DBIT ; Result
```

通过上述程序应该注意到,盛群 C 语言提供位数据类型,此类型占用的存储空间最小,如果需要具有某些逻辑结果的变量,可用此类型定义。位变量的声明与其他 C 数据类型的变量声明一样。对于具有多 RAM/ROM 储存区块的单片机,应该将位变量声明在 RAM 储存区 0(#pragma rambank0)。

此外还可以看出,汇编程序比较两个变量是否相等是通过异或实现的,判断结果是通过盛群单片机的 STATUS 状态寄存器的第二位 Z 实现的。若上次运算结果为全 0 则该位为 1,否则为 0。

最后还可以发现,编译器生成的汇编程序有时并不是最优的,例如上面这段程序可以改

写为：

```
  _main PROC
  begin:MOV A,064h                         //将 100 装在 A 中
MOV _score,A                               //将 100 赋给 score
MOV A,064h                                 //将 100 装在 A 中
  CLR _Result
XOR A,_score                               //A 与 score 异或
  SNZ [0ah].2                              //判断结果是否为 0,若为 0 则跳过下一行
  SET _Result                              //为 0 则将位变量 Result 置为 1
L3:JMP $                                   //原地跳转,程序结束
  _main ENDP
```

因此，单片机编译器生成的代码有时是可以人工优化的。当然随着编译器技术的优化和改进，需人工优化的情况会越来越少。

7.1.7 switch 语句分析

C 语言中提供的 switch 语句可用于解决过多分支的问题。switch 语句的一般格式为：

```
switch(表达式)
{
    case 常量表达式 1:
    语句块 1
    break;
    case 常量表达式 2:
    语句块 2
    break;
    case 常量表达式 n:
    语句块 n
    break;
    default:
    语句块 n+1
    break;
}
```

注意，每一个语句块 $k(k=1,2,\cdots,n+1)$ 都可以是一个语句，也可以是若干个语句。语句块后面可以没有 break 语句。switch 中也可以没有 default 部分。switch 语句功能说明如下。

(1) 执行 switch 语句时，首先计算表达式的值，然后将此值与 case 后面的常量表达式的值相比较，如果某个常量表达式的值与它相等，则从该 case 后的语句块开始执行；如果表达式的值与所有常量表达式的值都不相等，则从 default 后的语句块开始执行。当执行完某一个 case 语句块或执行完最后一个语句块(如 default 语句块)后遇到 break 时，就跳出 switch 语句。

(2) 如果执行完某一个 case 的语句块后没有遇到 break 语句，则进入到下一个 case 的语句块或进入到 default 后的语句块去执行。

需要注意的有以下两点。

(1) switch 后的表达式的值必须是整型或字符型。

(2) case 后的表达式是可以求得整型量或字符型量的常量表达式。常量表达式中不允许包含有变量和函数调用。

下面通过一个简单的例子来说明 switch 语句的用法,这段程序本书出现过多次。假设硬件通过 PA 口输入,高 4 位连接 4 个按钮作键盘输入。

```
#include <HT46f49e.h>
#pragma rambank0
unsigned char Input;
char Key;
void main()
    {
        Input=_pa;                  //读取 PA 口的状态,PA 口默认为输入状态
        Input&=0xf0;                //屏蔽低 4 位
        switch(Input)
        {
            case 0x80:
        Key=1;
        break;
            case 0x40:
            Key=2;
            break;
            case 0x20:
            Key=3;
            break;
            case 0x01:
            Key=4;
            break;
            default:
            Key=0;
            break;
        }
    }
```

程序包含了头文件“HT46F49E.h”,这个头文件定义了单片机各个寄存器对应的地址,例如定义文件输入口为 PA;控制寄存器为__pac EQU [013H],而 PA 的读写寄存器为__pa EQU [012H]。

盛群单片机每个口都有对应的控制寄存器,PA 和 PAC 就是 PA 口的数据和控制寄存器,每个口可能处于输入模式(置 1)或者输出模式(清零),由对应控制寄存器指定。上电复位时每个口都处于输入模式,可以忽略控制寄存器的置 1 操作。

对应汇编代码如下。

```
_main PROC
begin:
```

```
    MOV A,__pa                ;输入 PA 状态到 A
    MOV _Input,A              ;将 A 传送至 Input,Input=_pa
    MOV A,0f0h                ;将立即数 f0h 送入 A
    ANDM A,_Input             ;将 A 与 Input 位与,结果送至 Input,Input&=0xf0
    MOV A,_Input              ;将 Input 送入 A
    XOR A,020h                ;与 20h 异或,Input==0x20
    SZ [0ah].2                ;结果为零则执行下一语句
    JMP L6                    ;跳至 L6,即 Input 等于 0x20 则至 L6
    L8:MOV A,_Input           ;将 Input 送入 A,Input 不等于 0x20 继续比较
    XOR A,01h                 ;与 01h 异或,Input==0x01h
    SZ [0ah].2                ;结果为零则执行下一语句
    JMP L7                    ;跳至 L7,即 Input 等于 0x01 则至 L7
    L9:MOV A,_Input           ;将 Input 送入 A,Input 不等于 0x01 继续比较
    XOR A,040h                ; 与 40h 异或,Input==0x40h
    SZ [0ah].2                ;结果为零则执行下一语句
    JMP L5                    ;跳至 L5,即 Input 等于 0x40 则至 L5
    L10:MOV A,_Input          ;将 Input 送入 A,Input 不等于 0x01 继续比较
    XOR A,080h                ;与 80h 异或,Input==0x80h
    SZ [0ah].2                ;结果为零则执行下一语句
    JMP L4                    ;跳至 L4,即 Input 等于 0x80
    JMP L2                    ;跳至 L2,Input 不等于 0x80h
    L4:MOV A,01h              ;向 A 送入立即数 01h
    MOV _Key,A                ;将 A 赋给 Key,Key=01h
    JMP L3                    ;跳转至 L3
    L5:MOV A,02h              ;向 A 送入立即数 02h
    MOV _Key,A                ;向 A 赋给 Key,Key=02h
    JMP L3                    ;跳转至 L3;
    L6:MOV A,03h              ;向 A 送入立即数 03h
    MOV _Key,A                ;将 A 赋给 Key,Key=03h
    JMP L3                    ;跳转至 L3
    L7:MOV A,04h              向 A 送入立即数 04h
    MOV _Key,A                ;将 A 赋给 Key,Key=04h
    JMP L3                    ;跳转至 L3
    L2:CLR _Key               ;Key 变量清零,对应源程序 default 分支
    L3:
    L1: JMP $                 ;程序结束
    _main ENDP
  PUBLIC
  SECTION 'DATA'
  _Key DB ?                   ;Key 变量声明
  _Input DB ?                 ;Input 变量声明
```

仔细阅读 C 语言代码和汇编语言代码不难发现,两者实现的逻辑功能完全一致。但是汇编程序有很多跳转指令,可读性很差。对应的 C 代码则逻辑清楚,代码也少许多。因此用 C 语言编程可以大大提高程序员编程的效率。

7.1.8 循环结构的实现

循环结构是程序中一种很重要的结构。其特点是，在给定条件成立时反复执行某程序段，直到条件不成立为止。给定的条件称为循环条件，反复执行的程序段称为循环体。C语言提供了多种循环语句，可以组成各种不同形式的循环结构。

1）while 语句

while 语句的一般形式为：

```
while(表达式)
    语句;
```

其中，“表达式”是循环条件，“语句”为循环体。

2）do-while 语句

do-while 语句的一般形式为：

```
do
语句;
  while(表达式);
```

其中“语句”是循环体，“表达式”是循环条件。

do-while 语句和 while 语句的区别在于，do-while 是先执行后判断，因此 do-while 至少要执行一次循环体；而 while 是先判断后执行，如果条件不满足，则一次循环体语句也不执行。

3）for 语句

for 语句是C语言所提供的功能更强、使用更广泛的一种循环语句。其一般形式为：

```
for(表达式 1;表达式 2;表达式 3)
  语句;
```

表达式1通常用来给循环变量赋初值，一般是赋值表达式，也允许在 for 语句外给循环变量赋初值，此时可以省略该表达式；表达式2通常是循环条件，一般为关系表达式或逻辑表达式；表达式3通常可用来修改循环变量的值，一般是赋值语句。3个表达式都是任选项，都可以省略。

相信大家通过前面几节的学习已经对C语言生成相应的汇编程序有了一定认识。那么上面3种循环结构在单片机中应该如何实现呢？其实现方法如图 7-1 所示。

图 7-1 的对应汇编形式不难理解。那是不是上面的汇编结果就是最好的呢？其实动动脑筋就会得出一些更好的结果。以上面的 while 循环实现为例，如图 7-2 所示。

图 7-2 的实现形式与第一种形式基本相同，但是循环的每次重复现在只需要执行一条转移指令(条件为真转移)而不是两条，因此该形式运行得更快。以下为真正的单片机的C语言生成的代码：

```
#pragma rambank0
   char x,Sum;
void main()
{                                          //计算 1+2+3+4+5+6+7+8+9+10 的和
```

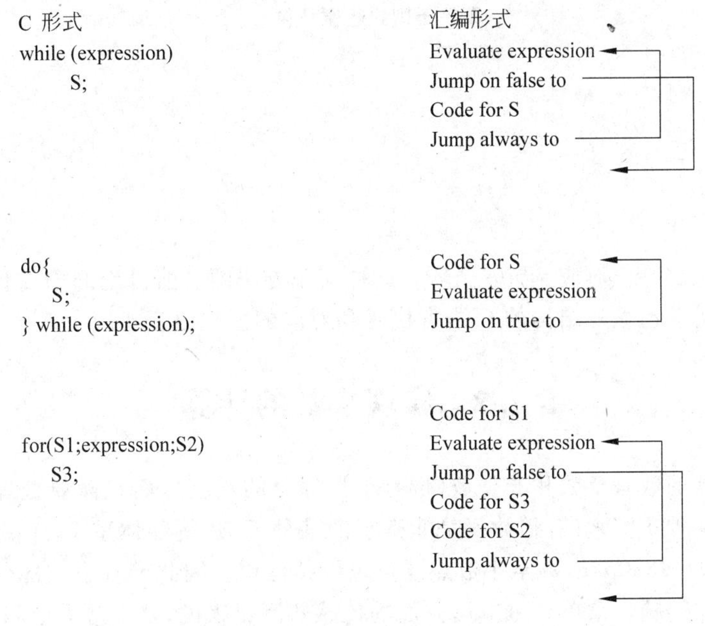

图 7-1　各种循环语句的汇编形式

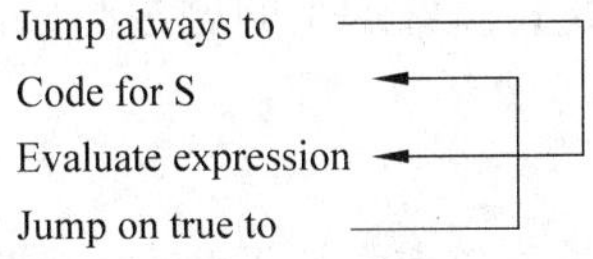

Jump always to
Code for S
Evaluate expression
Jump on true to

图 7-2　while 的另一种实现方法

```
    Sum=0;x=1;
    while(x!=11)
      {
          Sum=Sum+x;
          x++;
      }
}
```

上述 C 程序生成的汇编语句为：

```
_main PROC
begin:
CLR _Sum                    ;Sum=0;
MOV A,01h
MOV _x,A                    ;x=1
JMP L3
L2: MOV A,_x
  ADDM A,_Sum;Sum=Sum+x
  INC _x                    ;x++
L3: MOV A,0bh
  XOR A,_x
  SNZ [0ah].2               ;判断 x 是否等于 11(0bh)
```

```
    JMP L2                          ;不等于则执行循环体
    L1: JMP $                       ;结束
_main ENDP
    PUBLIC
SECTION 'DATA'
  _Sum DB ?                         ;Sum
_x DB ?                             ;x
```

上面黑体字部分正对应 while 循环。这种实现方法即之前讨论的第二种实现形式。限于篇幅就不分析其他循环结构的 C 语言代码和对应的汇编语言实现了。

7.2 实现小数的计算

平时接触到的数有整数和非整数(带有小数部分的数字),而且需要处理的非整数甚至超过整数。从某种角度来讲,整数只是非整数的某种近似,例如体重 71kg 用更精密的秤称量的话,可能是 71.3805kg,甚至小数点还可以继续延伸。因此带有小数部分的数字的计算是一个很实际的问题。拿单片机应用方面的传感器测量来说,就常常需要和小数打交道;再比如各种控制算法、数字滤波器等的实现都不可避免地涉及小数的计算。但是,目前盛群单片机不直接支持小数的计算,因此我们就这个问题进行一些讨论。

7.2.1 问题的引入

假设要用单片机计算圆的周长。由数学知识知道:周长=2 * pi * R,其中 R 是圆的半径。假设该圆的半径是以 m 为单位的正整数,pi 取 3.1415。用盛群单片机 C 语言如何实现这个计算呢?盛群单片机只支持 bit、char、int、long 等类型数据,而 pi 则带有小数。既然没有直接表示小数的办法,干脆将 pi 变成 31415,计算后再将结果除以 10000 就可以解决这个问题。

```
#define PI 31415
  int i;                                //循环变量
  long r,L;                             //半径和周长
  long Z;                               //周长的整数部分
  long Temp1;                           //临时变量
  long Temp2;                           //临时变量
  char X[4];                            //存储周长小数部分的各位值
  //依次为十分位、百分位、千分位、万分位
void main(void)
{
    r=23;
    L=2 * PI * r;
    Temp2=10000;                        //PI 的改变幅度
    Z=L/Temp2;                          //计算周长的整数部分
    Temp1=L-Z * Temp2;
    Temp2=Temp2/10;
for(i=0;i<3;i++)
    {
        X[i]=Temp1/Temp2;               //依次计算周长的各位小数
```

```
        Temp1=Temp1-X[i] * Temp2;
        Temp2=Temp2/10;
    }
}
```

上面的程序达到了计算的目的,但是还有一些缺点,当半径也带有小数时,如 23.7,按照上面的思路需将 23.7 变成 237,然后求结果的整数部分时,将 Temp2 首次赋值改为 100000。一切似乎工作得很好,但问题是如果变为计算该圆的面积($S=pi*R*R$),用这种方法很快就会溢出。这是因为如果将 23.7 变为 237,则 31415 * 237 * 237=1764549135,超出了长整型的表示范围。

7.2.2 小数的解决方案

由于单片机无法处理小数,所以对于小数的计算就要利用程序进行模拟。模拟小数有定点数和浮点数两种,这里先来介绍定点数。

在进行模拟小数计算时,操作数全部采用整型数来表示,一个整型数标识的最大范围取决于单片机的字长,在这里采用的盛群单片机为 8 位单片机,所以字长为 8 位。显然字长越长,所能表示的数的范围越大,精确度越高。

单片机中的数全部采用二进制补码来表示,单片机中的计算都是整型数的计算。那么如何进行小数的计算呢?单片机本身不能进行小数的计算,那么就要程序员编程来辅助实现,程序员通过给小数确定小数点的位置来实现小数的运算,这就是数的定标。

通过设定小数点在数中的不同位置,就可以表示不同大小和不同精度的小数。数的定标有 Q 表示法和 S 表示法两种。下面主要介绍 Q 表示法。

Q 表示法就是由字母 Q 和数字组成的一种表示法,如 Q0、Q1 等。我们知道,二进制数中从右向左起,依次为第 0、1、2、3…位。Q 表示法的字母后面的数字表示小数点就在那一位的后面。如 Q0 表示小数点在第 0 位的后面,也就是说这个数是整型数。

不同的 Q 值所表示的数的范围不同,而且精度也不同,Q 值越小数值所表示的范围越大,所表示的数的精度也越低;相反,Q 值越大所表示的数的范围越小,但是数的精度越高。因此对于定点数来说,数值范围和数值的精度是一对矛盾体,一个数要想能够表示比较大的范围,那么就必须以牺牲精度为代价;而想提高精度就必须牺牲数所表示的范围。两者关系如表 7-1 所示。

表 7-1 Q 表示及数值范围

Q 表示	十进制数表示范围	Q 表示	十进制数表示范围
Q15	$-1\leqslant X\leqslant 0.9999695$	Q7	$-256\leqslant X\leqslant 255.9921875$
Q14	$-2\leqslant X\leqslant 1.9999390$	Q6	$-512\leqslant X\leqslant 511.9804375$
Q13	$-4\leqslant X\leqslant 3.9998779$	Q5	$-1024\leqslant X\leqslant 1023.96875$
Q12	$-8\leqslant X\leqslant 7.9997559$	Q4	$-2048\leqslant X\leqslant 2047.9375$
Q11	$-16\leqslant X\leqslant 15.9995117$	Q3	$-4096\leqslant X\leqslant 4095.875$
Q10	$-32\leqslant X\leqslant 31.9990234$	Q2	$-8192\leqslant X\leqslant 8191.75$
Q9	$-64\leqslant X\leqslant 63.9980469$	Q1	$-16384\leqslant X\leqslant 16383.5$
Q8	$-128\leqslant X\leqslant 127.9960938$	Q0	$-32768\leqslant X\leqslant 32767$

1. 溢出及处理方法

溢出的全名是“缓冲区溢出”，是指当芯片进行运算时，超出其动态范围的情况。缓冲区是内存中存放数据的地方。由于定点数的表示范围是一定的，因此在进行定点数的运算时，其结果就有可能出现超过数值表示范围的现象，这种现象就称为溢出。如果结果大于最大值，称为上溢出；如果结果小于最小值，称为下溢出。一般情况下，上溢和下溢统称为溢出。

在进行定点运算时，必须考虑溢出的处理方法，如果忽视溢出情况，就有可能导致灾难性的结果。例如：两个16位有符号数x和y相加，结果也由16位有符号数表示，则：

$$x = 32766d = 0111111111111110b;$$

$$y = 3d = 0000000000000011b;$$

$$x + y = 32766 + 3 = 1000000000000001b = -32767d$$

显然，x和y相加的结果应该是32769，但由于已经超过了表示范围，在不采取溢出保护措施的情况下，其结果却变成了−32767。

为了避免这种情况的发生，一般在芯片中设置溢出保护功能。在设置溢出保护功能后，当发生溢出时，芯片会自动将结果设置为最大值或最小值，即发生上溢时，将结果溢出保护为最大值；而发生下溢时，将结果溢出保护为最小值。

2. 舍入及截尾

以取整运算来说明舍入和截尾的概念。

对一个数进行取整处理一般有以下两种处理方法。

(1) 直接将小数部分去除，这就是截尾处理方法，也称下取整。

(2) 将该数加0.5之后再将小数部分去除，这就是舍入处理方法，即通常所说的四舍五入。这种处理方法也称上取整。

[**例1**]　已知x=123.3，y=123.7，试分别对x、y进行舍入和截尾处理。

对x进行舍入：round(x)=round(123.3)=trunc(123.3+0.5)=123

对x进行截尾：trunc(x)=trunc(123.3)=123

对y进行舍入：round(y)=round(123.7)=trunc(123.7+0.5)=124

对y进行截尾：trunc(y)=trunc(123.7)=123

从上述的例子可以看出，由于数x的小数部分为0.3，采用舍入运算后得到的结果与截尾运算结果相同。而数y的小数部分为0.7，采用舍入运算后得到的结果与截尾运算结果不同，数值精度要高一些。对于芯片的乘法运算，常需要用到舍入处理方法。下面举例予以说明。

对两个Q值均为15的16位有符号数x和y进行乘法运算，结果也是采用Q15表示的16位数。将一般的运算过程描述如下。

(1) x与y相乘，结果放在32位累加器中。由于x与y的Q值均为15，因此，此时累加器中结果为32位，Q值为30。

(2) 将累加器的数左移一位。此时累加器中的数的Q值变为31。

(3) 为了将结果表示为16位，一种方法是直接将低16位截尾，保留高16位作为乘法结果。另一种方法就是在截尾之前进行舍入处理。方法就是在低16位数的最高位加1(相当于加32768)，然后将低16位去除，将高16位作为乘法结果。

显然，进行舍入运算后，能够最大程限地保持16位结果的精度。

3. 加减法运算的C语言定点模拟

设浮点加法运算的表达式为：

```
float x,y,z;
z = x + y;
```

将浮点加减法转化为定点加减法时最重要的一点就是必须保证两个操作数的定标值一样。若两者不一样，则在做加减法运算前应先进行小数点的调整，也就是进行Q值的统一。为保证运算精度，需将Q值小的数调整为与另一个数的Q值一样大。此外，在做加减法运算时，必须注意结果可能会超过16位。如果加减法的结果超出16位的表示范围，则必须保留32位结果，以保持运算的精度。

4. 结果不超过16位表示范围的加减法运算

[**例2**] 设x的Q值为Q_x,，y的Q值为Q_y,，且$Q_x > Q_y$，加减法结果z的定标值为Q_z，则

$$z = x + y$$

$$z_q \cdot 2^{-Q_z} = x_q \cdot 2^{-Q_x} + y_q \cdot 2^{-Q_y} = x_q \cdot 2^{-Q_x}, + y_q \cdot 2^{(Q_x - Q_y)} \cdot 2^{-Q_x}$$

$$= [x_q + y_q \cdot 2^{(Q_x - Q_y)}] \cdot 2^{-Q_x}$$

$$z_q = [x_q + y_q \cdot 2^{(Q_x - Q_y)}] \cdot 2^{(Q_z - Q_x)}$$

所以定点加法可以描述为：

```
int x,y,z;
long temp;
temp=y<<(Qx-Qy);
temp=x+temp;
z=(int)(temp)>>(Qx-Qz)),若 Qx≥Qz
z=(int)(temp<<(Qz-Qx)),若 Qx≤Qz
```

[**例3**] 定点加法。

设x=0.5，y=3.1，则浮点运算结果为z=x+y=0.5+3.1=3.6；Q_x=15，Q_y=13，Q_z=13，则定点加法为：

```
x=16384;y=25395;
temp=25395<<2=101580;
temp=x+temp=16384+101580=117964;
z=(int)(117964L>>2)=29491;
```

因为z的Q值为13，所以定点值z=29491，即浮点值z=29491/8192=3.6。

[**例4**] 定点减法。

设x=3.0，y=3.1，则浮点运算结果为z=x−y=3.0−3.1=−0.1；Q_x=13，Q_y=13，Q_z=15，则定点减法为：

```
x=24576 ;y=25295;
temp=25395;
temp=x -temp=24576 -25395=-819;
```

因为 $Q_x<Q_z$，故 z=(int)(－819<<2)=－ 3276。由于 z 的 Q 值为 15，所以定点值 z=－3276，即浮点值 z=－3276/32768≈－0.1。

5. 结果超过 16 位表示范围的加减法运算

设 x 的 Q 值为 Q_x，y 的 Q 值为 Q_y，且 $Q_x>Q_y$，加法结果 z 的定标值为 Q_z，则定点加法为：

```
int x,y;
long temp, z;
temp=y<< (Qx - Qy);
temp=x+temp;
z=temp>> (Qx - Qz)，若 Qx≥Qz
z=temp<< (Qz - Qx)，若 Qx≤Qz
```

［**例 5**］ 结果超过 16 位的定点加法。

设 x=15000，y=20000，则浮点运算值为 z=x+y=35000，显然 z> 32767，因此 $Q_x=1$，$Q_y=0$，$Q_z=0$，则定点加法为：

```
x=30000 ;y=20000;
temp=20000<<1=40000;
temp=temp+x=40000+30000=70000;
z=70000L>>1=35000;
```

因为 z 的 Q 值为 0，所以定点值 z=35000 就是浮点值，这里 z 是一个长整型数。

当加法或加法的结果超过 16 位表示范围时，如果程序员事先能够了解到这种情况，并且需要保持运算精度时，则必须保持 32 位结果。如果程序中是按照 16 位数进行运算的，则超过 16 位实际上就是出现了溢出。如果不采取适当的措施，则数据溢出会导致运算精度的严重恶化。当单片机设有溢出保护功能时，一旦出现溢出，则累加器 ACC 的结果为最大的饱和值(上溢为 7FFFh，下溢为 8000h)，从而达到防止溢出引起精度严重恶化的目的。

6. 乘法运算的定点模拟

设浮点乘法运算的表达式为：

```
float x,y,z;
z=xy;
```

假设经过统计后 x 的定标值为 Q_x，y 的定标值为 Q_y，乘积 z 的定标值为 Q_z，则：

$$z = xy => z_q \cdot 2^{-Q_z} = x_q \cdot y_q \cdot 2^{-(Q_x+Q_y)}$$

$$z_q = (x_q y_q) 2^{Q_z-(Q_x+Q_y)}$$

所以定点表示的乘法为：

```
int x,y,z;
long temp;
```

```
temp=(long) x;
z=(temp * y)>>(Qx+Qy-Qz);
```

[**例 6**] 定点乘法。

设 x=17.4,y=36.8,则浮点运算值为 17.4×36.8=677.12;根据 7.1.1 小节 ,得 $Q_x=10,Q_y=9,Q_z=5$,所以有:

```
x=18841;
y=18841;
temp=18841L;
z=(18841L * 18841)>>(10+9-5)=354983281L>>14=21666;
```

因为 z 的定标值为 5,故定点值 z=21666 即对应浮点的 z=21666/32=677.08。

设浮点除法运算的表达式为:

```
float x,y,z;
z=x/y;
```

假设经过统计后被除数 x 的定标值为 Q_x,除数 y 的定标值为 Q_y,商 z 的定标值为 Q_z,则:

$$z = x/y$$

$$z_q \cdot 2^{-Q_z} = (x_q \cdot 2^{-Q_x})/(y_q \cdot 2^{-Q_y})$$

$$z_q = x_q \cdot 2^{(Q_z-Q_x+Q_y)}/y_q$$

所以定点表示的除法为:

```
int x, y, z;
long temp;
temp=(long)x;
z=(temp<<(Qz-Qx+Qy))/y;
```

[**例 7**] 定点除法。

设 x=17.4,y=36.8,浮点运算值为 z=x/y=17.4/36.8=0.5;根据 7.1.1 小节,得 $Q_x=10,Q_y=9,Q_z=15$,所以有:

```
x=18841, y=18841;
temp=(long)18841;
z=(18841L<<(15 -10+9)/18841=308690944L/18841=16384;
```

因为商 z 的定标值为 15,所以定点值 z=16384 即对应浮点值 $z=16384/2^{15}=0.5$。

7. 程序变量的 Q 值确定

在前面几节介绍的例子中,由于 x、y、z 的值都是已知的,因此从浮点变为定点时 Q 值很好确定。在实际的应用中,程序中参与运算的都是变量,那么如何确定浮点程序中变量的 Q 值呢? 从前面的分析可以知道,确定变量的 Q 值实际上就是确定变量的动态范围,动态范围确定了,则 Q 值也就确定了。设变量的绝对值的最大值为|max|,注意|max|必须小于或等于 32767。取一个整数 n,使其满足:

$$2^{n-1} < |\max| < 2^n$$

则有：

$$2^{-Q} = 2^{-15} \times 2^{n} = 2^{-(15-n)}$$

$$Q = 15 - n$$

例如，某变量的值在-1～$+1$之间，即$|\max|<1$，因此$n=0$，$Q=15-n=15$。

既然确定了变量的$|\max|$就可以确定其Q值，那么变量的$|\max|$又是如何确定的呢？一般来说，确定变量的$|\max|$有两种方法，一种是理论分析法，另一种是统计分析法。

1）理论分析法

有些变量的动态范围通过理论分析是可以确定的。如以下一些函数。

(1) 三角函数。$y=\sin(x)$或$y=\cos(x)$，由三角函数知识可知，$|y|\leqslant 1$。

(2) 汉明窗。$y(n)=0.54-0.46\cos[2\pi n/(N-1)]$，$0\leqslant n\leqslant N-1$。因为$-1\leqslant\cos[2\pi n/(N-1)]\leqslant 1$，所以$0.08\leqslant y(n)\leqslant 1.0$。

(3) FIR滤波。$y(n)=\sum_{k=0}^{N-1}h(k)x(n-k)$，设$\sum_{k=1}^{N-1}|h(k)|=1.0$，且$x(n)$是模拟信号的12位量化值，即有$|x(n)|\leqslant 2^{11}$，则$|y(n)|\leqslant 2^{11}$。

(4) 理论已经证明，在自相关线性预测编码(LPC)的程序设计中，反射系数k_i能够满足下列不等式：$|k_i|\leqslant 1.0$，$i=1,2,\cdots,p$，p为LPC的阶数。

2）统计分析法

对于理论上无法确定范围的变量，一般采用统计分析的方法来确定其动态范围。所谓统计分析，就是用足够多的输入信号样值来确定程序中变量的动态范围，这里输入信号一方面要有一定的数量，另一方面必须尽可能地涉及各种情况。例如，在语音信号分析中，统计分析时就必须采集足够多的语音信号样值，并且在所采集的语音样值中，应尽可能地包含各种情况，如音量的大小、声音的种类(男声、女声等)等。只有这样，统计出来的结果才能具有典型性。当然，统计分析毕竟不可能涉及所有可能发生的情况，因此，对统计得出的结果在程序设计时可采取一些保护措施，如适当牺牲一些精度，Q值取得比统计值稍大些，使用单片机芯片提供的溢出保护功能等。

另一种表示小数的方法就是浮点数法，浮点数类似于写成科学计数法的数，如科学计数法中123.456可以写成1.23456×10^{2}，这两个数在数值上是相等的。在二进制中也可以使用相同的方法，在十进制中使用的是10的幂，在二进制中就要使用2的幂。如二进制数1010.11，使用科学记数法表示为1.01011×2^{3}。在二进制的科学计数法中，有效数的首位总是1。

IEEE 754标准规定了3种浮点数格式：单精度、双精度、扩展精度。在这里只介绍单精度浮点数，IEEE 754标准所定义的单精度浮点数的长度为32位，按位域可划分为：符号位、阶码位与尾数位。

```
31--------22--------------0
| |x‖ xxxxxxx| |xxxxxxxxxxxxxxxxxxxxxxx|
符号    阶码                尾数
```

符号位取0表示正数，取1表示负数。

阶码位有8位，这里有一点需要注意，那就是指数n并不能直接当做阶码来处理，需要将其与 127(0x7f)相加才可得到阶码表示,阶码为 127 时表示指数为 0;阶码小于 127 时表示指数为负;阶码大于 127 时表示指数为正。尾数的位域长度在图示中是 23 位,但实际是 24 位,最高位是“不可见”的,其值固定为 1,1.0 的二进制单精度浮点格式：0 0111 1111 000 0000 0000 0000 0000 0000。

下面使用 C 语言设计一个简单的加法程序来实现定点数的计算。

```
void main()
{
    short int x_z,x_x,y_z,y_x,sum_z,sum_x;
    x_z=1;
    x_x=0xb3;                    //x=1.7
    y_z=0;
    y_x=0x57;                    //y=0.342
    sum_x=x_x+y_x;
    if(_c==1)
    {
        sum_z=x_z+y_z+1;
    }
    else
    {
        sum_z=x_z+y_z;
    }
}
```

将相加的两个数的整数和小数部分分别相加并分别存入 8 位的寄存器中,然后通过结果的整数和小数部分可以分别看出定点数相加的结果。在这里相当于把 x、y 以及相加得到的结果的定标值定为 8。所以得到的整数部分直接就是结果的十进制整数部分,小数部分除以 2^8(即 256)就得到十进制的小数部分。在上述计算过程中 x=1.7 和 y=0.342 相加的理论结果为 2.042,由于十进制转化为二进制过程中的存储单元有限,小数的精确度下降,所以得到的结果为 2.0390625。

下面为定点数的乘法运算：

```
/* x=7.25 与 y=5.5 相乘 */
void main()
{
    int x,y,mul;
    x=0x0074;                    //x=7.25, Q4
    y=0x0058;                    //y=5.5,Q4
    mul=x*y;                     //Q8
}
```

因为 x 的定标值为 Q4,y 的定标值为 Q4,所以相乘得到的 mul 定标值为 Q8,这样得到的 mul 值为 10208,除以 2^8 得到 39.875。

7.3 汇编指令速查

汇编指令速查表如表 7-2 所示。

表 7-2 汇编语言速查表

助记符	说明	指令周期	影响标志位					
			Z	C	AC	OV	TO	PDF
算术运算								
ADD A,[m]	ACC与数据存储器相加,结果放入ACC	1						
ADDM A,[m]	ACC与数据存储器相加,结果放入数据存储器	1						
ADD A,x	ACC与立即数相加,结果放入ACC	1						
ADC A,[m]	ACC与数据存储器、进位标志相加,结果放入ACC	1						
ADCM A,[m]	ACC与数据存储器、进位标志相加,结果放入数据存储器	1						
SUB A,x	ACC与立即数相减,结果放入ACC	1						
SUB A,[m]	ACC与数据存储器相减,结果放入ACC	1						
SUBM A,[m]	ACC与数据存储器相减,结果放入数据存储器	1						
SBC A,[m]	ACC与数据存储器、进位标志相减,结果放入ACC	1						
SBCM A,[m]	ACC与数据存储器、进位标志相减,结果放入数据存储器	1						
DAA [m]	将加法运算中放入ACC的值调整为十进制数,并将结果放入数据存储器	1						
逻辑运算								
AND A,[m]	ACC与数据存储器做"与"运算,结果放入ACC	1						
OR A,[m]	ACC与数据存储器做"或"运算,结果放入ACC	1						
XOR A,[m]	ACC与数据存储器做"异或"运算,结果放入ACC	1						
ANDM A,[m]	ACC与数据存储器做"与"运算,结果放入数据存储器	1						
ORM A,[m]	ACC与数据存储器做"或"运算,结果放入数据存储器	1						
XORM A,[m]	ACC与数据存储器做"异或"运算,结果放入数据存储器	1						
AND A,x	ACC与立即数做"与"运算,结果放入ACC	1						
OR A,x	ACC与立即数做"或"运算,结果放入ACC	1						
XOR A,x	ACC与立即数做"异或"运算,结果放入ACC	1						
CPL [m]	对数据存储器取反,结果放入数据存储器	1						
CPLA [m]	对数据存储器取反,结果放入ACC	1						

续表

助记符	说　　明	指令周期	影响标志位					
			Z	C	AC	OV	TO	PDF
递增和递减								
INCA [m]	递增数据存储器,结果放入 ACC	1						
INC [m]	递增数据存储器,结果放入数据存储器	1						
DECA [m]	递减数据存储器,结果放入 ACC	1						
DEC [m]	递减数据存储器,结果放入数据存储器	1						
移位								
RRA [m]	数据存储器右移 1 位,结果放入 ACC	1						
RR [m]	数据存储器右移 1 位,结果放入数据存储器	1						
RRCA [m]	带进位将数据存储器右移 1 位,结果放入 ACC	1						
RRC [m]	带进位将数据存储器右移 1 位,结果放入数据存储器	1						
RLA [m]	数据存储器左移 1 位,结果放入 ACC	1						
RL [m]	数据存储器左移 1 位,结果放入数据存储器	1						
RLCA [m]	带进位将数据存储器左移 1 位,结果放入 ACC	1						
RLC [m]	带进位将数据存储器左移 1 位,结果放入数据存储器	1						
数据传送								
MOV A,[m]	将数据存储器值送至 ACC	1						
MOV [m],A	将 ACC 值送至数据存储器	1						
MOV A,x	将立即数送至 ACC	1						
位运算								
CLR [m].i	清除数据存储器的位	1						
SET [m].i	置位数据存储器的位	1						
转移								
JMP addr	无条件跳转	2						
SZ [m]	如果数据存储器为零,则跳过下一条指令	1						
SZA [m]	数据存储器送至 ACC,如果内容为零,则跳过下一条指令	1						
SZ [m].i	如果数据存储器的第 i 位为零,则跳过下一条指令	1						
SNZ [m].i	如果数据存储器的第 i 位不为零,则跳过下一条指令	1						

续表

助记符	说明	指令周期	影响标志位					
			Z	C	AC	OV	TO	PDF
SIZ [m]	递增数据存储器，如果结果为零，则跳过下一条指令	1						
SDZ [m]	递减数据存储器，如果结果为零，则跳过下一条指令	1						
SIZA [m]	递增数据存储器，将结果放入 ACC，如果结果为零，则跳过下一条指令	1						
SDZA [m]	递减数据存储器，将结果放入 ACC，如果结果为零，则跳过下一条指令	1						
CALL addr	子程序调用	2						
RET	从子程序返回	2						
RET A,x	从子程序返回，并将立即数放入 ACC	2						
RETI	从中断返回	2						
查表								
TABRDC [m]	读取当前页的 ROM 内容，并送至数据存储器和 TBLH	2						
TABRDL [m]	读取最后页的 ROM 内容，并送至数据存储器和 TBLH	2						
其他指令								
NOP	空指令	1						
CLR [m]	清除数据存储器	1						
SET [m]	置位数据存储器	1						
CLR WDT	清除看门狗定时器	1						
CLR WDT1	预清除看门狗定时器	1						
CLR WDT2	预清除看门狗定时器	1						
SWAP [m]	交换数据存储器的高低字节，结果放入数据存储器	1						
SWAPA [m]	交换数据存储器的高低字节，结果放入 ACC	1						
HALT	进入暂停模式	1						

(1) ADC A，[m]：Add data memory and carry to the accumulator。

说明：将指定的数据存储器、累加器内容以及进位标志相加，结果存放到累加器。

运算过程：ACC←ACC+[m]+C

影响标志位：OV、Z、AC、C

范例：

```
ADC   A,[40h]
```

执行前：地址为 40h 的数据存储器内容为 1Fh，累加器 ACC 内容为 01h，C=1

执行后：地址为 40h 的数据存储器内容为 1Fh，累加器 ACC 内容为 21h

注意："m"代表地址为 m 的数据存储器，为方便说明，以后一律以寄存器 m 称之。

(2) ADCM A，[m]：Add the accumulator and carry to the accumulator。

说明：将指定的数据存储器、累加器内容和进位标志位相加，结果存放到指定的数据存储器。

运算过程：[m]←ACC+[m]+C

影响标志位：OV、Z、AC、C

范例：

```
ADCM   A,[40h]
```

执行前：寄存器 40h 内容为 1Fh，累加器 ACC 内容为 01h，C=0

执行后：寄存器 40h 内容为 20h，累加器 ACC 内容为 01h

(3) ADD A，[m]：Add data memory to the accumulator。

说明：将指定的数据存储器和累加器内容相加，结果存放到累加器。

运算过程：ACC←ACC+[m]

影响标志位：OV、Z、AC、C

范例：

```
ADD   A,[40h]
```

执行前：寄存器 40h 内容为 30h，累加器 ACC 内容为 20h

执行后：寄存器 40h 内容为 30h，累加器 ACC 内容为 50h

(4) ADD A，x：Add immediate data to the accumulator。

说明：将累加器和立即数相加，结果存放到累加器。

运算过程：ACC←ACC+x

影响标志位：OV、Z、AC、C

范例：

```
ADD A,40h
```

执行前：累加器 ACC 内容为 20h

执行后：累加器 ACC 内容为 60h

(5) ADDM A，[m]：Add the accumulator to the data memory。

说明：将指定的数据存储器和累加器内容相加，结果存放到指定的数据存储器。

运算过程：[m]←ACC+[m]

影响标志位：OV、Z、AC、C

范例：

```
ADDM A,[40h]
```

执行前：寄存器 40h 内容为 30h，累加器 ACC 内容为 20h

执行后：寄存器 40h 内容为 50h，累加器 ACC 内容为 20h

ADD(M)、ADC(M)指令通常在 8 位以上的加法运算中配合使用，下面是将两组 16 位数据相加的范例(WORD2＝WORD1＋WORD2)。

范例：

```
  …                                  ;数据存储器定义区
WORD1  DW ?                          ;保留 2Byte 的数据空间
WORD2  DW ?                          ;保留 2Byte 的数据空间
  …                                  ;程序区
   MOV  A,WORD1 [0]                  ;取得 Low Bytes
   ADDM  A,WORD2[0]                  ;Low Byte 相加
   MOVA,WORD1[1]                     ;取得 High Bytes
   ADCM A,WORD3[1]                   ;High Byte 相加
```

执行前：[WORD1]＝5566h，[WORD2]＝33AAh，ACC＝36h

执行后：[WORD1]＝5566h，[WORD2]＝8910h，ACC＝55h

在 HT 的 Assembly Language 中，m[N] 代表 m＋N 的数据存储器地址。

(6) AND A,[m]：Logical AND accumulator with data memory。

说明：将累加器中的数据和指定数据存储器内容做逻辑与，结果存放到累加器。

运算过程：ACC←ACC"AND"[m]

影响标志位：Z

范例：

```
AND  A,[40h]
```

执行前：寄存器 40h 内容为 88h，累加器 ACC 内容为 08h

执行后：寄存器 40h 内容为 88h，累加器 ACC 内容为 08h

(7) AND A,x：Logical AND immediate data to the accumulator。

说明：将累加器中的数据和立即数做逻辑与，结果存放到累加器。

运算过程：ACC←ACC "AND" x

影响标志位：Z

范例：

```
AND  A,F0h
```

执行前：累加器 ACC 内容为 88h

执行后：累加器 ACC 内容为 80h

(8) ANDM A,[m]：Logical AND data memory with the accumulator。

说明：将指定数据存储器内容和累加器中的数据做逻辑与，结果存放到数据存储器。

运算过程：[m]←ACC "AND" [m]

影响标志位：Z

范例：

```
ANDM A,[40h]
```

执行前：寄存器 40h 内容为 88h，累加器 ACC 内容为 08h

执行后：寄存器 40h 内容为 08h，累加器 ACC 内容为 08h

(9) CALL addr：Subroutine call。

说明：无条件地调用指定地址的子程序，此时程序计数器先加 1 获得下一个要执行的指令地址并压入堆栈，接着载入指定地址并从新地址执行程序。由于指令需要额外的运算，所以此指令需两个系统周期。

运算过程：Stack←Program Counter+1

Program Counter←addr

影响标志位：无

范例：

```
CALL READ_KEY
```

执行前：PC=110h，READ_KEY=300h，Stack=000h

执行后：PC=300h，READ_KEY=300h，Stack=111h

(10) CLR [m]：Clear data memory。

说明：将指定数据存储器的内容清零。

运算过程：[m]←00H

影响标志位：无

范例：

```
CLR  [40h]
```

执行前：[40h]=66h

执行后：[40h]=00h

(11) CLR [m].i：Clear bit of data memory。

说明：将指定数据存储器的第 i 位内容清零。

运算过程：[m].i←0

影响标志位：无

范例：

```
CLR [40h].2
```

执行前：[40h]=66h

执行后：[40h]=60h

(12) CLR WDT：Clear Watchdog Timer。

说明：WDT 计数器、暂停标志位 PDF 和看门狗溢出标志位 TO 清零。

运算过程：WDT←00H，PDF & TO←0

影响标志位：TO、PDF

范例：

```
CLR  WDT
```

执行前：WDT 计数器＝86h，TO＝“1”，PDF＝“1”

执行后：WDT 计数器＝00h，TO＝”0”，PDF＝“0”

(13) CLR WDT1：Preclear Watchdog Timer。

说明：PDF 和 TO 标志位都被清零。必须配合 CLR WDT2 一起使用清除 WDT 计数器。当程序仅执行 CLR WDT1，而没有执行 CLR WDT2 时，PDF 与 TO 保留原状态不变。

运算过程：WDT←00H，PDF & TO←0

影响标志位：TO、PDF

范例：

```
CLR  WDT1
CLR  WDT2
```

执行前：WDT 计数器＝86h，TO＝“1”，PDF＝“1”

执行后：WDT 计数器＝00h，TO＝“0”，PDF＝“0”

(14) CLR WDT2：Preclear Watchdog Timer。

说明：PDF 和 TO 标志位都被清零。必须配合 CLR WDT1 一起使用清除 WDT 计时器。当程序仅执行 CLR WDT2，而没有执行 CLR WDT1 时，PDF 与 TO 保留原状态不变。

运算过程：WDT←00H，PDF & TO←0

影响标志位：TO、PDF

范例：

```
CLR  WDT1
CLR  WDT2
```

执行前：WDT 计数器＝86h，TO＝“1”，PDF＝“1”

执行后：WDT 计数器＝00h，TO＝“0”，PDF＝“0”

(15) CPL [m]：Complement data memory。

说明：将指定数据存储器中的每一位取逻辑反，相当于从“1”变“0”或从“0”变“1”。

运算过程：[m]←[m]

影响标志位：Z

范例：

```
CPL  [40h]
```

执行前：[40h]＝55h

执行后：[40h]＝AAh

(16) CPLA [m]：Complement data memory。

说明：将指定数据存储器中的每一位取逻辑反，相当于从“1”变“0”或从“0”变“1”，结果被存放回累加器且数据寄存器的内容保持不变。

运算过程：ACC←[m]

影响标志位：Z

范例：

```
CPLA [40h]
```

执行前：[40h]=55h,ACC=88h

执行后：[40h]=55h,ACC=AAh

(17) DAA [m]：Decimal-Adjust accumulator for addition。

说明：将累加器中的内容转换为BCD(二进制转成十进制)码。如果低4位的值大于"9"或AC="1",那么BCD调整就执行对原值加"6",否则原值保持不变;如果高4位的值大于"9"或C="1",那么BCD调整就执行对原值加"6"。BCD转换实质上是根据累加器和标志位执行00H、06H、60H或66H的加法运算,结果存放到数据存储器的过程。只有进位标志位C受影响,用来指示原始BCD的和是否大于100,并可以进行双精度十进制数的加法运算。运算过程：[m]←ACC+00H,[m]←ACC+06H,[m]←ACC+60H或[m]←ACC+66H

影响标志位：C

范例：

```
ADD  A, 05h
DAA  [40h]
```

执行前：[40h]=55h,ACC=89h

执行后：[40h]=94h,ACC=89h

"DAA" 在BCD (Binary Coded Decimal)的加法运算上是极为重要的调整指令,若能善加利用可以省去很多麻烦。例如,要求得1+2+3+…+10的结果,可用程序如下。

范例：

```
#include HT46F49E                       ;载入寄存器定义文件
…                                       ;数据存储器定义区
COUNT   DB ?                            ;保留 1Byte 的数据空间
…                                       ;程序区
MOV     A, 10
MOV     COUNT, A                        ;设定 COUNT=10,因为有 10 组数据相加
CLR     ACC ;ACC=0
NEXT:   ADD A, COUNT                    ;累加
DAA     ACC                             ;进行 BCD 调整
SDZ     COUNT                           ;判断 10 组数据是否加完
JMP     NEXT                            ;未加完,继续累加
NOP                                     ;10 组数据加完后结束
…
```

以上程序执行到"NOP"时,ACC寄存器=55 h。如果读者将"DAA ACC"调整指令舍去,执行的结果为ACC=37 h(十进制的55)。

(18) DEC [m]：Decrement data memory。

说明：将指定数据存储器的内容减1。

运算过程：[m]←[m]-1

影响标志位：Z

范例：

```
DEC[40h]
```

执行前：[40h]=55h,ACC=89h

执行后：[40h]=54h，ACC=89h

(19) DECA [m]：Decrement data memory and place result in the accumulator。

说明：将指定数据存储器的内容减1，并将结果存放回累加器并保持指定数据存储器的内容不变。

运算过程：ACC←[m]−1

影响标志位：Z

范例：

```
DECA [40h]
```

执行前：[40h]=55h，ACC=89h

执行后：[40h]=55h，ACC=54h

(20) HALT：Enter power down mode。

说明：此指令终止程序执行并关掉系统时钟，RAM 和寄存器的内容保持原状态，WDT 计数器和分频器被清零，暂停标志位 PDF 被置为“1”，WDT 溢出标志位 TO 被清零。

运算过程：PDF←1，TO←0

影响标志位：TO、PDF

范例：

```
HALT
```

执行前：PC=100h，PDF=0 ，TO=0

执行后：PC=101h，PDF=1 ，TO=0

(21) INC [m]：Increment data memory。

说明：将指定数据存储器的内容加1。

运算过程：[m]←[m]+1

影响标志位：Z

范例：

```
INC [40h]
```

执行前：[40h]=55h，ACC=89h

执行后：[40h]=56h，ACC=89h

(22) INCA [m]：Increment data memory and place result in the accumulator。

说明：将指定数据存储器的内容加1，结果存放回累加器并保持指定的数据存储器内容不变。

运算过程：ACC←[m]+1

影响标志位：Z

范例：

```
INCA  [40h]
```

执行前：[40h]=55h，ACC=89h

执行后：[40h]=55h，ACC=56h

(23) JMP addr：Directly jump。

说明：程序计数器的内容无条件地由被指定的地址取代，程序由新的地址继续执行。

当新的地址被加载时，必须插入一个空指令周期，所以此指令为两个周期的指令。

运算过程：PC←addr

影响标志位：无

范例：

```
JMP  START
```

执行前：PC＝110h，START＝000h

执行后：PC＝000h，START＝000h

(24) MOV A,[m]：Move data memory to the accumulator。

说明：将指定数据存储器的内容存复制到累加器中。

运算过程：ACC←[m]

影响标志位：无

范例：

```
MOV A, [40h]
```

执行前：[40h]＝55h，ACC＝89h

执行后：[40h]＝55h，ACC＝55h

(25) MOV [m], A：Move the accumulator data to memory。

说明：将累加器的内容复制到指定的数据存储器中。

运算过程：[m]←ACC

影响标志位：无

范例：

```
MOV  [40h], A
```

执行前：[40h]＝55h，ACC＝89h

执行后：[40h]＝89h，ACC＝89h

(26) MOV A,x：Move immediate data to the accumulator。

说明：将立即数传送到累加器。

运算过程：ACC←x

影响标志位：无

范例：

```
MOV  A, 40h
```

执行前：ACC＝89h

执行后：ACC＝40h

(27) NOP：No operation。

说明：不执行任何运算，但 PC 值会加 1。虽然是不执行任何运算，但执行 NOP 指令仍然会耗费一个指令周期的时间。因此，除了用来填补程序空间外，有时也会作延时用。

运算过程：PC←PC＋1

影响标志位：无

范例：

```
NOP
```

执行前：PC＝89h

执行后：PC＝8Ah

(28) OR A,[m]：Logical OR accumulator with data memory。

说明：将累加器与指定的数据存储器的内容逻辑或，并将结果存入累加器。

运算过程：ACC←ACC"OR" [m]

影响标志位：Z

范例：

```
OR  A, [40h]
```

执行前：寄存器 40h 内容为 80h，累加器 ACC 内容为 08h

执行后：寄存器 40h 内容为 80h，累加器 ACC 内容为 88h

(29) OR A,x：Logical OR immediate data to the accumulator。

说明：将累加器中的数据与立即数逻辑或，并将结果存入累加器中。

运算过程：ACC←ACC "OR" x

影响标志位：Z

范例：

```
OR  A, 40h
```

执行前：累加器 ACC 内容为 08h

执行后：累加器 ACC 内容为 48h

(30) ORM A,[m]：Logical OR data memory with accumulator。

说明：将存在指定数据存储器中的数据和累加器逻辑或，并将结果放入数据存储器。

运算过程：[m]←ACC "OR" [m]

影响标志位：Z

范例：

```
ORM  A, [40h]
```

执行前：寄存器 40h 内容为 80h，累加器 ACC 内容为 08h

执行后：寄存器 40h 内容为 88h，累加器 ACC 内容为 08h

(31) RET：Return from subroutine。

说明：此条指令是子程序返回指令，它将堆栈寄存器所存放的 PC 值取回，并存入 PC，共用两个指令周期。

运算过程：PC←Stack

影响标志位：无

范例：

```
RET
```

执行前：PC＝066h，Stack＝888h

执行后：PC＝888h，Stack＝888h

(32) RET A，x：Return and place immediate data in the accumulator。

说明：此条指令是子程序返回指令，它先将栈寄存器存放的 PC 值取回，并存入 PC，同时将立即数放入累加器中，共用两个指令周期。

运算过程：PC←Stack，ACC← x

影响标志位：无

范例：

```
RET  A, 58h
```

执行前：PC＝066h，Stack＝888h，ACC＝34h

执行后：PC＝888h，Stack＝888h，ACC＝58h

(33) RETI：Return from interrupt。

说明：此条指令是中断子程序返回指令，它先将栈寄存器所存放的 PC 值取回，并存入 PC，再把 EMI 位设为“1”。该指令是中断服务子程序的最后一个指令，因为在进入中断服务子程序时单片机会自动清除 EMI 位，以防止其他中断再发生。因此，在利用 RETI 指令返回主程序的同时须将中断重新使能。完成以上动作共用两个指令周期。

运算过程：PC←Stack，EMI←“1”

影响标志位：无

范例：

```
RETI
```

执行前：PC＝066h，Stack＝888h，EMI＝0

执行后：PC＝888h，Stack＝888h，EMI＝1

(34) RL [m]：Rotate data memory left。

说明：将指定的数据存储器的内容左移，并将结果存回数据存储器。

运算过程：[m].(i+1)← [m].i for i＝0～6；

[m].0←[m].7

影响标志位：无

范例：

```
RL  [40h]
```

执行前：[40h]＝44h

执行后：[40h]＝88h

(35) RLA [m]：Rotate data memory left and place result in the accumulator。

说明：将指定的数据存储器内容左移，并将结果存放回累加器。

运算过程：ACC.(i+1)←[m].i for i＝0～6；

ACC.0←[m].7

影响标志位：无

范例：

```
RLA [40h]
```

执行前：[40h]=44h,ACC=66h

执行后：[40h]=44h,ACC=88h

(36) RLC [m]：Rotate data memory left through carry。

说明：将指定的数据存储器的内容与进位标志一起左移，并将结果存入数据存储器。

运算过程：[m].(i+1)←[m].i for i=0～6；

[m].0←[m].7

影响标志位：C

范例：

```
RLC [40h]
```

执行前：[40h]=41h,C=1

执行后：[40h]=83h,C=0

(37) RLCA [m]：Rotate left through carry and place result in the accumulator。

说明：将指定数据存储器的内容连同进位标志左移1位，第7位取代进位标志且原本的进位标志移到第0位，移位结果送回累加器，但是指定数据寄存器的内容保持不变。

运算过程：ACC.(i+1)←[m].i for i=0～6；

ACC.0←C,C←[m].7

影响标志位：C

范例：

```
RLCA [40h]
```

执行前：[40h]=41h,ACC=66h,C=1

执行后：[40h]=41h,ACC=83h,C=0

(38) RR [m]：Rotate data memory right。

说明：将指定数据存储器的内容循环右移1位且第0位移到第7位。

运算过程：[m].i←[m].(i+1) for i=0～6；

[m].7←[m].0

影响标志位：无

范例：

```
RR [40h]
```

执行前：[40h]=45h

执行后：[40h]=A2h

(39) RRA [m]：Rotate right and place result in the accumulator。

说明：将指定数据存储器的内容循环右移1位，第0位移到第7位，移位结果存放到累加器，而指定数据存储器的内容保持不变。

运算过程：ACC.i←[m].(i+1) for i=0～6；

ACC.7←[m].0

影响标志位：无

范例：

```
RRA [40h]
```

执行前：[40h]=45h,ACC=66h

执行后：[40h]=45h,ACC=A2h

(40) RRC [m]：Rotate data memory right through carry。

说明：将指定数据存储器的内容连同进位标志右移1位，第0位取代进位标志位且原本的进位标志位移到第7位。

运算过程：[m].i←[m].(i+1) for i=0～6；

[m].7←C,C←[m].0

影响标志位：C

范例：

```
RRC  [40h]
```

执行前：[40h]=48h,C=1

执行后：[40h]=A4h,C=0

(41) RRCA [m]：Rotate right through carry and place result in the accumulator。

说明：将指定数据存储器的内容连同进位标志右移1位，第0位取代进位标志位且原本的进位标志位移到第7位，移位结果送回累加器，但是指定数据寄存器的内容保持不变。

运算过程：ACC.i←[m].(i+1) for i=0～6；

ACC.7←C,C←[m].0

影响标志位：C

范例：

```
RRCA [40h]
```

执行前：[40h]=48h,ACC=66h, C=1

执行后：[40h]=48h,ACC=A4h, C=0

(42) SBC A, [m]：Subtract data memory and carry from the accumulator。

说明：将累加器减去指定数据存储器的内容以及进位标志的反，结果存放到累加器。如果结果为负，进位标志位清零；反之(结果为正或0)，进位标志位设置为1。

运算过程：ACC←ACC−[m]−$\overline{C}$

影响标志位：OV、Z、AC、C

范例：

```
SBC  A, [40h]
```

执行前：[40h]=30h,ACC=50h,C=1 (状况一)

执行后：[40h]=30h,ACC=20h,C=1

执行前：[40h]=30h,ACC=50h,C=0 (状况二)

执行后：[40h]=30h,ACC=1Ah,C=1

(43) SBCM A,[m]：Subtract data memory and carry from the accumulator。

说明：将累加器减去指定数据存储器的内容以及进位标志的反，结果存在数据存储器。如果结果为负，进位标志清零；反之(结果为正或为0)，进位标志位设置为1。

运算过程：[m]←ACC－[m]－$\overline{C}$

影响标志位：OV、Z、AC、C

范例：

```
SBCM  A, [40h]
```

执行前：[40h]＝30h，ACC＝50h，C＝1（状况一）

执行后：[40h]＝20h，ACC＝50h，C＝1

执行前：[40h]＝30h，ACC＝50h，C＝0（状况二）

执行后：[40h]＝1Ah，ACC＝50h，C＝1

(44) SDZ [m]：Skip if decrement data memory is 0。

说明：将指定的数据存储器的内容减1，判断是否为0，若为0则跳过下一条指令，由于取得下一个指令时会要求插入一个空指令周期，所以此指令为两个周期的指令。如果结果不为0，则程序继续执行下一条指令。

运算过程：Skip if ([m]－1)＝0，[m]←[m]－1

影响标志位：无

范例：

```
SDZ [40h]
RR [41h]     ;[40h]-1≠0
RL [41h]     ;[41h]-1=0
```

执行前：[40h]＝50h，[41h]＝21h（状况一）

执行后：[40h]＝4Ah，[41h]＝21h

执行前：[40h]＝01h，[41h]＝21h（状况二）

执行后：[40h]＝00h，[41h]＝42h

(45) SDZA [m]：Decrement data memory and place result in ACC，skip if 0。

说明：将指定数据存储器内容减1，判断是否为0，如果为0则跳过下一条指令，此结果将存放到累加器，但指定数据存储器内容不变。由于取得下一个指令时会要求插入一个空指令周期，所以此指令为两个周期的指令。如果结果不为0，则程序继续执行下一条指令。

运算过程：Skip if ([m]－1)＝0，ACC←[m]－1

影响标志位：无

范例：

```
SDZA [40h]
RR [41h]      ;[40h]-1≠0
RL [41h]      ;[41h]-1= 0
```

执行前：[40h]＝50h，[41h]＝21h，ACC＝38h（状况一）

执行后：[40h]＝4Ah，[41h]＝21h，ACC＝4Ah

执行前：[40h]＝01h，[41h]＝21h，ACC＝38h（状况二）

执行后：[40h]＝01h，[41h]＝42h，ACC＝00h

(46) SET [m]: Set data memory。

说明：将指定数据存储器的每一位设置为 1。

运算过程：[m]←FFH

影响标志位：无

范例：

```
SET [40h]
```

执行前：[40h]=86h

执行后：[40h]=FFh

(47) SET [m].i: Set bit of data memory。

说明：将指定数据存储器的第 i 位设置为 1。

运算过程：[m].i←1

影响标志位：无

范例：

```
SET  [40h] .3
```

执行前：[40h]=60h

执行后：[40h]=68h

(48) SIZ [m]: Skip if increment data memory is 0。

说明：将指定的数据存储器的内容加 1，判断是否为 0，若为 0 则跳过下一条指令。由于取得下一个指令时会要求插入一个空指令周期，所以此指令为两个周期的指令。如果结果不为 0，则程序继续执行下一条指令。

运算过程：Skip if ([m]+1)=0，[m]←[m]+1

影响标志位：无

范例：

```
SDZ  [40h]
RR   [41h]          ;[40h]+1≠0
RL   [41h]          ;[41h]+1=0
```

执行前：[40h]=50h，[41h]=21h（状况一）

执行后：[40h]=51h，[41h]=21h

执行前：[40h]=FFh，[41h]=21h（状况二）

执行后：[40h]=00h，[41h]=42h

(49) SIZA [m]: Increment data memory and place result in ACC，skip if 0。

说明：将指定数据存储器的内容加 1，判断是否为 0，如果是 0 则跳过下一条指令，此结果会被存放到累加器，但是指定数据存储器的内容不变。由于取得下一个指令时会要求插入一个空指令周期，所以此指令为两个周期的指令。如果结果不为 0，则程序继续执行下一条指令。

运算过程：Skip if ([m]+1)=0，ACC←[m]+1

影响标志位：无

范例：

```
SDZA [40h]
RR  [41h]        ;[40h]-1≠0
RL  [41h]        ;[41h]-1=0
```

执行前：[40h]=50h,[41h]=21h,ACC=38h（状况一）

执行后：[40h]=50h,[41h]=21h,ACC=4Ah

执行前：[40h]=FFh,[41h]=21h,ACC=38h（状况二）

执行后：[40h]=01h,[41h]=42h,ACC=00h

(50) SNZ[m].i：Skip if bit i of the data memory is not 0。

说明：判断指定数据存储器的第 i 位，若不为 0，则程序跳过下一条指令执行。由于取得下一个指令时会要求插入一个空指令周期，所以此指令为两个周期的指令。如果结果为 0，则程序继续执行下一条指令。

运算过程：Skip if [m].i≠0

影响标志位：无

范例：

```
SNZ  [40h].7
RR  [41h];[40h].7="0"
RL  [41h];[41h].7="1"
```

执行前：[40h]=60h,[41h]=21h（状况一）

执行后：[40h]=60h,[41h]=21h

执行前：[40h]=80h,[41h]=21h（状况二）

执行后：[40h]=80h,[41h]=42h

(51) SUB A,[m]：Subtract data memory from the accumulator。

说明：将累加器的内容减去指定的数据存储器的数据，将结果放到累加器，如果结果为负，进位标志位清零；反之（结果为正或为 0），进位标志位设置为 1。

运算过程：ACC←ACC−[m]

影响标志位：OV、Z、AC、C

范例：

```
SUB  A, [40h]
```

执行前：ACC=50h,[40h]=30h

执行后：ACC=20h,[40h]=30h

(52) SUBM A,[m]：Subtract data memory from the accumulator。

说明：将累加器的内容减去指定数据存储器的数据，结果存放到指定的数据存储器。如果结果为负，进位标志位清零；反之（结果为正或为 0），进位标志位设置为 1。

运算结果：[m]←ACC−[m]

影响标志位：OV、Z、AC、C

范例：

```
SUBM  A, [40h]
```

执行前：ACC=50h,[40h]=30h

执行后：ACC=50h,[40h]=20h

(53) SUB A,x：Subtract immediate data from the accumulator。

说明：将累加器的内容减去立即数，结果存放在累加器。如果结果为负，进位标志清零；反之(结果为正或为0)，进位标志位设置为1。

运算过程：ACC←ACC－x

影响标志位：OV、Z、AC、C

范例：

```
SUB  A, 40h
```

执行前：ACC=50h

执行后：ACC=10h

(54) SWAP [m]：Swap nibbles within the data memory。

说明：将指定数据存储器的低4位和高4位互相交换。

运算过程：([m].3～[m].0)↔([m].7～[m].4)

影响标志位：无

范例：

```
SWAP [40h]
```

执行前：[40h]=28h

执行后：[40h]=82h

(55) SWAPA [m]：Swap data memory and place result in the accumulator。

说明：将指定数据存储器的低4位和高4位互相交换，再将结果存放到累加器且指定数据寄存器的数据保持不变。

运算过程：ACC.3～ACC.0←[m].7～[m].4

ACC.7～ACC.4←[m].3～[m].0

影响标志位：无

范例：

```
SWAPA  [40h]
```

执行前：[40h]=28h,ACC=66h

执行后：[40h]=28h,ACC=82h

(56) SZ [m]：Skip if data memory is 0。

说明：判断指定数据存储器的内容是否为0，若为0，则程序跳过下一条指令执行。由于取得下一个指令时会要求插入一个空指令周期，所以此指令为两个周期的指令。如果结果不为0，则程序继续执行下一条指令。

运算过程：Skip if [m]=“00h”

影响标志位：无

范例：

```
SZ  [40h]
RR [41h]      ;[40h]≠"00h"
RL [41h]      ;[41h]="00h"
```

执行前：[40h]=60h,[41h]=21h (状况一)

执行后：[40h]=60h,[41h]=21h

执行前：[40h]=00h,[41h]=21h (状况二)

执行后：[40h]=00h,[41h]=42h

(57) SZA [m]: Move data memory to ACC,skip if 0。

说明：将指定数据存储器内容复制到累加器，并判断指定数据存储器的内容是否为0，若为0则跳过下一条指令。由于取得下一个指令时会要求插入一个空指令周期，所以此指令为两个周期的指令。如果结果不为0，则程序继续执行下一条指令。

运算过程：Skip if [m]="00h",ACC←[m]

影响标志位：无

范例：

```
SZA  [40h]
RR   [41h]        ;[40h]≠"00h"
RL   [41h]        ;[41h]="00h"
```

执行前：[40h]=60h,[41h]=21h,ACC=88h (状况一)

执行后：[40h]=60h,[41h]=21h,ACC=60h

执行前：[40h]=00h,[41h]=21h,ACC=88h(状况二)

执行后：[40h]=00h,[41h]=42h,ACC=00h

(58) SZ [m].i: Skip if bit i of the data memory is 0。

说明：判断指定数据存储器的第i位是否为0，若为0，则跳过下一条指令。由于取得下一个指令时会要求插入一个空指令周期，所以此指令为两个周期的指令。如果结果不为0，则程序继续执行下一条指令。

运算过程：Skip if [m].i="0"

影响标志位：无

范例：

```
SZ   [40h] .7
RR   [41h]        ;[40h] .7="0"
RL   [41h]        ;[41h] .7="1"
```

执行前：[40h]=60h,[41h]=21h(状况一)

执行后：[40h]=60h,[41h]=42h

执行前：[40h]=80h,[41h]=21h(状况二)

执行后：[40h]=80h,[41h]=21h

(59) TABRDC [m]: Move the ROM code (current page) to TBLH and data memory。

说明：将表格指针TBLH所指的程序代码低字节(当前页)移至指定的数据存储器且将高字节移至TBLH。

运算过程：[m]←ROM Code (Low Byte)

TBLH←ROM Code (Low Byte)

影响标志位：无

范例：

```
TABRDC [40h]
```

执行前：[40h]=50h，TBLP=30h，TBLH=F4h，[170h]=5566h，[F70h]=3388h，PC=105h

执行后：[40h]=66h，TBLP=30h，TBLH=55h，[170h]=5566h，[F70h]=3388h，PC=106h

(60) TABRDL [m]：Move the ROM code (last page) to TBLH and data memory。

说明：将表格指针 TBLP 所指的程序代码低字节(最后一页)移至指定的数据存储器且将高字节移至 TBLH。

运算过程：[m]←ROM Code (Low Byte)

TBLH←ROM Code (Low Byte)

影响标志位：无

范例：

```
TABRDL [40h]
```

执行前：[40h]=50h，TBLP=30h，TBLH=F4h，[170h]=5566h，[F70h]=3388h，PC=105h

执行后：[40h]=88h，TBLP=30h，TBLH=33h，[170h]=5566h，[F70h]=3388h，PC=106h

(61) XOR A,[m]：Logical XOR accumulator with data memory。

说明：将累加器的数据和指定的数据存储器内容逻辑异或，结果放到数据存储器中。

运算过程：ACC←ACC "XOR" [m]

影响标志位：Z

范例：

```
XOR A, [40h]
```

执行前：寄存器 40h 内容为 55h，累加器 ACC 内容为 AAh

执行后：寄存器 40h 内容为 55h，累加器 ACC 内容为 FFh

(62) XOR A,x：Logical XOR immediate data to the accumulator。

说明：将累加器的数据与立即数逻辑异或，结果存放到累加器中。

运算过程：ACC←ACC "XOR" x

影响标志位：Z

范例：

```
XOR  A, 0FFh
```

执行前：累加器 ACC 内容为 55h

执行后：累加器 ACC 内容为 AAh

(63) XORM A,[m]：Logical XOR data memory with to accumulator。

说明：将累加器的数据和指定的数据存储器内容逻辑异或，结果放到数据存储器。

运算过程：[m]←ACC "XOR"[m]

影响标志位：Z

范例：

```
XORM  A, [40h]
```

执行前：寄存器 40h 内容为 55h，累加器 ACC 内容为 AAh

执行后：寄存器 40h 内容为 FFh，累加器 ACC 内容为 AAh

7.4 C语言速查

1. C语言速查表(如表 7-3 所示)

表 7-3 C语言速查表

<table>
<tr><td rowspan="10">运算符</td><td>算术运算符</td><td rowspan="4">C语言常用语法</td><td>do-while</td></tr>
<tr><td>关系运算符</td><td>break、continue</td></tr>
<tr><td>等式运算符</td><td>goto</td></tr>
<tr><td>逻辑运算符</td><td>switch</td></tr>
<tr><td>位运算符</td><td>函数</td><td></td></tr>
<tr><td>复合赋值运算符</td><td rowspan="11">盛群C语言的扩充与限定</td><td>关键字</td></tr>
<tr><td>递增和递减运算符</td><td>存储器区块(memory bank)</td></tr>
<tr><td>条件运算符</td><td>位数据类型</td></tr>
<tr><td>逗号运算符</td><td>内嵌式汇编语言</td></tr>
<tr><td>运算符的结合性与优先权</td><td>中断</td></tr>
<tr><td rowspan="6">C语言常用语法</td><td>标识符</td><td>变量</td></tr>
<tr><td>常量</td><td>静态变量</td></tr>
<tr><td>数据类型</td><td>常量</td></tr>
<tr><td>for</td><td>初始值</td></tr>
<tr><td>while</td><td>内建函数</td></tr>
<tr><td>if-else</td><td>堆栈</td></tr>
</table>

表达式是由一串运算符及操作数所组成并且指明其运算的式子，它会遵循代数的规则以计算出数值或某些负效果。表达式中计算某些部分时的顺序将会根据运算符的执行优先权和运算符所属的群组来决定。数学上常使用的运算符的结合性及交换性规则，只能应用于具有结合性和交换性的运算符。

1) 算术运算符

\+ 加法运算符

－　减法运算符

＊　乘法运算符

/　除法运算符

％　模运算符(余数为小于除数的正数或零)

模运算符％只能使用于整数型数据的计算。

2) 关系运算符

关系运算符用于比较两个数值,然后根据比较结果返回 ture(真)、false(假)。

＞　大于

＞＝　大于等于

＜　小于

＜＝　小于等于

3) 等式运算符(等式运算符类似于关系运算符)

＝＝　等于

!＝　不等于

4) 逻辑运算符

逻辑运算符提供 AND、OR 和 NOT 的逻辑运算,并且生成 ture 或 false 值。由 && 和 ‖ 连接的表达式由左到右计算,只要结果生成就停止计算。

如果关系表达式或逻辑表达式的结果为真,则表达式的结果为 1,否则为 0。否定运算符! 用来将 0 变为 1 及 1 变为 0。

&　逻辑 AND

‖　逻辑 OR

!　逻辑 NOT

5) 位运算符

盛群单片机提供 6 种运算符用于位的运算。位移运算符"＞＞"和"＜＜"会对运算符左边的操作数执行向右和向左的位移动,移动的位数由运算符右边的操作数指定。单操作数运算符"～"生成整数的 1 阶补码(ones complement)也就是将 1 改为 0,将 0 改为 1。

&　位与

|　位或

^　位异或

～　取阶补码(位反向)

＞＞　右移

＜＜　左移

6) 复合赋值运算符

表达式的语句中共有 10 种复合赋值运算符。单纯的赋值运算就是使用一个等号,以表达式计算出的数值代表等号左边的变量。另外还提供一种直接对变量本身做运算以达到修改变量的快捷方式。

＜var＞　＋＝＜expr＞　变量加上 expr 的值,将结果存回变量

＜var＞　－＝＜expr＞　变量减去 expr 的值,将结果存回变量

＜var＞　＊＝＜expr＞　变量乘以 expr 的值,将结果存回变量

＜var＞　/＝＜expr＞　变量除以 expr 的值,将商数存回变量

＜var＞　%=＜expr＞　　变量除以 expr 的值,将余数存回变量

＜var＞　&=＜expr＞　　变量与 expr 的值做位与后,将结果存回变量

＜var＞　|=＜expr＞　　变量与 expr 的值做位或后,将结果存回变量

＜var＞　^=＜expr＞　　变量与 expr 的值做位异或后,将结果存回变量

＜var＞　>>=＜expr＞　变量向右移 expr 个位后,将结果存回变量

＜var＞　<<=＜expr＞　变量向左移 expr 个位后,将结果存回变量

7) 递增和递减运算符

递增和递减运算符可以在语句本身或将其插入有其他运算符的语句中使用。运算符的位置表示递增和递减是在语句的计算之前(前缀运算符)还是在之后(后缀运算符)。

++＜var＞　变量先加 1,再做运算

＜var＞++　运算之后,变量再加 1

--＜var＞　变量先减 1,再做运算

＜var＞--　运算之后,变量再减 1

8) 条件运算符

条件运算符"?:"是一个简洁的语句,它根据表达式的结果去执行两个语句中的一个。

```
<expr>?<statement1>: <statement2>
```

如果＜expr＞的计算结果为一非零值(真),则＜statement1＞被执行;反之(假),则执行＜statement2＞。

9) 逗号运算符

一组用逗号分隔的表达式,由左计算到右,而左边表达式的值会被舍弃。左边表达式的结果会先行计算出并会影响右边表达式执行的结果。整个表达式执行结果的数值和数据类型将是最右边表达式结果的数值及数据类型。

范例:

```
f(a,(t=3, t+2), c);
```

上式有 3 个参数,第二个参数值为 5。

2. 运算符的优先权及结合性(如表 7-4 所示)

表 7-4　运算符的优先权及结合性

优先级	运算符	含　义	要求运算符对象的个数	结合方向
1	[] () → . sizeof	数组元素 小括号 结构体指针 结构体成员 数据类型的长度		由左到右
2	++ -- ~ ! - + & *	加 1 减 1 取 1 阶补码 逻辑非 负号 正号 取变量地址 存取指针所指地址的内容	1 (单目运算)	由右到左

续表

<table>
<tr><th>优先级</th><th>运算符</th><th>含　义</th><th>要求运算符对象的个数</th><th>结合方向</th></tr>
<tr><td>3</td><td>*
/
%</td><td>乘法运算
除法运算
模运算</td><td>2
（双目运算）</td><td>由左到右</td></tr>
<tr><td>4</td><td>+
-</td><td>加法运算
减法运算</td><td>2</td><td>由左到右</td></tr>
<tr><td>5</td><td><<
>></td><td>左移运算
右移运算</td><td>2</td><td>由左到右</td></tr>
<tr><td>6</td><td><
<=
>
>=</td><td>小于
小于或等于
大于
大于或等于</td><td>2</td><td>由左到右</td></tr>
<tr><td>7</td><td>==
!=</td><td>等于
不等于</td><td>2</td><td>由左到右</td></tr>
<tr><td>8</td><td>&</td><td>按位与</td><td>2</td><td>由左到右</td></tr>
<tr><td>9</td><td>^</td><td>按位异或</td><td>2</td><td>由左到右</td></tr>
<tr><td>10</td><td>|</td><td>按位或</td><td>2</td><td>由左到右</td></tr>
<tr><td>11</td><td>&&</td><td>逻辑与</td><td>2</td><td>由左到右</td></tr>
<tr><td>12</td><td>||</td><td>逻辑或</td><td>2</td><td>由左到右</td></tr>
<tr><td>13</td><td>?:</td><td>条件运算</td><td>3
（三目运算）</td><td>由右到左</td></tr>
<tr><td>14</td><td>=
*=
/=
%=
+=
-=
<<=
>>=
&=
|=
^=</td><td>赋值
相乘后存入变量
相除后存入变量
取模后存入变量
相加后存入变量
相减后存入变量
左移后存入变量
右移后存入变量
按位与后存入变量
按位或后存入变量
按位异或后存入变量</td><td>2
（双目运算）</td><td>由右到左</td></tr>
<tr><td>15</td><td>,</td><td>逗号</td><td></td><td>由左到右</td></tr>
</table>

1）标识符

标识符的名称可包含连续的字母、数字和下划线，不过需要遵守下列规则。

(1) 第一个字符不可为数字。

(2) 最长只能有 31 个字符。

(3) 大写字母与小写字母是不同的。

(4) 不可以使用保留字。

2）保留字

下列为盛群 C 编译器所提供的保留字，注意要小写。

auto、bit、break、case、char、const、continue、default、do、else、enum、extern、for、goto、if、int、long、return、short、signed、static、struct、switch、typedef、union、unsigned、void、volatile、while。

盛群 C 编译器不提供 double、float 和 register 这 3 个保留字。

3. 常量

常量可以是任何数字、单一字符或字符串。

1）整型常量

整型常量为 int 型数据，长常量通常以 l 或 L 结尾，无符号常量则以 u 或 U 结尾，而末尾为 ul 或 UL 则表示无符号长常量。整型常量的数值可以用下列形式指定。

(1) 二进制常量：以 0b 或 0B 为首的数字。

(2) 八进制常量：以 0 为首的数字。

(3) 十六进制常量：以 0x 或 0X 为首的数字。

(4) 十进制常量：非以上为首的数字。

2）字符型常量

字符型常量是整数，它是用单引号括起来的一个字符。字符型常量的数值就是机器字符集中的字符数值。ANSIC(标准 C)把转义字符(escape sequence)当做字符型常量处理。

转义字符说明		十六进制数值
\a	警报(铃声)字符	07
\b	退格字符	08
\f	换页字符	0C
\n	换行字符	0A
\r	回车字符	0D
\t	横向跳格字符	09
\v	竖向跳格字符	0B
\\	反斜杠字符	5C
\?	问号字符	3F
\’	单引号字符	27
\”	双引号字符	22

3）字符串常量

字符串常量是由一对双引号括起来的零个或多个字符(包括 ANSIC 转义字符)。字符串常量是一个字符数组并且在字符的最后附加一个隐含的零值。因此，所需要的存储空间大小是双引号括起来的字符总数再加上 1。

4）枚举常量

整型常量的另一种命名方法称为枚举常量，例如：

```
enum {PORTA, PORTB, PORTC};
```

定义 3 个整型常量的枚举常量，并分别对其分配数值。

枚举常量是整型(−128～127)，而且也可以指定一个明确的整数值给各枚举常量，例如：

```
enum {BIG=10, SMALL=20};
```

如果没有对枚举常量指定明确的数值，则第一个枚举常量值为 0，之后的枚举常量将依次加 1。枚举语句也可以被命名，例如：

```
enum boolearn {NO, YES};
```

在枚举语句中第一个名称(NO)的值为 0，下一个名称的值是 1。

4. 数据类型

1) 数据类型与大小

盛群 C 编译器提供 4 种基本数据类型，分别为：bit，单一的位；char，占用一个字节的字符；int，占用一个字节的整数；void，数值的空集合，用于函数没有返回值的类型。

可使用的限定词分别为以下几类。

限定词	适用的数据类型	作用
const	any	将数据放入 ROM 地址区
long	int	生成一个 16 位的整数
short	int	生成一个 8 位的整数
signed	char，int	生成一个有符号的变量
unsigned	char、int	生成一个无符号的变量

2) 数据类型、大小与范围

数据类型	大小	范围
bit	1	0，1
char	8	−128～127
unsigned char	8	0～255
int	8	−128～127
unsigned	8	0～255
short int	8	−128～127
unsigned short int	8	0～255
long	16	−32768～32767
unsigned long	16	0～65535

3) 声明

在定义变量的大小及数据类型之前必须先要声明此变量的存在。声明的语法如下：

```
data_type variable_name [,variable_name...];
```

在该范例中，data_type 是合法的数据类型，而 variable_name 是变量的名称。在函数中所声明的变量只是此函数私有的(或局部的)变量，其他函数不可以直接存取此变量。只有当函数被调用时，此函数中的局部变量才存在且有效，当执行流程从函数回到调用的程序时，局部变量便不再有效。如果变量在所有函数之外声明，则此变量为全局变量，即所有函数均可使用、存取此变量。

限定词 const 可以用于任何变量的声明，主要是定义此变量的值为不可改变的，也就是声明时用 const 限定的这个变量会存放在 ROM 地址区。限定词 const 也可以用于数组变量的声明，const 变量必须在声明时以等号和表达式设定初始值，其他的变量在声明时不能设定初始值。

可以利用@符号声明变量放置在某个特定的数据存储器地址单元，其语法如下：

```
data_type variable_name @memory_location;
```

上例中，memory_location 是指定给变量的地址。如果单片机拥有多个 RAM 存储器区块，而变量要放置于编号为 0 的 RAM 存储器区块之外时，可以利用 memory_location 的高字节去指定所要存放的存储器区块编号。使用者可查阅盛群单片机的规格以取得可使用的 RAM 空间信息。

范例：

```
int v1 @0x40;            //declare v1 in the RAM bank 0 offset 0x40
int v2 @0x160;           //declare v2 in the RAM bank 1 offset 0x60
```

数组也可以被声明在特定地址：

```
int port [8] @0x20;      //array port takes memory location
//0x20 through 0x27
```

所有被盛群 C 编译器实现的变量，除了被声明为外部变量的都为静态变量。无论是静态变量还是外部变量，盛群 C 编译器都不会为其预设初始值。

注意：变量被声明为无符号的数据类型比声明为有符号的数据类型能够编译出效率更高的程序代码。

5. for 语句

1）语法

```
for (initial_expression; condition_expression; update_expression) statement;
```

2）说明

initial_expression 最先被执行且只执行一次，通常用来给循环的计数变量指定初始值，此变量必须在 for 循环之前被声明。

condition_expression 要在每一个循环执行前先计算，如果结果为一非零值则循环中的语句被执行，否则跳出循环且循环后的第一个语句是下一个被执行的语句。

update_expression 在循环内的语句执行完之后才被执行。for 语句可用来重复执行一行语句或一段语句。

3）范例

```
for (i=0; i<10;i++)
a[i]=b[i];               //copy elements from an array to another array
```

6. while 语句

1）语法

```
while (condition_expression)
  statement;
```

2）说明

while 语句是另一种形式的循环。当 condition_expression 不为零时则 while 循环会执行 statement。在执行 statement 之前会先行查验 condition_expression 是否符合条件。

3）范例

```
i=0;
while (b[i]!=0)
{
    a [i]=b[i];
    i++;
}
```

7. if-else 语句

1）语法

```
if (expression)
statement1;
[else
   statement2;
]
```

2）说明

if-else 是一种条件语句，语句区段的执行与否完全看 expression 的结果，如果 expression 的结果为非零值，则与其相关联的语句区段被执行，否则，如果 else 的区段存在的话，与 else 相关联的语句区段就会被执行。else 语句与其关联的语句区段并不一定要存在。

3）范例

```
if (word_count>80)
{
    word_count=1;
    line++;
}
else
word_count++;
```

8. do-while 语句

1）语法

```
  do
statement;
while (condition_expression);
```

2）说明

do-while 语句是另一种形式的 while 循环。statement 会在 condition_expression 被计算之前先执行一次，因此在查验 condition_expression 之前至少会执行一次 statement。

3）范例

```
i=0;
do
```

```
{
    a [i]=b [i];
    i++;
} while (i<10);
```

9. break 和 continue 语句

1）语法

```
break;
  continue;
```

2）说明

break 语句用来强迫程序立即由 while、for、do-while 循环和 switch 中跳出。break 语句会跳过正常的结束流程，如果它发生在嵌套循环的内部，则会返回上一层的循环。

continue 语句会指示程序跳跃至循环语句的最后而重新开始下一轮循环。在 while 和 do-while 循环中，continue 语句会强迫立即执行 condition_expression，而在 for 循环中，则会去执行 update_expression。

3）范例

```
char a[10], b[10], i, j;
for (i=j=0;i<10;i++)                          //copy data from b[] to a[],skip blanks
{
    if (b[i]==0) break;
    if (b[i]==0x20) continue;
      a[j++]=b[i];
}
```

10. goto 语句

1）语法

```
goto label;
```

2）说明

语句标号与变量名称的形式一样，但是其后要接冒号，其范围在整个函数中有效。

3）范例

参考 switch 语句的范例。

11. switch 语句

1）语法

```
switch (variable)
{
    case  constant1:
      statement1;
      break;
      case  constant2:
      statement2;
      goto Label1;
```

```
    case constant3:
    statement3;
    break;
        default:
        statement;
    Label1:  statement4;
    break;
}
```

2）说明

switch 语句的 variable 变量用来测试变量与列表中的常量是否吻合，当吻合时，此常量所属的语句被执行，并且一直执行到 break 语句才会停止。如果 break 语句不存在，则程序会执行到 switch 程序段的末尾。如果没有符合的常量，则执行 default 所属的语句，此语句是非必要的。

if-else 语句可以用来做二选一的选择，但是当有很多选择存在时就变得很麻烦了。switch 语句可以做多种方式的选择，当表达式的结果符合这些选择中的一个时，就跳到相关的语句执行。它相当于多个 if-else 语句。switch 语句的限制为：switch 变量的数据类型必须为整数，而且只能与常量值作比较。

3）范例

```
for (i=j=0;i<10;i++)
{
    switch (b[i])
      {
          case 0:  goto outloop;
          case 0x20: break;
          default:
          a[j]=b[i];
          j++;
          break;
      }
}
outloop:
```

12. 函数

在 C 语言中，所有的执行语句都必须存在于函数之内。在使用或调用函数之前必须要定义或是声明函数，否则 C 编译器会发出警告信息。

1）函数的声明

```
//classic form
    return_type function_name (arg1, arg2,...);
//modern form
    return_type function_name (var_type arg1, var_type arg2,...);
```

2）函数的定义

```
//classic form
```

```
return_type function_name (arg1, arg2, ...)
var_type arg1;
var_type arg2;
{
    statements;
}
//modern form
    return_type function_name (var_type arg1, var_type arg2, ...)
{
    statements;
}
```

3）函数的返回值

函数可以利用 return 语句将数值返回至调用此函数的程序。返回值必须是函数所指定的数据类型，如果 return_type 是 void 类型即表示没有返回值，应该没有数值在 return 语句之中。执行到 return 语句之后，函数会回到调用此函数的地方继续执行，任何在 return 语句之后的语句都不会被执行。

13. 关键字

以下为盛群 C 语言中可使用的关键字：@、bit、norambank、rambank0、vector。

下面的关键字与限定词是不能使用的：double、float、Register。

14. 存储器区块(memory bank)

对于地址在较高的储存区块(非区块 0)的变量而言，必须使用间接寻址模式去存取它，程序编译后的指令数及执行效果比较不佳。为了达成更大的效益，可以将程序中经常用到的变量定义在数据存储器的储存区块 0。盛群 C 语言提供关键字 rambank0 来声明变量在储存区块 0。

1）语法

```
#pragma rambank0
//data declarations
#pragma  norambank
```

2）说明

rambank0 会指示盛群 C 编译器将其后的变量定位于储存区块 0 中，直到出现 norambank 关键字或程序结束。对于只有单一数据存储器区块的单片机这两个关键字则无效。

3）范例

```
#pragma   rambank0
unsigned int  i, j  ;                      //变量 i, j 存放在储存区块 0
long len ;                                 //变量 len 存放在储存区块 0
  #pragma  norambank
  unsigned  int  iflag                     //变量 iflag 的储存区块不确定
//因为 norambank
#pragma rambank0
  int  tmp;                                //变量 tmp 放在储存区块 0
```

```
  ...
i=1;                                    //MOV A, 1  (编译后的汇编语言指令)
//MOV _i, A
iflag=1                                 //MOV A, BANK_iflag
//MOV [04H], A
//MOV A, OFFSET_iflag
//MOV [03H], A
//MOV A, 1
//MOV [02H], A
```

15. 位数据类型

盛群C语言提供位数据类型,此类型可用于声明变量、参数列表以及函数的返回值。位变量的声明与其他C数据类型的变量声明一样。对于具有多RAM/ROM储存区块的单片机,应该将位变量声明在RAM储存区块0(#pragma rambank0)。

1) 范例

```
#pragma rambank0
bit test_flag;          //位变量应该存放在储存区块 0
bit testfunc;           //bit function
bit f1,                 //bit arguments
bit  f2;
{
    ...
    return 0;           //return bit value
}
```

2) 限制

(1) 为了利用位数据类型的优点,不建议将变量声明为位数组的数据类型。

(2) 指针不可设定为位类型。

16. 内嵌式汇编语言

1) 语法

```
#asm
[label:] opcode [operands]
...
#endasm
```

2) 说明

#asm和#endasm是内嵌式汇编语言的处理程序伪指令。C编译器会将#asm之后的(或夹在#asm和#endasm之间的)汇编语言指令直接写进输出的文件,犹如直接使用汇编语言撰写程序。

3) 范例

```
//convert low nibble value in the accumulator to ASCII
#asm
; this is an inline assembly comment
```

```
and  a,  0fh
sub  a,  09h
  sz  c  add  a, 40h-30h-9
  add  a,  30h+9
  #endasm
```

17. 中断

盛群C语言提供一种使用伪指令＃pragma以实现中断服务程序的方法(ISRs)。伪指令＃pragma vector用来声明ISR的名称与存储器地址,之后若有函数的名称与＃pragma vector定义的符号名称相同,此函数就是这个中断向量的中断服务程序。在中断服务程序中的return语句将会被编译成RETI指令。

1）语法

```
#pragma vector symbol @address
```

2）说明

symbol是中断服务程序的名称,address是中断地址,复位向量(地址0)固定由主函数main使用,任何中断服务程序不可使用此中断地址。

3）限制

撰写ISR程序时要注意有以下4种限制。

(1) ISR没有输入参数且返回类型是void。

(2) ISR不能够重复进入,而且ISR中不可让任何中断再发生。

(3) 在程序中不要直接调用ISR程序,应该由中断信号输入时自行调用它。

(4) 在ISR中不要调用用C语言编写的函数。但是可以调用系统函数或C编译器内建的函数(built in function)。如果必须在ISR中调用函数,可以使用汇编语言撰写这个函数。

4）范例

```
#pragma  vector  timer0  @  0x8
extern  void  ASM_FUNCTION();
void  setbusy()
{
   …
}
void timer0()
{
   …
   ASM_FUNCTION();          //The ASM_FUNCTION should be an
   //assembly function
   _delay(3)                //Ok; built in function
   setbusy();               //Wrong!Do not call function
}
```

18. 变量

运算符“@”用来指定数据存储器中变量的地址。

1）语法

```
data_type variable_name @memory_location
```

2）说明

memory_location 指定变量所在的地址。在只有单一 RAM/ROM 存储器区块的单片机中，memory_location 是一个字节的，具有多个 RAM/ROM 存储器区块的单片机中，memory_location 是两个字节的，字节存放存储器区块的编号。可参考盛群单片机的资料手册以取得 RAM 存储器空间的信息。

3）范例

```
int  v1  @  0x5B;          //声明变量 v1 放置于 RAM bank 0, offset 0x5B
int  v2  @  0x2F0;         //声明变量 v2 放置于 RAM bank 2, offset 0xF0
```

19. 静态变量

盛群 C 语言提供有效范围在文件内的静态变量，不支持局部的静态变量。例如：

```
  static i;                 //声明静态变量，以文件为有效范围
void  f1 ()
  {
      i=1;                  //OK,可以使用此变量
  }
void f2 ()
{
    static int j;           //错误的声明，不能将函数中的局部变量声明为静态变量
    //local static variable is not supported
    …
}
```

20. 常量

盛群 C 语言支持二进制常量，任何以 0b 或 0B 开头的字符串都将被视为二进制常量。例如：

```
0b101=5
0b1110=14
```

常量必须声明为全局型且在声明时就要设定初始值。常量不可声明为外部使用。数组常量需要指定数组的大小，否则会产生错误。

```
const char carray[]={1,2,3};           //错误，没有指定数组的大小
const char carray[3]={1,2,3};          //正确
```

字符串常量必须在包含 main 主函数的 C 语言文件中使用。

```
//test.c
void f1 (char * s);
void f2 ()
{
```

```
    f1 ("abcd")              //"abcd"是字符串常量
    //如果在文件 test.c 中没有定义 main 主函数
    //则 Holtek C 编译器会发出错误信息
    …
}
…
void main()
{
    …
}
```

21. 初始值

全局变量声明时不可以同时设定初始值,局部变量则无此项限制,而常量在声明时一定要设定初始值。例如:

```
unsigned  int  i1=0;                          //错误; 全局变量, 不可设定初始值
unsigned  int  i2;                            //正确
const  unsigned  int  i3;                     //错误; 常量, 必须设定初始值
const  unsigned  int  i4=5;                   //正确
const  char  a1[5];                           //错误; 数组常量, 必须设定初始值
const char  a2[5]={0x1 0x2 0x3 0x4 0x5};      //正确
const char  a2[4]="abc";                      //={'a', 'b', 'c', 0}
const char  a2[3]="abc";                      //={'a', 'b', 'c'}
const char  a2[2]="abc";                      //数组大小不一致
```

22. 内建函数

1) WDT & halt & nop

C 系统调用　汇编语言码

```
void_clrwdt ()  CLR  WDT
void_clrwdt1()  CLR  WDT1
void_clrwdt2()  CLR  WDT2
void_halt ()    HALT
void_nop ()     NOP
```

2) 左移/右移

```
void_rr (int*);              //rotate 8 bits data right
void_rrc (int*);             //rotate 8 bits data right through carry
void_lrr (long*);            //rotate 16 bits data right
void_lrrc (long*);           //rotate 16 bits data right through carry
void_rl (int*);              //rotate 8 bits data left
void_rlc (int*);             //rotate 8 bits data left through carry
void_lrl (long*);            //rotate 16 bits data left
void_lrlc (long*);           //rotate 16 bits data left through carry
```

*高/低半字节的交换

```
void_swap (int * );                   //swap nibbles of 8 bits data
```

3）以指令周期为单位的延时函数

```
void_delay(unsigned long);           //delay n instruction cycle
```

_delay 函数强迫单片机去执行所指定的周期数。周期数为零则会执行无穷的循环。_delay 函数的参数只能为常量值并且不接收变量。

4）范例 1

```
//假设 watch dog timer(看门狗定时器)已经启动
//看门狗定时器的清除指令选择为一条清除指令
void error ()
  {
      _delay (0);                      //无穷的循环，类似于 while(1);
  }
void dotest ()
  {
      unsigned   int ui;
      ui=0x1;
      rr(&ui);                         //rotate right
      if (ui!=(unsigned int)0x80) error();
      ui=0xab;
      swap(&ui);
      if (ui!=(unsigned int)0xba) error();
  }
  void main()
  {
      unsigned  int  i;
      for(i=0; i<100; i++)
      {
          _clrwdt();
            _delay(10);                //延迟 10 个指令周期
          dotest();
      }
  }
```

5）范例 2

```
//假设 watch dog timer 已经启动
//看门狗定时器的清除指令选择为两条清除指令
void do test()
{
    ...
}
void main()
{
    unsigned  int   i;
```

```
    for(i=0; i<100; i++)
    {
        _clrwdt1();
        _clrwdt2();
        dotest();
    }
}
```

23. 堆栈

因为盛群单片机堆栈的层数是有限的，所以要考虑函数调用时的层数以避免堆栈溢出。乘法、除法、取模和常量的调用是使用“call”指令实现的，都只占用一层堆栈。

运算符 /系统函数	所需要的堆栈层数
main()	0
_clrwdt()	0
_clrwdt1()	0
_clrwdt2()	0
_halt()	0
_nop()	0
_rr(int*);	0
_rrc(int*);	0
_lrr(long*);	0
_lrrc(long*);	0
_rl(int*);	0
_rlc(int*);	0
_lrl(long*);	0
_lrlc(long*);	0
_delay(unsigned long)	1
*	1
/	1
%	1
constant array	1

附录A 单片机实验元器件清单

实验1 面包板实验

由于面包板实验元器件可重复利用，现将完成整个面包板系列实验所需购买的元器件清单，如表A-1所示。

表A-1 面包板系列实验元器件清单

元器件名称	点亮1个LED	点亮8个LED	数码管显示实验	键盘输入	电子琴实验	音乐播放实验	点阵LED显示实验	合计	参考单价
HT46F49E芯片	1个	1个	1个	1个	1个	1个	1个	1个	6元
面包板	1个	1个	1个	1个	1个	1个	1个	1个	10元
电池盒	1个	1个	1个	1个	1个	1个	1个	1个	2元
5号电池	3节	3节	3节	3节	3节	3节	3节	3节	1元
面包板导线	1捆	1捆	1捆	1捆	1捆	1捆	1捆	1捆	3元
LED	1个	8个						8个	0.2元
4MHz晶振	1个	1个	1个	1个	1个	1个	1个	1个	1元
10kΩ电阻	1个	1个	1个	1个	1个	1个	1个	1个	0.04分
470Ω电阻		8个	8个	4个			8个	8个	0.04分
4位8段数码管			1个					1个	3.5元
微动开关				4个	7个	4个		7个	1元
蜂鸣器					1个	1个		1个	1元
1kΩ电阻					1个	1个		1个	0.04分
三极管NPN					1个	1个		1个	1元
8*8点阵LED							1个	1个	3元

实验2 万能板实验

由于面包板实验元器件可重复利用，且与万能板实验有相互联系，所以完成万能板系列实验还需购买的元件并不多，现将还需购买的元器件清单，如表A-2所示。

实验3 自制印制板实验

在完成自制印制板的实验时，同学们不但要达到实验要求，还要自己制作电路板，所以所需元器件比较多。但是同学们不必太过担心实验成本问题，因为许多制作需要的工具都是日常生活中常见的，如激光打印机、电熨斗等；另外一些器材也花费不大就可以买到，如热转印纸、覆铜板和腐蚀液等。现将前3个实验所需元器件和工具清单，方便同学们进行实验，如表A-3所示。

表 A-2　万能板实验补充元器件清单

元器件名称	数量	元器件名称	数量
HT46F49E 芯片插座	1个	步进电机	1个
万能板	1个	ULN2003 步进电机驱动芯片	1个
SA3010T 型红外遥控器	1个	步进电机驱动芯片插座	1个
1602A 型 LCD	1个	电烙铁	1个
接插件	1排	焊锡	若干
10kΩ 滑动电阻	1个	助焊剂松香	若干
0.1μF 电容	1个	导线	若干
HS0038 红外一体化接收头	1个	5号电池	2节

表 A-3　前 3 个实验所需元器件和工具清单

所需元器件和工具名称	数量	所需元器件和工具名称	数量
离型纸	2张	33kΩ 电阻	1个
覆铜板	2块	100kΩ 电阻	1个
砂纸	1片	10kΩ 电阻	2个
电熨斗	1个	680Ω 电阻	1个
打印机	1台	10MΩ 电阻	2个
钻孔机	1台	4.7MΩ 电阻	1个
电烙铁	1个	84kΩ 电阻	1个
签名记号笔	1只	0.047μF 电容	1个
三氯化铁	若干	1nF 电容	1个
腐蚀液容器	1个	10nF 电容	1个
自制定位针(导线)	若干	100nF 电容	3个
焊锡	若干	1nF 电解电容	5个
助焊剂(松香、酒精)	若干	IN4148 二极管	2个
HT46F49E 芯片	1个	IN4007 二极管	4个
HT46F49E 芯片插座	2个	IN4774 二极管	1个
TL084 运算放大器芯片	1个	BC546 三极管	2个
TL084 运算放大器芯片插座	1个	4MHz 晶振	2个
MAX232 电平转换芯片	1个	稳压电源	1个
MAX232 电平转换芯片插座	1个	示波器	1台
微动开关	7个	RS232 接口接头	1个
300kΩ 电阻	1个	600Ω 音频隔离变压器	1个
1.2kΩ 电阻	1个	2501 光耦元件	1个
120kΩ 电阻	1个	接插件	1排

附录B　单片机学习的各种资源

1. 网络资源

1）盛群半导体股份有限公司官方网站（www.holtek.com.tw）

该公司是教材中所使用的核心芯片 HT46F49E 单片机的生产研发公司，在官网里可以了解 HOLTEK 公司的更多主要产品，可以得到关于 HOLTEK 产品的技术支持，以及观看更多的关于 HOLTEK 的参考文献，这对于更好地掌握本教材的内容，以及 HOLTEK 系列单片机的学习使用很有帮助。

2）"盛群杯"大学生单片机设计应用竞赛官方网站

这个竞赛已在西安、厦门、天津、重庆、台湾等多个地区开展，这里仅以西安"盛群杯"大学生单片机设计应用竞赛官方网站（http://xasqb.chd.edu.cn/index.asp）为例给同学们介绍。同学们不但可以从中免费下载各地区历届比赛的优秀作品集，符合条件的同学还可以报名参加比赛，网站中有详细的参赛流程，这样大家不但可以进行动手实践还有机会赢得大奖。在遇到问题时，也可进入西安"盛群杯"论坛讨论（http://xasqb.5d6d.com/）交流。

3）《单片机学习与实践教程》教材在线网站

同学们可以进入 http://yangjun1222.jimdo.com 网站在线观看教程，学习视频教程资料，以及进行相关文档的下载，如果在学习过程中遇到问题可以与作者进行在线交流，还可以为我们提出宝贵的建议。

4）21IC 中国电子网（www.21ic.com）

这是中国电子行业很具有影响力的一个大型门户网站，里面包含了电子行业的很多领域，同学们可以了解行业的最新新闻动态及技术发展，还可以进入论坛进行交流。

另外，在学习的过程中如果对于某个知识点不懂，可以利用搜索引擎进行搜索，一般都会有不错的收获；若是想对某些知识有进一步的系统的了解，可以进入维基百科或百度百科进行查询；在完成实验的过程中，若是对元器件价格不是很清楚，可以进入淘宝网进行询问。

2. 书刊资源

（1）《HT46xx 单片机原理与实践》钟启仁编著，北京航空航天大学出版社。这本书主要针对 HT46xxA/D 型单片机的特性、功能、指令及相关的外围设备编写了一系列的基本实验，对 HT46xx 的内部结构、基本功能特性、指令的应用都有详细的说明，是同学们进一步学习 HOLTEK 系列单片机不错的选择。

（2）《无线电》杂志。这是一本国内电子爱好者的杂志，主要面向无线电广播和电子制作爱好者，内容涉及音频、广播、电子制作、单片机、测试测量等多个方面。

3. 其他资源

同学们可以参加一些电子类相关的展会，展会上不仅可以了解到行业的前沿资讯，还可以接触到企业最好的技术和最新的产品。

参加关于单片机或电子类的培训班也是不错的选择，在培训班上具有教学实践经验的行业高手以及相关的实验设备对于大家的成长也是很有帮助的。

附录C 项目的工程开发

相信跟着我们的学习规划一路走来的朋友已经对单片机有了一个整体性的认识，并且掌握了一套单片机系统开发的基本技术。若同学们设计的系统中有单片机以及各种外围芯片、显示屏、按键等，那么可以说同学们已经是一个单片机开发的“初段”选手了。现在，我们将介绍一些在具体单片机项目开发过程中的“非技术”经验，如果在掌握了单片机开发的技术方式后，再具有一些项目实施中的组织经验和管理方法将如虎添翼。当一个项目比较复杂时，如何组织多人协作也不是件简单的事情。

在正式开展一个工程或实验之前，我们一般将其分成3部分。一部分是前期的工程设计，这一部分主要是项目启动前的一系列准备工作，是我们实验或工程成功的基础。前期工作做得充分、到位，后期的工作才有可能顺利展开；如果前期工作马马虎虎、草率了事，不但加大了后期的工作量，而且有可能影响工程进度，耗时耗力，所以前期工作要尽可能做得完善。另一部分是项目启动，如果说前期工作是实验成功的保证，那么这期工作就是实验成功的关键。因此，对待这期工作要慎之又慎。最后一部分是总结，总结并不是口头空话，它实实在在地记录了工程当中遇到的问题及解决的方案，是我们下次实验的经验积累，也是我们收获的体现。接下来我们将为各位读者朋友们以电话录音实验为例介绍一个小工程完整的实施过程。

1. 工程设计

有同学可能会问，单片机才刚入门，花样流水灯的设计还不熟练，电子钟还没研究明白就学习工程设计是不是太早了呢？没错，对初学者来说是有点早，可是等学业有成再来研究工程设计是不是有点太晚了呢？在这里我们主要是介绍一种经验，一种通常做工程的程序，一种做工程的方法。下面就开始我们的正式步骤。

(1) 审要求，即要明确这个工程的最终目的是什么，也就是我们的设计要实现一个怎样的功能。

当我们看到“电话录音”这个实验题目时，首先应该想到这个实验的主要目的是“录音”，然后你的脑子里是否还会有些疑问呢，比如“怎么录音?”“什么时候开始录?”、“是来电就启动录音设备呢还是摘机时启动?”等，带着这些疑问再来看实验要求，当检测到有摘机信号时，就自动录音；当检测到有挂机信号时，就停止录音，并自动保存。知道了具体要求，然后比较一下自己所考虑的问题与实验所要求的有多少异同，如此反复练习，以后当你拿到一个设计题目时，头脑中立马会对这个设计有个大致的了解，因为你已经猜到它的部分要求了。

(2) 制订一份前期计划书。

为什么是前期计划书呢？因为这个计划书只是对实验开启前一些工作的安排。但它是我们前期工作的指南，告诉我们有哪些工作要做，做什么。其实，工程开发需要一纸计划，就像电影需要剧本一样。计划书要尽可能地详细些，如前期工作分几个步骤，每一步怎么走，人员怎么分配都得在计划书中体现。还有一点特别重要，那就是计划书里千万不能出现“近期”、“大约”、“可能”之类的词，如果要表达大概的时间可以用1～2天，如果要表示数值的误差可以用 12mm(±1mm),如果要表示不确定的结果,可以备上几种方案或注明临时的决定。这时,同学们可能会问,那计划书到底是谁写,总不能一个实验好几个人都写吧?其实,无论计划书是谁完成的,都要与团队成员一起讨论,讨论计划书的过程本来就是一项重要的工作,因为大家在讨论时可以达成共识,以对项目的理解不会有大的偏差。要知道写计划书的目的就是统一行动,让工作有组织、有效率。若为了计划书而写计划书,那就曲解了计划书的含义。

在这里笔者认为有必要提一下团队意识,因为一个实验或一个工程一般都会是几个人一起完成,那么就要充分利用团队的力量。现代社会是一个合作性较强的社会,不是每一件事都能独自完成的,所以要学习合作,懂得合作,利用合作。光知道这些还不够,一方面,从自身而言,要在日常学习中注重团队意识,有意培养自己与他人的合作能力,不断挖掘自己的潜能;另一方面,从团队整体而言,一个团队的合作能力和团队的领导者有直接的关系,团队的失败就是领导者的失败,而团队的成功是成员共同努力的结果。因此,在实验未开展之前,最好推选一位出色的领导者,他必须具有统筹全局的才干,能最大限度地调动各个成员的积极性,使工程或实验的每个部分都能有条不紊地进行;在遇到有争议的问题时,能均衡利弊,妥善处理;善于发现成员的优势,恰当地安排工作,使人力、物力、财力得到最佳配置。这样我们的工作才会在计划书的指引下有序展开。

(3) 重审要求,做规划,分模块。

所谓"重审要求"就是在第(1)步的基础上重新审阅实验要求。这里的重新审阅不是要读者死记要求,而是要边读边思考,看到这里,同学们可能会问,有必要重读实验要求吗?或重读要求有什么需要思考的呢?其实这是一个关键步骤,因为一个工程的每条要求都是所要考虑解决的问题,每个问题对应着相关的原理及必要的技术操作,而这些都是使设计成功而不可缺少的工具,明白这些之后,还觉得重审实验要求没必要吗?并且在重审之后,会发现该设计框架好像已经在头脑中有了一个大体的轮廓。接下来就是根据所列的原理及头脑中的设计轮廓"做规划,分模块"。

"做规划"就是整体布局,即将要求和头脑中的框架结合起来,思考一下这个工程总体上是否可以拆分成几个简单的部分,也就是下一步的"分模块"。当然,这只是针对比较复杂的实验,如果是较简单的实验(如 LED 的显示等)就不需要再分了。这时所设计的产品已经从一个整体被分割成了一个个的模块,以后的工作只需各个击破就行了。具体到这个电话录音的实验,其最终要实现的是录音功能,结合实验的要求,可以将其分成 5 个部分,分别是电话音频输入部分、摘挂机检测部分、CPU 控制部分、单片机与 PC 通信部分和 PC 的录音存储部分。

(4) 根据所划分的模块,查资料,列元件。

在上一步完成分割模块之后,每部分要实现什么样的功能,以及实现这些功能所需要哪些元器件应该有一个大致的方向。接下来的工作可能是截至目前最困难的了——查资料,选器件。如果说在给工程划分模块时还可以根据个人的理解以及自己的经验完成,那么这一步就需要有相当扎实的专业知识及查阅能力作后盾。看到这,同学们可能会说,扎实的专业知识那是肯定的,但查阅能力就不必了吧?再说查资料谁不会呀,图书馆那么多书,实在不行 Google 和百度上不是一大堆吗?假如这样想的话那可就大错特错了,图书馆和网上的资料是很多,可总不能眉毛胡子一把抓,见了资料就拿来,恐怕还没等看完资料就想要放弃了。所以说查阅能力也是搞科研必不可少的，这就需要大家在平时的训练中，注意对资料进行取舍，学会找真正有价值的、适合自己的材料。一个优秀的读者和一个普通的读者的区别不在于多读了多少本书，而在于在单位时间里比别人多获得了多少重要信息。

在找资料这块，同学们会充分体会到团队的益处和前期计划书的重要性。如果一个人要完成全部资料的查找，工作量未免有点太大了，而如果大家各干各的，也有可能会资料泛滥，出现许多重复，既浪费了时间，又消耗了人力。所以，充分利用团队资源，提前做好规划，将资料查找工作具体到人，最后定个时间一起将资料汇总，并彼此提出建设性的意见，相互补充，以确定出一份最理想的材料。

其实，在资料查找的过程中，就包含了器件的选取。在具有相同功能的同类器件之间，从性能、体积、价格等方面进行全方位考察，最终确定一款最合适的。如果没有十分的把握可以把该器件的相关资料和自己的一些想法整理出来，在资料汇总时可以大家共同讨论决定，争取花最少的钱找到最适合的器件。

接下来就利用前面的方法看看这个电话录音实验器件的选取。前面已将其分成了几个模块，但由于是自己做的印制板，所以在器材的选取上还要加上制作印制板的材料。制作过程中用到的软件主要是 Protel，其他器件还有离型纸 1 张、覆铜板 1 块、砂纸 1 片、电熨斗 1 个、打印机 1 台、签名记号笔 1 支、三氯化铁若干、腐蚀液容器 1 个、自制定位针（导线若干）、钻孔机 1 台、电烙铁 1 个、焊锡若干、助焊剂（松香、酒精）若干，有了这些材料，再参考相关书籍，制作一个简单的印制板应该没什么问题了。对于电话音频输入电路在查阅资料后，最终确定的器件有：100nF 电容 1 个、680Ω 电阻 1 个、音频隔离变压器、IN4148 二极管 2 个；电话摘挂机的检测电路的元器件有：IN4007 二极管 4 个、电阻 10MΩ 电阻 2 个、4.7MΩ 电阻一个、84kΩ 电阻一个、BC546 三极管 2 个、2501 光耦元件 1 个；CPU 控制部分的元器件有：HT46F49E 芯片 1 个、HT46F49E 芯片插座 1 个，100nF 电容 1 个、4MHz 晶振 1 个、10kΩ 电阻 1 个、微动开关 1 个；单片机与 PC 通信部分的元器件有：MAX232 电平转换芯片1 个、MAX232 电平转换芯片插座 1 个、RS232 接口接头 1 个、1nF 电解电容 5 个。至此，第(4)步结束。

(5) 绘制原理图。

在资料查找工作完成之后，接下来就是绘制原理图了。因为查找资料时已经进行了工作分配，而且每个人都对自己的那部分比较熟悉，所以绘图时的工作分配也可以不用再作调整。当然也可以据情况而定，比如有些同学不擅长绘图，这时就要看领导者的调配能力了。

在绘图之前，还有些准备工作要做。比如一般情况下，所用元件的参数都要标注在器件旁边，便于其他人阅读。因此，参数的设定、电路的设计都要在绘图之前确定下来。等各部分的图绘制好后，再一起汇总、讨论，查看各部分的参数是否匹配，结构是否合理，并删减冗余、重复的部分。由于前期工作主要是硬件部分，而通常硬件电路在设计时会引用现有的经典电路图，只要在上面稍加修改就可利用，既然是在别人的基础上进行修改和累加，难免会有重复，比如某两个电路都有电源稳压器等，这就需要在汇总会议上查看删改，把重复的部分只留其一，让电路精简、适当，这样做还可以降低实验的成本。当然更不能为了一味地追求简练而过分删除，冗余也一定要适可而止，如果有些部分的删减会影响系统性能就不能再动了，比如每个经典电路上都会有电容滤波电路，它们应该分布在每部分的周围，是不能删除的，除非做过科学的计算证明可以删除。最后，将讨论修改好的资料及电路图加以整理，写一个类似总结的前期评估报告。至此,一个小工程的设计就已经完成,接下来就进入项目启动环节了。

2. 项目启动

有同学一见项目启动,立马想到搭电路,焊接电路了。其实笔者认为这样太过草率,如果是个小实验这样直接开始也无妨,毕竟一个小实验即使中途出现了差错要返工也花不了多少成本和时间,但如果是个较大的工程呢?只因为太过急切而在中途返工,不但耗费了人力和财力,还使工程延期,岂不是得不偿失?所以每一步都要有计划、有条理地进行,这样即使出现问题也不会乱了阵脚。

(1) 根据前期工作的评估报告写一份项目启动计划书。

看到这里,肯定有同学会说你的计划书还真多。其实,笔者认为计划书是行动的指南,是全团队的核心,所以一再强调计划书的重要性。撰写一个计划书写并不难,下面一个例子可做参考,如表 C-1 所示。

表 C-1 项目启动计划书

项目启动计划书		
实验(或项目)要求		
实验(或项目)目标		
技术	分几个模块,各模块实现的功能,电路设计,结构设计,元器件的选择,各个设计参数,PCB 制作,软件开发,成本控制等	
制作	制作流程	
	测试	
人事安排	指定负责人	
	时间安排	

项目启动计划书写好之后,要与其他成员进行沟通,看这样的安排是否合理可行,时间的分配是否恰当,在听取所有人的意见后进行适当的修改,将改好的计划书分发下去,确保人手一本,以便大家熟悉流程,清楚各自的任务。

(2) PCB 的制作。

如果不需要自己动手做印刷电路板的,这一步可以省略,但我们还是简单介绍一下。首先,将之前在 Protel 中绘制的原理图导入到 PCB 文件中,在 PCB 中可以通过调整元件的位置使布线更加合理、美观,可以通过自动布线和手动布线两种方式进行布线,关键的是布线的完整性,一般自动布线不会漏掉,但也要仔细查看。可以通过手动改变元件的各种参数,用热转印法自己制作印制板的时候应该使焊盘、线宽和安全距离设置得大一些,否则会使转印钻孔效果较差。适当调整各种参数,以适合自己电路板的设计制作。电路的 PCB 图设计完成后,将图打印到转印纸上进行转印,转印完成之后需要腐蚀,大多数情况下均采用三氯化铁来完成这个工作,调整其浓度为 30%~40%。腐蚀液浓度越高腐蚀越快,当然也应注意溶解度的控制,否则会造成浪费。之后是利用钻孔机钻孔,再用砂纸将毛刺磨掉,顺便将油墨打磨干净,涂上松香、酒精配制的助焊剂。至此,一块印制电路板就制成了。其实,流程都很简单，但具体操作起来可能会遇到一些这样那样的问题，限于篇幅我们不作详细说明，有兴趣的读者不妨自己动手试试，做一个自己设计的电路板。

(3) 根据原理图搭建电路，编写程序。

无论是简单的LED显示还是复杂的科研项目，都包括硬件和软件两部分。硬件部分主要体现在电路上，这一步建立在前几步的基础之上，按照之前确定的原理图进行搭建，注意元器件的管脚连接，一般不会有什么问题；但如果是在印制板上搭建，还需特别注意控制焊接时烙铁头的温度和焊接的时间，焊接完毕后将元件多余的管脚用斜口钳剪掉，如果有焊接错误需要将元件拆下，可以用烙铁将焊盘上的锡加热熔成液态，再用吸锡泵将焊锡吸掉，重新焊接。焊接工作完成后还要用仪表进行测试，以防有些地方被短路。另一部分是软件，主要体现在编程上，现在的开发语言比较多，为我们所熟悉的无外乎有C、C++、汇编、Java语言等，本书主要是针对初学者，所以前面章节中以C语言为主，也有汇编语言的介绍。程序也是一种语言，编程不仅要让芯片工作起来，还要让别人能够读懂。由于编程方面有时也会出现程序模块的累加，比如程序里面都有延时子程序，我们要根据自己的需求进行必要的删减，所以编写的程序要尽可能地简明易懂。

(4) 反复测试，完成实验。

项目的开发过程中都会测试各部分的功能，不过到项目结束的时候还要有一次总体的测试。这是对实验或项目的检验，是成功与否的试金石。所以在测试时要特别注意，看结果是否是我们所要求的，如果不是，查看是电路的问题还是程序出错。要明确这一次的失误就是下一次的宝贵经验，所以不要怕出现问题。记录问题所在，并将解决办法也备案，以后再遇到类似工程，就将预防这些问题的方法体现在计划书里。

3. 小结

至此，我们产品的技术工作已经基本结束，但作为一个工程来讲，还有一项重要的收尾工作——总结。一般情况下它分两部分，第一部分类似于一个工程报告或一个实验的附加说明，包括从开始的取材到最终的成果，以便别人在拿到该报告和产品时能够在短时间内基本上明白其设计思路；第二部分是自己的一些实验记录和体会，包括实验过程中遇到的问题、解决的方案以及本次实验的收获等内容。特别要指出的是，有些同学只喜欢记录较大的问题、较复杂的问题，对一些小问题总是不屑一顾，以致最后测试时大问题没有，小问题频频出现。其实大家都知道“千里之堤溃于蚁穴”的道理，从项目开发过程中出现的小问题可以看出大家是否认真关注细节，在管理学大师的文章里面都可以找到“细节决定成败”的句子，何况我们初学者。并不是说关注细节就可以不出现小问题，关注细节是为了把小问题从根源上解决掉。导致问题的原因往往不是问题的本身，而在于其更深层次的问题上。所以，总结中要对一些看似不起眼而又常犯的小问题加以标注，对一些不常见的问题进行深刻剖析，并将解决的方案尽可能写得详细些，以备以后用。在收获这块不必写得太细，点到为止即可。至此，一个小工程算是大功告成了。

参考文献

[1] HT46F49E型单片机使用手册.

[2] 钟启仁. HT46xx单片机原理与实践[M]. 北京：北京航空航天大学出版社，2008.

[3] 杜洋. 爱上单片机[M]. 北京：人民邮电出版社，2010.

[4] 王守中. 51单片机开发入门与典型实例[M]. 北京：人民邮电出版社，2007.

[5] 张雄伟，等. DSP芯片原理与应用[M]. 北京：机械工业出版社，2005.

[6] (美)Reis，A. J. D著. 汇编语言与计算机体系结构：使用C++和Java[M]. 吕宏辉，马海军，等，译. 北京：清华大学出版社，2006.

高等学校计算机专业教材精选

计算机技术及应用

信息系统设计与应用(第 2 版) 赵乃真 ISBN 978-7-302-21079-5

计算机硬件

单片机与嵌入式系统开发方法 薛涛 ISBN 978-7-302-20823-5

基于 ARM 嵌入式 μCLinux 系统原理及应用 李岩 ISBN 978-7-302-18693-9

计算机基础

计算机科学导论教程 黄思曾 ISBN 978-7-302-15234-7

计算机应用基础教程(第 2 版) 刘旸 ISBN 978-7-302-15604-8

计算机应用技术简明教程 杨永强 ISBN 978-7-302-23582-8

计算机原理

计算机系统结构 李文兵 ISBN 978-7-302-17126-3

计算机组成与系统结构 李伯成 ISBN 978-7-302-21252-2

计算机组成原理(第 4 版) 李文兵 ISBN 978-7-302-21333-8

计算机组成原理(第 4 版)题解与学习指导 李文兵 ISBN 978-7-302-21455-7

人工智能技术 曹承志 ISBN 978-7-302-21835-7

微型计算机操作系统基础--基于 Linux/i386 任哲 ISBN 978-7-302-17800-2

微型计算机原理与接口技术应用 陈光军 ISBN 978-7-302-16940-6

数理基础

离散数学及其应用 周忠荣 ISBN 978-7-302-16574-3

离散数学(修订版) 邵学才 ISBN 978-7-302-22047-3

算法与程序设计

C++ 程序设计 赵清杰 ISBN 978-7-302-18297-9

C++ 程序设计实验指导与题解 胡思康 ISBN 978-7-302-18646-5

C 语言程序设计教程 覃俊 ISBN 978-7-302-16903-1

C 语言上机实践指导与水平测试 刘恩海 ISBN 978-7-302-15734-2

Java 程序设计 (第 2 版) 娄不夜 ISBN 978-7-302-20984-3

Java 程序设计教程 孙燮华 ISBN 978-7-302-16104-2

Java 程序设计实验与习题解答 孙燮华 ISBN 978-7-302-16411-1

Visual Basic. NET 程序设计教程 朱志良 ISBN 978-7-302-19355-5

Visual Basic 上机实践指导与水平测试 郭迎春 ISBN 978-7-302-15199-9

程序设计基础习题集 张长海 ISBN 978-7-302-17325-0

程序设计与算法基础教程 冯俊 ISBN 978-7-302-21361-1

计算机程序设计经典题解 杨克昌 ISBN 978-7-302- 163589

数据结构 冯俊 ISBN 978-7-302-15603-1

数据结构 汪沁 ISBN 978-7-302-20804-4

新编数据结构算法考研指导 朱东生 ISBN 978-7-302-22098-5

新编 Java 程序设计实验指导 姚晓昆 ISBN 978-7-302-22222-4

数据库

SQL Server 2005 实用教程 范立南 ISBN 978-7-302-20260-8

数据库基础教程 王嘉佳 ISBN 978-7-302-11930-8

数据库原理与应用案例教程 郑玲利 ISBN 978-7-302-17700-5

图形图像与多媒体技术

AutoCAD 2008 中文版机械设计标准实例教程 蒋晓 ISBN 978-7-302-16941-3

Photoshop(CS2 中文版)标准教程 施华锋 ISBN 978-7-302-18716-5

PhotoShop 平面艺术设计实训教程　尚展垒　ISBN 978-7-302-24285-7
Pro/ENGINEER 标准教程　樊旭平　ISBN 978-7-302-18718-9
UG NX4 标准教程　余强　ISBN 978-7-302-19311-1
计算机图形学基础教程(Visual C++ 版)　孔令德　ISBN 978-7-302-17082-2
计算机图形学基础教程(Visual C++ 版)习题解答与编程实践　孔令德　ISBN 978-7-302-21459-5
计算机图形学实践教程(Visual C++ 版)　孔令德　ISBN 978-7-302-17148-5
网页制作实务教程　王嘉佳　ISBN 978-7-302-19310-4

网络与通信技术

Web 开发技术实验指导　陈轶　ISBN 978-7-302-19942-7
Web 开发技术实用教程　陈轶　ISBN 978-7-302-17435-6
Web 数据库编程与应用　魏善沛　ISBN 978-7-302-17398-4
Web 数据库系统开发教程　文振焜　ISBN 978-7-302-15759-5
计算机网络技术与实验　王建平　ISBN 978-7-302-15214-9
计算机网络原理与通信技术　陈善广　ISBN 978-7-302-15173-9
计算机组网与维护技术(第 2 版)　刘永华　ISBN 978-7-302-21458-8
实用网络工程技术　王建平　ISBN 978-7-302-20169-4
网络安全基础教程　许伟　ISBN 978-7-302-19312-8
网络基础教程　于樊鹏　ISBN 978-7-302-18717-2
网络信息安全　安葳鹏　ISBN 978-7-302-22176-0